목적국 막내공주傳

목지국 막내공주전 1

지은이_신순옥 | 초판 1쇄 인쇄_2009년 5월 22일 | 초판 1쇄 발행_2009년 5월 29일 | 발행처_도서출판 청어람 | 발행인_서경석 | 편집장_문혜영 | 편집_유경화, 조수희 | 주소_경기도 부천시 원미구 심곡2동 163-2 서경B/D 3F | 등록_1999년 5월 31일(제1081-1-89호) | 문의전화_032)656-4452 | 팩스 _032)656-4453 | http://www.chungeoram.com | 전자우편_eoram99@chollian.net | 어람번호_8- 0016 | 파본은 구입하신 서점에서 교환하여 드립니다. 저자와 협의하여 인지를 붙이지 않습니다. 책값 은 뒤에 있습니다.

ISBN 978-89-251-1815-4 04810
ISBN 978-89-251-1814-7 (SET)

1 목지국 막내공주전

신순옥 지음

도서출판 청람

목차

2권 목차

"내다 버려라."

산실청 밖에서 온종일 초조하게 서성였던 대왕은 그리 명했다. 안절부절 눈치를 살피던 내관은 두 눈을 휘둥그레 뜨고 어리둥절 되물었다.

"내다 버리시라니…… 무엇을…….."

대왕은 성마르게 소리쳤다.

"저것을 내다 버리란 말이다. 저것을!"

대왕은 갓 태어난 일곱째 공주를 '저것' 이라 칭했다. 산실청을 가리키는 대왕의 손끝이 분에 겨운 듯 파르르 떨리고 있었다.

"어서 내다 버리래두."

대왕의 두 눈은 금방이라도 산실청 안에 있는 애기씨를 죽일 것처럼 분노와 증오에 휩싸여 있었다. 그 추상같은 불호령에 주저하고 있던 내관이 서둘러 산실청 안으로 들어갔다. 잠시 후 누에고치처럼 포대기에 둘둘 감싸인 애기씨를 내관이 품에 안고 밖으로 나왔다.

산실청 안은 고요했다. 서른여덟 나이에 일곱 번째 아이를 낳은 왕후 길대부인은 혼절해 있었다. 산실청 안은 길대부인이 쏟아낸 피로 흰 천이 온통 붉디붉게 물들어 있었다. 그 붉은 자리 위에서 길대부인은 아이의 울음소리와 공주님이라는 시녀의 답을 섞어 듣고 간신히 잡고 있던 의식의 끈을 놓아버렸다.

내관은 포대기 안으로 찬바람이 들어갈까 갓 태어난 막내공주를 품 안 깊숙이 감아 안고, 포대기 깃으로 공주의 얼굴을 가렸다. 대왕은 그마저도 보기 싫으신지 냉담하게 등을 돌려 버렸다.

"이럴 수는 없다. 하늘이 내게 이러실 수는 없어. 오직 바라거늘, 왕위 물려줄 자손 하나만 내려달라 간청드린 나에게 이러실 수는 없어."

명산대천, 치성드리지 않은 곳이 없다. 혹시라도 나쁜 기운 깃들까, 하늘이 노할까, 노심초사 묵은 죄인 풀어주고 햇죄인 잡아들이지 않았다. 궁 안은 물론 백성들에게까지 살생을 금하였고, 굶주리고 헐벗은 백성 내 몸같이 돌보았다.

그뿐이랴. 길대부인 잔뼈는 녹이는 듯 굵은 뼈는 줄이는 듯 원앙금침 잣베개마저 살에 닿는 것 괴로워하시고, 수라에는 생쌀내 나고, 어수에는 해감내 나고, 푸성귀에는 풋내 나고, 장국에는 날장내 난다며 섭생의 고생 이만저만한 것이 아니었다. 하여 속 끓이고 애간장 졸이면서도 유달리 고생하는 길대부인을 보며 이번에는 분명 사내아이구나 대왕은 확신하였던 것이다. 해서 그 아이 뱃속에서 무사히 자라 나오기만을 바라며 사대문 안에 있는 문복쟁이들에게 기원해 달라 금붙이 은붙이 줄줄이 갖다 바치었다. 그런데 공주라니, 이게 무슨 천인공노할 일인가.

백성을 다스리고 하늘과 땅을 받들음에 있어 칭송이 자자한 목지국의 어비대왕, 일곱 번째 자손으로 태어난 여식 앞에서 눈물을 떨어뜨리며 애통해했다.

정녕, 하늘은 이 왕조가 끝나야 한다고 보고 있는가. 도대체 무엇을 잘못했기에 이토록 하늘이 그를 배반하고 농락하는가. 어비대왕, 어느 순간 어금니를 사리물고 칼날처럼 형형한 눈으로 깃에 싸인 애기씨를 노려보았다.

'그래, 저것은 내 자식이 아니다. 하늘이 나를 시험하려고 다른 이에게 점지한 아이를 이곳에 태어나게 하신 것이다. 그러니 내 아이일 리가 없어. 저것은 내 아이가 아니니, 하늘로 돌려보내야 한다.'

대왕의 뒤에서 숨죽이고 서 있던 내관이 조심스레 입을 열었다.

"대왕마마, 차라리…… 어느 신하의…… 야…… 양녀로 보…… 보내심이……."

대왕은 내관의 말허리를 단칼에 잘랐다.

"하늘의 아이다. 누가 감히 양녀를 삼으리오."

내관은 덜덜 떨며 허리를 숙였다. 그러나 공주 애기씨를 버리는 짓은 차마 엄두가 나지 않는 일, 용기 내어 다시 한 번 청을 올렸다.

"하오나 대왕마마, 공주 애기씨 버릴 곳이 이 세상 어디에 있단 말입니까. 그런 곳은 천지간 어디에도 없을 것이니 제발 명을 거두어……."

"하늘과 땅에 없다면, 바다에 버리면 되겠구나. 하늘의 아이이니, 하늘께서 알아서 하실 게다."

허리를 숙이고 있던 내관은 청천벽력을 들은 양 그 자리에 주저앉았다. 대왕은 마음을 돌이킬 생각이 없다는 듯 산실청 앞을 떠났다. 공주 애기씨를 안은 내관만 그 자리에서 옴짝달싹 못하고 있었다.

어비대왕 등극한 지 스물다섯 해가 되는 그해, 일곱 번째 공주가 세상에 나오자마자 버려졌다. 어비대왕도 백성들도 그 공주가 대왕의 마지막 아이가 되리라는 것을 알지 못했다.

내관과 시녀들이 대왕의 명을 거스르지 못해 버리기는 버렸으되, 물고기 밥 되지 말라고 나라 안의 최고 옥바치를 찾아가 옥함을 짰다. 혹여 누군가 발견하여 막내공주의 목숨이라도 건질 수 있을까 기원하며 옥함 뚜껑 위에 숨구멍을 뚫었으나, 망망대해 바다 위를 떠다니다 풍랑에 휩쓸려 버릴 게 자명함을 모두가 알고 있었다.

내관을 따라간 왕후의 시녀 가락이 왕후께서 손수 지어놓은 배냇저고리를 공주 애기씨에게 입혔다. 갓 태어난 애기씨는 배가 고파 어미의 젖을 찾으며 울었지만, 내관도 시녀도 그 울음을 듣지 못한 척 서둘러 바다로 향했다. 동해 바다는 풍랑이 깊으니, 남쪽으로 떠내려가 육지에 닿을 수 있게 되길 빌며 서해로 향했다. 옥함 속에서 하루 종일 울었던 애기씨는 울다 지쳐 잠들었는지 바다에 버려질 때 아무 소리도 내지 않았다. 후여, 슬프다. 옥함은 제 안에 무엇이 있는지를 아는지 모르는지 두리둥실 물결 위를 떠내려가는구나.

애기씨를 품은 옥함 위로 달빛만 쏟아져 내릴 때, 혼절해 있던 길대부인이 깨어났다. 길대부인 눈을 뜨자마자 애기씨부터 찾으시는데 주위가 이상하게 적막하다. 당신 곁을 지키고 있어야 할 시녀 가락은 어디 있고, 또 갓 낳은 핏덩이는 어디 있는고. 길대부인, 마르고 갈라진 입술을 달싹여 목소리를 쥐어짰다.

"가락아, 네 밖에 있느냐?"

밖은 오래도록 침묵하다, 살며시 문을 열었다. 가락 대신 어린 시녀가 대답을 해왔다.

"예, 마마."

길대부인 애기님이 어디 갔는지 물으려다 어린 시녀가 후들후들 떨고 있는 양을 보곤 이상한 기운을 느낀다. 하여 자신도 모르게 주위를 살핀다. 이상하다. 찬바람 쐬어선 안 될 애기님이 어디로 갔을꼬. 여섯 아이 태어날 때마다 지아비인 어비대왕도 직접 거동하여 보고 가셨는데, 이번엔 데려가서 보시고 있는고. 길대부인 이상한 기운을 털어내려는 듯 침착하게 묻는다.

"대왕께 가서 애기님 좀 데려오너라."

길대부인 젖 물릴 채비를 하며 자리에서 일어나 앉으려는데, 문 앞에 앉아 있는 어린 시녀의 낯빛이 심상치가 않다.

"뭐 하느냐, 어서 갔다 오지 않고."

"마마…… 그것이……."

어린 시녀는 쉬이 말을 잇지 못하고 덜덜 떨고 있었다. 사색이 되어 떨고 있는 시녀를 가만히 살펴보던 길대부인, 이상하게 심장이 두방망이질 친다. 삼 년 전 여섯째 공주가 태어나던 날 대왕이 뱉은 한탄의 말이 문득 스쳐 지나갔다.

"개도 암캐 수캐 고루고루 낳는데, 우리는 개만도 못하단 말인가."

누구보다 왕자가 태어나기를 기원했던 길대부인, 어비대왕이 느꼈을 통탄과 서운함을 생각하니 가슴 부근이 지근지근하다. 허나 안타깝고 속상한 마음 그 뒤편에서 스멀스멀 끼쳐 오는 이 불안함은 무엇인고.

"무엇이냐. 말을 해라."

어린 시녀는 바닥에 납작 웅크리고 바들바들 떨며 고했다.

"대왕마마께서…… 고…… 공주님을…… 버…… 버리라 하셔서……."

어린 시녀의 대답에 길대부인이 숨을 들이켰다.

"버리라…… 하셨다고?"

"예, 공주님을…… 바다에…… 내다 버리라 하셔서…… 새벽녘에 가락님께서 함께…… 길을 떠났나이다."

길대부인 대경하여 그대로 굳어졌다. 어린 시녀는 왕후께서 다시 혼절하시는 건 아닌가 고개를 들어 왕후의 안색을 살피었다.

이불을 움켜쥐고 한참을 떨며 말을 잇지 못하고 있던 길대부인, 휙 하니 이부자리를 걷어 젖히더니 아직 추슬러지지 않은 쇠약한 몸을 일으켰다. 시녀들이 갓 출산한 왕후의 몸 안에 냉기 들어갈까 두려워 털가죽 걸쳐 드리려 급히 움직였지만 왕후는 아무것도 눈에 들어오지 않는 듯 휘청휘청 산실청을 나설 뿐이었다.

애기님을 낳느라 반쪽으로 찢어진 육신은 미처 아물지를 못해 길대부인 걸음 옮길 때마다 피를 흘렸다. 후둑후둑 비처럼 떨어진 핏방울은 그렇게 어비대왕 계시는 왕궁 처소까지 이어졌다. 처소 앞에 다다른 길대부인, 휘청거리며 내실 안으로 들어서니 어비대왕 어둠 속에 홀로 앉아 계셨다. 길대부인 나무 기둥에 몸을 기대어 금방이라도 거꾸러질 것 같은 육신을 세웠다.

"이게 무슨 천벌받을 짓입니까?"

대왕은 말이 없었다. 고집스럽게 창 위로 드리워진 어둠만 노려보고 있었다. 길대부인은 대왕을 구슬리듯 차분차분 떨리는 목소리로 말을 이었다.

"아무리 서운하셔도 그렇지, 아무리 속상하셔도 그렇지, 어찌 자식을 버리라 하십니까?"

지아비의 침묵 앞에서 길대부인은 더 이상 버티고 설 힘이 없다. 폭우에 무너지는 흙더미처럼 길대부인이 그 자리에 스르르 주저앉았다.

"속상하셔서 잠깐 안 보이는 곳으로 보내신 것이지요? 그렇죠, 마마? 아이들이라면 끔찍이도 어여뻐해 주시는 마마께서 그런 무서운 명을 내리실 리 없어요."

지어미에게 눈길조차 주지 않고 대왕이 말했다.

"기억하는가. 문복쟁이들이 그대와 나의 혼인을 두고 말하였던 점괘를."

하염없이 눈물을 흘리던 길대부인의 눈동자가 대왕에게로 향했다.

"그때 동서남북 사대문의 문복쟁이들 모두 그대와 내가 일곱 자식을 둘 것이라고 말했다. 기억하는가?"

다그쳐 묻는 대왕의 말에 길대부인 황망한 얼굴로 답했다.

"하여 일곱 번째 아이가 태어나지 않았습니까?"

대왕의 얼굴이 일그러졌다.

"그러기에 그 아이가 내 자식일 수 없는 것이다."

이해할 수 없다는 얼굴로 길대부인이 바라보자 대왕이 일갈했다.

"그 아이가 내 일곱 번째 자식이 된다면, 이 왕조는 누가 잇는단 말인가."

대왕은 아직도 분을 참을 수 없다는 양 이를 갈며 길대부인에게로 다가갔다.

"천벌을 받아도 좋다. 이대로 왕조를 닫느니, 차라리 천벌을 받고 후사를 이으리."

"대왕, 어찌 손바닥으로 하늘을 가리려 하십니까? 낳은 아이를 버린다 하여 그 아이가 대왕의 아이가 아닌 것이 된답니까? 어찌 문복쟁이의 말만 믿고, 일곱 아이만 얻을 수 있으리라 생각하십니까? 설혹 그렇다 하더라도 어찌 살아 있는 자식을 버리라 하실 수 있습니까?"

길대부인의 항변에 대왕은 단단히 못을 박았다.

"그 아이는 내 아이가 아니다. 하늘의 뜻대로 태어난 아이니, 하늘로 보냈을 뿐. 하늘이 그 아이를 살릴 뜻이라면 살릴 것이고, 죽일 뜻이라면 죽일 것이다. 그러니 그대는 이제 그만 처소로 돌아가 그 폭쇠한 몸을 추슬러라. 왕조를 이어야 할 귀한 몸이다."

길대부인 기가 막히고 눈앞이 캄캄해 입만 벙긋거렸다. 대왕이 할 말을 모두 했다는 양 밖에 있는 내관에게 왕후를 모셔가라 명하는데, 길대부인 정신을 놓은 듯 악을 썼다.

"어느 정신 나간 년이 제 새끼를 죽이는 짐승의 아이를 낳는답니까?"

대왕의 손이 허공으로 올라갔다. 수많은 전쟁을 거쳐 우듬지처럼 변해 버린 큰 손이 실성한 듯 악을 쓰고 우는 지어미의 뺨을 후려갈겼다. 길대부인의 입에서 피가 흘러나왔다. 왕후는 미친 사람처럼 웃음과 울음이 한데 섞인 소리를 내며 더 악을 썼다.

"저도 버리세요, 이참에 저도 죽이고 다시 왕후를 맞으세요!"

대왕의 손이 후들후들 떨고 있었다. 손은 허공으로 다시 올라가다, 이내 소맷자락 안으로 감추어졌다.

"왕후를 모셔가라."

대왕의 명에 밖에 있는 내관과 따라온 왕후의 시녀들이 길대부인을 업고 나갔다.

내궁으로 모셔진 길대부인이 다시 깨어났을 땐 시녀 가락이 곁을 지키고 있었다. 깨어났으되 깨어나지 않았고, 눈 떴으되 눈 감은 길대부인이 넋을 잃은 얼굴로 부스스 일어나 앉았다.

"네 감히…… 아직도 살아 있느냐."

왕후의 목소리가 서늘했다. 새벽 내내 꼼짝 않고 왕후의 숨결을 살피던 가락이 바닥에 머리가 닿도록 낮게 엎드렸다.

"아직 할 일이 남아 있어 불경을 씻지 못했나이다."

길대부인이 보스스 냉기 어린 미소를 지었다.

"어디에 어떻게 버렸는지 고해야 한다고 생각했느냐."

가락이 아무 말도 하지 못했다. 애기님이 남의 손에 버려지는 걸 보느니, 차라리 제 손으로 버리고 돌아오는 것이 더 낫다 싶었다. 애기님이 살 수 있는 길을 어떻게든 찾아보고자 제 발로 따라나섰다. 가락이 엎드린 채 흐느꼈다.

"옥함에…… 숨구멍 하나…… 뚫어주는 것밖에 제가 할 수 있는 것이 없었나이다."

길대부인이 가슴에 새기듯 읊조렸다.

"옥함에 넣어 버렸구나."

동이 트는지 푸른빛이 문살 사이로 비쳐 들어오고 있었다. 아득하고 망연한 얼굴로 그 푸른빛을 망망대해 바다처럼 보고 있던 길대부인이 어느 순간 얼굴을 일그러뜨렸다.

"부질없다. 옥함이니 금궤니, 차라리 물고기 밥이 되는 것이 나았다. 그 답답한 함 속에서 숨이 끊어지려면 얼마나 오랫동안 춥고 배고 파야 하겠느냐. 차라리 숨을 끊어 넣지 그랬느냐. 차라리 고기밥이 되도록 바다에 던져 버리지 그랬느냐."

"마마……."

가락이 울며 고개를 저었다.

"마마, 인명은 제천, 알 수 없는 일이옵니다. 서해에 띄웠으니 뱃길 따라 남해에 닿을 수도 있사옵니다. 소인이 그 일을 대비하야 옥함에 마마의 가락지를 함께 넣었나이다."

가락의 말에 짧은 순간 길대부인의 눈동자에 빛이 감돌았다. 그러나 그 빛도 이내 사그라졌다. 길대부인 모두 부질없는 짓이라는 듯 길고 긴 탄식만 내뱉었다.

"부질없다. 그토록 왕자의 회임 바라고 치성드려도 들어주지 않는 하늘님이 바다에 버린 애기님을 살려줄까. 다 어리석고 어리석은 사람의 과욕일 뿐이다."

왕후의 절망 앞에 시녀 가락은 말을 찾지 못했다. 길대부인은 엎드려 있는 가락을 멍하니 바라보다 문득 젖어 있는 앞섶을 느끼고 고개를 숙였다. 애기님은 없는데, 몸은 철없이 젖을 내고 있었다. 가락이 그 모습을 보고, 얼른 덧댈 천과 새 1)유를 가져왔지만 길대부인은 갈아 입지는 않고 가락에게 명을 내렸다.

----

1)삼국시대 상의 명칭

"가락아, 네 지금 사가에 나가 의술은 용하되 언술은 용치 않은 의원 한 분 모셔오너라."

가락이 의아한 얼굴로 왕후를 바라보자, 길대부인이 속 안에 깃든 마음 얼핏 한자락 내비친다.

"나는 이제 애기님 낳는 건 그만 하련다."

왕후를 바라보던 가락이 놀란 가슴 부여잡고 목소리를 낮췄다.

"마마, 그 무슨 황망한 말씀이십니까."

"되었으니 어서 바삐 다녀오너라. 젖몸살이 심하구나. 대왕이 아시면 가슴 아플 일이다."

길대부인이 광목으로 젖가슴을 덧대고 다시 자리에 누웠다. 가락은 왕후께서 잠시 어깃장을 부렸다고 생각했다. 어찌 됐든 지난 이십여 년 동안 대왕을 끔찍이도 은애해 오셨던 왕후 아니신가. 분하고 원통하다 하셔도 결국 당신의 젖몸살을 대왕이 전해 듣고 속상해하실까 봐 궁 밖의 의원을 불러들이라는 것이리라.

가락이 서둘러 궁을 나섰다. 죽을 각오로 궁에 돌아왔던 가락이지만, 이러한 명을 자신에게 내린 것은 아직 죽지 말고 살아 있어라 말하신 것과 진배없었다. 이 죗값은 추후에 받겠다, 그러니 아직은 살아 있어라, 네 아직 날 위해 할 일이 남아 있다, 궁을 나서는 가락이 왕후의 말없는 말을 가슴에 새기며 연신 눈물을 닦아냈다.

가락이 사가에 당도할 즈음, 죽은 듯이 누워 있던 길대부인이 일어나 몸단장 채비하라 명하였다. 길대부인, 쑥물 달인 물에 정갈히 몸 씻으시고, 피 묻은 속곳 벗어두고 새 옷으로 갈아입으셨다. 땀과 피로 젖은 머리카락 세세하게 물길에 닦아내시고, 가지런히 빗어 올리셨다. 붉은 꽃가루 입술에 바르시고 푸른빛 감도는 옥 귀고리 귀에 거시니 길대부인 언제 해산한 듯싶게 고아하였다.

시중들던 시녀들 씻은 물과 벗은 옷 챙겨 모두 나가니, 그제야 길대부인, 보고 계시던 면경 한쪽으로 치우고, 패물 넣어둔 보갑을 가져와 열어보았다. 보갑 안엔 미처 겉싸개를 여미지 못한 가락지 하나가 한쪽에 덩그러니 놓여 있었다. 아마도 가락이 쌍가락지 중 하나를 급히 들고 간 모양이었다. 담담한 눈길로 한쪽만 남은 가락지 내려다보던 왕후는 떨리는 손길로 그 가락지 집어 들어 왼손 약지에 끼었다. 몸단장으로는 해산의 뒤끝을 감출 수 없는 것인지 퉁퉁 부운 손가락에 가락지가 다 들어가지 않았다. 하여 손가락 마디에 걸린 가락지를 감싸 쥐고 길대부인 화사하게 쏟아져 들어오는 봄 햇살을 피해 질끈 눈을 감았다. 살아온 지난날 이토록 참혹하게 추운 봄이 있었던가.

아가, 버 아가.
너를 버려 후세를 얻으려는 네 아비를 용서하지 말거라.
너를 지킬 생각은 않고 꿈속으로 달아나기만 했던 이 어미도 용서하지 말거라.

아가, 버 아가.
지금 어디를 떠다니며 죽음을 기다리고 있느냐.
살아 있기는 한 것이냐. 벌써 풍랑에 휩싸여 저승 문턱에 닿았느냐.

아가, 버 아가.
세상에 나오자마자 버려진, 버리데기 버 아가.
함에 넣어져 바다에 버려진, 바리데기 버 아가.
어미도 너를 따라 바다에 몸을 던지고 싶지만,
너의 여섯 언니들이 너무 어리디어리구나.
어미 없는 이 궁에서 여섯 공주가 겪을 설움을 생각하니,
차마 너를 따라갈 수가 없구나.

아가, 버 아가.

어화둥둥, 품에 안고 젖 한 번 못 물린 버 아가.

아비 어미는 너를 버렸으되, 너는 버려진 아이가 아니란다.

왕자가 필요한 이 왕조가 공주를 버렸을 뿐, 네가 버려진 것은 아니란다.

아가, 버 아가.

네가 만약 하늘의 뜻으로 살아난다면

이 비정하고 참혹한 궁으로 돌아오지 말거라.

네 만약 살아난다면

너를 버린 이 궁을 그리워하지도 찾지도 말고,

버려졌다 슬퍼하지도 말고 잊혀졌다 아파하지도 말고

훨훨 자유롭게 사랑하고 사랑받으며 살아가거라.

아가, 버 아가.

너를 버린 이 아비 어미를 용서도 이해도 하지 말거라.

살아만 있다면, 살아만 난다면 꼭 그리하거라.

어미가 너에게 해줄 수 있는 건

이 몸 안의 씨앗을 말리고 너를 잊지 않는 것뿐이구나.

그날 밤 가락이 대동해 온 의원이 왕후의 처소를 다녀간 후, 길대부인 다시는 회임하지 못하였다.

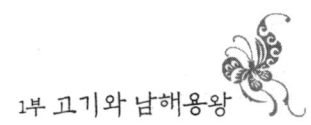

움막 안으로 햇살이 쏟아졌다. 들창으로는 봄바람이 솔솔 들어와 사뿐사뿐 움막 안을 거닐며 머물렀다. 바람 불면 통째로 날아갈 듯 얼기설기한 움막이지만 웬만한 바람은 그럭저럭 품어내는 꽤 곰삭은 움막이었다. 온갖 풀냄새와 흙냄새가 폴폴 풍겨 나오는 움막 안은 형편을 가리지 않고 방문해 주는 햇살님 덕분에 그나마 온기가 감돌았다.

한쪽 구석에선 거적 위에 웅크리고 있던 열댓 살 정도 된 아이가 햇살이 비치는 곳으로 조금씩 조금씩 몸을 움직이며 햇살을 따라가더니 급기야 공덕할멈에게까지 다다랐다. 공덕할멈은 새벽녘 비럭할아범이 얻어온 밥을 한데 섞어 죽을 쑤고 있었다. 아이는 꼼지락꼼지락 움직여 할멈 무릎에 머리를 대고 누웠다. 화덕 열기에 뜨끈하게 데워진 공덕할멈의 무릎에서는 퀴퀴하면서도 어딘가 구수한 화덕 냄새가 났다. 아이는 그 냄새가 좋은지 잠결에도 코를 킁킁거렸다. 할멈은 주걱으로 연신 죽을 휘저으면서도, 다른 손으론 무릎을 베고 누운 아이의 머리를 어루만져 주었다.

"바리야, 그만 자고 할배 진지 잡수라 혀."

비럭할아범은 새벽 일찍 밥을 빌어온 후 잠깐 눈을 붙이고 있었다.

"……으응."

아이는 웅얼웅얼 잠 섞인 대답만 뱉어낼 뿐, 할멈 품을 더 파고들었다. 그러다 얼굴을 찡그리며 머리를 긁적였다.

"근데 할매, 나 머리 가려워."

"그려? 그럼 오늘은 개울 가서 물고기 잡아오면 되겠네그려."

아이는 여전히 눈을 감은 채 웅얼거렸다.

"오늘은 할배랑 성안에 가기로 했는데."

"성안에? 성안엔 왜?"

"오늘 성주님 새 신부가 도착하는 날이라서 성안에서 잔치 열린대."

공덕할멈은 고개를 저으며 아이를 말렸다.

"에이그, 잔치를 열어도 지들 잔치지 우리한테까정 떡고물이 떨어지나."

무릎 베고 있던 아이가 두 눈을 활짝 뜨고 할멈을 올려다보았다.

"아니야. 사람들이 그러는데 새 신부가 저기 목지국의 그 예쁘기로 소문 자자한 해월공주님이래. 그래서 성주님이 소 열 마리, 돼지 열 마리 잡아서 나눠 주겠다고 벌써부터 약속했대. 다들 구경 간다고 벼르고 있던데?"

공덕할멈은 덤덤하니 다 쑨 죽을 2)바리에 나눠 담으며 혀를 끌끌 찼다.

"아서, 그러다 사람들한테 치여 다치기만 혀. 오늘은 그냥 개울에서 머리 감고 물고기 좀 잡다가 일찍 들어와. 아침부터 무릎이 아픈 거 보니께 비도 올 것 같고. 이런 날은 그냥 조용히 있다 고기 얻어온 집에

---

2)〈고적〉 바닥에서 아가리 쪽으로 벌어져 올라가 아가리의 지름이 20㎝ 이상인 토기, 보통 높이가 아가리 지름보다 짧으며, 음식 그릇으로 쓴다

빌붙는 게 상책이여."

무릎 아프다는 할멈의 말에 아이가 벌떡 일어나 앉더니, 늘어지게 하품을 했다.

"우아아아함, 머리는 비 올 때 감으면 되겠네."

아이가 머리를 긁적이며 구석에서 자고 있는 할아범을 깨웠다.

"할배, 얼른 일어나. 얼른 먹고 가자. 늦게 가면 고기 한 점 없을 거야."

팔죽지를 흔들어대는 아이의 손길에도 드르렁드르렁 코만 골던 비럭할아범이 고기라는 말에 퍼뜩 눈을 떴다.

"어어, 그래. 고기."

눈곱도 떼지 않고 비럭할아범과 바리가 죽 담긴 바리 달라 손을 내밀자, 공덕할멈이 혀를 차며 그릇을 건넸다.

"어이구, 밥 굶지 말라고 바리라고 지으시더니, 어째 밥 때만 되면 귀신같이 일어나는 게 당신하고 똑같구랴."

두 사람이 히죽 똑같이 웃더니 죽 한입 입에 문 채 나뭇가지를 꺾어 만든 젓가락으로 묵은 짠지를 집어 입 안에 넣었다. 양볼 가득 짠지와 죽을 우겨 넣고 우적우적 씹는 모양이 영락없이 닮아 있었다. 그 모습을 보던 공덕할멈이 심란하다는 얼굴로 한숨을 내쉬었다.

"남의 살 한 점 얻어먹으려다 괜히 그나마 있는 살점마저 다 뜯기지 말고, 그냥 오늘 비 오면 둘 다 씻기나 하셔들."

비럭할아범은 안 들린다는 식으로 소가 여물 먹듯 죽만 우물거렸다. 옆에 있는 바리도 똑같았다. 언제나 걱정걱정 잔소리를 쏟아내는 공덕할멈의 성격을 잘 알고 있는 바리로서는 별다른 대꾸 없이 그냥 하고 싶은 대로 하는 게 상책임을 잘 알고 있었다. 두 사람이 결국 당신 말은 귓구녕에 넣지도 않고 작당모의해서 갔다 오리라는 걸 잘 알고 있는 공덕할멈은 혀를 차며 죽을 입에 넣었다. 그러다 문득 바리의 목 주위를 보더니 눈을 휘둥그레 뜨고 놀라 물었다.

"으잉, 근데 목에 걸어준 가락지는 어디 갔냐?"

바리가 움찔하는가 싶더니 불만스러운 듯 복어처럼 볼을 부풀렸다.

"자꾸 거치적거려서 벗어뒀어."

공덕할멈이 바리의 말에 풀쩍 뛰었다.

"거치적거리긴 뭐가 거치적거린다고 그 귀한 걸 아무 데나 벗어 던져? 당장 목에 안 걸어?"

비력할아범도 내심 공덕할멈과 같은 마음이었는지 평소 때라면 바리의 역성을 들어주며 감싸고돌았을 텐데 이번만은 가만히 모른 척하고 있었다. 바리가 비력할아범을 힐끗 서운한 눈길로 바라보더니 작게 꿍얼거렸다.

"그렇게 귀한 거면 할매가 갖고 있으래두 그래. 왜 나보고 자꾸 걸라 그래? 애들은 만져 보자 걸어보자 그러고 어른들은 어디서 났냐고 자꾸 묻고 얼마나 귀찮게 하는데."

항시 헤실바실 사람 좋은 얼굴을 하고 있던 공덕할멈이 이 순간 엄하디엄하게 바리를 꾸중했다.

"찍소리 말고 목에 착 걸고 다녀. 네한테 득되라고 시키지, 해되는 걸 시켰겠냐. 글고 걸어보겠다고 하면 웃기지 말라 그러고. 알았재? 귀한 거니까 절대 남의 손 타게 하지 말어."

사실 바리는 할매가 아끼는 그 가락지를 목에 걸고 다니다 잃어버릴까 걱정이 되었다. 게다가 숲이고 들이고 뛰어다닐 때마다 나뭇가지에 줄이 걸려 목이 컥컥 막히는 일이 다반사였다. 결국 할멈의 신신당부에 바리가 불만스러운 듯 입을 삐죽이면서도 벗어두었던 가락지 목걸이를 다시 목에 걸고 먹던 밥을 마저 먹었다. 중요한 건 가락지를 목에 거느냐 마느냐가 아니었다. 얼른 먹고 뛰쳐나가야 고기 한 점이라도 얻을 테니 말이다.

바리가 남은 죽을 그릇째 들고 입 안에 털어 넣고도 아쉬운 듯 화덕에 걸어놓은 솥을 힐끔 쳐다보았다. 찬밥 한 그릇 빌어와 죽을 쒀서 셋이 먹고 있으니, 배가 찰 리 없었다. 비럭할아범이 바리의 눈치를 살피더니 그릇을 든 채 천천히 등을 돌려 앉았다. 그 모습을 공덕할멈이 보고는 혀를 차며 당신 그릇에 반쯤 남아 있는 죽을 바리에게 내밀었다.

"이거 먹어, 이거. 한창 클 나이인데, 그걸로 배가 차겠어."

바리가 눈을 동그랗게 뜨고 배를 두드렸다.

"아냐. 솥을 닦고 나가야 하나 해서 쳐다본 거야. 할매 먹어, 나 배불러."

공덕할멈이 그릇을 바리 앞에 내려놓곤 솥이 걸린 화덕으로 다가갔다.

"나는 늙어서 많이 못 먹어. 저 나이 되도록 식성 좋은 네 할배가 이상한 거지."

바리가 킥킥 웃으며 죽 그릇을 들고 할멈에게 다가갔다.

"그럼, 이거 나눠 먹어. 나야 이따가 배 터지게 고기 먹고 올 텐데뭐. 지금 배 채우면 이따 못 먹어."

바리가 나무 수저로 죽을 떠서 할멈 입에 갖다 댔다. 공덕할멈이 마지못해 받아먹자, 바리도 한 입 떠서 자기 입에 넣었다. 그러곤 실실거리며 이랬다.

"할매, 나는 할매 손녀로 태어나서 너무 좋아."

바리의 능청스런 어리광에 공덕할멈도 배시시 웃는데, 멀찍이 죽 한 그릇 다 비운 비럭할아범이 옆에 다가와 자기도 한술 떠달라고 입을 벌렸다. 공덕할멈이 그 모습을 보곤 또 혀를 차는데, 바리가 싱글거리며 할아범 입에도 죽 한 입을 떠 넣어주었다. 그릇 안에 있던 죽은 이제 거의 바닥나 있었다. 공덕할멈이 남은 그거라도 바리 입에 넣어주

려고 수저를 가져가 죽을 박박 긁어모으는데, 움막 밖에서 인기척이
났다.

"뭐든 빌어먹는 비럭할아범, 게 안에 있소?"

그 목소리를 듣곤 바리랑 공덕할멈의 얼굴에 놀라운 기색이 감돌았
다.

"아이구, 저 냥반 또 왔네. 이달 들어 이게 몇 번째여?"

바리도 신기한 일이라는 듯 맞장구를 쳤다.

"할매, 저렇게 일도 안 하고 놀면서 도대체 그 생선들은 다 어디서
구해오는 걸까?"

얼마 전 비럭할아범이 바닷가에서 어부들이랑 평소 즐기는 장기 한
판을 두고 있는데, 어디서 왔는지 장기판을 구경하고 있던 첫낯의 사
내가 비럭할아범과 한판 두자 청하게 되면서 알게 된 사이였다. 장기
를 꽤나 좋아하는 건지 아니면 비럭할아범에게 내리 세 판을 져서 그
런 건지 그 이후로 사나흘에 한 번씩 장기판을 들고 할아범을 찾아왔
다.

올 때마다 생선을 바리바리 싸 들고 오는 아재라 평소 때는 비럭할
아범이 맨발로 뛰어나가곤 했는데, 오늘은 썩 반갑지 않다는 얼굴이었
다. 비럭할아범이 슬렁슬렁 움막에 드리워진 거적때기를 젖히고 나가
며 중얼거렸다.

"어쩐다, 오늘은 내가 어디 좀 나가봐야……."

밖에서 무엇을 보았는지 비럭할아범의 말이 갑자기 쏙 들어갔다.

"아이고, 이리 귀한 걸 어떻게……."

그냥 갔으면 하고 움막에서 노려보고 있던 바리가 할아범의 말에 벌
떡 일어나 밖으로 나갔다. 그리곤 장기아재가 손에 들고 있는 것을 보
고 입을 쩌억 벌렸다.

"우와아아아."

만날 물고기만 들곤 온 아재가 오늘은 대게를 들고 온 것이다. 역시나 할아범도 대게에 눈이 돌아갔는지 아까와는 한층 다른 얼굴로 거적때기를 젖히고 어서 들어오시라는 시늉을 했다. 이름도 사는 곳도 모르는 그 아재는 장기 둘 생각에 신이 나서 움막 안으로 들어오는데, 장기아재를 따라온 듯한 사내애 둘은 들어올 생각을 하지 않았다.

평소에는 홀홀히 혼자만 왔다 가던 장기아재가 오늘은 사내애를 둘이나 대동하고 있었다. 한 녀석은 바리의 나이 또래인 열댓 살로 보였는데 희멀쑥한 것이 시동이라고 하기엔 어딘가 반듯하니 위엄이 있어 보였고, 또 한 녀석은 열 살 정도의 귀염성스럽게 생긴 사내애였다.

열댓 살의 큰 사내애는 움막을 뚫어질 듯 노려보고 있었는데 이리 허름하고 지저분한 움막에 들어가기 싫다는 뜻이 얼굴에 역력했다. 움막 안으로 들어가려던 장기아재가 뒤에 우두커니 서 있는 두 사내아이를 보곤 얼른 안 따라 들어오고 뭐 하고 섰냐고 엄히 말하니, 그제야 비척비척 뒤따라 들어왔다. 잔뜩 굳어 있던 큰 사내애의 얼굴은 움막 안으로 들어서자 더 심하게 찌푸려졌다. 그 뒤를 따라오는 작은 사내애는 어찌나 걸음이 느린지 성질 급한 사람은 복장이 터질 지경이었다. 바리는 두 사내애가 하는 양을 가만히 지켜보는가 싶더니 이내 못마땅한 얼굴로 획하니 움막 안으로 들어가 버렸다.

공덕할멈은 대게를 보자마자 화덕에 물부터 올렸다. 바리는 할아범과 아재가 장기를 두든 말든 입을 다시며 화덕 옆으로 다가갔다.

"할매, 오늘 무슨 날인가 봐. 아침부터 입이 호강한다."

"아가, 아무래도 네 생일맞이를 오늘 해야 할 성싶다, 그쟈?"

얼굴 가득 싱글벙글 웃음을 문 공덕할멈이 미지근하게 데운 물을 가져와 함지에 부었다.

"얼른 함지에다 넣어. 찌기 전에 죽여야 혀."

바리가 엉금엉금 도망가는 대게 두 마리를 함지에 넣었다. 아재를 뒤따라 들어온 사내애들은 앉지는 않고 움막에 드리워진 거적때기 앞에 그대로 서서 햇살을 막고 있었다. 그러든 말든 장기아재는 벌써 비럭할아범과 자리를 잡고 장기판에 장기짝을 올려놓고 있었다.

큰 사내애는 끔찍하다는 얼굴로 천천히 움막 안의 살림살이를 둘러보았다. 땅바닥에 깔린 거적이며, 솥에 낀 검은 때며, 땅에 늘어져 있는 이빨 빠진 그릇들을. 게다가 걸친 건지 입은 건지 알 수 없는 누더기 차림의 두 노인과 바리를 바라보며 점점 눈이 가늘어졌다. 사내애는 자신도 모르게 팔죽지며 어깻죽지를 긁어대기 시작했다. 보는 것만으로도 서캐와 이가 몸 안에 들어오는 것만 같았던 것이다.

큰 사내애가 이렇게 몸을 뒤틀며 긁고 있을 때, 작은 사내애는 미지근한 물속에서 서서히 죽어가는 대게를 바리가 나뭇가지로 콕콕 찌르며 죽었는지 살았는지 확인하는 것을 보며 끔찍하다는 얼굴을 하고 있었다.

두 사내애들이 그러든 말든 바리는 오직 대게에만 관심있었다. 방금 전 먹은 죽 한 그릇으로는 어차피 배도 안 찼고, 배가 찼다 해도 먹는 일을 뒤로 미뤄두는 바리가 아니었다.

"할매, 근데 왜 대게를 미리 죽여서 쪄? 바로 찌는 게 더 싱싱하지 않어?"

"산 채로 찌면 갸들이 뜨거워서 지랄발광을 혀. 그럼 다리가 다 떨어지고, 몸통 속에 있는 게장이 다 흘러나와 못써."

"그렇구나."

바리가 고개를 끄덕이며 대게를 나뭇가지로 또 찔렀다. 드디어 대게들이 죽었는지 반응이 없었다.

"할매, 얘네들 다 뒤졌어."

바리가 대게가 든 함지를 가져다주자, 공덕할멈이 솥 위에 얹어놓은 찜통 안에 대게를 넣었다. 이제 익는 일만 남았다. 그런데 문 앞에 서 있는 작은 사내애가 뜨거운 김이 훅 끼쳐 나오는 찜통 속으로 대게가 들어가는 게 너무나 끔찍하고 처참한 광경이라는 양 그 순간 몸서리를 치며 고개를 돌려 버렸다. 바리가 그 모습을 보곤 대뜸 말을 걸었다.

"넌 대게 안 좋아해? 이거 되게 맛있는 건데."

어린 사내애가 부들부들 떨며 손을 내저었다. 됐으니 댁들이나 맛있게 드시라는 의미였다. 바리가 고개를 갸웃하다가 큰 사내애한테 또 말을 걸었다.

"너는 먹을 거야?"

바리의 눈빛엔 제발 먹지 말라는 뜻이 역력했다. 큰 사내애는 대게가 싫다기보단, 이 움막에서 뭘 먹는다는 게 끔찍하다는 듯 고개를 가로저었다. 바리가 히죽 웃으며 공덕할멈에게 말했다.

"히힛, 할매, 한 마리는 할배랑 장기아재 드리고, 하나는 할매랑 나랑 먹으면 되겠다."

이러면서 신나하는데 갑자기 거적때기 앞에 서 있던 큰 사내애가 재채기를 하려는지 입을 벌린 채 코를 씰룩거렸다. 가뜩이나 지저분한 움막 안에서 찜통을 꺼내랴 함지를 꺼내랴 부산스러웠으니 바닥에 깔려 있던 묵은 먼지들이 올라왔던 것이다. 급기야 큰 사내애가 움막이 들썩일 정도로 재채기를 뱉어내고는 더 이상은 못 견디겠다는 듯 장기판에 앉아 턱을 괴고 있는 아재에게 한마디 했다.

"아부지, 나 먼저 돌아갈 테니 마저 두다 오시오."

아재는 장기판에 온 정신이 가 있는지 먼저 가겠다는 아들 녀석은 쳐다보지도 않고 손만 내저었다. 그런데 맞은편에서 아재가 다음 수를 두기를 기다리던 비럭할아범이 문득 생각이 났다는 듯 무릎을 쳤다.

"아차, 오늘 성안에 큰 잔치가 있어서 바리랑 같이 나가기로 했는데. ……대인, 오늘은 이 판까지만 둬야겠소."

그 말에 아재가 깜짝 놀란 얼굴로 할아범과 바리를 번갈아 쳐다보더니, 막 움막을 나가려던 아들을 잡아 세웠다.

"청목아, 잠깐 게 있어봐라."

그러고는 한다는 말이 아들 녀석이랑 시종 녀석 둘을 바리와 같이 갔다 오게 하고 할아범은 자기와 장기나 계속 두잔다. 비럭할아범도 귀가 솔깃한지 슬쩍 바리를 쳐다보는데, 바리는 상관없다는 얼굴로 고개를 끄덕였다. 어차피 혼자라도 갈 생각이었던 바리다. 워낙 산이고 들이고 어릴 적부터 비럭할아범과 함께 다녀 주변 길이 손바닥 안이었다. 그런데 청목이라는 큰 사내애가 뽈따구가 난 얼굴로 바리를 노려보았다. '어디서 저런 상거지랑 같이 다니라는 거냐' 라는 항의 어린 불만이 얼굴에 쓰여 있었다. 바리가 그 얼굴을 보고는 이죽거렸다.

"웃겨, 누군 좋아서 데려간대?"

"그러지 말고, 바리야. 청목이한테 세상 구경 좀 시켜줄 겸 데리고 가라. 저 녀석이 제 엄마 치맛자락을 벗어나질 못해서 큰일이거든."

급기야 나이 지긋한 장기아재가 바리에게 당부를 했다. 이 말을 들은 청목은 기가 막힌다는 얼굴로 아버지를 노려보았다. 바리가 큰 선심 쓴다는 식으로 한숨을 내쉬며 고개를 끄덕였다. 청목이란 저 녀석이 세상을 구경하든 말든 아재가 평소 들고 오는 게 아쉬워서 그렇게 하는 바리였다. 그사이 대게가 다 쪄졌는지 공덕할멈이 대게 한 마리를 할아범과 아재 옆에 가져다주었다. 바리가 남은 대게에서 다리를 뜯어내어 먹기 시작하는데, 청목은 다시 한 번 아버지에게 확인을 했다.

"아부지, 저 애랑 꼭 다녀와야 해요?"

두 번 말하면 입 아프다는 양 아재는 손만 내저었다. 아버지가 한 번 화나면 무서운 양반이라는 걸 잘 알고 있는 청목은 소리없는 한숨을 내쉬며 어금니를 꾹 물었다. 요즘 들어 아버지가 한 번 밖에 나가면 하루 온종일 들어오질 않아, 어머니가 부탁을 한 참이었다. 도대체 밖에서 뭐 하고 돌아다니는지 좀 보고 오라고 말이다. 그런데 아버지를 따라와 보니, 앉지도 서지도 못할 움막에 웬 땟국이 줄줄 흐르는 애가 자길 코흘리개로 대하며 유세를 떨고 있으니 기가 막힐 뿐이었다. 이미 움막 안의 먼지와 때로 코도 막혀 있긴 했다.

바리는 청목이란 애의 기가 막히든 뚫리든 할멈이랑 마주 앉아 대게를 게눈 감추듯 먹어치우고 있었다. 그러다 더 이상 파먹을 살이 없자 손에 묻은 대게의 흔적을 싹싹 핥아먹고는 도저히 어디에 뭐가 있는지 알 수 없는 움막 안에서 3)털메기 한 짝을 용케 찾아내더니 할아범에게 갔다 오겠다며 인사를 했다. 바리는 그 큰 대게를 거의 다 먹고도 아직 들어갈 배가 남았는지, 두 어른 옆에 그대로 있는 대게를 쳐다보며 꼴깍 침을 삼켰다. 그러다 슬쩍 장기판을 구경하며 대게 다리 하나를 몰래 뜯기 시작했다.

"할배, 저거 보내면 외통장군이잖아."

바리의 말에 난국을 어찌 풀어야 하나 장고에 들어가 있던 비력할아범이 눈을 번쩍 뜨곤 무릎을 쳤다.

"아이고, 그러네. 고게 있었네."

비력할아범이 회심의 웃음을 터뜨리며 말을 움직였다.

"외통장군일세."

장기아재가 놀란 눈으로 장기판을 바라보다 훈수를 둔 바리를 혼내려고 고개를 돌려보니 바리는 이미 움막 안에 없었다. 물론 옆에 놓인 대게는 다리 한쪽이 없어져 있었다. 비력할아범만 싱글벙글 몸을 좌우로 흔들며 아재 속을 긁었다.

"장기 두는 사람, 똥 누러 갔나?"

거의 다 이긴 판에서 물러날 곳도 없는 외통수로 몰려 버린 아재가 붉으락푸르락한 얼굴로 장기판만 쳐다보고 있었다. 비력할아범이 몇

----

3)굵고 거칠게 삼은 짚신

가닥 되지도 않는 턱수염을 연신 쓸어내리며 기세등등하게 웃었다.

"고 녀석, 누굴 닮았는지 하여간 신통방통하게 똑똑햐."

"훈수 둔 거니까, 이번 판은 무효요."

"훈수는 무슨, 애가 곁다리로 잠깐 끼어든 것이지. 나도 이미 다 알고 있던 수였소."

나이 드실 만큼 드신 두 양반이 핏대를 올리며 물러서질 않고 있었다. 그 모습을 지켜보고 있던 청목이 차라리 얼른 저 바리라는 애랑 성에 다녀오는 게 낫겠다 싶어 움막을 나섰다. 청목이 나가자, 산산조각 뜯겨져 껍질만 남은 대게의 최후를 사색이 된 얼굴로 내려다보고 있던 작은 애가 서둘러 청목의 뒤를 따라 나갔다.

"청목님, 같이 가요."

아무래도 어린 사내애는 청목이란 사내애의 시동 같았다.

움막 밖에 나가보니, 공덕할매가 바리의 등에 ⁴⁾멍구럭을 걸쳐 주며, 괜히 엄한 일에 끼어들지도 말고 너무 많은 거 탐내지도 말고 무엇이든 먹을 거 적당히 얻으면 바로 오라는 길고 긴 당부를 하고 있었다. 그리곤 한마디 덧붙였다.

"글고 이제 네는 애기님도 낳을 수 있는 애기씨니께, 아무 데고 퍼질러 앉고 그러지 말고 해지기 전에 후딱후딱 들어와야 혀, 알겠쟈."

바리는 귀에 딱지가 앉을 정도로 들은 말이라는 듯 지친 얼굴로 고개만 주억거리는데, 움막에서 나오다 이 말을 들은 청목은 대경한 얼굴로 바리를 쳐다보았다.

'세상에, 저 땟국에 절은 녀석이…… 여자였단 말이야?'

청목이 미간을 잔뜩 찌푸린 채 바리를 위에서 아래까지 쭈욱 훑어보았다. 허나 아무리 뜯어보아도 애기님 낳는 애기씨로는 보이질 않았다. 급기야 자신의 눈이 이상한 건가 싶어 곁에 있는 시동에게 소곤소

----
4)새끼를 성기게 떠서 만든 망태기의 일종

곧 물었다.

"해귀, 너는 쟤가 여자인 거 알았냐?"

해귀가 눈을 끔벅이며 천천히 고개를 가로저었다. 청목은 자신보다 충격을 더 크게 받은 것 같은 해귀를 보며 자신의 눈이 이상한 게 아님을 확인하고 안도하는데, 바리가 둘을 향해 외쳤다.

"거기 5)우뚤이와 눈끔적이. 빨리 가야 되니까 알아서 잘 따라와, 거치적거리면 그냥 버리고 갈 거야."

우뚤이라는 지칭에 반듯했던 청목의 눈썹이 일그러졌다. 옆에 있던 해귀는 바리가 무서운 지 청목 뒤에 숨어 눈만 끔적였다. 그러든 말든 바리는 벌써부터 고기가 눈앞에 보이는지 신고 있는 털메기가 벗겨지지 않도록 들메끈으로 단단히 동여매더니 눈 깜짝할 사이에 저 멀리까지 내달리고 있었다.

바리의 걸음은 바람처럼 가벼웠다. 그래서인지 움막을 뒤로한 지 얼마 안 되었는데도 사람들이 모여 사는 작은 마을이 나타났다. 바리는 뒤꽁무니에 청목과 해귀를 달고 마을을 가로질러 성으로 이어지는 갖가지 길들을 차례차례 지나갔다. 마을 안의 좁은 골목 고샅길이 눈 깜짝할 새 사라지더니 곧게 뻗은 곧은길이 나타났고, 거닐며 산보하는 거님길이 곧바로 이어졌다. 바리가 길에 맞춰 사박사박 걸음을 맞춰주니 논둑길과 고갯길이 날 걸어주오 읍소하며 바리 앞에 엎드렸다. 바리가 씨익 입꼬리를 올리며 고개를 끄덕였다.

'오냐, 오냐. 내 오늘 다 걸어주마. 엉덩이는 비탈지니 높이 쳐들지 말고, 등허리는 쭉 펴고 엎드려라. 내 시원하게 고루고루 다져 주마.'

그렇게 논둑길과 고갯길을 차례차례 다져 주던 바리가 힐끔 뒤를 돌아보다 먼발치에서 엉금엉금 기다시피 걸어오는 해귀를 보곤 이맛살을 찌푸렸다. 아직도 걸어줘야 할 길이 한두 개가 아닌데 벌써부터 저

---

5)우쭐하여 멋없이 싱겁게 행동하는 사람, 우직스럽게 불평을 잘하거나 성을 잘 내는 사람

리 느리면 그 길을 다 언제 걸어줄까. 이러다 고기는커녕 볼가심도 못할 판이었다. 바리가 바로 뒤에서 따라오는 청목에게 들으라는 듯 툴툴거렸다.

"어휴, 쟤 좀 어떻게 해봐. 뭐 믿고 저렇게 느리다니?"

따라오는 내내 일언반구 한마디 말도 없던 청목이 물끄러미 해귀를 돌아봤다.

"저 녀석이 오늘처럼 빨리 걷는 걸 내 이날 이때껏 본 적이 없다."

그 말에 바리가 기가 막힌 듯 코를 벌름거리며 입술을 어그러뜨렸다.

"오늘이 제일 빠른 거면 평소에는 어떻게 걸었다는 거야? 말이야 바른말이지 저게 걷는 거니? 기는 거지. 지나가던 거북이도 쟤를 앞지르겠다."

청목은 바리를 빤히 바라보다가, 다시 해귀를 돌아보았다. 해귀를 바라보는 청목의 눈동자엔 대견함과 안타까움이 동시에 깃들어 있었다. 청목의 이런 시선을 멀리서도 느꼈는지 휘청휘청 걸음을 떼던 해귀가 청목을 바라보며 소리쳤다. 두 눈엔 눈물이 글썽글썽 한가득 맺혀 있었다.

"청목니이이이임! 제발 같이 가요. 저 힘들어 죽겠어요."

해귀의 애절한 통사정에 청목이 걸음을 옮기지 않고 기다리고 서 있는데, 바리는 그런 해귀를 향해 주먹을 쳐들었다.

"야야, 어디서 엄살이야! 빨랑빨랑 안 뛰어와! 고기 못 먹게 되면 넌 내 손에 죽을 줄 알어!"

바리의 포악에 멀리서도 해귀가 움찔하며 움츠리는 게 보였다. 해귀는 바리가 쳐다보는 것도 무서운지 목을 잔뜩 움츠린 채 아까보단 더 빨리 걸었다. 해귀는 뛰는 것이었으나, 바리 눈엔 여전히 기는 걸로 보이니 바리가 복장이 터진다는 양 허공에 쳐들고 있던 주먹으로 자신의 가슴팍을 팡팡 두드려 댔다.

"아우, 속 터져. 오랜만에 고기 좀 먹어보려니까 별게 다 와서 초를 치네."

그러고는 뒤에서 해귀랑 청목이 오든 말든 휙하니 다시 고갯길을 걷기 시작했다.

청목이 앞서서 가버리는 바리를 말없이 노려보았다. 노려보는 두 눈에 지그시 화를 참는 인내가 엿보였다. 그런데 저 멀리 하늘에서 작은 먹구름이 하나 뭉게뭉게 피어오르기 시작했다. 청목이 눈을 감고 깊이 숨을 들이 내쉬며 화를 가라앉히는데, 앞서 걷던 바리가 먹구름을 발견하곤 식겁한 얼굴로 하늘을 향해 소리쳤다.

"안 돼, 안 돼. 아직 반밖에 못 갔는데 네가 나타나면 어떡해."

그러면서 두 손으로 먹구름을 쫓아내듯 하늘에 대고 손을 내저으며 걸어갔다. 먹구름은 뭉실뭉실 오는가 싶더니 더 이상 커지지도 다가오지도 않았다. 청목이 하늘 위에 있는 먹구름을 이상하다는 듯 가만히 지켜보다가 저만치에서 비지땀을 흘리며 걸어오는 해귀를 보곤 가까이에 있는 바위에 앉았다. 청목은 바리가 어찌하나 지켜보았다. 바리는 앉아 있는 청목과 어떻게든 따라잡으려고 애를 쓰는 해귀를 슬쩍 뒤돌아보곤 모른 척 다시 앞서 걸었다. 하지만 바리의 걸음이 눈에 띄게 느려져 있었다. 청목은 바리가 늘쩡늘쩡 고갯길을 넘어 사라질 때까지 지켜보다가 해귀가 코앞에 다다르자 일어섰다.

"해귀, 많이 힘들면 돌아가 쉬고 있어."

해귀가 숨을 헐떡거리며 주저앉으면서도 어디에 숨겨놓았던 것인지 오기와 진득함을 꺼내 보였다.

"싫어요, 청목님이 가는 곳이라면 끝까지 따라갈 거예요."

청목이 미간을 좁히고 해귀를 바라보았다. 옛날부터 궁금한 것이지만, 도대체 해귀는 왜 생고생을 해가며 자길 따라다니는지 모르겠다.

해귀의 어머니가 자신의 유모여서 해귀와 형제처럼 자랐지만 태어나길 서로 다르게 태어난 해귀가 물불 가리지 않고 자신을 따라나설 때 보면 귀찮기도 하고, 한편으론 안쓰럽기도 하고, 또 한편으론 대견하기도 하여 마음이 복잡해졌다.

해귀는 끝까지 따라가겠다며 억지와 투지를 다 부렸지만 다리는 이미 풀려 버렸는지 좀체 일어설 기미가 없었다. 해귀가 흙바닥에 주저 앉아 징징거렸다.

"히잉, 무슨 여자애 걸음이 저렇게 빨라요? 살다 살다 저렇게 억세고 험악한 여자애는 처음 봐요. 쟤는 분명 인간의 탈을 쓴 6)두억시니일 거예요. 아까도 순식간에 대게 뜯어먹던 것 보셨죠?"

해귀의 말에 청목도 어느 정도 동의하는지 난감한 한숨을 내뱉어내면서도 고개를 끄덕였다. 사실 바리라는 애의 걸음이 빠르긴 빨랐다. 청목 자신도 겨우 따라잡고 걸을 정도니, 해귀 입장에서는 가랑이가 찢어질 일이긴 했다. 아마도 바리라는 저 애는 산과 들을 제집처럼 뛰어다녀 그런 것이리라. 여자애임에도 어찌나 바위와 나무들을 쏙쏙 피해다니며 길을 잡고 치닫던지 조금만 넋을 놓으면 놓치기 십상이었다.

청목이 바리가 사라져 버린 고갯마루를 올려다보곤 어찌할까 난감해하는데 해귀가 자기도 데려가 달라고 징징거렸다. 그러자 청목이 옷깃을 열어 앞가슴에 품을 만들고는 해귀를 달랬다.

"알았으니 그만 칭얼거리고 얼른 들어와. 저 걸신쟁이가 네 정체를 알면 널 한입에 삼키려 들 거야."

그 말에 훌쩍거리던 해귀가 질겁하여 허둥지둥 바위 뒤로 숨었다. 청목이 바위 넘어 허리를 숙이더니, 잡풀 속에서 바둥거리고 있는 새끼 바다거북을 집어 들었다.

----

6)사나운 귀신으로 팔부중의 하나. 하늘을 날아다니며 사람을 잡아먹고, 상해를 입힌다는 잔인하고 혹독한 귀신으로, 번뇌의 상징이다

"넌 또 언제 이렇게 큰 거야."

청목이 살짝 투덜대며 양 손바닥보다 더 커진 해귀를 품 안에 넣고, 허리끈이 해귀의 등판을 가로지르도록 다시 동여맸다. 그리고는 앞배를 두 손바닥으로 감싸더니 냅다 뛰기 시작했다. 지금껏 바리의 뒤를 따라오기만 했던 그 발놀림이 아니었다. 청목은 순식간에 고갯마루를 넘어서더니, 저 멀리 호젓하게 오솔길을 걸어가고 있는 바리를 단숨에 따라잡았다.

모른 척하고 가버린 바리였지만, 그래도 뒤에서 따라오나 안 오나 은근히 신경 쓰고 있었던지 청목의 발소리가 들려오자 바리가 기다렸다는 듯이 몸을 돌렸다. 뚱하니 청목을 보던 바리가 청목 뒤에 해귀가 있는지 살펴보았다.

"어? 눈끔적이는? 버려두고 혼자 온 거야?"

청목은 이제 와서 웬 걱정이냐는 듯 퉁명스럽게 대꾸했다.

"너무 힘들어해서 돌려보냈어."

그리고는 먼저 걸어가는데, 바리는 그 자리에 서서 저 멀리 지나온 고갯마루를 계속 쳐다보았다. 바리의 눈썹이 찡그려지는가 싶더니, 어쩔 수 없다는 듯 작은 한숨을 내쉬고 다시 걸음을 옮겼다.

호젓했던 오솔길은 성 외곽 마을로 접어드는 어귀길로 이어지는가 싶더니, 돌이 많은 돌너덜길이 나타났다. 오는 내내 말없이 걷던 바리가 터벅터벅 가슴팍에 팔짱을 끼고 걷고 있는 청목에게 들으라는 듯 혼잣말로 꿍얼거렸다.

"그렇다고 돌려보낼 건 뭐야. 여기까지 오느라 고생했는데. 정히 힘들면 업어주고 끌어주면서 데려갈 텐데."

청목의 눈이 가늘어졌다. 바리의 말이 진심인지 의심스러워하는 눈빛이었다. 품속에 있는 해귀도 뭔가 억울한지 다리를 바동거렸다. 청목이 가슴팍에 걸친 팔짱으로 지그시 해귀를 눌러 요동을 멈추게 했다.

"그렇게 애 느리다고 구박하더니, 보내고 나니까 미안하냐?"

청목이 비꼬자 바리의 얼굴이 순간 시뻘게졌다. 바리가 묵묵부답 항의도 변명도 없이 청목을 쳐다보더니 갑자기 휙 등을 돌리고는 가던 길이나 계속 갔다. 청목은 그러든 말든 앞서거니 뒤서거니 따라가는데, 어느 순간 바리가 뒤를 휙 돌아보며 빽 성질을 부렸다.

"야, 솔직히 너는 고기 얻어도 그만 못 얻어도 그만이지만, 나는 아니란 말이야. 요즘 우리 할매가 못 먹어서 얼마나 비실비실한데. 이런 기회가 그렇게 흔한 줄 알어? 남의 속도 모르고, 씨이."

말을 할수록 분하고 억울한 듯 바리가 씨근거렸다. 청목은 자신이 좀 심했나 잠시 뜨끔했다. 해귀가 느려터진 건 사실이었고, 청목 자신도 끼니 걱정은 해본 적이 없기에 바리 저 아이의 속이 어떤지까지는 깊이 생각하지 않았던 것이다. 게다가 어머니도 항시 아들의 외곬성과 결벽증을 걱정하지 않았던가. 하지만 죽어도 미안하다던가, 그런 줄 몰랐다던가 하는 말은 입 밖으로 나오지 않았다. 존귀한 존재로서 자존심도 세거니와 말치레로 있던 일을 없는 것으로 만드는 것 자체가 불가능하다고 생각했다. 청목이 입술을 꾹 다물고 가만히 바리의 성질을 받아주는 것으로 나름 미안함을 표시하는데, 바리는 것도 모르고 청목이 자신을 무시한다고 여겨 씩씩거리며 청목을 노려보았다. 처음 움막에 들어설 때부터 사람을 한 수 깔보는 눈빛이었던 데다가 여기까지 오는 내내 같이 걷는 것 자체가 언짢다는 듯 인상을 찡그리고 있으니 바리도 성질이 날 만했다.

"그래, 네가 뭘 알겠니? 엄마 치맛자락만 붙잡고 커왔는데. 너한테 알아달라고 말하는 내가 돌았지. 됐으니까 너도 돌아가. 괜히 용쓰고 따라오다가 비단옷 망가뜨리지 말고. 안 그럼 엄마한테 혼날걸."

그렇게 이죽이곤 뒤도 안 돌아보고 돌이 수북한 돌너덜길을 귀신같이 뛰며 가로질렀다.

살짝 미안한 마음이 들어 뭐라 하던 들어주고 있던 청목이 바리가 날린 마지막 말 '엄마한테 혼날걸'에 진짜 성이 난 얼굴로 바리를 쫓아 뛰었다.

제까짓 게 뭔데 어머니까지 들먹이며 조롱을 하냔 말이야. 아버지가 남의 부인이었던 어머니를 억지로 빼앗아오는 바람에 청목은 철들 무렵부터 어머니가 육지로 돌아가 버릴까 봐 불안불안하였다. 하여 어머니를 좀 더 생각하는 것뿐인데 왜 자신이 저 너절하고 땟국 줄줄 흐르는 걸신쟁이한테 조롱을 들어야 하는가. 사실 어머니에게 과하게 약한 자신을 들킨 것 같아 더 화가 치밀어 오르는 청목이었다.

"야, 너 거기 안 서!"

"내가 왜 서니? 너야말로 삐뚤빼뚤 오지 말고, 똑바로 좀 뛰어보지 그러냐. 이 우둘아."

앞서 뛰어간 바리가 돌너덜길을 어느새 다 지나고, 성으로 가는 지름길로 접어들자 돌너덜길을 이리저리 뛰어오는 청목을 놀려댔다. 웬만하면 분을 느끼지 않는 청목이 바리의 조롱에 이를 바드득 갈며 뛰기 시작했다. 물론 청목의 품속에 있던 해귀는 어지러워 눈앞이 뱅뱅 돌고 있었다. 청목이 한쪽 팔로 품 안의 해귀를 딱 감싸 안고 냅다 달렸다. 검었던 눈동자가 일순 푸른빛을 띠는가 싶더니 깊은 바닷속처럼 검푸르게 변했다.

두 아이가 순식간에 지름길을 가로질렀다. 땅이 젖어 질펀한 진창길에서도 뜀박질은 멈추질 않았다. 바리보다 키가 큰 청목이 금방 따라잡을 것도 같았지만, 산을 제집처럼 드나든 바리이니 청목도 따라잡기 쉽지가 않구나. 비단옷 입은 남자애와 누더기 입은 여자애가 이리저리 들고뛰는 동안 진창길은 외통길로, 외통길은 초행길로, 초행길은 탐승길로 연이어 이어졌다. 경치 좋아 다시 와본다는 탐승길은 쏜살같이 사라져 버린 두 아이를 서운한 듯 지켜보고, 다 잡았다 또 놓쳤다 아슬아슬 뜀박질을 해온 두 아이는 우물길에 다다르자 누가 먼저랄 것도 없이 멈춰 서버렸다. 어찌나 죽을힘을 다해 뛰었는지 둘 다 기진맥진한 발자국도 떼어지지가 않았던 것이다.

바리가 우물가에 다가가, 우물물 긷는 아낙에게 물 한 바가지 청해 벌컥벌컥 마시는데 청목이 기운 쪽 빠진 듯 터덜터덜 우물가로 걸어갔다. 그리곤 자신에게도 물을 달라는 뜻으로 바가지를 향해 바들바들 손을 뻗는데 양껏 목을 축인 바리가 바가지에 남은 물을 청목에게 촤악 뿌리고 도망쳤다. 생각지도 못한 물벼락으로 졸지에 머리부터 발끝까지 흠뻑 젖은 청목이 도망치는 바리를 지그시 노려보더니 천천히 눈을 감았다.

옆에 있던 아낙이 청목의 꼴을 보고 웃음보를 터뜨렸다. 청목은 눈을 감은 채 아낙의 웃음소리를 듣고만 서 있는데, 도망치느라 정신없던 바리는 나랏님 거둥한다는 거둥길에 저 멀리 성으로 이어지는 나랏길이 눈에 들어오자 도망치던 것도 깜빡 잊고 신이 나서 외쳤다.

"와아아아아, 다 왔다. 다 왔어."

바리가 폴짝폴짝 뛰며 좋아죽는데, 눈 감고 서 있던 청목이 조용히 눈을 뜨더니 천천히 걷기 시작했다. 그 순간 어디선가 먹구름이 뭉실뭉실 피어오르는가 싶더니, 순식간에 하늘을 뒤덮었다. 갑자기 떼로 몰려온 먹구름이 천둥과 번개를 치기 시작하자 바리가 멍하니 하늘을 올려다보았다. 청목은 하늘 위로 몰려오는 먹구름이 눈에 들어오지 않는지 성큼성큼 바리에게 걸어가고 있었다. 금방이라도 바리를 때려눕힐 기세였다.

청목 생애 십오 년, 인간 여자애에게 이리 화가 치민 적도 이리 쳐죽이고 싶은 적도 없다. 하지만 오늘 한다. 어머니인 수로부인이 대경해도, 아버지인 동해청룡이 꾸짖어도 내 오늘 기필코 저 망나니 걸신쟁이를 혼꾸멍 내리. 청목의 두 눈에서 푸른 불길이 타올랐다. 품속에 넣어둔 해귀가 거친 뜀박질에 옷깃 밖으로 고개를 내밀고 헛구역질을 했지만 바싹 약이 올라 분에 떠는 청목에겐 아무것도 눈에 들어오지 않았다. 청목이 바리에게 가까워지자 천천히 주먹을 쥐었다. 이제 세 걸음만 가면 코앞이다. 내 오늘 받은 이 모욕과 조롱을 기필코 갚으리라.

청목이 한 걸음 한 걸음 사생결단의 걸음을 떼는데, 점점 더 심해지는 천둥 번개에 넋 놓고 하늘만 쳐다보던 바리가 갑자기 질겁한 얼굴로 비명을 질렀다.

"아아악, 이게 뭐야."

하늘에서 붉은 비가 내리고 있었다. 우르릉 쾅쾅 천둥 번개를 내리치던 하늘에서 시뻘건 빗줄기가 쏟아지고 있었던 것이다. 바리의 비명에 문득 하늘을 올려다본 청목이 시뻘건 빗줄기를 보곤 깜짝 놀라 멈춰 섰다. 자신의 화가 치밀어서 먹구름이 생겼다 여겼는데, 보아하니 그것은 아니었다. 하기야 이토록 화가 치민다 해도 천둥 번개까지 동반하는 엄청난 폭우를 세상에 쏟아부을 힘은 아직 없는 청목이었다. 게다가 붉은 빗줄기라니. 이것은 남해적룡이 극도로 분노했을 때나 내린다는 적우(赤雨)가 아니던가.

청목은 본능적으로 적룡이 이 근처로 오고 있음을 느꼈다. 검붉은 빗줄기를 쏟아낼 정도의 분노라면, 적룡은 사람들을 비롯해 자신까지도 못 알아보고 이곳을 파괴할 게 분명했다. 하여 주위를 둘러보았다. 예상대로 인간들은 붉은 빗줄기에 놀라 그 자리에 주저앉아 떨고 있거나 숨어들 수 있는 곳을 찾아 허둥지둥 내달리고 있었다. 바리는 놀라운 광경에 넋을 잃은 듯 붉은 빗줄기에 손바닥을 내밀고 하늘을 바라보고 있었다.

그때였다. 청목의 예상대로 하늘 저쪽 끝에서 먹구름 사이로 적룡의 비늘이 언뜻언뜻 모습을 드러내고 있었다. 도대체 무엇 때문에 적룡이 붉은 비를 뿌리며 이곳에 나타났단 말인가. 도대체 누가 남해의 적룡을 저리 분노하게 만들었을까. 청목은 궁금했다. 허나 이 순간 더 급한 건 청목과 해귀, 그리고 저 빌어먹을 걸신쟁이의 안전이다. 청목이 한 손으론 품속의 해귀를 움켜잡고, 다른 한 손으론 바리의 손목을 잡았다. 그리곤 숨을 곳을 찾아 급히 뛰었다. 바리는 자신을 잡아끄는 손아귀 힘에 눌려 엉겁결에 따라 뛰기 시작했다. 저 멀리 해월공주를 모신 행차 대열이 막 거둥길에 접어들고 있었다.

청목은 급히 해귀와 바리를 데리고 인가 담벼락 아래 숨었다. 어찌나 빨리 뛰었는지 뜀박질로 당해낼 자가 없는 바리도 숨을 헐떡거렸다. 하기야 여기까지 오는 내내 뛰었으니 지칠 만도 했다. 청목이 바리를 등 뒤에 두고 담벼락 모퉁이 밖으로 고개를 내밀며 적룡이 어찌하나 살펴보는데, 바리가 몸을 숙여 아래쪽에서 고개를 내밀었다. 무섭지만 궁금해 미치겠다는 얼굴이었다.

"이상하다. 할매 말로는 용왕님이 좋은 분이라 했는데, 왜 저러시지?"

청목은 적룡을 동해용왕이신 자신의 아버지로 생각할까 봐 서둘러 대답해 주었다.

"저건 남해용왕 적룡이야, 바보야."

바리가 고개를 들고 청목을 쳐다보았다.

"그걸 네가 어떻게 알아?"

"그건 알 거 없고, 넌 고개나 내밀지 마. 용왕은 한 번 화가 나면 눈에 뵈는 게 없단 말이야."

청목이 귀찮다는 듯 대충 대답하고 자꾸만 모퉁이 밖으로 고개를 내미는 바리를 잡아끌어 담벼락 안쪽으로 들어오게 했다. 바리가 청목 등 뒤에서 살짝 고개를 내밀고 또 말을 걸었다.

"근데 저기 오는 해월공주님, 위험해서 어떻게 하지? 해월공주님이 무사해야 성주님이 고기도 줄 텐데."

적룡을 주시하던 청목이 어이가 없다는 얼굴로 바리를 쳐다보았다. 너는 이 와중에도 고기 생각이 나냐고 말하려다가 이내 말을 말자는 얼굴로 고개를 저었다. 그리곤 성문이 열리는 소리에 다시 시선을 돌리는데, 먹구름 속에서 꿈틀거리던 적룡이 성 밖으로 군사들이 나오자 군사들을 향해 연이어 번개를 내리쳤다.

수십의 군사가 번개를 맞고 나무토막처럼 고꾸라졌고 그중 몇몇은 번개를 맞고 쓰러지는 나무에 깔려 고통스런 비명을 내질렀다. 하늘에서는 붉은 빗줄기가 폭우처럼 쏟아져 쓰러진 군사들에게서 흘러나오는 피가 비와 섞여 구분되지 않았다. 아비규환이 따로 없었다. 허나 요행스럽게 번개를 피한 몇몇 군사들이 저 멀리 거둥길에서 멈춰 있는 해월공주의 가마로 뛰어가고 있었다. 아마도 성안에 있는 성주가 해월공주를 구해오라 명한 듯했다.

혼례 행차를 따라온 시종들은 이미 어디론가 도망쳐 길 위엔 예단을 실은 수레와 해월공주가 타고 있는 가마만이 덩그러니 놓여져 있었다. 그나마 다행인지 불행인지 가마의 한쪽 채를 들고 있던 가마꾼 하나가 도망가지 않고 군사들을 기다리고 있었다. 그러나 가마 근처까지 다다랐던 군사들은 적룡이 내리치는 번개를 맞고 하나둘씩 쓰러져 나갔다. 성문 밖으로 뒤를 이어 나오던 군사들이 이 광경을 보고는 모두 두려움에 떨며 발을 떼지 못했다.

적룡은 군사들을 죽이는 것에도 분이 풀리지 않는지 거대한 꼬리로 성곽과 망루를 쳐부수기 시작했다. 이를 지켜보던 청목이 그 틈을 타 바리의 손목을 잡고 뛰기 시작했다. 적룡이 잠잠해지기를 기다렸다간 생죽음을 당할 것 같았다. 어서 이곳을 빠져나가야겠다는 생각으로 청목이 바리와 뜀박질하며 왔던 거둥길로 향했다. 가마꾼은 아직도 도망

가지 않고 가마 앞에 서서 성곽이 파괴되는 것을 지켜보고 있었다. 청
목은 그 가마꾼을 살펴볼 새도 없이 뛰는데, 손목이 잡혀 함께 내달리
던 바리가 가마 옆을 지나치다 말고 우뚝 멈춰 섰다.

"잠깐만!"

바리가 청목의 손을 뿌리치고 가마 쪽으로 달려갔다. 가마 앞을 지
키고 서 있던 가마꾼이 뛰어오는 바리를 보곤 미간을 찡그렸다.

"공주님을 대피시킬 생각은 않고 그렇게 서 있기만 하면 어떡해
요?"

바리가 당차게 가마꾼을 혼내고는 가마의 발을 걷어 올리고 안에 있
는 해월공주를 향해 손을 뻗었다.

"공주님, 얼른 나오세요. 그대로 있다간 큰일 나요."

가마 안에서 얼어붙은 채 꼼짝달싹하지 못하고 있던 해월공주가 바
리를 보고는 떨리는 손을 내밀었다. 경국지색이라 했던가. 가마에서
나와 모습을 드러낸 해월공주는 실로 천계에서 내려온 선녀처럼 곱고
아름다웠다. 바리가 해월공주를 보고 잠시 잠깐 그 아름다움에 넋이
나가 멍하니 쳐다보는데, 곁에 있던 가마꾼이 다가와 물었다.

"그래, 어디로 대피시킬 참이냐?"

바리가 정신을 차리고 되는대로 답했다.

"거야 모르죠. 일단 고갯길 쪽으로 도망갈 테니 따라와요."

바리가 하는 양을 옆에서 지켜보던 청목은 바리가 해월공주의 손을
잡고 뛰자 앞서 뛰면서 길잡이를 했다. 바리를 대피시키는 게 우선이
라 생각하여 정신없이 뛰었는데, 바리가 공주를 구하는 걸 보고 안 도
와줄 수가 없었다. 가마꾼은 성곽을 때려 부수는 하늘 위의 적룡을 잠
시 지켜보는가 싶더니 아이들과 해월공주를 뒤따라 뛰기 시작했다. 그
렇게 고갯길이 나올 때까지 정신없이 뛰는 동안 다행스럽게도 적룡은
따라오지 않았다.

고갯길 양옆은 숲이 우거져 있었다. 나흘간의 흔행길로 이미 지쳐 있었던 해월공주는 고갯길이 가팔라지자 점점 느려졌다. 바리는 안 되겠다는 생각에 숲 쪽으로 길을 잡았다. 내 집처럼 숲을 드나들며 나무도 하고 열매도 따먹던 바리이니 숲 어디에 무엇이 있는지 환했다. 바리는 지름길로 길잡이를 하며 숲 속에 있는 작은 동굴로 향했다. 숲은 봄기운으로 곳곳에서 움이 트고 쑥 향이 진동했다. 해월공주가 창백한 얼굴이 되어 소매로 이마의 땀을 닦아냈다.

"다 왔어요. 저기 굴피나무만 지나면 돼요."

해월공주가 말없이 바리의 뒤를 따랐다.

청목은 숲을 헤치고 오는 내내 뒤에서 따라오는 가마꾼이 신경 쓰였다. 공주의 안위에 변고가 생긴 것치곤 가마꾼의 행동이 너무 여유로웠다. 두려움에 떠는 얼굴도, 그렇다고 급히 도망치는 얼굴도 아니었다. 그저 해월공주가 가는 곳이니 따라온다는 얼굴이었다. 바리가 길잡이를 하는 사이 청목은 바위와 돌부리가 나타날 때마다 해월공주를 도와주며 휘적휘적 뒤따라오는 가마꾼을 유심히 지켜보았다. 분명 어디선가 본 낯익은 얼굴인데, 어디서 봤는지 당최 기억이 나질 않는 청목이었다.

앞서 걷던 바리가 손가락으로 한곳을 가리키며 멈춰 섰다. 산 중턱에 있는 동굴에 드디어 도착한 것이다. 해월공주를 부축한 청목이 동굴에 다다르자마자 해월공주를 안으로 들어가게 했다. 성곽 인근을 벗어나니 하늘은 전혀 딴판으로 말짱하게 화창했다. 동굴 안으로 햇살이 들어와 그리 어둡지 않았다. 바리가 주위에 있던 마른 낙엽을 두 팔 가득 쓸어 모아오더니 동굴 흙바닥에 고루고루 폈다.

"맨바닥은 차가우니 이리 앉으세요, 공주님."

바리가 흙바닥에 앉아 있는 해월공주에게 낙엽 위에 앉으라고 권했다. 해월공주가 가쁜 숨을 내쉬면서도 바리를 향해 얼핏 미소를 지어

보였다.

"고맙다."

가마꾼은 해월공주가 낙엽 위에 앉는 걸 지켜보다가 자신은 다시 내려가 상황이 어찌 돌아가는지 확인하고 오겠다는 말을 남기고 훌쩍 산을 내려가기 시작했다. 청목이 숲을 가로질러 내려가는 가마꾼의 뒷모습을 바라보며 미간을 좁혔다.

"미치겠네. 분명 어디서 봤는데."

사실 가마꾼의 생김새가 범상치 않았다. 흔치 않게 미려한 용모였고, 베어져 나오는 분위기도 가마꾼이라고 하기엔 어딘가 초탈하고 위엄이 있었다. 게다가 키는 구 척 장신에 양어깨가 떡 벌어진 것이 웬만한 사내들과는 비교가 되지 않을 정도로 강건한 몸집을 하고 있었다. 청목이 동굴 앞에 앉아 가마꾼을 어디서 보았는지 기억을 되짚어보는 동안 바리는 해월공주에게 궁금증을 꺼내고 있었다.

"공주님 오신다 해서 성주님이 오늘 거나하게 잔치 여신다고 했는데 갑자기 이게 뭔 일인지 모르겠어요. 도대체 남해용왕이 왜 나타나서 저 난리를 치는 걸까요? 우리 성주님이 무슨 큰 잘못을 한 걸까요?"

해월공주는 비 맞은 옷을 입고 산을 오른 것이 무리가 되었던지 오슬오슬 떨고 있었다.

"그게 말이다. 얼마 전에 남해용왕이 나를 달라고 아바마마께 ⁷⁾목간을 보내왔었단다."

바리의 눈이 휘둥그레졌다.

"그럼, 남해용왕을 피해서 이곳으로 시집오신 거예요?"

해월공주가 고개를 끄덕였다.

"그렇다고도 볼 수 있지. 원래의 혼인날을 앞당겼으니."

---

⁷⁾글을 적은 나뭇조각

바리가 걱정스러운 듯 동굴 밖의 숲을 응시했다.

"큰일이네요. 용왕이 저대로 물러날지. 성을 다 박살 낼 태세이던데."

해월공주가 두려움이 가득한 눈으로 바리를 쳐다보았다. 괜한 말을 꺼낸 것은 아닐까 순간 후회가 됐던 것이다. 아직 어린 사람이라 뒤를 생각하지 않고 있는 그대로 대답해 주었는데, 생각해 보니 이들도 이 나라의 백성이니 남해용왕이 끝내 물러가지 않는다면 이 아이들이 자신을 원망할 것 같았다. 아니, 제 가족들을 살리기 위해 용왕에게 그녀를 넘겨주려 할지도 모를 일이었다.

"네 이름이 무엇이니?"

"바리요. 평생 밥 굶지 말라고 할배가 바리라고 지었대요."

공주는 '바리' 라는 이름을 되뇌고는 그녀 때문에 졸지에 쫓기는 신세가 되어버린 아이에게 미안한 마음을 전했다.

"바리야, 고맙고 미안하다."

바리가 이해 안 된다는 얼굴로 공주를 빤히 쳐다보았다.

"공주님이 왜 미안해요? 저 남해용왕이 나쁜 거지."

해월공주가 다시금 고맙다는 뜻의 미소를 지어 보이다가, 문득 바리의 목에 걸려 있는 가락지를 보곤 멈칫했다. 해월공주가 가까이 다가가 바리의 가슴께에 있는 가락지를 유심히 살폈다.

"네 혹시 이 가락지 어디서 난 것이니?"

바리는 가락지가 하도 예뻐서 해월공주가 관심을 두나 싶어 아무 생각 없이 말했다.

"할매가 줬어요. 귀한 거니까 걸고 다니라고. 근데 너무너무 거치적거려요. 아까 올 때도 나뭇가지에 줄이 걸려서 컥컥거렸어요."

해월공주는 왼손에 항시 끼고 있던 어마마마의 가락지와 어딘가 똑같아 보여 다시 물었다.

"할머니는 이 가락지가 어디서 났다시니?"

바리가 잘 모르겠다는 듯 고개를 저었다.

"몰라요. 그냥 아주 귀한 거라고, 꼭 걸고 다니라고만 했어요."

"가락지 한 번 자세히 봐도 될까?"

공주가 탐을 낼 정도로 이 가락지가 그리 귀한 가락지란 말인가? 바리가 속으로 의아해하며 목에 걸고 있던 가락지를 벗어주려는데, 동굴 앞에 앉아 망을 보고 있던 청목이 갑자기 벌떡 일어섰다. 무슨 일인가 싶어 바리가 밖을 내다보기도 전에 무언가 날카롭고 긴 줄이 앞에 서 있는 청목을 순식간에 감아 데려가 버렸다. 바리가 식겁한 얼굴로 밖으로 고개를 내밀어보니 청목이 적룡의 수염에 감겨 허공에 매달려 있었다.

적룡은 구름 뒤에 숨어 동굴 앞까지 와 있었던 것이다. 바리는 후들거리는 다리로 천천히 뒷걸음질을 쳤다. 해월공주도 지칫지칫 동굴 안쪽으로 더 깊이 들어갔다. 하지만 동굴 안에 해월공주가 있는 걸 아는지 적룡은 그 붉은 눈으로 동굴 안을 태워 삼킬 것처럼 쏘아보더니 그 거대한 턱으로 동굴 입구를 부수기 시작했다. 동굴은 순식간에 무너져 내리고, 바리와 해월공주는 손바닥만 한 흙바닥 위에서 덜덜 떨며 모습을 드러낼 수밖에 없었다. 적룡은 해월공주를 제 눈으로 확인한 순간 이를 드러내며 공주를 향해 달려들었다. 바리는 시커먼 심연이 집어삼킬 듯 몸을 덮쳐 오자 자신도 모르게 해월공주를 꼭 끌어안았다. 하여 해월공주를 향해 벌어졌던 적룡의 입이 두 사람을 함께 물었다. 적룡은 바리와 해월공주를 입에 물자마자 다시 구름 속으로 제 모습을 감췄다. 이미 성곽은 파괴될 대로 파괴되어 있었고, 간신히 목숨을 구한 성주와 몇몇 호위무사만이 성을 빠져나가고 있었다.

구름 속에서 무언가가 빠르게 하늘을 통과해 남해에 다다랐다. 구름 끝이 바다에 닿아 있는 해안에 이르자 적룡이 구름 속에서 빠져나와

46

곧장 바다로 몸을 던졌다. 그리곤 수염으로 칭칭 동여매고 있던 청목을 물속에서 내동댕이쳤다.

청목은 그제야 거친 기침을 내뱉으며 숨을 내쉬었다. 품 안에 함께 잡혀 옴짝달싹할 수 없었던 해귀가 청목의 품 안에서 빠져나와 물속을 갈랐다. 청목은 정신을 차리고 적룡부터 찾았다. 심해의 한쪽에서 적룡의 꼬리비늘이 빛을 발하고 있었다. 그 빛을 바라보던 청목이 앞으로 팔을 내뻗으며 잔뜩 성질난 얼굴로 이를 갈았다.

"아우, 저 웬수. 왜 해월공주는 구해가지고……."

바닷속에서 작은 청룡이 물을 가르며 적룡의 뒤를 따라갔다. 청목은 저 망나니 걸신쟁이하고 다시는 같이 어딜 가나 봐라 그렇게 이를 박박 갈아대며 적룡을 향해 돌진하더니 적룡의 머리 바로 아래 몸통을 우지끈 이빨로 물었다. 아직 다 크지 않았지만 동해용왕의 아들로서 그 힘이 결코 가볍지 않았다.

바리와 해월공주를 물고 앞만 보고 유영해 가던 적룡은 갑작스럽게 찾아온 공격에 움찔하며 요동을 쳤다. 그 바람에 입에 물고 있던 바리와 해월공주를 놓쳐 버렸다. 청룡이 이를 놓치지 않고 바리를 입에 물려는데 적룡이 꼬리를 휘둘러 청목의 등허리를 후려쳤다. 청룡이 고통스러운 비명을 내지르며 뒤로 밀려나자, 적룡은 더 이상 공격할 의사가 없다는 양 물속으로 가라앉는 해월공주를 다시 입에 물고 유유히 어둠 속으로 사라져 갔다.

어린 청룡이 다친 몸으로 물속으로 가라앉는 바리를 입에 물고 간신히 바다를 빠져나왔다. 육지로 올라오니 해귀가 이미 나와 청목을 기다리고 있었다.

"으아아아, 다치신 거예요?"

해귀가 청목의 등에서 스며 나오는 피를 보곤 새된 비명을 내질렀다. 놀라기도 했거니와 동해용왕께서 아시면 자신을 용서하지 않을 것 같았다. 해귀가 얼른 청목을 살펴보려 하자, 청목이 힘없이 손을 내젓더니 턱짓으로 모래 위에 눕혀놓은 바리를 가리켰다.

"괜찮으니까, 저 골칫덩이 좀 어떻게 해봐."

해귀가 잠든 것처럼 누워 있는 바리를 보며 맹하니 물었다.

"뭘 어떻게 해요?"

청목이 지근지근 아파오는 허리 부근을 손바닥으로 감싸며 짜증을 냈다.

"얘 지금 숨을 안 쉬잖아."

해귀는 이해할 수 없다는 얼굴로 청목과 바리를 번갈아 보았다.

"왜 숨을 안 쉬어요? 설마 죽은 거예요?"

하기야 제 자신이 육지와 바다를 모두 오갈 수 있으니 인간에 대해 알 턱이 없는 해귀이다.

"인간은 우리랑 달라서 물속에 오래 있으면 죽어. 그러니까 지금 빨리 숨 쉬게 해줘야 한다고."

청목이 인내 어리게 설명을 해주고는, 자신의 상처를 동여매기 위해 안에 입은 윗옷을 벗어 찢었다. 하지만 해귀는 그래서 뭘 어떻게 하라는 거냐는 눈으로 청목을 바라보고만 있었다. 청목이 옷을 찢다 말고 정말 짜증을 견딜 수 없다는 듯 빽 소리를 질렀다.

"으아아아. 내가 왜 이 골칫덩이한테 입까지 맞춰야 하는 거냐구우우."

그러고는 재빨리 해치우고 잊어버리려는 사람처럼 청목이 바리의 가슴 부근을 손바닥으로 누르고는 바리의 입술에 숨결을 불어넣었다. 얼마나 그렇게 지옥 같은 시간이 청목에게 계속되었을까. 끝나지 않을 것처럼 긴 시간이 흐른 후에야 바리가 갑작스럽게 기침을 토하며 물을 뱉어냈다. 청목이 그걸 확인한 후에야, 소맷자락으로 자신의 입술을 벅벅 문질러 대고는 찢은 옷으로 서둘러 다친 등허리를 동여맸다. 그리곤 겉옷을 두르고 간신히 정신이 들어 멍하니 눈을 뜨는 바리를 살펴보았다. 의식이 돌아온 바리를 보니, 청목 순간 불쑥 화가 치밀어 소리쳤다.

"좀 씻어라, 이 땟국물아. 어쩌면 그리 주둥이가 짜냐."

바닷물이라 짠 건데, 청목은 바리가 씻지 않아 짠 거라고 생각했다. 사실 바리 따라왔다가 그것도 바리 때문에 다치기까지 했으니 청목은 이 순간 무엇이든 다 언짢았다.

허나 바리에게는 청목의 말이 윙윙 울릴 뿐이었다. 도대체 뭐가 어떻게 된 것인지 왜 자신이 모래 위에 누워 있는 건지 모든 게 어리둥절했던 것이다. 바리가 멍한 얼굴로 옆에 있는 해귀를 보더니 기운없이 중얼거렸다.

"어, 눈끔적이 너 언제 왔어?"

내내 청목 가슴팍 안에 숨어 있었으니 바리로서는 해귀가 언제 와 있나 싶다. 해귀는 바리가 무서웠지만 막상 기진맥진 혼미한 얼굴로 누워 있는 바리를 보니 조금은 걱정스러웠다.

"괜찮아요?"

바리가 히죽 웃으며 괜찮다고 대답하다가 그제야 아까 있었던 일들이 모두 떠올랐는지 벌떡 일어나 앉았다.

"해월공주님은? 어떻게 됐어?"

청목은 대답하기 귀찮아 대꾸도 하지 않고 일어서는데, 바리는 청목의 등을 보더니 깜짝 놀란 얼굴이 되었다. 옷가지로 동여맨 것으로는 미처 지혈이 되지 않았는지 옷 위로 피가 배어 나오고 있었던 것이다.

"어, 너 다친 거야?"

"오지랖 넓은 누구 좀 구하느라 다쳤다. 왜?"

청목이 이죽대자 바리가 눈을 동그랗게 뜨고 해귀를 돌아봤다. 그러고는 손가락으로 자신을 가리켰다.

"나?"

해귀가 말없이 고개를 끄덕이자 바리는 도대체 청목이 어떻게 적룡에게서 자신을 구해냈을까 궁금했다. 청목은 그런 바리를 내버려 두고 하늘을 지그시 응시했다. 할 수만 있다면 해귀의 부축을 받고 가보려 했는데 몸 상태를 보아하니 해귀의 부축으로는 어림도 없을 것 같았다. 게다가 육지로 걸어가야 하는 인간 아이도 함께 데려가야 하니, 돌아가려면 며칠이 걸릴 판이었다. 청목은 어쩔 수 없다는 듯 한숨을 내쉬더니 오랫동안 하늘을 응시했다. 그러자 하늘 위에 푸른빛이 도는 쪽구름 하나가 생겨났다.

쪽구름은 산자락을 넘실넘실 단숨에 타넘어 동쪽에 있는 아버지에게 아들의 요청을 전할 것이다. 그런데 쪽구름을 본 것은 동해용왕만은 아니었던지 쪽구름이 동쪽으로 향한 지 얼마 안 돼 해안으로 그 가마꾼이 나타났다. 가마꾼은 정수리에 틀고 있었던 똬리를 풀어헤치고 있었다. 청목은 머리카락을 풀어헤친 가마꾼을 보고서야 그 가마꾼이 누구인지 기억해 냈다.

세 아이가 있는 곳에 다다른 가마꾼은 염려하는 눈길로 세 아이를 바라보다 청목의 허리 부근을 보고 얼굴이 굳어졌다.

"다친 것이냐?"

청목이 그 가마꾼을 빤히 바라보며 고개를 끄덕이곤, 이렇게 되물었다.

"무장님께서 어찌 이곳에 있는 겁니까?"

가마꾼이 잠시 말없이 청목을 응시하다가 엷은 미소를 지었다.

"청운의 아들이 영특하다 하더니, 과연 그러하구나."

옆에 있던 해귀가 '무장'이란 이름을 듣고 눈을 휘둥그레 뜨는데, 두 사람의 대화를 듣고 있던 바리는 어리둥절한 얼굴로 두 사람을 번갈아 보았다. 그러다 깜빡했다는 얼굴로 다급히 무장에게 말했다.

"참, 해월공주님이요. 남해용왕이 잡아갔어요. 얼른 돌아가서 아뢰세요."

무장은 그런 바리를 보며 빙긋이 웃었다.

"그러마."

청목이 옆에서 낮은 한숨을 내쉬고는 그런 무장을 의미심장하게 쏘아보았다.

"아까 그분을 도와주신 거죠?"

옆에 바리가 있어 청목이 적룡을 그분이라고 칭했다. 무장은 묘한 미소만 지을 뿐 답하지 않았다. 바리는 그분이 해월공주를 말하는 건가 싶으면서도 미묘하게 이상한 두 사람의 시선이 이해가 안 돼 고개를 갸웃거렸다. 그러다 문득 목이 허전한 게 느껴져 손으로 목 주위를 매만졌다. 그러더니 갑자기 소리를 지르며 펄쩍펄쩍 뛰었다.

"으아아아, 어떡해. 가락지가 없어졌어."

정말 바리의 목에 걸려 있던 줄이 보이지 않았다. 바리가 엉금엉금 주위를 기며 모래밭을 살폈다.

"어떡해, 어떡해. 할매가 절대 잃어버리지 말라고 한 건데."

청목과 해귀, 그리고 무장이 바리를 쳐다보는데, 바리는 지금 이 순간 가락지를 잃어버린 것보다 할매 얼굴을 어찌 보나 해서 발을 동동 구르며 울음을 터뜨렸다. 바리가 울 수도 있다는 걸 상상도 못해본 청목은 신기한 걸 보는 양 바리를 쳐다보고 있다가 어느 순간 얼굴을 일그러뜨렸다. 바리의 눈물이 볼을 타고 흐르면서 때 구정물로 뒤범벅인 얼굴에 흰 줄이 생겼던 것이다. 바리의 살색이 여자애 같지 않게 꽤나 까만 편이라 생각했는데, 이제 보니 그게 다 때였던 것이다. 어쨌든 이 걸신쟁이가 울 줄도 안다는 게 놀라운 일이라 청목이 당황스러운 마음에 한마디 건넸다.

"찾아보지도 않고 왜 울기부터 하냐? 같이 찾아보면 되지."

그렇게 말을 해놓곤 청목 아차 싶다. 도대체 자신이 왜 같이 찾아준 다고 말한 건지 자기 입을 쥐어뜯고 싶었다. 바리 저 녀석 때문에 있는 고생 없는 고생 급기야는 목숨까지 살려줬는데 왜 가락지 잃어버린 것까지 자신이 찾아줘야 하는 건지 모르겠는 것이다.

무장은 훌쩍거리는 바리와 바리를 달래느라 진땀 빼는 청목을 뒷짐 지고 지켜보다 결국 이 아이가 가락지를 잃어버린 건 그의 탓이기도 한 것 같아 모른 척할 수가 없었다.

"가락지는 내가 찾아주마."

바리는 무장이라는 가마꾼이 자신을 달래기 위해 그냥 한 번 해보는 소리라고 생각했다. 어디에서 잃어버렸는지도 모르고, 안다 해도 그 작은 가락지를 어떻게 찾을 수 있단 말인가. 하여 할매한테 뭐라고 말하나 벌써부터 걱정으로 한숨을 내쉬는데, 무장이 마음만 먹으면 찾을 수 있는 존재라는 걸 아는 청목은 그 말에 더 이상 바리를 달래지 않았다.

그사이 동쪽 하늘에서 푸른 구름이 그득하게 몰려오고 있었다. 무장이 그 떼구름을 보고는 안심한 듯 걸음을 돌렸다.

"그럼, 조심히 돌아가거라."

장기를 두던 아재와 청목의 어머니인 수로부인이 멀리서 놀란 낯빛으로 달려오고 있었다.

무장은 멀리서 제 아버지의 등에 업혀 가는 청목을 착잡한 얼굴로 바라보고 있었다. 벗으로 지내고 있는 남해적룡이 그에게 도움을 청했을 땐 혼행길에 오른 해월공주가 성주에게 가지 못하도록 막아달라는 것뿐이었다. 헌데 예상과는 달리 적룡은 광포하게 성을 때려 부수더니, 급기야는 청룡의 아들에게마저 해를 가한 것이다. 물론 적룡이 해월공주의 일로 동해안의 영역을 침범하게 될 것임을 이미 동해청룡에게 눈감아달라 얼마 전 청하긴 했었다. 청룡 또한 육지의 여인인 수로부인을 억지로 데려와 자신의 부인으로 삼았던지라 심정적으로 적룡을 모른 척할 수가 없었기에 거절치 못했다. 허나 자신의 아들에게 해를 입혀도 된다고 허락한 것은 아니다. 그 자리에 왜 청룡의 아들이 있었는지는 무장도 알 수 없는 일이지만 어찌 됐든 이 일로 청룡과 적룡 사이에 분란이 일어날까 걱정이 되는 무장이었다.

그가 해안가에 피어 있는 동백꽃을 오랫동안 응시했다. 푸른 바다를 앞에 두고 세찬 바닷바람을 맞으면서도 끝내 핏빛처럼 붉은 꽃을 피워 낸 동백나무는 붉은 잎이 지느니 제 온몸을 통째로 던져 버리는 파괴를 선택하고 있었다.

애욕이란 감정이 바로 그와 같으리라. 한번 애욕을 품은 자, 제 자신이 모두 망가지더라도 단심을 놓지 못하고 자신의 감정에 휘둘려 버린다. 무장은 오늘 오랜 지기인 적룡에게서 그 어리석음을 보았다.

남해는 제 주인의 폭주를 아는지 폭풍이 몰려올 것처럼 거세게 파도치고 있었다. 남해안에 찾아온 저 폭풍이 주위에 있는 모든 것을 죽음으로 내몰지 아니면 생명을 키우는 물결이 되어 육지와 바다를 모두 어루만질지 알 수 없었다. 아마도 그 결과에 따라 그가 선택한 오늘의 행위가 과연 무슨 의미였는지 판가름이 날 것이다.

무장이 몸을 돌려 휘파람을 불었다. 그러자 하늘 높은 곳에서 무언가가 날개를 펄럭이며 날아오기 시작했다. 천마는 무장 앞에 조용히 내려오더니, 제 주인을 태우고 다시 하늘로 올랐다.

"동해 기저국의 숲으로 가자."

천제의 아들, 무장의 명이 떨어지자 천마가 날갯짓을 하며 하늘을 갈랐다.

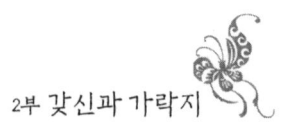

"공주님, 속도를 늦추십시오. 그렇게 빨리 달리시면 위험합니다."

뒤를 따르는 두 명의 호위무사 중 하나가 해월공주에게 소리쳤다. 허나 공주는 속도를 늦추지 않고 오히려 말의 옆구리에 박차를 가했다. 공주가 말을 타기 시작한 아홉 살 무렵부터 한 몸이 되어 달렸던 흑마는 윤기 흐르는 검은 갈기를 흩날리며 공주의 뜻에 따라 더 빠르게 내달렸다.

공주에게 늦추라 외쳤던 호위무사는 놀란 숨을 들이켜며 당황스러워했다. 하기야 궁 안에서 해월공주, 곱고 단아한 몸가짐에 뜰에 핀 꽃처럼 여려 보이니 저토록 거칠게 말을 몰 것이라고는 상상치 못했던 것이다. 저러다 낙마하는 것 아닌가 호위무사 두려움에 속도를 내며 뒤를 따라가는데 어찌 된 일인지 따라잡기 쉽지가 않구나.

사실 해월공주 병약하고 잔병치레 많아 다른 공주들과 달리 온갖 검술 익히지는 못하였으나, 몸이 아픈 동안 방 안에서 옴짝달싹하지 못한 것이 답답해 말을 타고 바람 쐬던 것이 이제는 이력이 붙어 웬만한 사내들보다 말을 더 잘 탔던 것이다. 게다가 지금 해월공주 달리는 것이라도 시원하게 할 수 없다면 답답하여 그대로 숨이 막혀 죽을 것만 같았다.

'해월아, 용왕이 또 목간을 보내왔구나. 너를 당장 내놓지 않으면 궁을 쓸어버리는 것도 모자라 백성들의 목숨까지 모두 앗겠다고 협박을 해왔다. 이를 어찌하면 좋단 말이냐. 이 아비가 어찌했으면 좋겠는지 네가 말 좀 해보려무나.'

해월공주, 어제 아버지 대왕마마에게서 들었던 말을 떠올리며 궁과 가까운 서해 바다로 길을 잡았다. 하룻밤을 꼬박 새우며 고민했지만 답은 나오지 않았다. 아니, 아버지 대왕마마가 원하는 답을 들려줄 마음의 준비가 되지 않았다. 그녀가 선택해야 할 길이 무엇인지 뻔히 보였지만 그 길이 선택되지 않았다. 자신이 대왕마마에게 결국 무슨 대답을 해야 하는 것인지 잘 알면서도, 아버지 대왕마마 당신 스스로 명을 내리지 않고 끝까지 공주 스스로 선택하여 간 것으로 만들려 하는 것이 서운하고 분했다.

'대왕마마, 혼인을 앞당겨 달라 그 말을 원하는 것이지요? 아니면 차라리 제 스스로 용왕에게 가겠다 그 말이 나오기를 바라시는 것이지요? 제게서 그 말이 나오기를 기다리고 있는 것이지요?'

혼인날까지 아직 열 달 정도가 남아 있지만 기저국의 성주와 이미 혼인이 예정되어 있었다. 일 년 전 느닷없이 날아 들어온 용왕의 협박이 없었더라도 어차피 기저국으로 시집을 갔어야 했다. 그런데 무엇이 이토록 답답한가. 도대체 무엇 때문에 혼인을 앞당기겠다는 말이 입에서 나오지 않는 것인가.

언제 용왕이 나타나 해코지를 할지 알 수 없어 병석에 있는 대왕마마 이제나저제나 노심초사 불안에 떨고 있고, 타국의 첩자가 농간을 치는 것일 수 있다며 끊임없이 시집간 딸들에게 동태를 살펴달라 청을 하며 공주를 용왕에게 보내야 한다 말아야 한다 사분오열되어 있는 대신들 사이에서 시달리고 있는 왕후마마를 생각하면 이렇게 눈치를 살피며 입 다물고 있을 때가 아니었다.

해월공주, 알고 있었다. 모두 드러내 놓고 말하지 못할 뿐, 그녀가 차라리 선택해 주기를 기다리며 그녀의 눈치를 살피고 있다는 것을 말이다. 그녀를 용왕으로부터 지키겠다고 호위무사 넷을 붙였지만 네 명의 무사가 용왕을 막을 수 있다고 믿는 사람은 아무도 없었다. 물론 뽑혀온 호위무사들, 다른 군사들에 비해 그 무예 실력 출중하고 장대한 몸집으로 그 위압감 대단하였지만 그래 봐야 구 척을 넘지 못하는 인간 사내이니, 하늘을 뒤덮고 폭우와 벼락을 제 마음대로 부리는 용왕을 막기에는 턱도 없다. 결국 바다에 몸을 던져 용왕에게 스스로 가거나, 아니면 기저국과의 혼인을 앞당겨 목지국을 용왕의 위협으로부터 벗어나게 하는 것만이 답일 것이다. 물론 용왕의 목적이 공주가 아니라 어비대왕이라면 그녀가 혼행길에 오른 후에도 궁에 해코지를 가할 것이나, 그것은 더 이상 공주가 어찌할 수 있는 일이 아니었다. 허나 정말 만약 용왕이 원하는 것이 그녀라면 목지국을 주시하는 용왕의 눈길은 저 동해에 있는 기저국으로 옮겨갈 터, 해월공주 진정 나라의 백성들을 생각해야 하는 왕조의 일원이라면 스스로 떠나주는 것이 현명한 행동이리라.

이미 백성들 사이에서 흉흉한 말들이 오고 갔다. 어비대왕 일곱째 공주 바다에 내버린 탓에 용왕의 분노를 샀다, 바다에 버려진 막내공주가 용왕의 부하가 되어 복수를 하는 것이다, 말이 많았다. 십오 년 전 어비대왕이 제 자식을 버린 일은 일파만파 소문이 퍼져 백성들의 신임 잃었으나, 애지중지 공주들을 아끼던 어비대왕이 오죽이면 그리하였겠느냐 한편으론 이해해 주었다. 허나 막상 용왕이 해월공주를 내놓지 않으면 백성들의 목숨까지 다 앗아버리겠다 협박을 해오니 백성들 대놓고 어비대왕을 욕하지는 못하나 이심전심 이 모든 게 다 그때 그 일 때문이라며 원망과 불만 마음속에 품기 시작했다. 하여 막내공주의 원한을 풀어주는 씻김굿을 드려야 한다, 그때 막내공주를 버리고 온 사람들을 잡아내 용왕에게 제물로 바쳐야 한다 옥신각신했다. 더 이상 시간을 끌다가 만약 용왕이 정말 백성들의 생활 터전을 송두리째 망가뜨리기라도 한다면 어비대왕뿐 아니라 목지국을 세운 왕조 자체의 존위마저 위험해질 것이 분명했다.

빠르게 말을 달리던 해월공주가 저 멀리 서해 바다가 보이기 시작하자 속도를 차츰 늦추기 시작했다. 일정한 간격을 두고 공주의 뒤를 쫓았던 호위무사도 속도를 늦추며 거리를 유지했다. 공주는 말의 기세를 다독이며 천천히 모래사장으로 들어섰다. 말은 전속력으로 달려온 탓인지 거칠게 콧김을 내뿜으며 숨을 몰아쉬었다.

해월공주가 말에서 내려 물병을 꺼내어 들자 바로 곁에 말을 멈춰 세운 호위무사가 다가왔다. 공주는 자연스럽게 물병을 호위무사에게 건네주고, 두 손을 오므렸다. 호위무사가 그 손안에 물을 쏟아주니, 말이 서둘러 공주의 손바닥 안을 핥아댔다. 해월공주, 말에게 물을 먹일 때면 항상 간지러움이 느껴지는지라 무거운 속내와는 상관없이 오랜만에 웃음을 터뜨렸다.

"천천히 먹어, 이 녀석아."

공주는 어렴풋하게 미간을 찡그리고 웃으면서도 생김새와 달리 온순하고 충성심 강한 흑마가 대견스럽고 어여쁜 듯 정다운 눈빛으로 말을 바라보았다. 그 웃음 진 얼굴과 정다운 눈빛, 손안에 물을 따라주던 호위무사가 조용히 바라보더니 한마디 건넸다.

"죽는 것을 두려워하지 않는다, 그것을 보여주고 싶었습니까?"

속도를 늦추라며 애를 태우던 호위무사와 달리 내내 한마디 말없이 그녀의 뒤를 쫓아온 다른 호위무사가 의외의 말을 건네며 분노를 표하고 있었다. 해월은 적한이란 이름의 호위무사를 말없이 응시했다. 그는 대답은 들을 필요도 없다는 듯 빈 물병의 마개를 닫고 해월공주에게 내밀었다. 해월공주가 그 물병을 받아 들면서도 적한을 빤히 쳐다보았다.

가끔씩 적한이란 자는 사람을 놀라게 했다. 내내 말이 없다가도 그녀의 심중에 숨어 있는 마음을 정확히 파악하는 말을 던져 놀라게 했고, 더더욱 놀라운 건 자신의 신분을 모르는 사람처럼 감히 그녀에게 하고 싶은 말을 툭툭 내뱉는다는 것이다. 게다가 다른 호위무사들보다 더 몸집 장대하여 그런 것인가, 성질 난폭한 말도 그를 두려워하고 그의 앞에선 온순해졌다.

"두려워하지 않는 것으로 보입니까?"

해월공주, 슬쩍 묘한 웃음 지으며 되묻자 자신의 붉은 말이 있는 곳으로 향하던 호위무사 적한이 멈칫 뒤돌아섰다. 서해 바다 앞에 서 있기 때문일까, 아니면 그녀를 뒤쫓느라 눈에 핏발이 섰던 것일까, 그의 눈동자는 분명 칠흑같이 검은빛이었는데 이상하게 붉게 느껴졌다.

"아닙니까, 그럼? 제가 알기로는 적에게 쫓길 때나 그렇게 달리는 것인데, 뒤를 쫓은 저희가 적이 아니니 그건 차라리 말이 고꾸라져 죽기를 바란 것 아니겠습니까?"

속이 답답하여 자신도 모르게 과도하게 속력을 내긴 냈지만 해월공주 워낙 마상 실력 뛰어나서 괜찮다고 생각했다. 그런데 적한의 말을 듣고 보니, 어쩌면 그의 말대로 죽고 싶다는 마음에 그런 것일 수도 있겠다는 생각이 들었다. 그도 아니면 궁 안에서 그녀의 선택을 기다리고 있는, 아니, 그녀 스스로 어서 목지국에서 떠나주기를 기다리는 많은 이들이 적으로 느껴졌던 것일지도 모른다. 하여 피식 서늘한 웃음 입가에 물었다.

"고꾸라져 죽는다, 듣고 보니 그리되는 일도 나쁘진 않을 성싶네요."

무심하고 무감한 얼굴로 해월공주를 바라보던 호위무사 적한의 눈동자에 날카로운 기운이 잠깐 어리다 사라졌다. 그 날카로움, 너무나 어둡고 짙어 꼭 고통과 아픔 같기도 했지만 해월공주는 그저 과도한 충성심과 책임감의 발로라고 생각했다.

"걱정 말아요. 내 비록 우유부단하여 많은 이들을 힘들게 하고 있지만 그렇게까지 어리석지는 않답니다. 그저 답답해서…… 그런 것입니다."

해월공주, 담담하면서도 자조가 뒤섞인 그 말 뱉어내고 걸음을 돌려 서해 바다를 바라보았다. 서해는 한낮임에도 꼭 저녁노을처럼 어스름하니 잔잔하게 물결 치고 있었다. 한낮의 햇살마저 노을처럼 반짝이는 그 물결이 어딘가 애틋해 보이는 건 단지 서해의 빛깔 때문은 아니리라. 본 적도 없고 기억도 나지 않지만 그녀의 막냇동생이 이 서해에서 버려졌기에 서해 앞에 서면 이상하게 눈물이 났다. 아마도 그 아이를 떠올릴 때마다 형용할 수 없이 복잡한 얼굴이 되어버리곤 했던 어머니 길대부인을 보고 자란 탓이리라.

말없이 바다를 바라보던 해월공주가 문득 자신의 발을 내려다보았다. 갖신은 이미 젖은 모래로 뒤범벅되어 벗는 것이 더 나을 것 같았다. 허나 사내가 있는 곳에서 맨발을 보이는 것은 경망스러운 일이니 젖은 버선은 그대로 두었다. 해월공주, 갖신을 양쪽에 든 채 치맛자락을 움켜쥐고 거닐려 하는데, 말을 챙기고 있던 호위무사 적한이 어느새 다가와 해월공주를 지켜보고 있었다. 얼핏 붉게 보인다고 생각한 건 그녀의 착각이었는지 그의 눈동자는 검게 빛날 뿐이었다. 물론 그 검은 눈동자 놀란 기색 역력해, 해월공주 그 눈빛 슬쩍 뒤돌아보고 빙그레 웃었다.

"죽으려는 것 아니니 그 눈 좀 풀어요."

무섭게 굳어 있던 적한의 눈동자가 다소 부드러워지는가 싶더니 말을 할까 말까 망설이는 듯 그녀를 쳐다보았다. 해월공주가 그 얼굴을 보고 놀리듯 고개를 갸웃하며 손에 들고 있던 갖신을 들어 보였다.

"왜? 몸가짐이 사납다 감히 내게 혼이라도 내고 싶은 것입니까?"

호위무사 적한의 속마음을 해월공주가 제대로 읽었던 것인지 그의 얼굴이 다시 굳어졌다. 때때로 호위무사 적한은 용왕에게서 공주를 보호하는 것이 아니라 모든 사내의 눈길에서 공주를 보호하는 것인 양 행동했다. 간혹 곱게 치장하고 궁 밖으로 출타하려고 하면 사람들 눈에 띄어 위험하다 막아서며 말이 아니라 가마를 타게 했고, 오늘처럼 주위에 사람 없더라도 몸가짐 흐트러지면 못마땅한 기색이 역력한 얼굴로 그녀를 쳐다보아 해월공주 때때로 호위무사 적한이 상전으로 느껴지기까지 하였다. 하여 아버지 대왕마마보다 더 그녀의 숨통을 조이며 단속하는 호위무사 적한에게 비아냥거렸다.

"그대 때문에라도 내 얼른 궁을 떠나야겠군요."

해월공주, 아픈 마음 빈말처럼 건네고 모래사장을 다시 거닐기 시작하였지만 말속에 들어 있는 그녀의 아픔을 느꼈는지 그는 생각에 잠긴 얼굴로 공주를 바라보았다. 그러다 문득 가까이 다가와 해월공주의 손에 들려 있는 갖신을 달라는 듯 손을 내밀었다.

해월공주, 두툼하고 거친 그의 손 잠깐 내려다보는가 싶더니 그 손에 갖신을 건네주었다. 그는 무슨 생각을 하는지 손바닥 위에 올려져 있는 공주의 갖신을 조용히 내려다보았다. 무슨 생각을 하고 있느냐 묻고 싶었지만, 묻지 않았다. 만약 그가 마음에 둔 여인을 생각하며 이렇게 귀한 갖신을 그 여인에게 신겨주고 싶다 대답한다면 궁을 떠나는 길이 왠지 서러울 것 같았다. 허나 공주 안에 숨어 있는 그 마음 이내 짓궂게 비틀어졌다.

"궁으로 돌아가면 그 갖신은 그대에게 드릴게요."

그는 공주의 하사에 망극해하기는커녕 무슨 뜻이냐고 되묻는 듯 공주를 뚫어지게 응시했다. 해월공주는 이 오만하고 무뚝뚝한 사내의 여인은 누구일까 궁금했다.

"훗날 그대의 여인에게 주어요. 갖바치에게 맡기면 그 여인의 발에 맞게 고쳐 줄 것입니다."

일반 백성들은 꿈도 꾸지 못할 갖신이었다. 하물며 해월공주가 신고 있던 그 갖신, 옥저로 시집간 큰언니 자월공주가 작년 막내의 생일이라며 보내준 사슴 가죽으로 만든 데다가 궁 안의 제일가는 능라장이 짠 비단으로 안쪽을 덧대고, 자수장이 금실은실 온갖 정성 들여 연화무늬를 수놓은 신이었으니 나라 안에서도 구하기 힘든 귀한 신이었다. 그 갖신 팔기만 하여도 백성들이 사는 초가 한 채 정도는 너끈히 마련할 수 있을 정도였다.

해월공주, 그렇게 가장 아끼는 신을 하사품으로 가장하여 적한에게 준다 말하였다. 그 마음이 어떤 마음인지 스스로도 알 수 없었으나, 그의 여인에게 자신의 갖신을 신기고 싶었다. 호위무사 적한이 제 여인을 보면서 동시에 그녀를 떠올리게 하고 싶었다.

허나 해월공주의 그런 마음을 읽은 것일까. 조용히 갖신을 내려다보던 호위무사 적한이 해월공주를 향해 묘한 웃음 지으며 고개를 끄덕였다.

"그러지요. 훗날 제 여인에게 이 신을 꼭 신기겠습니다."

무슨 대답을 기대했던 걸까. 해월공주는 이상하게 쓸쓸해지는 마음을 뒤로 감추었다. 그녀가 담담한 미소를 입가에 문 채 오래도록 모래사장을 거닐었다. 호위무사 적한은 갖신을 든 채 그 자리를 지키고 서 있었지만, 그 시선 공주의 등 뒤를 집요하게 따라붙었다.

궁에 도착한 것은 해가 뉘엿뉘엿해져 인가에서 밥 짓는 연기가 피어오르고 있을 때였다. 바닷바람을 쐬고 오겠다 말하고 나갔지만 용왕의 협박이 있는 이때에 바다 근처로 나간다 하니, 하루 종일 어비대왕과 길대부인 마음이 뒤숭숭 불안하였다. 혹여 바다 근처에서 용왕이 나타나 여식을 그대로 잡아가는 것은 아닌가 하고 말이다. 허나 무사히 돌아온 해월공주, 이마에 깃들어 있던 근심 어린 그림자 사라지고 한결 밝아져 있으니 어비대왕과 길대부인 공주에게 무슨 좋은 일이 있었나 오히려 기이해하였다.

그 밤, 오랜만에 대왕마마와 왕후마마 두 분에게 다과상 올린 해월공주가 혼인날을 앞당겨 달라 두 분께 청하였다. 얼마 남지 않은 대왕마마의 환갑잔치를 미리 준비하는 척하고 용왕 모르게 혼인을 앞당겨 치른다면 그땐 용왕도 포기할 것이다 듣기 좋게 말도 꾸몄다. 어비대왕은 한동안 침통하고 안타까운 낯빛으로 찻잔을 내려다보다가 이내 한숨을 내쉬며 그렇게 하마 고개를 끄덕였다. 해월공주, 어비대왕의 늙고 병든 손잡고 너무 걱정 마시라 아버지 대왕마마의 근심과 자책 덜어주는 한마디도 건네니 어비대왕 말을 잇지 못하는구나.

해월공주의 뜻, 대신들에게도 전해지자 궁은 밖으로는 어비대왕의 환갑잔치를 준비하는 것처럼 가장하고 안으로는 조용히 혼례 준비에 들어갔다. 용왕이 모르게 올라야 하는 혼행길이니 기저국으로 사신을 보내 날을 잡는 것부터 예단 준비하는 모든 움직임이 비밀스럽고 조심스러웠다. 하여 혼행길도 그믐달이 뜨는 밤중에 사람들 모르게 나가기로 하니 백성들은 물론 궁에 있는 대부분의 시녀와 내관들도 어비대왕의 환갑잔치가 곧 열린다고 생각할 뿐 해월공주의 혼인날이 정해진 것도 곧 혼행길에 오른다는 것도 전혀 알지 못했다. 나고 자란 고향땅을 백성들의 축원은커녕 몰래 도망치는 도둑처럼 빠져나가야 하니 생각할수록 속이 상하고 눈물나는 일이었지만, 이렇게 해서 용왕의 눈길을 피할 수만 있다면 천만다행이리라.

그렇게 해월공주의 혼례가 소리소문없이 준비되어 혼행길을 오르기로 한 날을 하루 앞두고 있었다. 해월공주, 처소 밖을 지키고 있던 호위무사 적한을 데려와라 명하였다. 이미 다른 호위무사들에게는 비단 한 필과 옷 한 벌씩 하사하고 그동안 고생하였다 치하한 후였다. 그 호위무사들 내일이면 해월공주 혼행길 오르는 것도 모르고 제각각 하사 받은 옷과 비단에 기뻐하며 싱글벙글 웃는데, 시녀의 뒤를 따라 처소로 향하는 호위무사 적한은 평소와 미묘하게 다른 분위기를 감지하고 마음을 긴장시켰다.

처소로 들어서자마자 그가 해월공주의 얼굴과 다탁 위에 있는 작은 나무함 유심히 쳐다보는데 해월공주는 그런 적한을 보는 것도 마지막이라 빙그레 웃음을 물었다. 적한은 해월공주의 미소에 오히려 얼굴이 더 굳어지더니 이내 무언가를 깨달은 듯 두 눈을 가늘게 좁혔다.

"어디…… 가십니까?"

그의 눈길이 부산스럽게 움직이는 시녀와 화려하게 단장하고 차려 입은 해월공주를 훑어보았다. 또 어딘가 마음이 정리된 듯 흔들림없이 곧은 두 눈동자도 보았다. 해월공주, 잠시 망설이는가 싶더니 어차피 곧 있으면 알게 될 일 직접 말해주는 게 낫지 싶어 입을 열었다.

"닷새 후에 기저국에서 혼례가 치러집니다. 하여 제가 내일, 아니, 오늘 새벽에…… 혼행길에 오릅니다."

공주의 말이 떨어지자 날카로웠던 적한의 눈빛 오히려 고요해지고 잠잠해졌다. 공주는 그 눈빛 속에 무엇이 숨어 있는지 상상치 못하고, 그저 호위무사인 그에게까지 사실을 숨겼다는 것에 그가 서운함을 느끼는 것이라 여겼다.

"그동안 겨를이 없어 깜박하였는데, 이것 그때 약속드린 신은 아니지만 받으세요."

공주는 나무함의 뚜껑을 열어 보였다. 함 안에는 보자기로 단정하게 둘러싼 새 갓신이 들어 있었다. 해월공주, 보자기 깃 살짝 풀고 궁의 갓바치에게 부탁하여 지은 새 갓신을 꺼내 보여주었다. 신은 코와 뒤꿈치를 비단으로 감싸 만든 태사혜였다. 정갈하고 멋스러워 한눈에 보아도 품이 예사로 들어간 것이 아님을 알 수 있었다.

"아끼던 것이라 제 신을 준다 하였는데, 생각해 보니 신던 것이라 드리기가 저어되어서요. 해서 그대에게 맞는 신을 지으라 하였어요."

기저국에서 예물로 보내온 가죽 중 가장 좋은 사슴 가죽으로 만들게 하였다. 어차피 마음자락 중 어느 한 자락도 드러내지 않고 떠나야 하는 마당에 굳이 신고 있던 자신의 갖신 전해주며 사내 마음 떠보아서는 안 될 것이며, 자신의 흔적 그런 식으로 남기는 것도 어리석게 느껴졌다.

해월공주, 꺼내놓았던 갖신 다시 보자기로 여며 함에 넣고 호위무사 적한에게 잠시 품었던 미묘한 마음도 함께 여미고 닫았다.

"내일 혼행길에 그대는 따르지 말고, 이 궁에 남아 대왕마마와 왕후마마를 지켜주었으면 해요. 용왕이 뒤늦게 알게 된다면 해코지를 하게 될는지도 모르니 말입니다."

호위무사 적한은 언뜻 서늘한 비웃음을 입가에 그렸다.

"제가 용왕이라면 공주님의 혼행길을 뒤따라가지 이 궁으로는 오지 않을 것입니다."

해월공주도 그렇게 생각했다. 어차피 어비대왕이 목적이었다면 이토록 기한을 주며 잠잠히 기다리지는 않았을 용왕이었다. 또한 진심으로 원하는 것은 해월공주라는 듯 한껏 예의를 차려 사람을 보내어 목간을 전하고 온갖 귀한 것들 보내오지 않았던가.

해월공주, 적한과 같은 생각이기에 더더욱 그를 궁에 남겨두고 싶었다. 저런 본바탕이라면 분명 용왕이 나타났을 때 물불 가리지 않고 덤벼들어 급기야는 제 목숨을 잃을 것이 뻔했다. 뒤로 물러나거나 그녀를 두고 도망가는 짓 따위는 하지 않으리라.

"따르지 말고 여기에 남아 있어요. 이건 저의 명입니다. 설혹 그대가 혼행길을 호위한다 하여도 용왕이 기어코 나를 뒤쫓는다면 누가 막을 수 있겠습니까?"

서운하고 서운하게도, 혼행길을 따르겠다고 할 줄 알았던 호위무사 적한이 해월공주의 그 말을 순순히 받아들였다. 적한은 다탁 위에 놓여 있는 나무함, 굳은 얼굴로 내려다보더니 속을 알 수 없는 눈빛으로 그녀를 응시했다.

"이건…… 장차 공주님의 낭군이 될 이에게 신겨 드리도록 하십시오. 아마도 그는 꽤 마음에 들어할 것입니다."

호위무사 적한이 목례로 해월공주에게 마지막 인사를 건네고 처소를 나갔다. 그 뒷모습을 바라보고 있던 해월공주가 천천히 고개를 숙여 나무함을 내려다보았다. 결국 전해지지 못하고 그녀에게 남아버린 갖신, 갖신은 나무함에 넣어진 채 이제 다시는 세상 밖으로 나오지 못하게 되었다. 단단히 닫힌 나무함처럼 해월공주의 두 눈도 감겨졌다.

'무엇을 바라고 있었던 것이냐? 너, 그에게 무엇을 원했던 것이냐? 그가 이 신을 신고 기저국으로 와주기를 바란 것이냐? 하여 너를 데리고 도망이라도 쳐주기를 바란 것이냐? 무시무시한 용왕에게서, 탐욕스럽고 간교하다는 저 기저국의 성주에게서, 또 끝내 지켜주지 않고 등을 떠밀었던 아버지 대왕마마에게서, 그 모든 것에서 너를 벗어나게 해줄 수 있다 여겼느냐? 네 운명에 그가 자신의 남은 생을 송두리째 바치기를 원했던 것이냐?

해월공주의 감겨진 눈 사이로 뜨거운 눈물이 흘러내렸다. 흘려도, 흘려도 바래지지 않는 마음. 가마를 타고 한밤중에 궁을 나설 때에도 궁에 남아 있는 그를 생각하였지. 다시 볼 날이 있을까, 이 모든 것이 이미 지나가 버린 일임에도 고백하지 못한 마음이 자꾸만 해월공주를 되돌이하게 만들었다.

공주는 꿈속인 줄도 모르고, 마음을 전하지 못했던 그때 일들을 다시금 애통해하고 있었다. 아니, 꿈속에서라도 그를 다시 본다는 게 기뻐 깨어나지 않으려 애썼다. 허나 감겨졌던 두 눈은 비통한 눈물을 이기지 못하고 떠버렸다. 그러자 두 눈에 들어오는 광경은 호화롭고 아름다운 물건들로 가득 찬 어느 방이었다. 공주는 아직도 꿈속인가 하는 얼굴로 주위를 살펴보았다. 침상 기둥 끝은 붉은 산호로 조각되어 있었고 침상을 두른 항라장막엔 수천 개의 진주가 알알이 달려 있어서 은은하고 아련한 빛을 뿜어냈다. 해월공주는 눈물을 닦아내며 달빛처럼 고운 진주 빛을 멍하니 올려다보았다. 아무래도 꿈에서 깨어나지 못한 것이지 싶다.

방 곳곳에 놓인 가구들이 자신의 처소에 있던 것들과 똑같았다. 작은 문갑에서부터 벽에 걸린 고비까지 그녀가 쓰던 것과 똑같았고 놓인 위치마저 같았다. 아직 목지국의 궁에 있는 것일까. 핏물처럼 내렸던 빗줄기, 혼행길에서 보았던 하늘 위의 용왕, 숲으로 도망쳤던 일들이 모두 꿈이고, 아직 혼행길을 오르지 않은 것일까.

허나 그 모든 일이 꿈이 아니었다고 입고 있는 혼례복이 너무나 분명하게 말해주고 있었다. 해월공주가 천천히 손을 들어 올렸다. 혼례를 위해 소맷자락 끝에 덧댄 길고 긴 거들지가 손을 가리고 있었다. 분명 꿈은 아닌 것이다. 아니면 지금 이것도 꿈이런가.

해월공주가 거들지에 남아 있는 핏자국을 보곤 흠칫 몸을 떨었다. 숲 속 동굴에서 그 아이가 자신의 몸을 감싸주던 것까지는 기억났는데, 그 이후의 일은 아무것도 생각나지 않았다. 그 아이의 핏자국인가. 아니면 용왕이 내린 핏빛 빗줄기가 얼룩으로 남은 것인가.

해월공주, 그 붉은 자국 보고 나서야 용왕에게 잡혀왔다는 사실이 온몸으로 느껴졌다. 하여 금방이라도 울음을 터뜨릴 듯 겁에 질린 눈으로 주위를 경계하였다. 헌데 그 순간 문밖에서 발자국 소리가 들려왔다. 분명 용왕이 오고 있는 것이리라. 다급히 주위를 둘러보던 공주가 허둥지둥 병풍 뒤로 숨어들자 그와 동시에 거대하고 육중한 문이 철커덩 열렸다. 병풍 뒤에서 잔뜩 숨을 죽이고 문 쪽을 훔쳐보던 공주는 생각지도 못한 이가 들어오자 눈을 휘둥그레 떴다. 어떻게 그가 올 수 있었는지 알 수 없지만, 지금 이 순간 그가 나타났다는 것에 형용할 수 없는 감정들이 솟구쳤다. 공주는 그렁그렁 눈물을 매단 채 병풍 밖으로 나갔다. 그 사내는 문 앞에서 방 안을 둘러보며 공주를 찾다가 병풍 뒤에서 그녀가 나오자 안도의 숨을 내쉬었다. 해월공주가 떨리는 다리를 간신히 움직여 천천히 그에게 다가갔다.

"적한, 어떻게 여길……."

문 앞에 있던 적한은 해월공주가 다가오자 가까이 오라는 듯 손을 내밀었다. 그 손이 자신을 용왕에게서 구해주겠다는 뜻인 줄 알고 공주는 주저없이 그 손을 잡았다.

해월공주는 용왕의 은신처까지 혼자 잠입해 온 적한을 보며 더 이상 마음을 숨길 수 없었다. 하여 궁에서는 결코 하지 않았을 행동을 그에게 했다. 그녀가 적한의 품에 얼굴을 묻었다.

"명을 내렸는데 어째서 온 거예요? 어째서……."

공주는 적한을 붙잡고 싶은 마음과 보내야 한다는 마음 사이에서 갈등했다. 그는 무슨 생각을 하는지 무표정한 얼굴로 해월공주를 내려다보고만 있다가 여전히 용왕에 대한 두려움으로 떨고 있는 공주를 침상으로 데려갔다.

"우선은 쉬어요, 공주. 많이 놀랐을 테니……."

침상에 누이려는 적한의 손길을 해월공주가 뿌리치고는 용왕이 들을까 두렵다는 듯 잔뜩 소리를 낮춰 말했다.

"어서 도망가요. 조금 있으면 그 무시무시한 용왕이 나타날 거예요."

해월공주가 고개를 숙이고 흐느꼈다.

"제발, 용왕이 오기 전에…… 어서 가요."

왕자가 없는 목지국에서 주변국과 화친을 유지하는 길은 세력이 강한 나라에게 공주를 시집보내는 일이었다. 첫째 공주부터 다섯째 공주, 그렇게 해월공주의 다섯 언니가 모두 적국으로 시집을 갔다. 이 운명을 벗어나려 했지만 마음대로 되지 않았다. 아니, 차마 혼자만 행복하자고 부모를 저버릴 수는 없었다. 차라리 남해용왕에게 잡혀가 죽는 것이 나으리라 생각한 적도 있는 해월공주였다. 허나 지금 이 순간 단 한 사람을 지킬 수만 있다면 이곳까지 와버린 적한, 이 한 사람이다.

해월공주의 마음이 그에게도 전해졌는지, 그동안 호위무사로서의 임무에만 충실하며 속내를 드러내지 않았던 그 사내가 흐느끼는 해월공주를 품 안에 끌어당겨 안았다. 그리곤 고개를 숙이고 있는 해월공주의 얼굴을 올려 거친 입맞춤을 퍼부었다. 공주는 죽음을 각오한 사내가 마지막으로 하는 작별의 인사라고 생각했다. 해월공주가 두 팔로 그의 목을 감싸고 입 안을 헤집는 적한의 혀를 받아들였다.

그는 공주를 제 품속으로 끌어당겨 안고, 목덜미와 쇄골을 따라 입을 맞추었다. 공주는 처음으로 겪는 사내의 육체적 행위에 놀랐지만 그의 손길과 입술을 받아들이려고 애썼다. 허나 적한이 공주의 가슴골을 애무하며 걸치고 있던 윗옷을 풀어헤치자 공주의 입에서 새된 비명이 흘러나왔다. 그 소리에 옷을 벗어내던 그의 손길이 멈추었다.

공주는 얼어붙은 얼굴로 적한의 어깨와 팔죽지를 바라보았다. 그의 어깨와 팔죽지에는 붉은빛의 단단한 비늘이 촘촘히 박혀 있었다. 공주를 품에 안고 애무하며 달뜬 얼굴로 붉게 변해가던 그의 얼굴이 서서히 굳어졌다. 공주는 붉은 비늘로 뒤덮여 있는 그의 어깨와 등허리를 뚫어지게 노려보더니 이내 그의 품 안에서 빠져나와 슬금슬금 뒤로 물러났다.

"왜 그대의 몸에 용왕의 비늘이…… 있는…….."

적한은 이런 일을 이미 각오한 듯 차분히 공주에게 손을 내밀었다. 그러나 사내의 눈동자 속엔 공주의 거부를 두려워하는 불안과 이미 타오르기 시작한 애욕의 불길이 한데 뒤섞여 흔들리고 있었다.

"이리 와, 해월. 나는 그대가 알고 있는 적한이니, 두려워할 것 없어."

그러나 공주는 침상 기둥에 등이 닿을 때까지 더 뒤로 물러났다. 눈앞에 있는 사내는 그녀가 알고 있는 적한이 아니었다. 애욕의 불길에 휩싸인 그는 붉게 빛나는 눈동자로 그녀를 노려보고 있어 용의 무시무시한 기세가 온몸에서 뿜어 나오고 있었다. 공주는 그 기세에 짓눌려 죽을 것만 같았다.

적한의 눈동자 속에 고통이 감돌았다. 그가 공주가 있는 침상 귀퉁이로 다가가자, 공주는 자신도 모르게 몸을 피하려고 움직였다. 허나 도망가지 못했다. 적한의 손이 이미 공주를 잡아채 버렸다. 공주는 자신이 은애했던 적한이 바로 남해용왕이라는 사실에 충격을 받았다. 이상했다. 그토록 마음속에 간직하고 있던 은애하는 이였는데 이 순간 붉은 비늘을 두르고 붉은 눈으로 그녀를 응시하는 적한은 지독히 낯설고 무서웠다. 공주는 그 낯설고 무서운 사내를 마주하자 용왕에게 가졌던 온갖 두려움과 슬픔이 되살아났다. 하여 꼼짝없이 그의 품에 갇힌 해월공주가 겁에 질린 채 저항했다. 적한이 해월공주의 머리채와 허리를 움켜잡고 품속에서 빠져나가지 못하게 만들었다. 그리곤 충격과 두려움으로 떨고 있는 공주의 귓가에 속삭였다.

"일 년 전 그대를 보자마자 마음을 빼앗겼어. 허나 그대를 데려올 방법은 이것밖에 없더군."

일 년 전? 해월공주는 도대체 일 년 전 남해용왕이 자신을 어디서 보았다는 것인지 이해가 되지 않았다. 일 년 전이라면 아바마마가 쓰러진 지 얼마 안 되었던 때였다. 기억을 거슬러 가던 해월공주가 일 년 전 사흘 동안 남해에 머물다 갔던 일을 기억해 내곤 숨을 들이켰다.

일 년여 전 그녀가 어머니의 지밀시녀 가락과 함께 일곱째 공주가 나타났다는 소식을 듣고 남해에 내려갔던 적이 있었다. 허나 남해에서 옥함에 버려진 아이를 길렀다는 자의 말은 거짓이었다. 옥함은 십오 년 전 것이라 하기에는 새것의 티가 역력했고, 모양도 달랐다. 어비대왕의 병세가 갈수록 중하여 목지국에서 일곱째 공주를 찾고 있다는 걸 알고 재물에 눈이 어두운 사람들이 작정하고 그들을 속이려 하던 때였다.

해월공주가 두려움과 분노가 뒤섞인 복잡한 얼굴로 그를 올려다보았다. 은애하는 마음조차 그에게 해가 될까 봐 마음 한자락 내비칠 수 없었다. 그녀의 운명에 휘말려 목숨을 잃을까 봐, 그 고통 속에서도 그를 걱정하였다. 그런데 그가 용왕이었다니, 그녀를 내놓지 않으면 산 자의 목숨을 모두 앗아버리겠다 협박했던 그 용왕이었다니, 해월공주 제 눈으로 붉은 비늘을 똑똑히 보았음에도 믿을 수가 없었다. 아니, 믿고 싶지 않았다. 그토록 힘들어하는 그녀를 보았을 텐데, 감히 그녀를 지키겠다며 호위무사를 가장하고 그 모든 일을 구경하고 있었다니 생각할수록 분노가 치밀었다. 그런 줄도 모르고, 혼행길에 따르지 말라며 제 입으로 용왕에게 사실을 알려준 것이 아닌가. 공주는 감쪽같이 속이고 그녀의 고통을 구경하고 조롱한 용왕을 노려보았다. 한때는 은애했던 사내였으나, 지금 이 순간 그 사내는 죽고 없었다.

"재미있었나요? 당신에게 잡혀갈까 봐 노심초사 떨고 있던 나를 구경하는 게 참으로 재미있었겠군요."

해월공주가 잔뜩 날 서린 말을 쏟아냈지만, 적한은 어느 정도 예상하고 있었던 듯 차분한 얼굴을 하고 있었다. 하여 해월공주를 달래어 보려고 품 안에 있는 해월공주의 등을 천천히 쓸어내렸다.

"해월, 지금은 받아들이기 힘들겠지만 시간이 지나면 나를 이해할 수 있을 거야. 그럴 수밖에 없었던 나를 말이야."

적한의 품속에 갇힌 해월공주는 아무 말도 하지 않았다. 진심을 배신당하고 조롱당했다는 생각에 적한의 말 귀에 들려오지 않았다. 그녀가 원하던 원치 않던 결국은 제 마음대로, 제 뜻대로 하여놓고 이제 와 어쩔 수 없었다 속삭이는 적한, 아니, 남해용왕 적룡이 가증스럽게 느껴졌다.

적한은 냉담한 얼굴로 굳어 있는 해월공주를 내려다보며 낮은 한숨을 내쉬었다. 해월의 분노가 어느 정도 클 거라고는 예상했지만, 이렇게 조가비처럼 입 꼭 다물고 그를 상대조차 하지 않으리라고는 생각하지 못했다. 차라리 물건을 집어 던지고, 그의 얼굴에 손톱자국을 내는 게 더 나을 것 같았다. 그의 품속에서 빠져나가려 몸부림도 치지 않고 마음대로 하라는 식으로 차가운 얼굴을 하고 앉아 있는 해월공주를 보며 적한은 마음 깊은 곳에선 속이 부글부글 끓었다. 비록 용왕인 것을 숨기고 이렇게 억지로 잡아왔지만 그래도 얼마나 오랫동안 애를 태우며 그녀를 놓칠까 봐 애면글면하였는가. 감히 용왕인 그를 속이고 혼행길에 올랐던 그녀를 생각하면 자다가도 화가 치밀어 올랐다.

한갓 인간 여자에 지나지 않았지만 처음엔 진심을 담아 서신을 썼다. 예를 다해 서신을 보내고, 공물 바치듯 온갖 패물과 바다의 산해진미 보내주었다. 그뿐이랴. 휴면에 들어간 서해용왕 대신 목지국 백성들 농사 잘되도록 틈틈이 비도 내려주고, 남해의 물고기 서해까지 올라가게 하여 어부들의 그물망이 터질 정도로 물고기도 그득그득 잡게 해주었다. 그런데 돌아온 것은 묵묵부답, 아니, 해월공주의 호위무사를 뽑아 지키게 한다는 소식뿐이었다. 결국 그 많은 것을 날름 받아먹고, 그놈의 어비대왕이 딸을 몰래 기저국으로 빼돌리려 한 것이니 용왕인 그도 할 말이 없는 것은 아니었다. 허나 화가 잔뜩 나 있는 해월공주에게 지금 그런 말 하며 따지는 것은 부아만 더 돋울 일이라, 그가 불같은 성정 누르고 자분자분 달래고 얼렀다.

"인간 세상 그 어느 여인보다 영화를 누리고 살게 해주마. 내 비록 용의 존재라 그대를 육지에서 살게 해주지는 못하겠지만, 그대를 인간 세상의 그 어느 왕후보다 더 귀한 존재로 살게 해줄 것이다."

해월공주, 서늘하게 굳은 얼굴로 용왕인 적한을 올려다보았다. 누가 영화를 누리며 살고 싶다 했던가. 어찌하여 그녀가 품었던 마음을 이리 저열하게 곡해하는가. 기저국의 왕후가 되지 못해 서운해한다 생각하는 걸까. 해월공주, 그녀를 아이 달래듯 달래려는 적한을 보며 기가 차서 할 말을 잃는데 적한은 그의 말을 새겨듣고 있다 여겨 더 큰 약조를 하였다.

"그대의 생이 다하는 날까지 그대만을 내 여인으로 취하마. 그리고 그대에게서 얻은 아이만 내 적통으로 삼겠다."

들을수록 가관이라, 해월공주 미간이 좁아졌다. 그녀가 죽으면 다른 인간 여인 취하겠단 소리였고, 그녀가 아이를 낳아줄 거라고 당연하게 여기고 있지 않은가. 천 년을 산다는 용이 백 년도 살지 못하는 인간 여인을 탐냈으니 당연한 것이겠지만, 해월공주로서는 그가 앞으로 취하게 될 수많은 여인 중 한 명이란 뜻으로 들리니 들을수록 마음이 상했다. 강제로 끌고 와서는 이것저것 해줄 테니 순순히 받들어라 하는 적한의 태도에 해월공주 화가 잔뜩 나 그가 건네는 진심 어린 말 있는 대로 조롱하였다.

"정체를 숨기고 나를 속였던 당신이 그런 말을 하니, 아둔하고 어리석은 나는 그 말의 진정을 어디에서 찾아야 할지 모르겠군요. 게다가 당신 말대로 당신은 용왕의 존재, 그 힘 대단하다 하나 결국 한갓 금수(禽獸)에 지나지 않는데 어찌 왕후에게 금수의 아이를 낳게 한단 말입니까? 허고 적통이 되든 안 되든 나는 금수의 아이 따위는 낳고 싶지 않은데 어찌합니까?"

성품이 불같은 적한이 일순 분노를 참지 못하고 해월공주의 **뺨**을 후려칠 듯 손을 들어 올렸다. 그의 두 눈이 불같이 타오르고 있었으나, 차마 때리지 못했다. 그녀의 몸에 손을 대기엔 너무 귀하고 귀하다. 허공에서 바르작거리던 손이 천천히 내려지더니, 그의 입가에 뒤틀리고 얄궂은 웃음 그려졌다.

"그대가 원하든 원하지 않든 나는 그대를 매일 밤 안을 거야. 그러면 그대는 내 아이를 낳아 적룡의 후계를 이을 것이고."

마음을 바꿔 돌려보낼 생각 같은 건 추호도 없음을 분명히 못 박았다. 이 정도에 바뀔 정도라면 무고한 사람들 죽이는 그런 짓, 처음부터 하지 않았다. 천제의 아들 무장과 동해용왕에게 마음의 빚을 져서라도 해월공주를 데려오겠다 마음먹었을 땐 돌려보내느니 차라리 내 손으로 죽이겠다고 작심한 후였다.

적한이 허리에 걸친 대를 풀고, 반쯤 풀어헤쳐진 유를 벗어 던졌다. 그러자 어깨에서부터 허리 아래까지 피를 머금은 듯 돋아 있는 붉은 비늘이 고스란히 드러났다. 해월공주의 눈동자가 두려움으로 흔들렸다. 그녀가 슬금슬금 뒤로 물러나자 적한이 성큼 앞으로 몸을 기울이더니 공주를 품속에 가두었다.

천천히 시간을 가지고 그녀가 적룡인 자신에게 마음을 열게 할 생각이었다. 겁을 먹지 않도록 차분차분 자신의 몸에 익숙해지게 하려고 했었다. 허나 그런 시간이 자칫 해월이 가진 육지에 대한 미련을 더 연장시키는 것이 될 것 같았다. 차라리 빨리 그의 아이를 가지는 것이 육지를 포기하는 데 나을 것이다.

그가 숨죽이고 떨고 있는 해월공주를 침상에 누이고 몸을 겹쳤다. 그리곤 고개를 숙여 공주의 목덜미를 애무하며 가슴골로 내려갔다. 그의 손은 공주가 입은 혼례복을 하나씩 벗기기 시작했다. 몸부림치며 그의 손길을 거부할 것 같던 해월공주는 이상하게 조용했다. 그가 공주의 젖가슴을 유혹하듯 부드럽게 애무하는데, 그의 머리 위로 공주의 서늘한 목소리가 닿았다.

"아이가 생기면 매일 나를 지켜야 할 거예요. 나는 아이를 뱃속에 품었을 때 바다로 몸을 던질 생각이니까. 당신 생각대로 후계를 이으려면 한시도 마음 놓지 말아야 할 거예요."

그의 어깨가 굳어졌다. 어떻게든 애욕의 불길 솟게 하려고 부드럽고 달콤한 입맞춤을 하던 적한이 고개를 들어 공주를 내려다보았다. 공주는 눈을 질끈 감은 채 마음대로 하라는 식으로 배짱을 부리고 있었다. 허나 공주의 연치 이제 열여덟이다. 그것도 궁 안에서 다른 공주보다 더 옥이야 금이야 귀하게 떠받들어지던 여섯째 공주였다. 일곱째 공주가 버려진 후 길대부인, 여섯째 공주를 더 품 안에서 귀하게 길렀으니 공주 마음은 누구보다 결기 어리나 사내의 손길에는 어찌해야 할지 모르는 숙맥 중의 숙맥이다.

해월공주가 내뱉는 냉기 어린 말에 있는 대로 분노의 기운 치받쳤던 적한은 옆에 벗겨진 혼례복을 바들바들 움켜쥐고 있는 해월공주의 양손을 가만히 내려다보았다. 적룡 적한의 눈동자에 일순 광포하고 뜨거운 붉은 빛이 감돌았다. 공주의 말이 불러일으킨 분노가 몸속 깊이 억눌러 놓은 욕정을 부채질하고 있었다. 적룡이 의미를 알 수 없는 묘한 웃음을 입에 물었다. 손끝이 타 들어가는 듯 뜨겁다. 몸 안의 피가 끓는 듯 목이 타고, 공주에게 마음을 빼앗긴 후 여인을 맛보지 못했던 허리 아래 양물은 터질 듯 단단해졌다.

적한이 거친 숨을 토해내며 공주의 스란치마를 걷어 올렸다. 놀라지 않게 천천히 취하려 했으나, 그대가 나를 재촉하는구나. 속곳이 벗겨지고 치마가 올려지니 보드라운 공주의 허벅지가 드러났다. 공주는 들리지 않게 숨을 들이켜고 허벅지를 오므렸으나 적한의 손이 공주의 허벅지를 움켜잡고 다리 사이로 몸을 밀착시켰다. 그리곤 한 번도 사내를 담아본 적 없는 공주의 속살에 양물을 갖다 대곤 천천히 그 앞을 애태웠다. 해월공주, 아랫도리에 닿는 뜨겁고 단단한 것에 흠칫 놀라 눈을 떴다. 그러자 적한이 고개를 숙여 해월공주의 입술에 입맞춤과 뜨거운 속삭임을 같이 흘려 넣었다.

"해월, 바다에 몸을 던질 수는 없을 거야. 그대는 이미 바다 한가운데 있으니."

그의 손이 허공을 짧게 가르자, 방 안에 있던 지창이 드르륵 소리를 내며 모두 열렸다. 해월공주 멍하니 열린 지창을 바라보다, 놀란 숨을 들이켰다. 여염집 방 안이라 여겼던 곳은 바닷속이었던 것이다. 지창 밖에 보이는 것은 온통 물결로 일렁이고 있었다. 다만 그의 힘 때문인지 아니면 전각들에 영묘한 힘이 깃들어 있는 것인지 물결이 지창 안으로 쏟아져 들어오지 않을 뿐이었다. 그 물결 속에 수많은 물고기가 은빛으로 반짝이며 지나가고 있었다. 바닷속에 있다는 용의 거처, 바로 용궁에 이미 끌려와 있던 것이다. 해월공주, 놀라고 아득하여 넋을 잃은 사람처럼 지창 밖의 물결을 응시하는데 그런 그녀에게 적한이 속삭였다.

"그대의 낯설음을 덜어주려고 그대의 처소와 똑같이 꾸민 것뿐이니, 괜한 착각하여 예전처럼 말 탄다 가마 탄다 밖으로 나서지 않는 게 좋을 거야. 밖으로 나서는 순간, 그대는 숨 한 번 제대로 쉬지 못하고…… 물귀신이…… 되기 십상이니…… 말이야."

속삭임은 어느 순간 뚝뚝 끊어지며 억눌린 신음과 한데 뒤섞여 나왔다. 적한이 속삭임과 함께 해월공주의 안으로 파고들고 있었던 것이다. 공주는 아랫도리가 찢기는 것 같은 고통을 느끼며 몸을 뒤틀며 어금니를 악물었다. 그는 공주의 몸에 양물을 다 묻지 못하고 도중에 멈췄다. 마음 같아선 억지로라도 열고 들어가고 싶지만, 사내를 처음 담는 처녀의 몸이니 차마 그럴 수 없다. 게다가 육지의 여인이라 거대한 용의 몸을 담기가 고통스러우리라. 적한이 몸 아래에서 느껴지는 쾌락을 잠재우고, 자신의 양물을 반쯤 담고 있는 공주의 속살을 손으로 어루만졌다. 미처 물이 샘솟을 새도 없이 생으로 갈라 넣었으니, 공주의 고통이 이만저만한 게 아니리라.

공주는 고통으로 울고 있었다. 도망갈 곳도 도망갈 수도 없이 적룡의 육체를 맞닥뜨려야 한 공주는 결기 어린 자존심에 애원도 항의도 하지 않고 그저 어금니만 꽉 물고 있었다. 적한이 맞닿아 하나가 된 부위를 부드럽게 어루만지며 공주의 귓불을 물고 핥았지만 공주는 고개를 저으며 적한의 입술을 피했다.

허나 육체다. 무시무시하고 두려운 용왕이나, 연모의 마음을 품었던 사내이기도 하다. 몸은 사내의 끈질긴 손길에 반응하여, 어느새 투명한 애액으로 젖어들어 가는구나. 손바닥으로 감싸고 어루만져진 속살은 쓰리고 아픈데도 부드럽게 부풀어 열리고 있었다. 적한이 손에 묻은 맑은 액을 입으로 가져가 혀로 핥았다. 사내를 자극하는 여인의 방향이 그를 충동질했다. 하여 더 이상 참지 못하고 공주의 몸 안 깊숙이 다시 들어갔다. 공주가 고통을 이기지 못하고 비명을 내질렀다. 몸속으로 무지막지하게 밀고 들어오는 적한의 육체에 해월공주 자신도 모르게 허리를 꺾으며 몸을 뒤로 빼려 했다. 그러나 적한이 놓아주지 않았다. 이미 여체를 맛본 그의 몸이 본능적으로 공주의 몸을 끌어당겨 빠져나가지 못하게 한다.

"아아……."

적한이 신음을 뱉어내며 몸 안에서 요동치는 쾌락을 쫓았다. 그가 허리 아래를 움직이자 단단하게 부푼 그의 양물이 공주의 몸속에서 더 커져 갔다. 해월공주는 이제 몸 안에서 느껴지는 고통이 극에 달해 비명도 지르지 못했다. 몸이 반쪽으로 쪼개질 듯, 불길에 지져지는 듯 불에 달군 쇳덩이가 몸 안을 휘젓는다. 그 쇳덩이가 몸속 깊은 곳까지 밀고 들어오기를 수십 번, 결국 고통을 이기지 못하고 공주가 의식을 놓아버렸다. 그럼에도 적한은 행위를 멈추지 못했다. 그토록 갈구하며 공주를 고대했던 그의 몸은 이미 격한 쾌락에 사로잡혀 멈춰지지 않았다. 그는 의식을 잃은 해월공주를 내려다보며 얼굴을 일그러뜨리면서도, 공주의 몸 안으로 파고드는 행위를 계속했다. 지금의 자신이 끔찍하지만 멈출 수가 없다. 사내를 처음 담는 공주의 몸이 그를 죄이고 달구고 있었다. 의식을 잃었음에도 공주의 몸속에선 적한의 몸에 반응하며 자꾸만 애액이 샘솟았다. 그는 해월공주를 끌어안은 채, 어떻게든 빨리 끝내려고 다급하게 몸을 움직였다. 그러나 사그라질 기미가 안 보이는 양물의 기운을 느끼고 욕을 씹어뱉었다.

"젠장……."

남해용왕 적룡, 지금 이 순간 욕정을 제어하지 못하는 자신을 끔찍해하며 이를 간다. 처음 여인을 취하는 풋내기처럼 여체에 양물을 묻고 빠져나오질 못하다니. 처녀인 그녀를 살펴줄 여력도 없이 쾌락에 쫓겨 이리 밀어붙이다니, 그를 한갓 금수에 지나지 않는다 말했던 해월의 말대로 그야말로 금수처럼 날뛰고 있는 게 아닌가.

적한이 이를 갈며 여전히 단단하게 부푼 양물을 더 거칠게 공주의 몸에 드나들게 하여 억지로 파정했다. 그의 입에서 억눌린 신음이 흘러나왔다.

'해월, 너는 내 여인이다. 내 후계는 반드시 네게서 얻을 것이다.'

적한은 몸을 떨며 파정하면서도 자신의 음액이 흘러나오지 못하도록 오랫동안 양물을 빼지 않았다. 그러면서도 해월공주를 내려다보는 그의 얼굴은 침통했다. 자신은 이토록 격한 쾌감에 몸을 떠는데 그녀에게는 그의 몸짓이 고통일 뿐이라는 것이 처참했다. 적한은 제발 어서 빨리 회임하라 되뇌면서도 해월공주의 이마와 콧잔등에 난 땀을 혀로 핥았다.

한참 후, 어느 정도 열기를 가라앉힌 그가 해월공주에게서 다 벗기지 못한 치마와 버선을 벗겨냈다. 육지의 것을, 그것도 그 성주 놈에게 가기 위해 입고 걸쳤던 것들을 깡그리 없애 버릴 생각이었다. 그의 손에 의해 한 오라기도 남김없이 벗겨진 해월공주의 옷가지와 꾸미개가 침상 밖으로 던져져 나뒹굴었다. 적한은 자신도 채 벗지 못해 다리에 걸려 있는 8)대구고도 벗어 던졌다. 그의 등허리에 덮여 있던 붉은 비늘은 허벅지와 정강이까지 이어져 있었다.

사실 인간의 모습을 하고 육지의 여인을 하룻밤 취할 때는 옷을 벗지 않고 여인을 취하기에 그의 본모습 여인이 알지 못했다. 대부분의 여인들이 그의 육체 상대하는 것도 버거워 혼이 쏙 빠지니 그의 등 뒤에서 만져지는 까끌까끌하고 단단한 비늘, 비늘인지 흉터인지 생각할 겨를도 없었던 것이다. 허나 해월공주는 이제 그의 배필 되어, 그의 여인으로 살게 할 것이기에 처음부터 그의 몸 드러내고 보여주었다.

그가 비단 이불을 공주에게 덮어주고, 자신도 안에 들어가 공주를 품에 안아 얽었다. 그의 얼굴에 침울한 그림자 드리워졌다. 이리 놀라고 분에 겨워할 줄 알았으면, 용왕인 것 밝히지 않고 당분간은 적한으로 여기고 지내게 할 걸 그랬나 후회가 되었다. 하여 적한인 그에게 연모의 정 품고 사내로 바라볼 때 그때 용왕인 걸 밝히는 게 더 낫지 않았을까.

의식을 잃고 잠들어 버린 공주가 괜찮은지 이마를 짚어보고 숨결도 살펴보던 그는 그렇게 홀로 되돌릴 수 없는 강물을 자꾸 건너고 있었다. 그러다 자신도 모르게 공주에게 또다시 지분거리기 시작했다. 입술은 끊임없이 공주의 목덜미와 젖가슴을 오르내리고, 손은 공주의 등허리와 엉덩이를 오르내리며 어루만졌다. 어느 순간 적한이 이불을 밀

---

8)삼국시대의 통이 넓은 바지

어내고, 공주의 허리 아래로 내려가 몸을 숙였다. 처음으로 사내를 받아낸 그곳이 벌겋게 부풀어 있었다. 생으로 가르고 억지로 밀고 들어 갔으니 깨어나면 욱신거리고 쓰릴 것이다. 적한이 입술을 가져가 혀로 그곳을 핥았다. 그의 입술이 부드럽게 속살을 덮고 혀는 속살 안쪽 붉은 곳까지 닿았다. 아직 채 마르지 않은 여액이 그의 혀로 핥아져 남김 없이 입 안으로 삼켜졌다.

의식이 돌아오고 있던 해월공주가 몸 아래에서 타고 올라오는 기묘한 느낌에 허리를 뒤척였다. 이것이 무슨 느낌인지도 모른 채 간질간질, 아니, 그것보다는 좀 더 이상한 야릇함, 해월공주의 입에서 작은 신음 소리가 흘러나왔다. 그러자 끈질기게 지분대던 무언가가 사라졌다. 그녀가 눈을 뜨고 주위를 살피니 적한이 그녀를 내려다보고 있었다. 해월공주는 그제야 자신이 어디에 있는지, 어떤 일이 있었는지 모두 떠올리고 괴로운 듯 눈물을 흘리기 시작했다.

아이가 생기면 그땐 저 바닷속으로 뛰어들리라 호언하며 그에게 대서던 해월공주였으나, 끝내 겁에 질린 열여덟의 속내를 감추지 못했다. 연모했던 이가 사실은 그녀를 호시탐탐 노리던 용왕이었다는 것도, 그녀가 있는 곳이 바닷속이라는 것 모두 받아들이기 버거웠다. 그뿐이랴. 가차없이 사람을 죽이던 그 거대하고 무서운 용왕이 비늘로 뒤덮인 몸으로 자신을 내리누를 땐 거대한 바위에 짓눌리는 듯 숨이 멎는 것 같았다.

그녀가 남모르게 은애하고 연모했던 호위무사 적한은 어디에 있는 걸까. 그는 어디에 가고, 저승의 야차가 그의 얼굴을 하고 있는 걸까. 공주는 지금 자신에게 일어난 모든 것에서 벗어나고 싶은 듯 적한의 품에서 빠져나오려 발버둥을 쳤다. 적한이 공주를 끌어안고 아무리 귓가에 애타는 밀어를 속삭여도 지금 공주의 눈엔 그가 무시무시한 용왕일 뿐이었다.

삼 일 밤 삼 일 낮 동안 남해용왕 적룡과 해월공주가 침상에서 머물렀다. 방 안은 온갖 아름다운 산호와 진주로 치장되어 있었지만 공주의 눈물에 그 빛을 발하지 못했다. 공주가 육지로 보내달라 애원하며 눈물을 흘리면 그는 공주를 달랬고, 공주가 화가 난 얼굴로 그를 외면하면 그는 공주를 취했다. 용왕 적룡은 때로는 달래듯 부드럽게 공주를 취했고, 때로는 화를 못 이기고 난폭하게 취했다. 그럴수록 공주의 눈물은 사그라지고 누군가에게 대서는 고집스러운 눈빛만 선명해져 갔다.

남해 바닷속 깊은 곳에서 적룡이 잠든 해월공주를 끌어안고 은애하는 여인에게 거부당했다는 아픔을 아득아득 씹어 삼키고 있을 때, 기저국의 숲으로 간 무장은 산 중턱 부근에서 가락지를 찾아냈다. 해월공주가 숨었던 그 동굴 자리에서 멀리 떨어지지 않은 곳이었다. 깊은 밤중 한 치 앞도 보이지 않는 숲 속에서 가락지를 찾을 수 있었던 것은 밤에 나다니는 짐승들이 무장의 명을 받고 산 곳곳을 찾다 자시가 될 무렵 수리부엉이가 나뭇가지에 걸려 있는 노끈 하나를 물어온 덕이었다. 살펴보니 삼으로 만든 노끈 아래 가락지가 매달려 있었다. 무장은 수리부엉이에게 수고했다 치하를 하고 천마에 올랐다. 바리라는 아이가 어디 사는지를 모르니 내일 청룡의 아들에게 가락지를 전해주어야겠다 생각하고 무장은 곧장 천계로 올라갔다.

허나 다음날 무장은 지상으로 내려오지 못했다. 천계로 올라가 자미궁에 들어서니, 천제가 보낸 천군들이 그를 기다리고 있었던 것이다. 지상에서 남해용왕의 살상을 무장이 거들었다 하여 천제께서 진노하셨다 천군의 수장이 알려주었다. 무장은 올 것이 왔구나 깊은숨을 내쉬었다. 다만 이렇게 빨리 천제께서 알게 될 줄은 몰랐던 무장이다. 알고 보니 적룡에게 침입을 받은 기저국의 성주가 하늘에 죄를 지어 벌을 받았다 여기고 서둘러 신녀로 하여금 제사를 지냈던 것이다. 그 제

사에서 하늘에 올려 보내진 연기를 통해 천제께서 이 일을 아셨다.

천제 앞으로 끌려간 무장이 어찌 된 연유인지 소상히 말하였다. 오랫동안 무장의 말을 들은 천제가 이렇게 말했다.

"의도치 않았다 하여 생목숨이 다시 살아나는 것은 아니다. 의도치 않았다 말하지 마라. 너는 적룡의 행위를 방관한 것으로 충분히 그 죄가 무겁다."

무장이 천제의 말을 수긍하였으나 말을 덧붙였다.

"허나 하나밖에 없는 벗의 고통을 덜어주고 싶었나이다. 청룡 또한 수로부인을 얻고자 그리하지 않았는지요. 하여 죗값은 치르겠으나, 벗이 다시 내게 청을 한다면 거절치 못할 것입니다."

천제는 오래도록 무장을 바라보았다. 그리곤 명했다.

"백 일 동안 지상에의 출입과 지상과의 모든 상통을 금하니 너는 처소로 돌아가 자숙하라. 만약 이 일로 인해 또 다른 생목숨이 앗아진다면 무장 너는 죗값을 치러야 할 것이다."

명을 받은 무장이 일어나 물러나려는데, 천제의 의미심장한 말이 무장의 걸음을 무겁게 했다.

"이대로 이 일이 끝날지 모르겠구나."

처소로 돌아온 무장이 소매 안에 넣어둔 가락지를 꺼내 들었다. 내일 전해주려 했는데, 당분간 지상과의 모든 교류가 금하여졌으니 낭패다. 천마를 통해 가락지를 보낸다 하더라도 천제께서 주시하고 있을 터이니 조심스럽다. 무장이 어찌할 수 없다는 듯 가락지를 허리에 찬 두루주머니 안에 넣었다.

한편 장기아재의 말을 타고 밤중에야 움막에 도착한 바리는 할매 할배가 다친 데는 없냐고 걱정하며 수선을 피우는 동안 가락지 잃어버렸다는 말을 어찌 하나 속으로 조마조마해하고 있었다. 비럭할아범과 공덕할멈이 아재에게 아이를 바래다주어 고맙다는 인사를 하는 동안 바리는 오늘은 일단 얼른 자버리고 내일 일어나자마자 혼자서라도 가락지를 찾으러 가야겠다고 마음먹었다. 하여 아재에게 꾸벅 인사를 하고 하루 종일 너무 힘들었다는 듯 움막 안에 들어서자마자 거적 위에 바로 누워버렸다. 사실 힘들긴 힘들었다. 성까지 뛰었던 데다가 해월공주 숨겨주느라 산도 탔고, 급기야는 용왕에게 잡혀 바닷속에까지 빠졌다 죽다 살아났으니 온몸에 기운이 빠진 듯 삭신이 쑤셨다. 잠시 후 움막 안으로 비럭할아범과 공덕할멈이 들어왔을 땐 바리는 쿨쿨 코까지 골며 잠에 빠져 있었다.

다음날 새벽 동이 트기도 전에 바리가 잠에서 깨어났다. 할매가 가락지 잃어버린 걸 아시기 전에 얼른 찾으러 가야겠다는 생각뿐이었다. 잠에서 깨어난 바리가 할매 할배가 깨지 않도록 깨금발로 조심조심 빌어먹을 바가지를 챙겨 들고 움막 안을 나왔다. 그리고는 곧장 해월공주를 대피시켰던 고갯길의 그 숲 속으로 향했다.

분명 해월공주와 동굴에 있을 때까지도 가락지가 있었으니, 그 근처부터 찾아볼 생각이었다. 가락지를 매단 노끈을 목에서 빼내어 해월공주에게 건네주려다 용왕에게 잡혔으니, 그때 손에서 노끈을 놓쳤던 것이리라. 고갯길 가기 전에 있는 마을에서 밥을 빌어먹고는 발길을 서둘렀다. 혹여나 새가 물어갈까 지나가던 사람이 보고 주워갈까 마음이 급했던 것이다. 뒤꽁무니에 우뚤이 청목도 그 느려터진 눈끔적이 해귀도 달지 않았으니 바리의 걸음이 쏜살이었다.

해가 중천에 뜰 무렵에는 이미 동굴이 있었던 산 중턱에 다다라 이잡듯이 숲을 헤매고 다녔다. 바리가 동굴이 무너져 내린 근처를 거의 기다시피 해서 샅샅이 훑었다. 허나 아무리 기고, 눈을 씻고 찾아봐도 가락지는 보이지 않았다. 혹여 나뭇가지에 걸려 있나 고개를 들고 주위에 있는 모든 나뭇가지들을 훑었지만 가락지는커녕 끊어진 노끈 조각 하나 보이지 않았다.

찾다 찾다 지쳐 버린 바리가 땅바닥에 주저앉았다. 어느새 점심때가 지났는지 뱃속에서 천둥을 치는 양 꾸르륵거렸다. 끼니를 거르면 당최 힘을 쓸 수 없었기에, 일단은 밥부터 먹고 내일 다시 찾자 숲을 떠났다. 바리가 터덜터덜 다시 아침밥을 빌어먹은 마을로 돌아와 옆구리에 매달아놓은 바가지와 나무 수저를 양손에 들었다. 그리곤 마을 골목 고샅길을 돌며 타령을 시작했다.

얼씨구씨구 들어간다 절씨구씨구 들어간다
아침에 왔던 바리년이 죽지도 않고 또 왔네
요놈의 소리가 요래도오 은전을 주고 배운 소리
한 푼 벌기가 땀이 난다 품품 품바나 잘이한다

비럭할배 가르쳐서 남보다도 잘이한다
논어 맹자 읽었는지 대문대문 잘이한다
냉수둥이나 먹었는지 시원시원 잘이한다
뜨물통이나 먹었는지 걸직걸직 잘이한다
기름통이나 먹었는지 미끈미끈 잘이한다

밥은 바빠서 못 먹고 죽은 죽을까 봐 못 먹고
떡은 떫어서 못 먹고 술은 수리수리 넘어간다
저리시구 이리시구 잘이한다 품바 품바나 잘이한다

앉은 고리는 동고리 잡는 고리는 문고리
뛰는 고리는 개구리 나는 고리는 꾀꼬리
거는 고리는 귀고리 품바 품바 잘이한다

한 발 가진 9)까―귀 두 발 가진 까마귀
세 발 가진 10)통노귀 네 발 가진 당나귀
먹는 귀신은 바리라
얼씨구씨구 잘이한다 절씨구씨구 잘이한다

고래고래 마을이 들썩이도록 바리가 타령을 하니, 집집마다 아낙들이 남은 밥이나 남은 반찬 찌꺼기를 바리의 바가지에 쏟아주고 들어갔다. 바가지에 밥과 나물이 가득 차자 바리가 동네 어귀 밖으로 나와 나무 아래 자리를 잡고 앉았다. 바가지 안에는 말라비틀어진 고사리와 무짠지, 쉰내가 약간 풍기는 밥과 으깨진 호박과 두부 조각이 섞인 된장찌개가 담겨 있었다. 바리가 그것들을 수저로 석석 비비다가 갑자기 분통이 터지는 듯 툴툴거렸다.

"이씨, 이게 뭐야. 남해용왕인지 적룡인지만 아니었으면 지금쯤 배 터지게 고기 먹고 있었을 텐데. 남해용왕, 벼락이나 맞아라."

남해용왕을 향해 바리가 악담을 퍼붓다가, 벼락도 용왕이 내리친다는 걸 깨닫고 약이 올라 꿍얼거렸다.

"누가 남해용왕님 실컷 골탕 좀 먹였으면 좋겠네. 도대체 성주님이 뭘 잘못했다고 그 난리를 치는 거야. 그것도 혼삿날에. 으휴, 내 팔자야."

혼자 툴툴거리며 밥을 다 비빈 바리가 수저로 한 입 푹 떠서 입에 넣었다. 그리곤 남해용왕에게 잡혀간 그 아름다운 해월공주님은 지금쯤 어찌 되었을까 살짝 궁금해하는데, 멀찍이에서 새끼 강아지 하나가 바리를 쳐다보고 있는 게 아닌가. 아니, 바리가 들고 있는 바가지를 쳐다

---

9)외손으로 나무를 찍어 깎게 된 연장의 하나
10)품질이 낮은 놋쇠로 만든 작은 솥

보고 있었다.

새끼 강아지는 온통 검은 털로 북실북실 뒤덮인 새끼 청삽사리였다. 배가 고픈지 바리가 우적대는 걸 빤히 쳐다보며 가질 않고 있었다. 바리가 조금이라도 관심을 보이면 다가와서 밥 달라 꼬리칠 태세였다. 바리는 제 뱃속 채우기도 모자란 양이고, 또 제집에 가서 먹겠거니 모른 체 몸을 돌렸다. 그리곤 살짝 강아지 하는 양을 곁눈질로 살폈는데 새끼 강아지는 고개를 푹 숙이고 비척비척 어딘가로 걸어가고 있었다. 바리가 그 모습을 빤히 쳐다보다가 결국 강아지에게 외쳤다.

"야, 이리 와. 이거 먹어."

조그만 것이 벌써 사람 말귀를 알아듣는지 말이 떨어지기 무섭게 바리에게 달려왔다. 그리곤 바리가 내민 바가지의 밥을 냠냠 쩝쩝 먹기 시작했다. 바리가 바가지 귀퉁이로 밥을 퍼서는 자신의 입에도 밥을 넣으면서, 먹느라 정신없는 강아지에게 말했다.

"야, 엄마 아빠는 어디다 두고 밥을 굶었냐?"

바리가 뭐라고 하던 강아지는 먹기에 바빴다. 바리가 그 모습을 물끄러미 내려다보더니 한숨을 내쉬었다.

"뭐야, 너도 엄마 아빠 없어?"

바리가 잠시 고개를 들어 하늘을 올려다보더니, 생각에 잠긴 듯 침묵했다. 할매 말로는 바리를 낳자마자 엄마 아빠 모두 돌아가셨다던데, 엄마 아빠는 어찌 생겼을까 상상해 보았다. 이 청삽살개가 제 부모처럼 똑같이 생겼으니 자기 얼굴도 엄마 아빠랑 똑같으려나 말이다.

바리가 머릿속으로 엄마 아빠의 얼굴을 그려보다가 쓸데없는 생각이다 고개를 젓고 다시 바가지의 밥을 푸려는데 이럴 수가. 바리가 잠깐 딴생각을 한 사이에 새끼 강아지가 밥을 다 먹어버린 것이다. 바리가 경악한 얼굴로 소리를 빽 질렀다.

"야아아, 네 배는 배고 내 배는 뱃가죽이냐?"

새끼 강아지는 오랫동안 먹지 못하다 한꺼번에 먹었는지 배가 땡땡하게 부풀어서는 쉭쉭 가쁜 숨을 내쉬었다. 바리가 그 모습을 보곤 비아냥댔다.

"좋냐? 배 터지게 먹으니까 좋아?"

강아지는 배가 불러 식곤증이 몰려온다는 듯 땅바닥에 늘펀하게 누웠다.

"아니, 이게 미쳤나. 감히 바리 밥을 다 **뺏어먹고** 배 째라 이거야?"

그런데 이것 봐라. 강아지가 터덕터덕 부른 배를 하곤 꼬리를 살랑살랑 흔들며 바리의 품 안에 들어오더니, 새근새근 자는 게 아닌가. 살다 살다 자신보다 더 **뻔뻔하고** 많이 먹는 애는 처음이라, 바리가 입을 뻐끔거리며 품 안에서 자고 있는 강아지를 내려다보았다. 그렇게 한참을 내려다보다 바리가 기운없이 나무에 기대어 그냥 같이 낮잠을 잤다. 어제 일도 그렇고 오늘 새벽 댓바람부터 숲을 뒤지고 다니다 밥을 좀 먹었더니 잠이 쏟아지는 바리였다. 그렇게 깜빡 잠이 든 바리가 한 시간 정도 지난 후에 눈을 떠보니 무릎 위에 그 강아지가 아직도 자고 있었다. 강아지 때문에 무릎을 못 펴고 잤더니 다리가 저릿저릿해 바리가 무릎을 쫙 폈다. 그러자 강아지가 펄떡 일어나 '나 소화 다 됐어요' 하는 얼굴로 바리를 향해 꼬리를 흔들었다. 기가 막혀서 바리가 콧방귀를 뀌고 깨끗하게 비워진 바가지와 수저를 옆구리에 차고 집으로 가려고 일어서는데 강아지가 옆에서 똥을 한 바가지 싸는 게 아닌가. 바리가 놀랍다는 얼굴로 강아지가 싸놓은 똥을 쳐다보았다.

"그 몸에서 이 똥이 다 어디에 숨어 있었던 거야? 나도 많이 싸지만, 너한테 댈 게 아니다."

그러고는 바리가 집을 향해 걸음을 옮기는데, 그 검정 강아지가 바리 뒤를 졸래졸래 따라오는 게 아닌가. 바리가 휙 돌아보곤 가라고 손을 내저었다.

"따라오지 마, 이 검둥아. 우리 집은 서발막대로도 거칠 것이 없단 말이야. 밥은커녕 물도 절대 안 남는 집이 우리 집인데 너 먹일 게 어디 있냐?"

바리가 그리 엄히 못을 박으니 강아지가 멈칫 서 있다. 그래서 다시 걷기 시작한 바리가 논둑길을 지나는데 뒤가 좀 이상하다 싶어 돌아보니 그 검정 강아지가 또 따라오고 있는 게 아닌가. 그것도 들키지 않으려고 멀찍이 말이다. 바리가 발아래 있는 작은 돌멩이를 하나 집어 강아지에게 던졌다. 강아지는 새끼인데도 어찌나 재빠른지 돌을 피했다.

"따라오지 말라니까. 우리 집은 너 먹는 거 감당 못한다니까."

바리가 멀리까지 들리게 크게 소리치는데, 강아지는 어떻게 알아들은 건지 폴짝폴짝 뛰더니 바리 앞에 와서는 꼬리를 흔들었다. 바리가 뚱한 얼굴로 강아지를 내려다보았다. 털빛도 윤기가 흐르고 눈도 초롱초롱 깨끗한 것 보면 분명 떠돌이 개는 아닐 터인데 도대체 왜 자신을 따라오는지 알 수가 없었다. 바리가 미간을 잔뜩 좁히고 강아지에게 물었다.

"너 정말 엄마 아빠 없는 거야?"

강아지는 꼬리만 흔들었다. 바리가 또 물었다.

"우리 집에 오면 잘 못 먹고 잘 못 씻는데 괜찮아?"

강아지는 또 꼬리만 흔들었다. 바리가 포기한 듯 한숨을 푹푹 내쉬더니 결국 이렇게 말했다.

"따라와, 그럼. 대신 오늘처럼 내 밥 다 뺏어먹으면 넌 국물도 없어."

바리가 뒤돌아서 다시 걷자, 강아지가 따라 걸었다.

바리는 몰랐다. 그 강아지가 해월공주의 예단으로 목지국에서 데려온 혈통 좋은 청삽사리라는 것을. 어제의 그 난리판에 새끼 강아지가 혼자 길을 잃고 떠돌았던 것이다. 그리고 또 바리는 몰랐다. 그 청삽사리가 달빛 아래 서면 푸른빛이 감돌아 청삽사리인 것도. 바리는 그저 강아지가 온통 검으니까 검덕이라 이름 붙일 뿐이었다. 청삽사리가 새 끼 때는 까맣다가 커서 털갈이를 하면 흰털이 나와 검은 털과 조화가 되어 얼마나 멋들어지는지 바리는 일 년 후에나 알았다. 그리고 훗날 이 청삽사리 '검덕'이가 바리의 목숨을 구한다는 것도 바리는 몰랐다.

여하튼 아무것도 모르고, 어디서 걸신쟁이 개가 들러붙었다 생각한 바리는 할배 할매한테 어찌 말할까 살짝 걱정을 하며 집에 갔는데, 움 막에 도착해 보니 청목의 아버지인 장기아재가 와 있었다. 그것도 '고 기'를 들고 말이다. 움막 밖에서부터 고깃국 냄새를 맡은 바리가 코를 킁킁거리며 움막 안으로 들어갔다. 그러다 화덕 위에 팔팔 끓고 있는 고깃국을 발견하곤 기쁨에 겨워 폴짝폴짝 뛰니, 장기아재가 그 모습을 보고 허허 웃는다. 바리가 장기아재에게 달려가서 아재의 손을 덥석 잡으며 '복받으실 거예요'라는 말을 쏟아냈다. 장기아재가 껄껄 웃으 며 고맙다는 말은 청목에게 하란다.

"청목이가 그러는데 네가 어제 고기고기 노래를 하였다며? 그래서 가져온 것이니 청목에게 고맙다 해라."

바리가 고개를 끄덕이며 청목을 다시 생각하기로 했다. 잘난 척하고 성질 나쁜 우뚤이인 줄 알았는데 속으론 마음씨가 따뜻한 녀석이라고 말이다. 물론 그건 바리의 착각이었다. 사실 청목은 침상에 누워 끙끙 앓으면서 어머니인 수로부인에게 어제 자신이 얼마나 죽을 고생을 하 였는지, 또 그 바리라는 애는 고기에 환장한 걸신쟁이에다 골칫덩이 땟국물이라고 미주알고주알 떠들어댄 것을 동해용왕 청룡이 알아서 걸러 말한 것뿐이었다.

사실은 청룡에게 고기 좀 갖다주고 오라 말한 것은 수로부인이었다. 수로부인이 십오 년 전 전남편의 기일에 제사를 지내주러 남해안에 갔 다가 옥함을 발견하고 아이를 노부부에게 맡겼던 것이다. 남편이 바로 그 집에 드나들었다는 것을 뒤늦게 알고, 그 아이를 보살펴 달라고 수로부인이 청했다. 여하튼 이런 속사정을 모르고, 바리는 아재에게 청목의 다친 데는 괜찮으냐 빨리 나아라 기원하겠다 진심 어리게 청목을 걱정했다. 그리곤 바리가 비식비식 웃으며 새침하게 손가락으로 한쪽 뺨을 긁적였다.

"칫, 청목이 걔도 누가 우뚤이 아니랄까 봐. 관심있으면 그렇다 말을 하지, 왜 반대로 행동해서 사람 헛갈리게 만드는 거야."

바리의 뺨엔 땟국이 줄줄 흘렀고, 뺨을 긁적인 손톱엔 때가 가득했다.

바닷속 용궁에서 다친 몸을 회복하느라 잠들어 있던 청목이 왠지 등 뒤가 오싹하여 이불을 목 끝까지 끌어 올렸다.

3부 목간과 가마꾼

"너 가락지…… 또 어디다 둔 겨?"

공덕할멈이 바리의 목에 가락지가 없는 것을 안 것은 고깃국을 원없이 먹은 바리가 늘어지게 앉아 배를 두드릴 때였다. 고기에 정신이 팔려 가락지는 까맣게 잊어버리고, 포만감에 한껏 늘어져 있던 바리가 그 말에 희뜩 놀라 황급히 손으로 목 주위를 감쌌다. 곁에서 말없이 미투리를 삼고 있던 비럭할아범도 궁금해하는 얼굴로 바리를 바라보았다. 바리가 머뭇머뭇 입을 열지 못하다 띄엄띄엄 전후 사정부터 이야기하기 시작했다.

"어…… 그게…… 어제…… 해월공주님이 가락지가 예쁘다고 잠깐 보자 해서…… 이렇게 목에서 빼는데…… 그 남해용왕인가 뭔가가 갑자기 나타나서……."

공덕할멈이 말끄러미 바리를 주시하자 횡설수설 설명을 하던 바리가 결국 두 눈썹을 팔자로 축 늘어뜨리고 들릴 듯 말 듯 작게 속삭였다.

"……잃어버린 것 같아."

공덕할멈이 바리의 마지막 말에 입을 빠끔거리다가 이내 혀를 차더니, 마지막에는 한숨을 깊게 내쉬었다.

"그러게 목에서 빼지 말고 구경도 시켜주지 말라 그랬잖여. 그게 어떤 가락지인데 그걸 잃어버려, 이 더펄이야."

웬만해선 바리를 혼내지 않고, 뭐든 오냐오냐 내 새끼, 잘한다 내 새끼 그러던 공덕할멈이 바리를 혼내고 있었다.

"할매가 몇 번이나 말혔어? 중하고 귀한 거라고. 무슨 일이 있어도 잃어버리면 안 된다고 말여."

공덕할멈이 정말 속이 상한 듯 역정을 계속 내자, 옆에서 조용히 이야기만 듣고 있던 비럭할아범이 풀이 죽어 아무 말 못하고 있는 바리를 힐끔 쳐다보며 말했다.

"그만 혀. 그게 바리 잘못인감. 어제 그 판국에 안 다치고 무사히 온 게 어디여."

공덕할멈도 사실 바리가 어제 그 난리판에 안 다치고 온 걸 천만다행이라고 여기고는 있었다. 그리고 사실 아직 어린 바리가 그 상황에 가락지를 잃어버렸다 해도 이해하고 넘어갈 문제라고 생각했다. 허나 그게 어떤 가락지인가. 제 부모가 남겨준 징표 아닌가. 비럭할아범과 공덕할멈, 제 부모 묻는 바리에게 차마 네가 함 속에 넣어져서 버려졌다 말 못하고 죽었다 하였지만 그래도 혹여나 가락지를 걸고 다니다 부모가 바리를 알아볼까 싶어 그리 가락지 매고 다니라 일렀는데 이 속사정 모르는 더펄이 바리가 날름 가락지를 잃어버린 것이다.

공덕할멈, 속이 쓰리고 답답하다. 그깟 가락지야 먹는 것도 아니고 입을 것도 아니니 빌어먹는 동냥아치들에게 있어도 그만 없어도 그만이지만, 이제 저승길 코앞인 두 노인네 어린 바리를 이 험한 세상에 혼자 두고 가는 것이 걱정이라 바리 철들 무렵부터 가락지를 걸고 다니게 한 것이다. 비럭할아범도 이런 사정으로 못내 속상했지만 어쩌랴, 바리의 복이 그뿐인 것을. 제 부모 만날 복이 바리에게 없어 그 가락지가 바리를 떠난 것을. 비럭할아범은 지금껏 주어지면 주어지는 대로 잃으면 잃는 대로 살았던 것처럼 잃어버린 가락지도 그렇게 받아들이고 있었다.

이런 두 노인네의 속마음 모르고, 잔뜩 풀죽어 있던 바리가 어느 순간 성질을 낸다.

"그러니까 안 건다고 그랬잖아. 가지마다 걸려서 어제도 얼마나 거치적거렸는데."

공덕할멈이 기가 찬다는 듯 앓는 한숨을 뱉어냈다.

"아휴, 뭐 뀐 놈이 성낸다더니."

바리가 할멈과 할아범에게 고개를 번갈아 들이대며 따졌다.

"바리가 중요해? 가락지가 중요해? 엉? 말해보셔들. 그깟 가락지야 나중엔 사면 되지만, 천금 같은 바리는 어디서 살 수 있겠어? 안 그래?"

비럭할아범은 하긴 그렇다는 양 고개를 끄덕이며 삼고 있던 미투리를 마저 삼는데 공덕할매는 속이 터진다는 듯 가슴을 쳤다.

"어이구, 조그만 게 주둥이만 살아서는. 큰일 났어, 큰일. 저걸 누가 데려가."

어쨌든 걱정하던 일이 어찌어찌 넘어갔다는 생각에 바리가 슬금슬금 공덕할멈 무릎에 머리를 대고 누웠다. 가락지로 분위기가 심상치 않은 걸 느끼고 내내 구석에서 웅크리고 있던 검덕이도 그제야 바리 곁으로 다가와 품속을 파고들었다.

군입 늘었다 할매 할배가 뭐라고 할까 봐 걱정했지만, 할매 할배는 선선히 잘 데려왔다 바리를 칭찬해 주었던 참이다. 길에서 배고파 떨고 있는 걸 모른 척하면 벌받을 짓이요, 게다가 살려달라 뒤따르는 생명을 쫓아낼 정도로 모진 마음 품고 사는 것 아니라고 할매 할배는 말했던 것이다. 이렇게 노부부가 남에게 구걸하며 살아가는 비렁뱅이라도 힘든 사람 도와주고 마을에 변고 있으면 팔 걷어붙이고 나서는 성품이라 주위 사람들도 이 노부부에게는 선뜻 먹을 것 입을 것을 주었고, 노부부의 마음 씀씀이를 잘 알고 있던 수로부인도 안심하고 바리를 맡겼던 것이다. 잘난 집 수양딸로 가서 눈치코치 먹고 자라느니, 가진 것 없지만 깊은 정 받고 사는 것이 훨씬 낫다고 말이다.

바리가 품 안에서 꾸벅꾸벅 졸고 있는 검덕이의 등허리를 손으로 쓸어내렸다.

"그런데 할매, 엄마 아빠는 어떻게 생겼었어?"

누더기 옷을 깁던 공덕할멈의 손이 멈칫했다.

"뭘, 어찌 생겨. 할매 할배랑 네랑 비슷하게 생겼지."

바리는 배가 터지게 먹은 고깃국 때문에 잠이 오는지 눈꺼풀이 반쯤 내려간 얼굴로 또 물었다.

"우리 아버지도 장기아재처럼 풍채가 좋으셨어?"

어릴 적부터 가끔씩 이렇게 제 부모에 대해 물으며 그리움을 달래었던 바리이기에 공덕할멈은 그럴 때마다 얼굴도 성도 모르는 바리의 부모 대신 당신의 죽은 아들을 떠올리며 말해주었다. 헌데 장기아재를 말하는 것 보니, 겉으로 드러내지는 않았지만 청목이 다쳤을 때 장기아재와 수로부인 나타나 업고 가는 것을 보고 알게 모르게 샘이 났다는 것을 공덕할멈 느낄 수 있었다. 하여 장기아재보다 더 풍채 좋은 이로 말해주었다.

"좋다 뿐인가, 나무 한 번 하면 태산처럼 등에 지고 왔었는걸. 장기아재 그 냥반은 것다 비하면 댈 것도 아니여. 인물도 너무 잘나서 근방 처자들이 빨래하다 우물 긷다 슬쩍슬쩍 훔쳐보고 난리도 아니었어."

바리는 자장가를 듣는 듯 잠에 취해 또 물었다.

"엄마는? 엄마는 예뻤어?"

바리는 해월공주를 떠올렸다. 죽은 엄마가 선녀처럼 예뻐서 눈독 들인 사내가 한둘이 아니었다고, 그래서 아빠가 온 동네 총각들의 몽니가 무서워 몰래 구메혼인을 할 정도였다고 늘 들었던 바리였기에 자신의 엄마도 해월공주처럼 예뻤을까 궁금했다. 공덕할멈은 역시나 오늘도 바리가 듣고 싶어하는 말을 해주었다.

"예쁘기만 한 정도가 아니었다니께. 어찌나 예쁘고 고운지 그냥 동네 총각들이 담벼락에 숨어가지구는 네 엄마 얼굴 한 번 보려고 둥지 안의 새 새끼처럼 고개를 디밀었다 뺐다 구경도 그런 구경이 없었다니께."

바리가 히죽 입가에 웃음을 매달고 잠에 빠져들었다. 눈 뜨고 사는 세상에서는 절대 볼 수 없는 엄마 아빠지만, 잠든 세상에서는 볼 수 있었기에 해월공주님처럼 아름다웠을 게 분명한 엄마를 보러 서둘러 꿈속으로 향했다.

공덕할멈은 바리가 잠이 든 걸 보고는, 무릎이 아픈지 옆에 있는 거적 위에 바리를 옮겨 뉘려다 어느새 훌쩍 커버린 바리가 무거워 비럭할아범에게 같이 옮기자 도움을 청했다. 비럭할아범이 손에 들고 있던 미투리를 내려놓고 같이 옮겨 뉘었다. 그 바람에 잠이 깬 검덕이가 바리 옆으로 걸어가더니, 다시 바리 옆구리에 찰싹 붙어 잠에 빠졌다. 앞으로 밥 빌어오고 밥 챙겨줄 건 비럭할아범과 공덕할멈인데 검덕은 곧 죽어도 바리가 제 주인이고 생명줄인 양 곁에서 떨어지지 않았다.

옮겨 뉘여도 깨지 않고 자는 바리를 보곤 공덕할멈이 깁던 누더기를 내려놓고 땅이 꺼지게 한숨을 내쉬었다. 옆에서 미투리 다 삼고, 이제 껍질을 벗겨놓은 고리버들로 고리를 엮던 비럭할아범이 공덕할멈의 한숨에 한마디 타박을 놓았다.

"그러다 땅 꺼지겠네그랴. 뭔 한숨을 그리 쉬어?"

공덕할멈이 그걸 몰라서 묻는 거냐는 눈으로 할아범을 흘겼다. 비럭할아범은 연신 고리버들 가지를 이리저리 엮으면서 말했다.

"되았어. 그게 저 녀석 팔자인 거여. 제 부모랑 인연이 아니니께 잃어버린 것이지. 안 그랴? 글고 다시 만날 인연이면 다 만나게 되는 것이여. 그러니 속 끓일 것도 서운해할 것도 없어. 우리가 언제 저 녀석 부모 나타날 거 기대하고 키웠는감?"

공덕할멈이 상한 속을 달래듯 다 기워진 누더기를 손으로 판판하게 쓸었다.

"그래도 우리 살아 있을 때 제 부모 만나면 좋지요. 우리 가고 나면 혈혈단신 외돌토린데. 그나마 있던 제 부모 찾을 길이었는데 그걸 잃어버렸으니, 어찌한대요. 그렇다고 애한테 옥함 지고 다니라 할 수도 없고. 아이고, 속 터져."

"지고 다닌다 해도 위험햐. 애가 옥함 지고 있으면 괜히 흉한 놈이 달려들어 큰일만 나지. 헛소리 말고, 그냥 묻어둬. 찾게 되면 다 찾는 법이니께."

"알겠어요. 누가 뭐 옥함 지게 한다나."

고리 하나를 뚝딱 지은 비럭할아범이 피곤한듯 자리에 누웠다. 그리곤 다른 누더기를 기우려고 헝겊을 꺼내 드는 할멈에게 손을 내저었다.

"그만 하고 어여 자. 저 녀석 때문에라도 우리가 오래오래 살아야 허니께, 아무쪼록 무슨 일이든 몸에 무리 가지 않게 해야 혀."

"이것만 하면 되니께 걱정 말고 먼저 주무슈."

공덕할멈이 다시 누더기를 깁기 시작하니, 눈 감고 잠을 청하던 할아범이 문득 눈을 뜨고 천으로 씌어놓은 옥함을 바라보았다.

"그래도 다행이여. 저것이라도 있으니. 나중에 만에라도 부모가 찾아오면 저거 보여주면 알아보겠지."

"그러게 말이여유. 귀한 물건이라 누가 훔쳐 갈까 봐 조심했는디, 다 이렇게 되라고 저게 아직 우리 손에 남아 있는가 봐요."

비럭할아범은 바리와 옥함을 번갈아 보더니 안타까운 눈으로 바리를 바라보았다.

"함도 그렇고, 가락지도 그렇고, 귀한 집 자손인 것 같은데 우릴 만나 고생을 바가지로 하네그려."

공덕할멈도 이만큼 자라준 바리가 대견한 듯 자고 있는 바리의 귀밑머리를 쓸어 넘겨주었다.

"그러게요. 동냥젖을 먹지 않나, 나무하다가 구르질 않나 귀한 집 애기씨께서 요렇게 고생을 허니 어째요. 그래도 타고난 바탕이 좋아서 그런지 애가 참 바르게 커요. 그죠?"

"누가 아니랴. 다른 애들 같으면 벌써 제 혼자 살겠다고 내뺐지. 저 녀석이 저리 보여도 제대로 씻기고 입혀놓으면 웬만한 처자들은 따라오지도 못할 것이여."

비럭할아범과 공덕할멈이 누가 들으면 팔불출이라고 말할 만큼 당신들이 키워온 바리를 애지중지했다. 늘그막에 고생고생해 가며 키워왔으니 바리가 땟국이 흐르든 고기를 노래 부르는 걸신쟁이이든 마냥 예쁘고 귀엽게만 느껴지는 노부부다.

그렇게 노부부가 주거니 받거니 늦은 밤 소곤소곤하는데, 옮겨 뉘어지다가 설핏 잠에서 깼던 바리가 할매 할배가 하는 이야기를 듣게 되었다. 공덕할멈과 비럭할아범은 바리가 눈을 감은 채 두 사람의 이야기를 듣고 어안이 벙벙해졌다는 것도 모르고, 움막에 켰던 호롱불을 끄고 잠을 청했다.

두 노인네가 모두 잠든 후에야 바리가 부스스 일어나 앉았다. 바리는 자신이 금방 들은 이야기를 찬찬히 떠올리며 멍하니 눈을 끔적였다. 그리곤 천으로 덮인 옥함을 바라보며, 어제까지만 해도 가락지를 걸고 있던 자신의 목 주위를 손으로 매만졌다.

"돌아가신 게…… 아니었어?"

호롱불마저 꺼진 캄캄한 움막에서 작은 속삭임이 맴돌았다.

"돌아가신 게…… 아니었구나."

보름 후 장기아재가 청목과 해귀를 대동하고 움막을 다시 찾았다. 이번엔 고기보다 더 귀하다는 전복과 굴을 한 아름 안고 말이다. 청목은 같이 가겠냐고 묻는 아버지에게 처음에는 안 간다 하더니, 막상 아버지가 궁을 나서자 언제 그랬냐는 듯 따라나섰다. 물론 바늘 가는 데 실 따라간다고 청목 옆에 해귀가 있었다.

청목은 골칫덩이 바리를 만났다가 또 무슨 일을 겪을까 싶어 안 오겠다 했지만, 열흘 동안 누워만 있었더니 좀이 쑤시고 은근슬쩍 바리가 어찌하고 있나 궁금하기도 했다. 아니, 이번에는 그 걸신쟁이를 만나면 저번에 자기가 당한 만큼 혼쭐을 내주어야지 하고 비장하게 결심도 하였다.

장기아재와 청목이 또 귀한 음식을 바리바리 싸 갖고 나타나니 비럭할아범과 공덕할멈 어쩔 줄 몰라 했다. 처음에야 장기 상대해 주느라 밥을 빌지 못하니까 받아도 괜찮겠거니 하였는데 어찌 된 것이 날이 갈수록 가져오는 게 귀한 것이라, 고맙기도 하고 면목없기도 한 두 노인네였다. 그래도 비럭할아범이 장기아재 오면 주겠다고 고리와 미투리를 삼아놓아, 두 노인네 별거 아니지만 이거 받아주시라 하고 내미니 그나마 면이 좀 섰다.

청목은 속으로 미투리니 고리니 저걸 어디에 쓰라는 건가 의아해했다. 아버지도 그렇고 자신도 그렇고 갖신 중에서도 백두산 사슴 가죽으로 만든 청록당혜만 신으니 미투리를 신을 일이 없거니와 보관함도 옥함이니 금궤니 용궁에 쌓여 있어 굳이 고리를 가져갈 필요가 없는데 아버지 청룡은 고맙다 잘 쓰겠다 넙죽 받아 드는 것이 아닌가.

청목은 아무 말 않고 주춤주춤 움막 바닥에 앉았다. 청목이 앉으니 해귀도 쭈뼛쭈뼛 그 옆에 따라 앉았다. 움막에 처음 왔을 땐 앉지도 서지도 못했는데, 두 번째로 오니 이번엔 그래도 앉을 만하게 느껴지는 청목이었다. 하여 아버지와 비럭할아범이 두는 장기판 옆에 가만히 앉아 움막 안을 무심히 이리저리 둘러보는데 전복과 굴을 다듬던 공덕할멈이 청목의 얼굴을 힐끔 보고는 이리 말을 건네었다.

"바리는 요즘 통 얼굴 보기 힘든데."

청목은 멀뚱히 공덕할멈을 바라보았다. 자기가 바리 어디 있냐고 물은 것도 아닌데 왜 자기한테 바리 이야기를 하는지 모르겠는 청목이다. 허나 말없이 쳐다보는 청목의 표정이 공덕할멈에게는 왜 얼굴 보기 힘드냐고 묻는 걸로 보였는지 걱정스러운 듯 고개를 저으며 이리 말했다.

"요즘 고것이 뭘 하고 싸돌아다니는지, 아침에 눈 뜨자마자 나가서는 해가 어둑어둑해야 들어와. 하루 종일 혼자 뭘 하고 다니는 건지."

청목의 눈동자에 보일 듯 말 듯 호기심 어린 빛이 스쳐 지나갔다. 해귀는 바리가 분명 소든 돼지든 잡아먹고 다니고 있을 거라 생각하며 혼자 몸서리를 쳤다. 공덕할멈은 혼잣말처럼 한마디를 더 하고는 전복죽이 눌어붙지 말라고 주걱으로 젓기 시작했다.

"고것이 혹시 가락지를 찾으러 다니나."

그 말에 내내 말이 없던 청목이 이상하다는 얼굴로 공덕할멈에게 물었다.

"바리가 가락지를 못 찾았어요?"

"으응. 그날 그 난리법석에 잃어버렸다고 하던데."

청목의 미간이 좁아졌다. 이상했다. 분명 무장님이 찾아준다 했으니, 다음날 정도면 바리에게 가락지가 있어야 하는데 말이다. 천제의 아들 무장님이 빈말하는 분도 아니었고, 또 마음만 먹으면 금방 찾을 수 있는 분인데 어찌 된 일일까. 청목이 고개를 갸웃하며 이상해하는데, 갑자기 움막 안에 드리워진 거적이 확 걷어지며 바리가 들어왔다.

"어, 전복이다!!"

십 리 밖에서도 음식 냄새 맡고 달려올 수 있는 애가 바리일 것이다. 공덕할멈이 코를 킁킁거리며 들어오는 바리를 보곤 한마디 한다.

"여튼 먹을 복은 끝내준다니께. 코빼기도 보기 힘들더니 맛있는 것 하니까 바로 나타나네."

바리가 헤헤 웃다가 구석에 앉아 있는 청목을 보곤 갑자기 눈을 번쩍 떴다. 그러더니 무슨 할 말이 있는 듯 청목의 손목을 잡고 밖으로 이끌었다.

"잠깐만 나 좀 보자."

어찌나 여자애가 힘이 센지 청목이 끌려가듯 밖으로 나갔다. 움막 밖으로 나오자마자 청목이 손목을 뿌리치며 왜 이러냐며 성질을 부리려는데, 바리가 성질부릴 틈도 없이 다짜고짜 물었다.

"너 그때 분명 가락지 같이 찾아준다고 했지."

성질부리려고 입을 열던 청목이 그 말에 말문이 턱 막혔다. 바리는 약속을 지키라는 듯 기세등등한 얼굴을 하고 있었다.

"그때 우리가 갔었던 바닷가, 거기 좀 같이 가자."

청목의 한쪽 눈썹이 휙 올라갔다.

"거긴 왜?"

"가락지 거기서도 찾아보려고. 내가 지난 보름 동안 고갯길 숲을 이 잡듯이 뒤져 봤는데 없었어. 그럼, 분명히 그 바닷가 쪽에 있다는 건데 나 그때 거기가 어디인지 도통 모르겠어. 용왕한테 잡혔다가 정신을 잃어서, 그냥 저기 남쪽 바다라는 정도만 알겠거든."

청목이 알면서도 이상하다 싶어 무장에 대해 물었다.

"그때 가락지 찾아주겠다던 그 가마꾼이 너한테 안 찾아왔어?"

바리가 웬 헛소리냐는 식으로 인상을 썼다.

"그 아재야 그냥 달래려고 한 말이지. 오지도 않았지만, 그 아재가 내 가락지를 어찌 알고 찾니? 또 내가 어디 사는지도 모르는데 어찌 갖다줘?"

청목은 이상하네를 연발하며 곰곰이 상황을 따져 보았다. 무장님에게 무슨 일이 생긴 건지, 아니면 정말 무장님이 찾을 수 없는 바다로 가락지가 빠진 것인지 하고 말이다. 허나 바다에 빠졌다 하더라도 무장님이라면 적룡에게 부탁해 물고기들이 가락지를 찾을 수 있을 터인데 정말 이상했다. 청목의 침묵이 길어지자 바리가 답답하다는 듯 소리를 버럭 질렀다.

"같이 찾아줄 거야, 말 거야?"

청목이 물끄러미 바리를 노려보았다. 바리가 무서워 내내 움막 안에 있던 해귀가 궁금증을 참지 못하고 밖으로 나오다가 바리의 버럭질에 깜짝 놀라 다시 안으로 들어갔다. 청목은 정말 기가 막혀 바리를 노려보았다. 물에 빠진 사람 구해놨더니 보따리 내놓으란다고, 기껏 다치면서까지 구해놨더니 가락지를 찾아내라 성화이니 아무리 생각해도 어이가 없는 청목이다. 바리는 문득 자신이 성질부릴 때가 아님을 깨닫고 좀 더 부드러운 목소리로 다시 청목을 채근했다.

"네 아부지 말 잠시만 빌려가지고 타고 가자, 응? 그렇게만 해주면 내가 이 은혜는 평생 안 잊을게."

노기가 어렸던 청목이 바리의 그 말에 귀가 솔깃해졌다. 생각해 보니 잘만 하면 이 골칫덩이 걸신쟁이를 골려먹을 수 있는 절호의 기회이지 싶었다.

무장님이 찾았는데도 못 찾은 것 보면 분명 가락지가 지상의 존재들 눈에는 띄지 않는 곳에 있다는 뜻이리라. 그렇다면 가락지를 건네받아 구경하려 했던 해월공주에게 있거나 어디 바닷속 모래 안에 파묻혀 있다는 뜻이니, 이 골칫덩이가 남해안을 다 뒤진다는 건 결국 헛수고만 진탕 하게 되는 꼴이리라. 청목은 오랜만에 몸도 풀 겸 말 달리면 되는 일이고, 아버지의 말을 빌릴 것도 없이 자신의 말을 타고 가면 될 일이었다. 그러니 요 녀석을 그곳에 데려다 주는 대신, 다른 걸 요구하는 게 낫지 않을까 싶다. 청목이 이렇게 속으로 셈을 해보고, 뻣뻣하게 턱을 추어올렸다.

"데려다 주면 나한테 뭐 해줄 건데?"

내내 청목의 대답만 기다리고 있던 바리가 그 말에 똥 씹은 얼굴이 되었다.

"해주긴 뭘 해줘? 같이 찾아주기로 약속해 놓고."

청목이 휙 몸을 돌려 움막 안으로 들어가려는 시늉을 해 보이자 바리가 정말 간절하긴 한 모양이었는지 청목을 붙잡았다.

"알았어, 알았어. 내가 제일루다 아끼는 저놈을 줄게."

바리는 움막 밖의 나무 아래에서 늘어지게 해바라기를 하고 있는 검덕이를 손가락으로 가리켰다. 이번 기회에 군입을 청목이에게 떠넘기려는 속셈이었다. 허나 청목, 한 번 속지 두 번 속지 않았다.

"됐어. 아직 새끼인데 저걸 언제 먹여서 키우냐. 그리고 난 개 안 키워."

나무 밑에서 자고 있는 검덕이가 귀를 쫑긋 세우고 청목의 대답이 어찌 나오나 은근슬쩍 긴장하고 있다가, 그 대답에 다시 늘편하게 몸을 늘어뜨렸다. 졸지에 바다에 들어가서 살아야 하나 깜짝 놀랐던 것이다. 바리는 청목이 제 꾀에 넘어오지 않자 발끈 성을 냈다.

"아, 그럼 뭐? 그럼 내 정조를 주랴?"

그 말에 한껏 거만한 표정을 짓고 있던 청목이 대경한 얼굴로 눈을 휘둥그레 뜨더니 뭔 생각을 하는지 얼굴이 시뻘게졌다.

"넌 계집애가 돼가지고는 그걸 말이라고 하냐?"

바리야 정조가 뭔지 알게 뭔가. 그저 공덕할멈이 평소에 사내고 계집이고 제일 중요한 것이 정조이니, 몸가짐 마음가짐 조심하라 누차 말하는지라 그저 정조가 제일 중하다 생각할 뿐이지, 그게 구체적으로 뭘 말하는지 알 턱이 없는 바리다. 그러니 청목이 왜 그리 성질을 부리는지도 모르고 속이 타는 듯 인상을 찡그릴 뿐이다.

"아, 그럼 뭐? 제일 귀한 건 정조인데 그것도 싫으면 뭘 달라는 거야?"

청목이 말을 말자는 얼굴로 고개를 돌리고 한숨을 내쉬었다. 그러더니 조건을 내걸었다.

"앞으로 청목님이라고 부르고 깍듯하게 존대해. 한 번만 더 우뚤이라고 하면 가만 안 둬."

묵묵히 듣고 있던 바리가 입술을 삐죽삐죽하면서도 더러워도 내가 참는다는 얼굴로 고개를 끄덕였다. 청목이 계속 말을 이었다.

"그리고 해귀한테 느리다고 면박주지 마. 갠 최선을 다하는 거니까."

바리가 대충 고개를 끄덕였다.

"알았어, 알았어."

"알았어라니, 알았습니다라고 해야지."

바리가 한숨을 내쉬며 '아, 예. 알았습니다, 청목님' 이라고 답하자, 청목이 맘에 안 들지만 넘어가 주겠다는 말로 '세 번째'를 외쳤다. 잠자코 있던 바리가 입술을 어그러뜨렸다.

"또 뭐? 치사하게 정말, 사내자식이 같이 찾아주겠다고 해놓고 뭐가 이리 조건이 많아?"

청목이 말을 멈추고 가만히 바리를 노려보았다. 그러자 바리가 시큰털털한 얼굴로 고개를 끄덕였다.

"알았습니다, 청목님. 계속 지껄여 보세요."

청목의 눈썹이 사납게 꿈틀거렸다. 그러자 바리가 정말 땅이 꺼져라 한숨을 내쉬며 수그러졌다.

"말씀하세요."

청목이 세 번째 조건을 무엇으로 할까 궁리를 해보다가 살짝 눈썹을 찡그렸다. 아무리 생각해 봐도 이 걸신쟁이에게 달라고 할 게 없다. 뭐 가진 게 있어야 달라고 하지. 그렇다고 이 절호의 기회에 달랑 두 개만 조건을 내거는 건 억울한 청목이다. 해서 속으로 툴툴거리다가 문득 바리의 목덜미에 덕지덕지 낀 때를 보곤 인상을 구기며 세 번째 조건을 말했다.

"앞으로 사흘에 한 번은 꼭 씻어."

바리가 눈을 휘둥그레 떴다.

"에엥? 세수를 사흘에 한 번이나 하라구?"

기가 막혀 청목의 입이 저절로 벌어졌다. 자신은 목욕을 말한 건데 세수란다.

"넌 그럼 세수를 사흘에 한 번도 안 한다는 거야?"

바리가 당연한 듯 고개를 끄덕였다.

"응. 그런 걸 일부러 챙겨서 할 필요가 뭐 있어? 비 올 때 하고, 개울에 빨래하러 갈 때 하고 겸사겸사 하면 되지."

청목이 믿을 수 없다는 듯 고개를 저었다.

"앞으로 세수는 매일 하고, 목욕은 사흘에 한 번씩이야. 명심해."

바리가 도통 이해할 수 없다는 듯 인상을 썼다.

"우리 할매가 그랬는데 너무 자주 씻어도 몸에 안 좋다던데. 너무 자주 씻으면 살껍데기가 약해져서 병마가 더 쉽게 침범한다던데."

청목의 얼굴이 멍해졌다. 살다 살다 이런 이야기는 또 처음이라. 청목이 골이 쪼개지는 듯 손끝으로 이마를 꾹꾹 눌렀다. 바리의 천연덕스런 태도를 보고 있노라면 청목 자신이 이상하게 살고 있는 건 아닌가 착각마저 들었다. 어느 순간 청목이 버럭 소리쳤다.

"야, 병마도 너한테는 병을 얻어가겠다!"

바리가 고개를 갸우뚱하며 이랬다.

"그런가?"

옥신각신 길고 긴 협상을 치른 바리와 청목이 잠깐 놀러 나갔다 온다는 말을 어른들께 하고는 길을 나섰다. 청목이 아버지가 말을 맡겨놓고 돌보는 마구간에 들러 자신의 말을 데리고 나오더니, 뒤에 바리를 태우곤 빠르게 남해 쪽으로 향했다. 물론 해귀는 따라오지 않는 척해놓곤 바리가 안 보는 사이 바다거북이 되어 청목의 품 안으로 들어갔다. 바리는 개가 냄새를 잘 맡으니 도움이 될 것이라며 검덕이를 안고 탔다. 품속에 들어간 해귀와 검덕이 쉬지 않고 달리는 말 때문에 욕지기에 시달린 건 두말하면 잔소리였다.

아직은 해가 밝은 신시 무렵에야 바리와 청목이 그 바닷가에 도착했다. 땅거미가 지면 돌아가야 하기에 바리의 마음이 다급했다. 하여 말에서 내리자마자 바리가 검덕에게 자신의 목덜미 냄새를 맡게 하고는 모래 위에 놓아주곤, 자신도 가락지를 찾아 모래 바닥을 샅샅이 훑기 시작했다. 허나 천제의 아들 무장이 이미 찾아내어 간직하고 있는 가락지이다. 바리가 아무리 눈을 시뻘겋게 뜨고 찾는다 해도 가락지가 있을 리 만무했다.

청목은 가락지가 바닷가에 있을 리 없다는 생각에 바리가 찾는 꼴을 그저 구경만 했다. 아무래도 바닷속에서 놓쳐 모래 아래 파묻혔거나 해월공주가 가지고 있거나 둘 중 하나라 생각하며 청목은 말을 탄 채 모래사장 위를 왔다 갔다 할 뿐이었다.

마침내 바닷가에 땅거미가 지고, 바다와 맞닿은 하늘이 붉게 물들기 시작했다. 지치지도 않는지 쉬지 않고 모래사장을 파헤치던 바리가 어느 순간 찾는 걸 멈추고 붉게 물들어가는 하늘을 물끄러미 바라보았다. 이제야 찾는 걸 멈추는구나, 청목이 바리가 있는 쪽으로 천천히 말을 몰았다. 품속에 있는 해귀도 이젠 답답한지 아직도 찾고 있느냐 물어보던 참이었다. 청목이 이제 그만 돌아가자 말하려 입을 여는데, 넋을 놓은 사람처럼 하늘을 바라보고 주저앉아 있던 바리가 갑자기 흐느끼기 시작했다. 누가 들으면 제 부모가 죽기라도 한 것처럼 서러운 통곡을 하는 것이 아닌가. 청목은 좀 당황스럽기도 하고, 가락지 하나 잃어버렸다고 통곡하는 바리를 보며 황당하기도 해서 말 위에서 조용히 바리를 바라보았다. 바리는 모든 걸 잃어버린 사람처럼 고개를 푹 숙였다.

"다 틀렸어. 다 틀린 거야."

청목이 뭐가 다 틀렸냐고 물으려다가 갑자기 바다에 대고 바리가 악다구니를 치는 바람에 입을 다물었다.

"이 멍충아, 이제 어떡할 거야? 응? 이제 어떡할 거냐구우우!!"

청목이 눈을 가늘게 뜨고 바리를 뚫어지게 쳐다보았다. 도대체 왜 저렇게 난리인지 이해가 되지 않았다. 들어보니 공덕할멈도 이미 잃어버린 걸 알고 있어서 더 혼날 일도 없고, 귀한 가락지라 해도 저렇게 통곡하고 애달파할 정도로 귀한 것은 아니지 않은가. 결국 찾기 힘든 걸 알면서도 모른 척 데려온 게 마음에 걸린 청목이 바리를 달래었다.

"야, 가락지 하나 잃어버렸다고 뭘 그렇게까지 속상해해? 내가 어머니한테 말해서 더 좋은 걸로 하나 갖다줄 테니 그만 울어."

바리는 고개만 절레절레 흔들며 계속 눈물만 떨어뜨렸다. 자꾸만 울음이 북받치는지 바리가 소맷자락으로 눈물을 훔쳐 내면서도 가슴을 들썩였다.

"그냥 가락지가…… 아니었단 말이야. 나도 그런 줄 알았는데…… 그런 게 아니었단 말이야."

바리는 자꾸만 흐르는 눈물을 그쳐 보려고 손바닥 끝으로 두 눈두덩을 꾸욱 누르고 있었다. 청목이 작게 한숨을 뱉어내곤 말에서 내렸다. 바리가 너무 슬퍼하니, 자신이 사연도 모르고 골탕을 먹였나 싶어 마음이 무거워졌다. 그래서 바리 곁으로 다가가 앉은 청목이 조심스레 물었다.

"무슨 가락지인데 그래? 어머니가 물려주신 가락지라도 되는 거야?"

청목은 설마하는 생각에 넘겨짚어 보았는데, 눈두덩을 누르고 있는 바리가 고개를 끄덕였다. 청목의 미간이 찌그러졌다. 도대체 이 걸신쟁이 집은 정체를 알 수가 없는 게, 동냥으로 살아가는 사람들이 지체 높은 귀족들이나 갖고 있는 가락지를 어떻게 갖고 있는 건지, 그리고 애한테 그런 걸 물려줄 수 있으면서 왜 그렇게 살고 있는 건지 당최 이해가 되질 않았다. 어쨌든 어머니가 물려주신 가락지라면 속상하긴 속상할 일이라, 청목이 조금은 심각한 얼굴로 위로를 건넸다.

"근데 이미 잃어버린 걸 어쩌겠어. 그러니 너무 속상해하지 말고, 그냥 잊어."

어느새 눈물이 잠재워졌는지 바리가 눈물자국을 닦아내곤 고개를 끄덕였다. 하지만 그래도 속상한 건 여전한지 눈꼬리에 눈물방울이 자꾸만 샘솟아 대롱대롱 매달려 있었다.

"그래야지 뭐. 내가 잃어버려 놓고 누굴 탓할 수도 없고. 근데 그 가락지가 있어야 엄마 아빠가 날 알아볼 텐데, 이제 가락지가 없어서 날 못 알아보고 그냥 지나칠 수도 있다는 생각을 하면 자꾸 눈물이 나."

청목이 의아한 얼굴로 물었다.

"부모님이 살아 계셔?"

바리가 고개를 끄덕이며 자신도 얼마 전에 할매 할배 이야기하는 것 듣고 알았다고 말해주었다. 옥함에 자신이 버려졌는데, 그 안에 가락지가 있었나 보다고, 그러니 그 가락지가 있어야 부모님이 자신을 알아보지 않겠느냐며 말이다.

전후 사정을 다 들은 청목이 꽤 심각한 얼굴로 앞에 펼쳐져 있는 바다를 바라보았다. 남해는 적룡왕의 영역이라 자신이 함부로 들어서서는 안 되는 곳이기에 바다 밑에 혹시 가락지가 있는지 마음대로 찾아볼 수도 없었다. 그렇다고 살아 있는 부모님을 만나기 위해선 꼭 있어야 할 징표라는데 그냥 잊으라고 말하기엔 바리의 처지가 안타까웠다. 물론 자신이야 부모님 아래에서 같이 살았지만, 오래전 어머니인 수로부인이 부모님의 병환 소식에 육지로 돌아가서는 일 년 넘게 오지 않은 적이 있어 청목 일곱 살 무렵 잠시나마 어머니의 부재가 주는 그리움과 헛헛함을 느껴본 적 있었다. 그런데 태어나서 지금까지 부모님을 못 본 바리의 마음이야 오죽하랴. 청목이 뭔가 생각을 굳힌 듯 입술을 꾹 물더니, 이내 바리를 달래어 일으켜 세웠다.

"오늘은 일단 집으로 돌아가고, 찾을 수 있는 방법이 무엇이 있는지 다시 생각해 보자."

바리가 고개를 끄덕이며 청목이 이끄는 대로 말이 있는 곳으로 걸었다. 고개는 끄덕이지만 혼자서 그 넓은 숲을 다 헤매고 다닌 바리였으니 도저히 찾기 힘들다는 걸 받아들인 얼굴이었다. 청목이 바리를 말에 태우곤 검덕이를 안아 올려 바리에게 건네었다. 검덕이도 쉬지 않고 모래밭에 코를 박고 킁킁대는 바람에 얼굴과 발에 모래가 한가득 묻어 있었다. 바리가 검덕에게 고생 많았다는 말을 해주며 검덕이를 품속에 넣어 안았다.

청목이 말 위에 오르지 않고 고삐를 잡고 모래사장을 가로지르다 중간 즈음에서 일부러 갖신 한쪽을 벗어놓았다. 그리곤 소나무 숲에 다다르자 신이 벗겨진 걸 모르고 왔다며 혼자 모래사장으로 걸어갔다. 말은 숲으로 오자 풀을 뜯어먹었고, 바리도 울음에 지쳐 그저 고개만 끄덕이고 멍하니 품속에 있는 검덕이만 쓰다듬었다. 부모 없는 자신과 같은 신세인 검덕을 예뻐하며, 지금 이 순간 너무나 속상한 자신의 마음을 달래고 있었다.

청목은 갖신이 있는 곳으로 걸어가 바리가 있는 쪽으로 등을 지곤 쪼그리고 앉았다. 그리곤 신을 신는 것처럼 시늉을 하며 품 안에 숨겨 두었던 해귀를 꺼내 모래사장에 놓아주었다. 해귀가 바다거북이인 채로 고개를 쭈욱 내밀고 어리벙벙하게 청목을 쳐다보자, 청목이 신을 신는 척하며 낮은 목소리로 말했다.

"아무래도 해귀, 네가 적룡의 궁에 다녀와야겠다."

바다거북이 해귀가 깜짝 놀란 듯 눈을 끔적였다. 청목의 품속에서 바리의 이야기를 듣기는 들었으나 자신이 왜 남해용왕의 궁에 다녀와야 하는지 이해가 되질 않는 해귀였다. 청목이 차분차분 설명을 하며 명을 내렸다.

"무장님이 찾지 못한 거 보면 분명 해월공주에게 그 가락지가 있는 걸 거야. 부모님이 말씀하시는 걸 얼핏 들어보니 해월공주는 지금 적룡의 궁에 있는 것 같았어. 그러니 네가 가서 가락지를 가지고 있는지 물어보고 있으면 받아와."

해귀가 작게 속삭였다.

"하지만 저를 청목님이 보낸 걸 적룡이 아시면 큰일 나지 않을까요?"

청목이 소나무 숲 쪽에 있는 바리가 이상하게 볼까 봐 말을 서둘렀다.

"그러니까 적룡왕의 눈에 안 띄게 해야지. 설혹 눈에 띈다 하더라도 나를 다치게 한 일도 있으니까 함부로 너를 해치진 못할 거야. 정 안 되면 가락지 이야기를 하고 받으러 왔다고 하면 되지. 뭔 걱정이야?"

청목이 해귀의 대답은 들을 필요도 없다는 듯 어서 갔다 오라는 명을 내리고는 훌쩍 일어나 소나무 숲 쪽으로 뛰어갔다. 얼결에 해안가에 혼자 남겨진 해귀는 뭔가 억울한 듯 그 자리에서 움직이지 않다가, 명이니 받들어야지 어쩌겠냐는 듯 고개를 추욱 떨어뜨리고 엉금엉금 바다 쪽으로 기어가기 시작했다.

도대체 알다가도 모를 일이었다. 왜 자신이 저 두억시니를 도와야 하는 건지, 그것도 저 두억시니에게 치를 떠는 청목님이 왜 결정적일 때마다 도움을 주는 것인지 말이다. 저번에도 자신의 몸을 던져 저 두억시니를 구해주지 않았던가.

해귀는 장차 동해용왕의 후계를 이을 청목이 저리 마음이 약해서 어떡하나 걱정이 들었다. 투덜대고 성내면서도 누가 어려움에 처하면 지나치질 못하는 청목이 훗날 육지의 인간들에게 이리저리 휘둘리게 되는 건 아닌가 하고 말이다. 해귀는 지금의 상황이 못마땅한 듯 입을 있는 대로 부풀리고 파도에 몸을 맡겨 물속으로 헤엄쳐 들어갔다. 육지에서야 느려 터져 바리의 복장을 터지게 했던 해귀이지만 바닷속에서는 누구보다 빠른 존재였다.

바다에서의 해귀(海龜)는 이름 그대로 바다의 귀신[海鬼]이었는지 청목이 바리와 어둑한 밤중에서야 움막에 도착해 어른들께 늦게 들어왔다며 꾸중을 듣고 있을 무렵에는 벌써 해월공주를 만나고 동해로 향하고 있었다. 청목이 아버지 청룡과 함께 궁에 돌아와 보니 해귀는 이미 궁에 도착해 청목의 처소에서 기다리고 있었다.

"해월공주를 만났니?"

해귀는 적룡의 눈을 피해 몰래 궁에 들어가느라 마음 졸였던 걸 떠올리며 의기양양 유세를 떠는 얼굴로 손에 들고 있는 목간(木簡)을 청목의 앞에 들어 올렸다. 청목은 가락지를 기대하고 있다가 생각지도 못한 목간을 보고는 눈을 휘둥그레 떴다. 하여 해귀에게 목간을 건네받으면서도 가락지는 없었느냐 물었다. 그러자 해귀가 고개를 끄덕이며 말을 덧붙였다.

"가락지는 당신 손에 없다고 하면서, 대신 이상한 말을 하였어요."

"이상한 말?"

"이 목간을 바리가 직접 들고 목지국의 왕후마마를 뵈면 부모님을 찾을 수도 있을 것이라고요."

청목이 손에 든 목간을 살펴보았다. 누군가 볼 수 없도록 인장으로 목간을 봉해놓고 있었다. 해월공주는 누군가 목간에 쓰여 있는 내용을 악의적으로 이용할까 두려워 봉했으니 꼭 봉해진 채 목지국의 왕후에게 전해달라 하였다고 해귀가 공주의 당부를 전했다.

청목이 의아한 듯 눈을 가늘게 좁히고 목간을 내려다보았다. 도대체 어떤 내용이 담겨 있기에 목지국의 왕후가 바리의 부모를 찾아줄 수도 있다고 하는 건지 말이다. 청목이 곰곰이 생각해 보다가 어느 정도 내용을 추측해 보았다. 해월공주를 구하려고 몸을 던진 바리였으니, 해월공주가 그 고마움을 왕후에게 알려 바리를 도와주라 청한 것이 아닌가 싶었다. 혹여 이 목간의 내용을 알고 다른 이가 그 공을 가로채 덕을 볼까 봐 해월공주가 봉인을 한 것이라고 말이다.

청목이 대충 해월공주의 의중을 알겠다는 듯 고개를 끄덕이며 목간을 서궤에 올려놓았다. 가락지는 비록 찾지 못하였으나, 한 나라의 왕후와 연이 닿게 되었으니 분명 바리의 부모를 찾는 데 도움이 클 것이다. 그런데 서해에 있는 목지국의 왕후가 동해 기저국에 살았던 바리의 부모를 찾는 데 과연 도움이 될까? 청목이 문득 의문이 난다는 얼굴로 목간을 다시 바라보는데, 옆에서 침묵을 지키고 있던 해귀가 우물쭈물 말을 꺼냈다.

"저…… 그런데 청목님, 해월공주가……."

해귀는 말을 해야 하나 말아야 하나 망설이는지 말꼬리를 흐렸다. 청목이 답답한 듯 얼른 말하라 재촉하니 해귀가 어쩔 수 없다는 얼굴로 일단은 해월공주의 말을 전해주었다.

"저를 누가 보냈냐고 물으셔서 청목님이 보냈다 했더니, 청목님이 누구냐 묻는 거예요. 그래서 동해용왕의 후계시다 말했더니……."

해귀가 또 말을 멈추었다. 청목이 살짝 짜증을 부렸다.

"아, 답답해 죽겠네. 말했더니 뭐? 해월공주가 뭐랬는데?"

해귀가 한숨을 푸욱 내쉬며 마저 이야기를 전했다.

"그곳을 빠져나가는 방법을 아시는지 물어봐 달래요. 그리고 아시면 좀 가르쳐 달래요."

해월공주의 부탁을 들은 청목은 해귀가 망설였던 만큼 괜히 들었다는 얼굴을 하고 있었다. 청목이 저 멀리 적룡의 궁에 있을 해월공주를 떠올리며 한동안 말없이 지창 밖을 바라보았다.

청목이 다쳐서 돌아온 날, 도대체 적룡이 어찌 이럴 수가 있느냐며 펄쩍 뛰는 어머니에게 아버지는 적룡도 어쩔 수 없이 저지른 것이니 이해하고 넘어가자 대신 사과를 받아내겠다 말씀하였다. 그러며 하시는 말이 적룡이 해월공주를 사모하여 데려가려는데, 청목이 공격을 하니 순간 판단을 못했던 것이라는 말이었다. 청목이 그날의 대화를 떠올리며, 해월공주의 이 부탁을 어찌해야 하는 건지 난감하여 저절로 인상을 찡그렸다. 어찌 됐든 가락지에 대해 도움을 주었는데 이쪽에서 궁금한 것만 쏙 물어보고 모른 체하기도 그렇고, 그렇다고 적룡이 알게 되면 큰일이 날 일인데 방법을 알려주자니 후환이 두려웠다. 그렇게 청목이 알려줄까 말까 망설이고 있는데 해귀가 해월공주를 생각하니 안타깝긴 하다는 얼굴로 말을 덧붙였다.

"좀 안됐긴 안됐더라고요. 자신이 죽은 줄 알고 부모님이 낙담할 걸 생각하면 잠이 오지 않는다고요. 그저 부모님께 무사하게 살아 있다는 것만 보여 드리고 다시 적룡에게 돌아올 생각이니 방법이 있다면 제발 알려달라고 통사정을 했어요."

청목이 믿을 수 없다는 듯 재차 확인했다.

"정말 다시 돌아가겠다고 해월공주가 그래?"

해귀가 고개를 끄덕였다. 그러자 방법을 알려줄까 청목의 마음이 기울기 시작했다. 자신의 어머니도 결국은 돌아오지 않았던가, 그리고 돌아온 어머니는 아버지와 자신을 끔찍이도 아껴주지 않았던가. 청목은 아주 어릴 적 육지를 그리워하며 두고 온 부모와 형제 생각에 눈물 짓던 어머니를 떠올렸다. 자신이 선택하지 않은 상황에서는 은애하는 남편도 금쪽같은 자식도 결국 발목을 잡는 족쇄가 된다는 것을 청목은 어린 그때 알아버렸다. 그걸 모르고 적룡은 해월공주를 잡아놓고만 있는 것 같았다. 차라리 이럴 때 해월공주에게 육지와의 인연을 정리할 시간을 주고 그를 선택하게 하는 것이 더 나은 일임을 적룡은 정녕 모르고 있단 말인가. 청목이 아주 깊은 숨을 내쉬더니 이내 마음의 결정을 내린 듯 해귀에게 말했다.

"해귀, 대신 해월공주에게 이것만은 꼭 지켜달라 해. 내가 알려주었다는 것을 적룡이 알아서는 절대 안 된다고. 그러니 적룡이 궁을 비우게 될 때 부모님께 다녀오라고."

해귀가 명심하겠다 답을 하니 청목이 밖에 나가 잠시 기다리라 명했다. 그리곤 서궤 아래 있는 새 목편을 꺼내었다. 용왕에게 잡혀간 인간이 빠져나올 수 있는 방법은 용의 직계들에게만 전해지는 묵계이기에 해귀라 해도 알면 안 되는 일이었다. 청목이 붓을 들어 편지를 써내려 갔다.

「동해용왕이신 청룡 청운의 후계, 청목입니다. 제가 보낸 해귀에게 듣기로 공주께서 간절히 청을 전해오니 제가 차마 외면하지 못하여 이리 방법을 알려 드립니다. 허나 남해용왕 적룡께서 이 일을 알았다가는 큰 사단이 날까 두려우니 공주께서는 그분이 궁을 비울 때 이 방법을 사용하여 육지에 다녀오시기를 바랍니다.

보름 후면 일월산에서 천계의 천제와 지계의 십이지, 그리고 사해(四海)의 용왕 이렇게 삼계의 수호자들이 모두 모이는 날입니다. 이 삼계회의는 사흘간 열리니 적룡께서도 이 사흘간은 궁을 비울 것입니다. 공주께서 이날을 기다려 제가 알려 드리는 방법을 사용하십시오.

다만 이 방법을 누구에게도 발설치 마셔야 합니다. 만약 발설한다면, 적룡께서 공주를 찾으러 가기 전에 제가 먼저 공주를 찾아 죄를 물을 것이니 부디 제 진심을 알아 묵지(默識)해 주십시오. 방법은 이것입니다. 용의 비늘을 입에 문 자, 사해(四海)가 자유롭다.」

청목이 붓을 내려놓고 자신의 낙관을 찍었다. 그리곤 잠시 목간을 앞에 펼쳐 놓고 생각에 잠겼다. 과연 잘하는 짓인지 잠시 망설임이 다시 일어난 청목이었다. 괜히 적룡과 해월공주 사이에 끼어드는 것은 아닌가 하고 말이다. 허나 그때 자신이 보기엔 해월공주가 강제로 끌려갔다. 해월공주는 분명 기저국의 성주와 혼례를 치르기 위해 오고 있던 길 아니었던가.

다음날 인장으로 봉해진 청목의 목간은 해귀의 품속에 넣어져 해월공주에게 전해졌다.

"그러니까 이 목간을 들고 가면 목지국의 왕후마마께서 도와준다고 그 가마꾼이 그랬다고?"

청목이 벌써 몇 번이나 이야기한 것을 바리가 이해가 안 된다는 얼굴로 자꾸만 고개를 갸웃거렸다. 남해용왕에게 잡혀간 해월공주에게서 받았다는 것을 말할 수 없는 청목으로서는 그렇게 둘러대었는데 바리가 자꾸 확인을 하니 일순 짜증이 났다.

"그렇다니까. 우연히 장터에서 그 가마꾼을 만났는데, 목지국의 왕후가 네 부모를 아신다 하셨대."

청목은 대충 말을 꾸몄다. 바리가 고개를 끄덕이다가 문득 가마꾼을 걱정하였다.

"근데 그 가마꾼아재는 고향으로 안 돌아가고 왜 아직도 이곳에 있대?"

"바보야, 해월공주를 지키지 못했는데 그 사람이 어떻게 돌아가니? 돌아가면 바로 붙잡혀서 치도곤을 당할 텐데."

바리가 눈을 동그랗게 뜨고 물었다.

"그러면 가마꾼이 쓴 이 목간을 보고 왕후마마께서 더 불같이 역정을 내시지 않을까?"

청목이 한숨을 내쉬었다.

"네가 그래도 해월공주를 지키기 위해 몸을 던졌다 썼으니까 가마꾼이 그건 걱정 말라 했어. 그러니 가서 네 부모님을 알고 계시는지 꼭 물어보랬어."

바리가 일리가 있다는 듯 그제야 고개를 끄덕이곤, 청목을 바라보며 활짝 웃었다.

"우똘아, 정말 이 은혜는 평생 안 잊을게."

그러면서 목간을 품에 꼭 안고 움막으로 향하는데 청목이 바리를 멈춰 세웠다.

"야, 다시는 우똘이라고 부르지 말랬잖아."

바리가 뒤에 있는 청목을 돌아보더니 천연덕스럽게 발뺌을 했다.

"가락지도 못 찾았는데, 무슨 청목님이냐?"

청목이 기가 차고 코가 막힌다는 양 입을 벌리자, 바리가 그나마 좀 미안했는지 이런다.

"이 목간으로 부모님 찾게 되면, 네가 하지 말라 해도 청목님이라 부를 거니까 걱정 붙들어 매시지."

청목이 아직도 펫국에 절어 있는 바리의 행색을 위아래로 훑으며 이죽거렸다.

"그럼, 씻는 것도 부모님 찾고 할 거냐?"

바리가 청목의 시선에 갑자기 가려움을 느끼는지 목덜미를 긁적이며 대꾸했다.

"뭐, 그거야 내 맘이고."

하고 벗나가는데 청목은 바리의 손톱 끝에 목덜미 때가 가득 긁혀 까맣게 쌓인 것을 보고 오만상을 찌푸렸다. 바리는 개의치 않고 문득 드는 생각이 있는지 그 손으로 청목의 손을 덥석 잡았다.

"참, 청목님아. 목지국까지 한 번 더 말 좀 태워주면 안 될까?"

청목이 화들짝 바리 손에 잡힌 자신의 손을 빼내더니, 자신의 손을 부들부들 떨며 노려보았다. 그리곤 바리에게 빽 소리쳤다.

"네가 한 번 타고난 후부터, 내 말이 얼마나 긁고 있는 줄 알아?"

바리가 입술을 삐죽이며 청목을 노려보았다. 씻은 지 얼마 되지도 않았는데 자신이 씻었을 땐 오지 않아 못 봐놓고, 안 씻는다 만날 구박이니 말이다. 사실 바리는 해월공주가 잡혀가던 날 바다에 빠진 게 가려워 집에 돌아온 지 며칠 지난 후 개울가에서 박박 씻은 적이 있었다. 그런데 한참 시간이 지난 후에 와서는 만날 안 씻는다고 난리이니 바리로서는 억울하고 열받았다. 저렇게 못살게 굴면서 왜 고기는 갖다주라고 그런 거야? 바리가 슬쩍 새침한 얼굴로 청목의 속을 긁었다.

"너 이래 놓고, 낼 아침에 말 끌고 집 앞에 서 있는 거 아냐? 난 이제 네 말 못 믿겠더라."

바리가 씨익 웃더니 휙하니 움막으로 가버렸다. 뒤에 남은 청목이 멍하니 바리를 바라보았다. 안된 마음에 도와주고 싶다가도 바리의 저런 말도 안 되는 소릴 듣고 있노라니 있던 연민도 싹 가시는 청목이었다. 청목이 목지국까지 말을 태워 데려다 줄까 잠깐 갈등했던 것을 싹 걷어치우고 씩씩거리며 집으로 돌아가 버렸다.

한편 목지국의 왕후마마를 뵙고 오겠다는 바리의 말을 듣고 비럭할
아범과 공덕할멈이 펄쩍 뛰었다. 바리가 부모의 생존을 알고 있다는
것도 모르고 있었는데, 저 멀리 서해 쪽에 있는 목지국의 왕후가 바리
의 부모를 안다고 하니 믿기 힘든 두 사람이었다. 지푸라기 잡는 심정
으로 만나뵙는 것도 나쁘지 않다 할 수 있겠지만, 가마꾼의 말만 믿고
그 먼 길을 그것도 여자아이 혼자 보내는 것이 비럭할아범과 공덕할멈
은 불안하였다. 또한 무사히 궁에 도착한다 하더라도 과연 한 나라의
왕후마마가 이런 어린아이의 말만 믿고 만나줄까 그것도 회의적이었
다.

비럭할아범과 공덕할멈은 비단옷 지어 입고 당신들과 함께 길을 떠
나자 바리를 달래었지만, 바리는 답답하다는 양 펄쩍 뛰었다. 도대체
비단은 어디서 구할 것이며 그 옷 다 지으려면 시간이 걸릴 터인데, 그
러다 왕후마마 오래전에 보았을 제 부모에 대한 기억마저 몽땅 잊어버
리면 어뜩하냐고 말이다. 바리의 말도 일리는 있었다.

목간이 있으니 만나줄 것이다, 만약 만나주지 않는다면 가마꾼에게
속았다 생각하고 돌아올 터이니 가게 해달라 바리가 애원을 했다. 비
럭할아범과 공덕할멈, 바리의 성화와 고집에 못 이겨 결국 다녀오라
허락을 내리는데, 대신 길 위험하고 사람 위험하니 사내 행색으로 갔
다 오라 하였다. 하여 급히 마을 사람들에게 사내가 입는 궁고와 유를
빌어 바리에게 입혔다. 물론 궁고와 유는 너덜너덜 거의 다 해져 있어
추레하기 이를 데 없었다. 그래도 사내 옷을 입혀놓으니 노부부 그나
마 마음이 놓인다.

공덕할멈, 말갈기처럼 뻗쳐 있는 바리의 긴 머리카락을 손가락으로
썩썩 쓸어 모아 정수리 위에서 빙빙 꼬아놓곤 노끈으로 감아주었다.
이렇게 사내로 변장한 바리가 비럭할아범이 엮어놓은 새 미투리를 신

고, 청목이 건네준 목간을 멍구럭에 챙겨 넣더니 움막을 나서며 다녀오겠다 인사를 했다. 하루빨리 목지국의 왕후마마 뵙고 부모님 소식들을 생각에 애를 태웠던 바리이기에 넙죽 인사를 드리자마자 잰걸음으로 길을 잡았다. 공덕할멈과 비럭할아범은 바리가 안 보일 때까지 지켜보다가 겨울 가면 봄 온다는 듯 말을 주고받았다.

"우리 바리가 다 컸네요. 혼자서 그 먼 길을 가겠다 나서는 것 보니."

"그러게 말여. 봄에 쑥 올라오는 거하곤 댈 게 아니네그려."

비럭할아범과 공덕할멈은 제 부모 찾겠다고 훌쩍 길을 떠나는 것에 슬쩍 서운함을 느꼈지만 서로 입 밖에 내지 않았다. 대신 바리가 걸어갔던 길을 오래도록 지켜보았다. 그렇게 바리가 청목에게서 목간을 받은 지 열흘째가 되어서야 목지국으로 향했다.

바리는 새벽 동틀 무렵부터 해가 어둑어둑해지는 유시 무렵까지 꼬박 쉬지 않고 사흘을 걸어 목지국에 도착했다. 이틀간을 길바닥에서 자고, 할멈이 싸준 주먹밥이 하루 만에 동이 나 밥을 빌어먹으며 왔기에 목지국의 궁 앞에 도착했을 때는 있는 대로 꼬질꼬질 행색이 말이 아니었다. 허나 궁 앞에 다다르자, 난생처음으로 배고픈 것도 잊고 궁 앞을 지키는 군사들에게로 향했다. 그런데 바리가 군사들에게 왕후마마를 뵈러왔다 말을 하기도 전에 어디에선가 말발굽 소리가 들려오더니 궁궐 문을 열라며 호령했다.

바리가 고개를 들어 말을 타고 있는 사람들이 누구인지 살펴보았다. 그런데 말을 탄 군사들이 기저국의 깃발을 들고 있는 것이 아닌가. 바리가 기저국의 깃발을 보곤 무슨 일인가 싶어 눈을 동그랗게 뜨고 구경하는 사이, 열린 궁궐 문 사이로 기저국에서 보낸 사신들이 사라졌다. 바리가 자신도 들어가 보려고 그 뒤를 따라 냅다 뛰는데, 뒤에서 군사가 바리의 뒷덜미를 낚아챘다.

"넌 뭐야?"

다시 군사들 앞으로 끌려간 바리가 어쩔 수 없다는 듯 멍구럭에서 주섬주섬 목간을 꺼내 보였다.

"해월공주님의 가마꾼이 보내서 왔어요."

"해월공주?"

군사들은 가마꾼보다는 해월공주라는 말에 깜짝 놀라 바리를 살펴보았다. 그러다 행색이 초라하다 못해 빌어먹는 비렁뱅이 행색을 보곤 눈살을 찌푸렸다.

"감히 여기가 어디라고 네까짓 게 해월공주님을 들먹거려? 썩 꺼지지 못해?"

그러면서 바리의 어깻죽지를 밀어버리니 바리가 군사들의 완력에 뒤로 넘어지며 엉덩방아를 찧었다. 땅바닥에서 끙끙거리던 바리가 주춤주춤 일어나 옷에 묻은 흙을 털어내곤 다시 오기 서린 얼굴로 말했다.

"이 목간을 왕후마마께 전해주라 했단 말이에요. 만약에 절 그냥 돌려보내면 아재들 큰코다칠걸요!"

군사들이 바리의 말에 코웃음을 치는데, 한 군사가 엄한 얼굴로 훈계했다.

"어린것이 벌써부터 그러면 안 된다. 가뜩이나 해월공주님 일로 나라 안이 어수선한데, 머리에 피도 안 마른 것이 은전 한 푼 얻어보겠다고 사기를 치려고 해?"

바리가 속 터져 죽겠다는 듯 자신의 가슴 부근을 주먹으로 퍽퍽 쳐 댔다.

"아우, 미치겠네 진짜. 죽으려고 환장한 것도 아니고, 누가 이런 걸로 사기를 쳐요?"

바리가 끝까지 당당하니, 군사 하나가 마음이 흔들리는지 앞으로 나섰다.

"그럼, 내가 왕후마마께 그 목간을 전해줄 터이니 이리 다오."

군사가 손을 내밀어 어서 달라 하는데, 바리가 망설이는 얼굴로 손에 쥔 목간을 품에 꼭 안았다.

"안 되는데. 이거 직접 뵙고 보여 드리라 했는데. 남이 보면 절대 안된다고 했어요."

그나마 나섰던 군사가 한숨을 내쉬며 그러면 어쩔 수 없다 뒤로 물러나니, 바리가 생각을 바꾸어 그 군사에게 목간을 내밀었다. 그리곤 당부에 당부를 하며 사정했다.

"꼭 왕후마마께서 보셔야 해요. 아셨죠? 저는 여기서 한 발도 안 움직이고 기다릴 거니까 꼭 전해주시고 오셔야 합니다."

바리가 군사의 손에 목간을 건네주곤 그 자리에 털퍼덕 앉더니 가부좌를 틀고 양 무릎에 주먹을 쥐었다.

다른 군사들은 목간을 건네받은 동료를 힐끗거리며 괜한 일에 나선다고 한마디씩 했다.

"쯧쯧, 하여튼 저 오지랖하고는."

"도망간 가마꾼이 미쳤다고 목간을 보내와? 저게 다 저 자식 농간인 걸 왜 몰라?"

"그러게. 가뜩이나 기저국 때문에 골머리를 앓고 계실 텐데, 거기다대고 저런 비렁뱅이가 가져온 목간을 갖다 드리면 잘도 상찬하시겠다."

이렇게 주위에서 비아냥거리고 조롱하니 목간을 받은 군사가 오기가 났는지 궁 안으로 휙하니 들어가 버렸다. 바리는 가부좌를 튼 그 자세로 궁 안으로 들어가는 군사를 바라보고만 있었다.

허나 궁이 어떤 곳인가. 여염집도 아니고, 궁 안으로 들어갔다 해서 금방 왕후에게 목간이 전해지는 곳은 아니다. 한참이 지나도 돌아오지 않으니, 앉아 있던 바리가 몸을 비틀며 뒤척였다. 배가 고프다 못해 쓰리기 시작했던 것이다. 헌데 속 모르는 군사들, 들썩거리는 바리를 보곤 이죽거렸다.

"한 발자국도 안 움직인다더니 벌써 좀이 쑤시냐?"

바리가 입술을 비죽이며 다시 가부좌를 틀었다. 그러다 문득 아까의 기저국 사신이 떠올라 군사들에게 물었다.

"그런데 기저국 때문에 골머리를 앓다니, 그게 무슨 소리예요?"

바리를 놀린 군사가 그 말에 답답하다는 듯 타박을 놓기 시작했다.

"너는 비렁뱅이가 그렇게 세상 소식에 둔하여 어찌 밥을 빌어먹냐?"

바리가 열이 치받치는지 잠시 어금니를 꽉 물다가, 궁금한 건 일단 풀어야 하기에 군사를 살살 구슬렸다.

"아, 그러니까 지금 묻잖아요. 아까도 기저국에서 사신이 온 것 같은데, 왜 온 거래요?"

지켜보던 다른 군사가 이맛살을 찌푸리며 대신 답해주었다.

"기저국의 성주가 우리한테 불경을 씻으라고 저 난리지 않냐."

"불경이요? 무슨 불경이요?"

"용왕이 나타나서 그리한 게 다 해월공주님이 불경하여 그런 것이라면서 대왕마마께 그 불경을 갚으라고 생떼를 쓰고 있단다."

"에에?"

바리가 기가 막혀 입을 쩍 벌렸다. 남해용왕이 해월공주를 잡아가느라 그 난리를 친 건데, 이건 또 뭔 소리인가?

듣고 있던 다른 군사가 말을 보탰다.

"하기야 기저국 성주도 저리 나올 만하지, 뭘 그래. 혼삿날 용왕이 나타나서 작파를 하지 않나, 해월공주님은 용왕이 무서워 도망을 치지 않나, 그러니 당연히 저리 나올 수밖에. 게다가 우리 대왕마마께서 남해용왕이 공주님을 내놓으라 했던 걸 기저국에는 알리지도 않았으니 기저국에서 저리 속았다고 분기탱천할 수밖에."

그 말을 들은 군사가 발끈하며 성을 냈다.

"자네, 해월공주님을 몰라 그러는가? 그분이 어딜 봐서 혼자만 사시겠다고 도망을 칠 분인가? 분명 용왕에게 잡혀간 거니, 그 말 같지도 않은 소리 집어치우게."

바리는 생각지도 못한 말들에 어안이 벙벙했다. 자신의 눈으로 직접, 아니, 해월공주와 같이 용왕에게 잡혔었는데, 해월공주가 도망을 쳤다고 생각하다니 말이다. 바리가 고개를 외로 꺾고 눈을 껌벅였다. 하기야 해월공주가 숲 동굴에서 용왕에게 잡힌 걸 자신과 청목밖에는 못 봤으니, 기저국의 성주나 백성들은 해월공주가 도망을 갔다고 생각할 수도 있겠다고 말이다. 바리가 선한 눈망울에 다정하였던 해월공주를 떠올리며 이 사실을 아시면 정말 억울해하시겠다 안타까워했다.

기저국에 용왕이 나타난 후 세상은 말이 분분했고, 기저국과 목지국 모두 자신들이 보고 싶은 대로 그 일을 보고 있었다. 기저국은 해월공주가 불경한 몸으로 혼행길에 올라 하늘이 노한 것이고, 이를 안 해월공주가 가마를 버려두고 도망쳤다 주장하고 있었다. 목지국에서는 분명 용왕이 해월공주를 잡아간 것이니, 공주를 잃고 침통한 이 마당에 그런 말도 안 되는 생떼 쓰지 말라 기저국과 대립하고 있었다. 결국 진실이 무엇이건 간에 기저국의 성주는 이번 일로 인한 손해를 목지국에게 요구하고 싶어했고, 한편으론 용왕에게 성을 빼앗기고 밖에 있는 새 신부를 버려둔 채 도망간 일이 자존심이 상해 진실을 알고 싶어하지도 않았다.

해월공주에 대한 이야기마저 사그라지고 꽤 오랜 시간이 지나서야 궁 안으로 들어갔던 군사가 모습을 드러냈다. 바리가 오랫동안 가부좌를 틀어 저릿저릿한 다리를 주먹으로 두드리며 비틀비틀 일어섰다.

"뭐라세요?"

바리가 기대에 부푼 얼굴로 밖으로 나온 군사에게 큰 소리로 외치는
데, 군사는 한 걸음 뒤로 물러나더니 뒤따라 나오는 어느 중년의 여인
을 바라보며 말했다.

"저 아이입니다."

여인은 머리를 단아하게 틀어 올리고 고운 빛깔의 비단옷을 입고 있
어 궁에 있는 높은 분인 듯했다. 바리가 눈을 크게 뜨고, 여인의 말을
기다리고 섰다. 그러나 여인은 말없이 바리의 위아래를 살펴보더니 이
상하다는 듯 미간을 좁혔다.

"사내아이구나."

여인의 얼굴 위로 실망한 기색이 감돌았다. 그러자 바리가 얼른 말
을 꺼냈다.

"아니에요, 저 사내 아니에요. 먼 길 가는데 위험하다고 할매가 사
내 옷으로 입고 가라 해서 그런 거예요."

발길을 돌려 안으로 들어가려던 여인이 그 말에 천천히 몸을 돌려
바리를 다시 살펴보았다. 땟국에 절어 얼핏 보면 사내아이였는데, 목
소리를 들어보고 자세히 살펴보니 놀랍게도 여자아이였다. 여인이 바
리에게 따라오라는 말을 하곤 궁 안으로 들어갔다.

바리가 제자리에서 폴짝폴짝 뛰며 해냈다는 듯 주먹을 불끈 쥐었다.
그리곤 양옆에 있는 군사 아재들을 향해 의기양양한 표정을 지어 보이
며 거들먹거렸다.

"것 보세요. 제 말이 맞죠."

군사들이 입을 쩝쩝 다시며 모른 척 먼 하늘을 바라보았다. 바리가
여인의 뒤를 놓칠까 봐 얼른 궁궐 안으로 뛰어갔다.

곤전에 있던 왕후 길대부인, 급히 궁 밖에 있는 아이를 데려오라 가
락에게 명하고 손에 쥐고 있던 목간을 다시 읽어 내려갔다. 이미 몇 번

을 읽어보았음에도 믿어지지 않는 길대부인이었다. 용왕에게 잡혀가 죽었다 생각한 해월이 이렇게 살아서 목간을 보내오다니 말이다. 누군가 조작하여 만든 것이라 하기엔, 필체도 해월의 것이었고 일곱째 공주에 대한 일도 소상히 알고 있었다.

「어마마마, 저 해월이에요. 제가 용왕에게 잡혀갔다는 소식을 듣고 상심하여 몸을 해치지는 않으셨는지요. 어머니, 저는 살아 있어요. 제가 있는 곳이 육지의 인간이 올 수 없는 곳이기에 와달라 청할 수는 없지만 그래도 건강하게 살아 있으니 아무쪼록 존체를 보중하시기를 부탁드려요. 언젠가 이곳에서 나가게 되면 어머니를 뵈러 갈 터이니, 그때까지 어머니 꼭 살아 계셔야 해요.

어머니, 이 목간이 어찌 전해지게 된 것인지는 설명드릴 수 없으나 이 목간을 들고 간 아이를 유심히 살펴봐 주세요. 저도 경황 중에 얼핏 본 것이라 단언할 수는 없지만, 이 아이가 어머니의 가락지를 갖고 있었어요. 허나 이 아이가 저를 용왕에게서 구하려다 가락지를 잃어버렸으니, 어머니께서 이 아이를 살피시고 일곱째 공주가 맞는지 확인하여 주세요.

어머니, 이제 또 언제 이렇게 소식을 전할 수 있을는지 모르겠네요. 허나 살아 있다면 다시 만날 수 있을 것이니 아무쪼록 건강하세요. 해월은 그날을 기다릴 뿐입니다.」

'정녕 이것이 네가 보낸 편지라면 너는 지금 어디에 있는 것이냐?'

길대부인 가슴이 두방망이질하여 연신 숨을 들이쉬었다. 목간을 쥔 왕후의 손이 부들부들 떨고 있었다. 죽었다 생각한 딸이 오래전 죽은 또 다른 딸의 소식을 전하여왔으니, 놀라고 또 놀라웠다. 하여 가락이 데려올 아이를 기다리며 초조하게 문 쪽을 바라보았다. 그러면서도 한편으론 당신의 마음, 깊이 단속하였다.

섣불리 기대하지 말자. 찬찬히 모든 것을 따져 묻고 확인하여야지 또다시 일곱째 공주가 돌아왔다 성급히 단정하고 기뻐하다간 아닌 것을 알았을 때 또다시 몇 날 며칠 앓아눕고 속을 끓이게 될 것이다. 찾아왔던 그 실망과 슬픔은 어찌할 수 없을 정도로 크나컸다. 그럴 때마다 가슴에 묻어둔 일곱째 아이를 다시 꺼내어 또 죽이는 것 같아 천 갈래 만 갈래 간장이 끊어지는 것 같은 고통을 겪지 않았던가.

"마마, 아이를 데려왔나이다."

길대부인 들라 명하니, 문이 열리고 가락이 한 아이를 대동하고 들어왔다. 아이는 우물쭈물 먼발치에 서서 왕후마마 어려워하는데, 길대부인 아이의 행색을 보고 크게 놀랐다. 거지 중에서도 상거지라 한다더니, 아이의 꼴이 말이 아니었던 것이다. 간신히 백성들이 입는 궁고와 유를 걸치긴 하였으나, 해지고 기워진 것도 모자라 여기저기 뜯기고 얼룩덜룩 온갖 때가 묻어 있었다.

아이는 또 어떠한가. 석 달 열흘은 안 닦았는지 땟국에 검댕이가 잔뜩 묻은 얼굴에 손과 발이 모두 때에 절어 부르트고 갈라져 있었다. 대충 손으로 긁어모아 정수리에 틀고 있는 머리 타래에서는 바글바글 서캐와 이가 끓고 있는 듯했고, 아무 데서나 구르고 잤는지 온갖 잡풀과 짚이 머리카락에 묻어 있었다. 허나 해월이 보낸 아이이다. 용왕에게 잡혀갔으면서도 소식을 전하여 알려준 아이이다. 일곱째 공주를 찾음에 있어 누구보다 어미의 마음을 알고 신중했던 해월이 아니었던가. 길대부인, 가락에게 아이를 가까이 데려오라 명했다.

바리가 길대부인 맞은편에 앉자, 길대부인 아이에게 이것저것 묻기 시작했다.

"그래, 네가 사는 곳은 어디냐?"

"기저국에서 좀 더 가면 해안이 나오는데, 그곳에 살고 있습니다."

"이 목간은 어떻게 가져오게 된 것이냐?"

바리가 어디서부터 대답해야 할지 난감해 머리를 긁적였다.

"제 지기에게 해월공주님의 가마꾼이 이걸 주었답니다. 저보고 이걸 가져가면 왕후마마께서 제 부모님을 찾는 데 도움을 주실 거라 하였답니다."

"가마꾼?"

길대부인 의아하여 묻자, 바리가 그동안의 이야기를 쭈욱 늘어놓았다. 해월공주가 용왕에게 잡혀가던 일부터 그 바람에 가락지를 잃어버린 일, 또 가마꾼이 찾아준다 해놓곤 나중에서야 이 목간을 가져가라 전해주었던 일 등을 말이다. 이야기를 모두 들은 길대부인이 끄덕끄덕 바리의 말 모두 귀담아듣더니, 지금껏 아이가 어떻게 컸는지 자분자분 묻기 시작했다.

"부모님이 안 계신데, 지금껏 어찌 컸느냐?"

바리가 비럭할아범과 공덕할멈을 떠올리며 씨익 웃었다.

"할배 할매가 저를 길러주었습니다. 할배는 밥 빌어오는 데는 근방에서 따를 자가 없는 분이고요, 할매는 남 도와주는 데 따라올 자가 없는 분이세요. 그래서 제가 밥 빌러 나가면, 비럭할아범 손녀 왔다 공덕할멈 손녀 왔다 그러면서 밥을 되게 잘 줍니다."

길대부인은 어린아이가 밥 빌어먹었다는 게 가슴 아프면서도 내색 없이 노부부를 칭찬하였다.

"좋은 분을 만났구나."

바리가 으쓱한 얼굴로 고개를 끄덕이다가, 문득 왕후마마의 왼손 약지에 끼고 있는 가락지를 보고는 자신도 모르게 외마디 소리를 쳤다.

"어, 내 가락지랑 똑같다."

길대부인이 바리의 말에 멈칫했다. 일순 왕후의 눈동자에 작은 요동이 일었으나 이내 다시 차분해졌다. 길대부인이 왼손에서 가락지를 빼내어 바리에게 건네주었다.

"자세히 보아라. 정녕 네가 갖고 있던 가락지와 똑같았느냐?"

바리가 가락지 위에 곱게 새겨진 문양을 보곤 고개를 저었다.

"무늬를 보니 다릅니다. 제 가락지엔 초승달이 새겨져 있었거든요."

왕후가 놀란 낯빛이 된 줄도 모르고, 바리는 살펴보던 가락지를 다시 길대부인에게 건네주었다. 왕후의 가락지엔 보름달이 새겨져 있었다. 길대부인이 왼손에 다시 가락지를 끼며 슬쩍 가락지에 왜 달이 새겨져 있는지 아느냐 물었다. 바리가 고개를 저었다.

"옛 목지국의 시조께서 달에서 왔다 하여 목지국은 예로부터 월지국이라 불리었단다. 하여 왕궁에서는 이 나라도 달이 기울고 차는 것처럼 영원히 순환하라는 의미에서 달님을 새겨왔단다."

왕후의 말을 귀 기울여 듣던 바리가 퍼뜩 무언가 깨달았는지 이렇게 말했다.

"그럼, 제 어머니도 목지국 사람이었던 걸까요?"

길대부인은 보름달과 초승달의 두 가락지가 한 쌍이라는 것과 그러한 가락지를 대대로 목지국 왕족의 여인들만이 낄 수 있다는 것은 말하지 않았다. 대신 인자한 미소를 지으며 이렇게 답했다.

"잘은 모르겠다만 그럴 수도 있을 것이다."

바리의 눈이 더 말똥말똥해졌다. 부모님에 대한 작은 실마리라도 알아냈다는 것이 기쁜 바리였다. 하여 왕후의 속마음 모르고 부모님 찾는 걸 도와달라 청을 하였다.

"꼭 좀 도와주세요, 왕후마마님."

바리가 바짝 엎드려 애원을 하는 동안, 왕후는 바리의 뒤에서 바들바들 떨리는 손을 그러쥐고 있는 가락을 응시했다. 너는 어찌 보느냐, 왕후가 눈빛으로 가락에게 물었다. 가락은 도저히 모르겠다는 얼굴이었다. 어찌하여 서해에서 띄운 옥함이 동해로 갈 수 있었는지, 또 아무리 버려졌다 하나 어찌 이렇게 클 수 있는 건지 가락은 이 비렁뱅이 아이가 일곱째 공주일 수도 있다는 것이 도저히 믿어지지 않았다.

길대부인의 반듯하고 아리따운 모습을 닮아 여섯 공주 모두 뛰어난 미모를 지니지 않았던가. 첫째와 셋째 공주는 부친인 어비대왕을 닮아 이목구비가 뚜렷하고 시원한 외양이었고, 특히나 여섯째인 해월공주는 그 미모가 다른 나라에까지 소문이 날 정도이지 않았던가. 그런데 바리라는 이 아이의 행색을 보아하니, 왕후를 닮은 구석이 있기는커녕 쳐다보기에도 딱할 정도로 추레하니 아무리 이 아이의 말이 사실이라 하여도 일곱째 공주로 보기 힘들다고 가락은 바리가 곤전을 물러난 후에 왕후에게 아뢰었다. 왕후가 신중한 얼굴로 명을 내렸다.

"열다섯이니 제 본모습이 드러나기엔 아직 이른 나이이다. 가락, 너는 아이를 씻겨 의복을 갖춰 입히고, 저 아이의 집으로 함께 가거라. 가거든 저 아이의 집에 있다는 옥함을 살펴보고 네가 십오 년 전 보았던 그 옥함인지를 확인하라."

가락이 명을 받들고 곤전을 물러났다. 가락이 물러난 후, 왕후 길대부인이 서궤 위에 내려놓은 목간을 다시 집어 들었다. 왕후의 손끝이 목간에 쓰인 글자를 하나씩 쓰다듬어 내려갔다.

'해월아, 이 무슨 운명의 장난인지 모르겠구나. 하늘은 너를 데려가는 대신 죽은 아이를 보내주려는 것인지, 네가 보낸 아이가 예사롭지 않구나.'

어둠 속에서 작은 손 하나가 파르르 떨리고 있었다. 손은 머뭇거리며 붉은 빛을 발하고 있는 비늘로 다가가더니 조심스럽게 비늘 하나를 잡아 쥐었다. 붉은 비늘은 손가락 두 마디 정도의 작은 크기였으나 솔보굿처럼 딱딱하고 견고해 자꾸만 손끝에서 미끄러졌다. 그러자 떨리는 손이 비늘을 더 깊이 잡아 쥐었다. 이제 있는 힘을 다해 힘껏 뽑아내면 된다. 이번 기회를 놓치면 다시 언제 기회가 찾아올지 기약할 수가 없다. 내일이면 비늘의 주인은 궁을 비우니 오늘 밤 무슨 일이 있어도 이 붉은 비늘을 얻어야 한다.

해월공주는 적한이 잠에서 깨어날까 두려워 몇 번이나 숨결을 확인한 후 비늘에 손을 가져갔다. 허나 부들부들 떨리는 손길 안에서 견고하고 얇은 비늘은 자꾸만 빠져나가 뽑아내기가 쉽지 않았다. 하여 몇 번이나 비늘을 잡아 빼다 손가락이 미끄러져 침착하게 숨을 고르고 다시 한 번 비늘을 잡아 쥐는데, 그 순간 잠들어 있던 비늘의 주인이 몸을 뒤척였다.

해월공주가 숨을 멈추고 손을 뒤로 숨겼다. 적한은 새벽에도 잠들다 한 번씩 깨어나곤 하였는데 지금 그러했다. 그리고 깨어날 때마다 버릇처럼 해월을 끌어안으려 팔을 뻗었는데, 이번에도 역시 팔을 뻗어 둥글게 감았다. 허나 팔 안에 빈 허공만 잡히자, 눈을 감고 있던 적한이 퍼뜩 눈을 떴다. 그가 휙 고개를 돌려 옆자리를 바라보다 멀찍이 앉아 있는 해월공주와 눈이 마주쳤다. 날카롭게 빛나던 적한의 붉은 눈빛이 이내 부드러운 먹빛으로 바뀌었다.

"왜 안 자고? 몸이 안 좋아?"

굳어져 있는 해월공주의 낯빛에 그가 걱정스러운 듯 다정히 물었다. 해월공주가 고개를 저으며 희미하게 미소를 띠었다.

"그냥…… 잠이 안 와서요."

적한은 해월공주가 육지에 있는 부모님 생각에 잠 못 드는가 싶어 마음이 무거워졌다. 허나 그의 마음 드러내면 해월공주 당장 부모를 만나고 오겠다며 채근할 것이기에 그가 모른 척 무심한 얼굴을 했다. 대신 해월공주를 끌어당겨 품에 안고는 그녀의 등허리를 천천히 쓸어내렸다.

"우리 공주마마, 어찌해 줘야 잠이 오려나."

자다 깼는데도 다정하게 달래주는 적한을 보며 해월공주 자신도 모르게 빙긋이 웃음을 물었다. 한편으론 들키지 않았다는 안도에서 나온 웃음이기도 했다. 허나 해월공주의 속 모르는 적한은 그 웃음 진 얼굴 조용히 내려다보더니 며칠 전부터 할까 말까 내내 망설였던 말을 꺼냈다.

"사흘 정도 이곳을 비울 것 같아."

해월공주가 몰랐다는 듯 무슨 일 때문이냐 반문했다. 그나마 고개를 숙이고 있어 표정이 보이지 않아 다행이었다.

그는 사흘이나 궁을 비워야 하는 것이 내키지 않았다. 일 년에 한 번 삼계의 수호자들이 큰 부상을 당한 것이 아니면 무조건 참석해야 하는 회의이기에 가긴 간다만, 보름 전쯤 부모님을 뵈러 육지에 다녀오면 안 되겠느냐 물었던 공주이기에 왠지 불안했다. 적한, 그때 해월공주의 청을 일언지하에 거절하고 대신 후계가 태어나면 함께 갔다 오자 말하였다. 그 후 해월공주 육지에 다녀오겠다는 말 입 밖에도 꺼내지 않았는데, 그것이 더 그를 불안하게 했다. 적한이 품에 안은 해월공주를 더 가까이 끌어당겨 안고는 음미하듯 공주의 긴 머리 타래 어루만졌다.

"그대가 날 기다려 주었으면 좋겠어."

해월공주가 말없이 고개를 끄덕였다. 그런 건 기대하지 말라 할 줄 알았던 해월공주가 순순히 기다려 주겠다 하니 그의 눈동자가 해사하게 빛났다. 이제야 그의 진심을 해월이 알아준 것인가. 후계를 이을 때까진 육지로 갈 수 없다고 일언지하에 청을 거절한 일이 마음에 걸려 그가 안타깝고 쓰린 눈빛으로 해월공주를 바라보았다.

"그대를 내가 많이 은애해. 아직은 그대를 육지로 보낼 수 없는 나를, 해월 그대가 이해해 주었으면 해."

해월공주 가슴속에 많은 말 품고 있었지만 그저 고개만 끄덕였다. 그녀가 이해 어린 얼굴로 적룡을 바라보자, 그가 해월의 입술에 입맞춤을 하기 시작했다. 부드럽게 시작된 입맞춤은 서서히 거칠어져 갔다. 해월공주의 도톰한 입술을 부드럽게 핥고 빨던 적한의 입술이 진홍빛 혀를 잡아채는가 싶더니 이내 입 안 곳곳을 헤집고 핥았다.

지난 한 달여간 남녀의 운우지락 수없이 나눈 해월공주다. 처음에는 도망치고 서툴렀던 입맞춤이 이제는 어설프게 입맞춤도 되돌리고 설핏설핏 그 고운 손으로 그의 얼굴 어루만지니 적한의 몸속에 잠재워져 있는 용의 본능 꿈틀거렸다.

해월공주는 그 몰래 육지를 다녀오려는 계획이 탄로날까 봐 이 밤

처음으로 적룡의 입맞춤을 되돌리며 그의 거친 몸짓 어떻게든 따르려고 애썼다.

'부모님 얼굴만 뵙고 올 거예요. 아직도 당신이 무섭고 낯설지만 이젠 당신의 진심 무엇인지 아니까, 나 다시 돌아올 거예요. 그러니 이번 한 번만 그냥 모르고 지나가 줘요.'

그가 안을 때마다 그의 손길 피하거나 고집스럽게 아무 반응도 하지 않았던 해월공주가 처음으로 입맞춤을 되돌리며 두 팔로 그의 등을 감쌌다. 그러자 간신히 애욕을 누르고 있던 적한이 해월의 침의를 다급히 벗겨내기 시작했다. 그러다 문득 손을 멈추고 해월공주를 내려다보았다.

"……아직인가?"

달거리가 끝나지 않았는지 묻고 있었다. 해월이 고개를 저어 괜찮다는 걸 알렸다. 사실 이달에 달거리가 찾아오지 않았으나, 얼마 전 달거리가 찾아왔느냐 물으며 기대하는 얼굴로 그녀를 살펴보는 적한의 얼굴을 보고는 괜히 부아가 나 시작했다고 말해 버렸던 해월공주다.

그가 계획하고 마음먹은 대로 아이를 갖게 된 것이 해월 분하고 숨이 막혀왔다. 이제는 그의 진심 느껴 예전의 그 은애했던 사내 적한이 용왕임을 받아들였지만, 그렇다 하더라도 이대로 발이 묶여 옴짝달싹할 수 없게 된 것이 답답했다. 게다가 후계를 낳으면 그때 갔다 오게 해주겠다 하는데, 아이를 낳고서도 몸조리해야 움직일 수 있을 터이니 일 년이 넘어야 갔다 올 수 있다는 뜻이리라. 비록 급하게 목간으로 살아 있다 소식을 전했지만 그것은 그저 소식일 뿐, 용왕에게 잡혀가 생사를 확인할 수 없는 딸을 생각하며 대왕마마 왕후마마 속 끓이고 억장 무너질 게 뻔했다. 그런데 일 년이 넘어서야 얼굴 보여줄 수 있다니, 가뜩이나 늙고 병든 부모에게 속 끓여 죽으라는 것과 진배없었다.

가야 할 이유는 또 있었다. 달거리 찾아오지 않았으나 이것이 진짜 회임인지 의원에게 정확히 진맥을 봐야 했고, 정말 회임을 한 것이라면 아이를 가졌을 때 조심해야 할 것과 출산을 앞두고 준비해야 할 것들을 알아봐야 했다. 적한은 어서 회임하기를 바란다 하나, 사내라서 그저 회임하면 무조건 낳으면 된다고 생각하지만 출산이 어디 그러한가. 목숨 내놓고 낳아야 한다는 아이, 해월공주는 그 아이가 뱃속에 생긴 것인가 싶어 두렵고 떨렸다. 같은 여자는커녕 인간 존재 하나도 없는 이 바닷속에서 만약 아이라도 잘못되면 어찌해야 하는 것인지 두려움은 날로 커져 가고 있었다. 하여 그가 궁을 비우는 이 사흘의 기회를 놓치지 말자 더더욱 결심하게 되었다. 이렇게 해월공주 마음속이 복잡하고 온갖 두려움 자리 잡고 있었지만 그에게 어느 것도 내색하지 않았다.

그 밤은 달거리 시작한다 말한 지 닷새가 되는 밤이었다. 비록 파정을 하지 않는 날이라도 오랫동안 해월공주 어루만지고 쓰다듬으며 잠들던 적한이 그 닷새 동안은 손길을 자제했었다. 그런데 해월공주 다시 맑은 몸 되었다 고개를 끄덕이니 그는 닷새 동안 꽤나 억누르고 있었는지 주저 않고 해월의 침의를 벗기기 시작했다. 이미 그의 양물은 부풀 대로 부풀어 단단하게 치솟아 있었다.

달거리한다 거짓말한 게 마음에 걸려 가만히 그의 안색을 살피고 있던 해월공주는 거리낌없이 옷을 벗어버린 적한의 몸을 보고 눈을 어디다 둬야 할지 몰라 고개를 돌렸다. 그동안이야 해월공주 적한의 손길을 거부하거나, 일부러 눈을 감아버렸기에 이렇게 적나라하게 그의 몸 본 일이 없었다. 하여 새빨개진 얼굴로 고개를 돌리곤 침의를 벗기는 적룡의 손을 가만히 받아들이는데 그 모습 내려다보던 적한이 슬쩍 입꼬리를 올렸다.

"몸을 나누는 게 아직도 부끄러워?"

해월공주가 어느새 저만큼 밀려나 있는 이부자리를 잡아당기려 손을 뻗자, 적한 그 손을 잡아채 자신의 입술로 가져갔다. 그리곤 짓궂으면서도 달뜬 웃음 입가에 물고 공주의 손가락 입 안에 물고 핥더니, 공주의 다른 손을 꼭 쥐고는 자신의 양물로 가져갔다. 해월공주의 손바닥 안에 뜨겁고 단단한 그의 양물 닿자, 그녀가 흠칫 놀라 손을 빼려는데 그는 그럴수록 더 짓궂은 표정 지어 보이며 공주의 손 빠져나가지 못하게 꽉 얽어 쥐었다. 하여 공주의 손 얽어 쥐고 그대로 자신의 양물 감싸니, 그녀의 손바닥 안에서 그의 양물 더 커지고 단단해졌다.

해월공주 어찌하면 좋을지 모르겠다는 듯 곤혹스러운 얼굴로 그를 올려다보자, 짓궂은 웃음을 머금었던 그의 얼굴이 무표정해졌다. 이제 적한 자신도 여유 부리며 해월공주의 부끄러움 놀릴 수가 없었다. 그가 붉디붉게 달뜬 얼굴로 해월공주를 취하기 시작했다.

새벽녘 흠뻑 땀에 젖은 적룡이 다시 잠에 빠져들었다. 한바탕 침전을 휘돌았던 열기에 그는 침의도 걸치지 않은 채 그대로 잠들어 있었다. 허나 해월공주 꽤 오랫동안 잠들지 않았다.

다음날, 공주가 눈을 떴을 땐 옆자리가 비어 있었다. 적한은 떠난 지 얼마 안 되었는지 그가 누워 있었던 곳에 아직 온기가 남아 있었다. 공주는 그 자리를 손바닥으로 덮어 온기를 간직했다.

주어진 시간은 단 사흘이다. 남해에서 목지국까지 갔다 오려면 너무나 바특한 시간이었다. 하여 서둘러 침상을 벗어난 그녀가 바로 떠날 채비를 했다. 그동안 궁 안의 전각을 다 돌아다녀 봤기에 밖으로 나가는 문을 곧장 찾을 수 있었다.

거대한 문을 열어젖히자, 바닷물이 넘실거리고 있었다. 그녀가 두려운 듯 떨리는 손을 바닷물에 넣어보니, 문안으로 쏟아져 들어오지 않는 물이 손에는 그대로 묻어 흥건히 적셔졌다. 공주는 소매 안에 숨겨둔 적룡의 비늘을 꺼내어 입에 물었다. 실수로라도 비늘을 놓치면 바닷속에서 숨이 끊어질 일이기에 그녀가 입 부근을 천으로 둘러맸다.

그리곤 해안에서 말을 빌릴 때 쓸 패물을 두루주머니에 넣어 허리에 찼다.

해월공주, 물속으로 뛰어들기 전에 잠시 뒤를 돌아 전각 안을 바라보았다. 두려운 용왕이지만 동시에 은애하는 사내인 적한의 거처, 화려하지만 고요하고 답답하지만 아늑한 곳, 그가 있기에 다시 돌아와야 할 곳. 다녀오면 이곳에 아기 울음소리 퍼지고, 울음소리 달래는 딸랑이 소리 울리게 될 것이다. 해월공주가 아랫배를 부드럽게 감싸더니, 빙그레 미소를 머금었다.

'아가, 어미가 할머니 할아버지 보러 가는 거야. 괜찮지?'

해월공주가 용기를 내어 물속으로 들어갔다. 궁 밖이라는 걸 믿을 수 없을 정도로, 밖은 사방이 캄캄한 검은 물속만 존재했다. 그나마 다행인 것은 은빛으로 빛나는 수많은 물고기가 떼 지어 다니며 어둠 속의 두려움을 덜어주었다. 바닷속은 깊은 밤처럼 어두웠으나, 궁에서 비쳐 오는 빛으로 어렴풋이 앞이 보였다. 해월공주가 꾸물대지 않고 물 밖 세상을 향해 팔을 뻗었다.

해가 가장 높이 떠 있을 때 해안가에 다다랐다. 세상은 어느새 봄 가운데여서, 이곳저곳 울긋불긋하게 꽃을 피우고 연초록의 싹을 틔우고 있었다. 해월공주는 물에 젖은 몸이 으슬으슬하게 추운 것도 잊고, 다시는 못 볼 줄 알았던 세상의 모습을 넋을 잃고 바라보았다. 물비린내로 가득했던 바닷속의 궁과 달리 육지의 세상은 그녀가 기억했던 것보다 더 아름답고 따스한 향취를 뿜어내고 있었다. 하여 잠시 모래사장에 서서 언제 또 누릴 수 있게 될지 알 수 없는, 아니, 아이를 낳은 후에야 다시 누릴 수 있을 흙냄새와 풀꽃 냄새를 깊이깊이 들이마셨다.

'돌아갈 거야. 그에게 돌아갈 거야. 하지만 그리울 때 조금씩 꺼내볼 수 있게 담아갈 수 있다면 얼마나 좋을까.'

그와 함께하기 위해 그녀가 포기하고 놓아야 할 것이 너무 많게 느껴지는 순간이었다. 해월공주는 육지에 대한 미련이 더 커지기 전에 자꾸만 육지에 빼앗기는 마음을 멈춰 세워 다잡았다. 그녀가 다잡은 마음을 잡아매듯, 입 안에서 꺼낸 비늘을 헝겊으로 둘둘 말아 매었다. 돌아가려면 절대 잃어버려서는 안 되는 비늘이었다. 그녀가 품 안 깊숙이 헝겊에 싼 비늘을 넣었다. 그리곤 지체없이 말을 구하러 마을로 향했다.

마을에 다다른 해월공주가 패물 중 하나를 주고 말 한 마리를 구했다. 그녀가 혼례를 위해 입었던 의복과 꾸미개를 적한이 모두 없애 버리려 했지만, 꾸미개는 어머니인 길대부인이 물려준 것도 있어서 절대 그럴 수 없다 그에게 맞섰다. 그 꾸미개를 이런 식으로 쓰게 될 줄은 몰랐지만 그때 남겨둔 것이 정말 다행이었다. 또 다른 꾸미개로 마른 옷을 구한 해월공주가 옷을 갈아입자마자 말에 올라 목지국으로 향했다.

해가 지기 전에 도착해 볼 요량으로 아무것도 먹지 않고 내내 달리기만 했던 해월공주가 목지국의 궁을 지척에 두고 있는 마을에 다다르자 말을 멈춰 세웠다. 백 리 정도만 더 가면 되었지만 손가락 까딱할 기운도 없을 정도로 온몸의 진이 다 빠져 있는 상태였다. 혼자 몸이라면 온 힘을 다 쏟아부어서라도 가겠는데 애기님이 있을지도 모르는 몸으로 그렇게 하는 것이 저어되었다. 게다가 바닷속을 가로질러 오후 내내 말을 탄 게 무리가 되었는지 아랫배가 에여왔다. 요기를 하고 잠시 쉬어갈 생각에 그녀가 근처 점막으로 향했다.

해월공주 말에게 건초와 물을 먹이고 평상에 자리를 잡으니 점막 주인이 국밥을 차려 내왔다. 장이 서지 않는 날이었는지 점막에는 찾아오는 객이 드물었다. 하여 긴장 어린 마음 한 자락 차분히 내려놓고 국밥을 한 입 뜨려는데, 점막 안으로 장정의 사내 하나가 들어와 국밥과

술을 청했다. 공주는 잠시 경계하며 쳐다보다가 여느 백성들과 다를 바 없는 평범한 옷차림에 크게 신경 쓰지 않고 국밥을 먹기 시작했다. 사내는 소피를 보러 나가는지 잠깐 밖으로 나갔다 들어왔다. 공주는 그 사내가 기저국의 첩자로 그녀를 알아보고 뒤를 따라와 알게 모르게 살펴보고 있었다는 것을 몰랐다. 또한 자신이 본 것을 헝겊에 적어 매의 발목에 묶고 기저국의 사신에게 날려 보냈다는 것도 알지 못했다.

동해 기저국으로 길을 잡고 가고 있던 기저국의 사신이 말을 돌려 점막으로 오고 있는 것도 모른 채, 해월공주 국밥 한 그릇 다 비우며 빈속을 달래었다. 그리곤 점막 아낙에게 가다가 먹을 수 있도록 요깃거리와 물 좀 싸달라 청을 하는데 갑자기 말을 탄 한 무리의 사내들이 점막 앞에 멈춰 섰다. 해월공주 멈춰 선 자들이 타고 있는 말의 숨결이 거친 것을 듣고 꽤나 다급히 달려왔다는 것을 알 수 있었다. 하여 어떤 사람들인가 고개를 돌려보니 놀랍게도 점막 앞에서 선 것은 기저국의 사신과 그 호위군사들이었다.

해월공주, 놀란 숨 들이켜며 황급히 고개를 돌렸다. 기저국의 사신은 말에서 내리더니 공주가 앉아 있는 평상 바로 옆에 자리를 잡고 앉았다. 그리곤 점막 주인에게 먹을 것 좀 내오너라 명하며 힐끔힐끔 해월공주 살펴보았다.

사실 기저국의 사신은 목지국의 대신들과 크게 싸우고 대노하며 궁을 나선 길이었다. 공주의 불경함을 묻고 그 죗값을 치르라 요구하러 온 것인데 목지국의 대신들 오히려 적반하장이었다. 공주를 지키지 않고 용왕에게 잡혀가든 말든 내버려 둔 죄를 묻겠다며 당장 해월공주를 찾아내라 생떼를 썼던 것이다. 하여 기저국의 사신 더 이상 말이 통하지 않아 사신관을 박차고 나와서는 어서 성주께 알리고 대책을 논해야겠다 길을 서두르고 있었다. 헌데 목지국의 궁을 나온 지 얼마 되지도 않아 목지국에 풀어놓은 첩자 중 한 명이 놀라운 전갈을 보내온 것이 아닌가. 해월공주로 보이는 한 여인이 홀로 말을 타고 점막 안으로 들어섰는데, 국밥 값 대신 왕족의 여인이나 지닐 법한 패물을 내놓더라고 말이다.

첩자의 전갈이 맞았다. 그 첩자 한때 목지국 궁 안에서 활동해서인지 공주의 얼굴 똑똑히 기억하고 있었던 것이다. 또한 성주의 추측도 맞아떨어졌다. 도망쳤던 해월공주가 궁에는 제 발로 나타나지 못하겠지만 분명 제 나라 안을 서성이고 있을 것이라 했는데, 궁과 멀리 떨어지지 않은 곳에서 이렇게 해월공주 잡게 될지 누가 알았겠는가.

사신은 해월공주를 단번에 알아보고 회심의 미소를 지었다. 그동안 해월공주의 행방 묘연하여, 정말 목지국의 주장대로 해월공주 용왕에게 잡혀간 것인가 헛갈렸는데 보아하니 해월공주 기저국으로 돌아오지 않고 이리 고향땅 외곽에서 맴돌이하고 있었던 것이다.

해월공주 궁을 지척에 두고 기저국의 사신과 마주치리라 상상도 못했기에 적이나 놀랍고 당황스러웠다. 당연히 용왕이 성을 부수고 수많은 군사를 죽였으니, 기저국은 성을 복구하는 데 온통 힘을 쏟고 있을 거라고만 생각했던 것이다. 그녀가 점막 아낙에게 청했던 요깃거리와 물을 내버려 둔 채 서둘러 벗어놓은 신 챙겨 신고 마당 한쪽에서 건초 먹고 있는 말에게 다가갔다. 고삐를 푸는 그녀의 손이 차갑게 떨리고 있었다. 기저국 사신의 집요한 시선이 등 뒤에서도 느껴질 정도였다. 이상하게 이럴 때는 왜 고삐도 빨리 안 풀리는 것인지, 해월공주가 빨리 풀려고 애를 쓸수록 고삐는 풀리지 않았다. 그러다 마침내 고삐가 풀려 말을 끌고 점막을 나서려는데, 사신의 날카로운 명령이 귓가를 때렸다.

"저 여인을 잡아라!"

해월공주 점막을 채 벗어나기도 전에 후다닥 달려온 군사들에 의해 포위되었다. 해월공주가 여차하면 말을 놓고라도 뛸 생각으로 고삐를 놓는데 사신이 해월공주가 있는 곳으로 다가오더니 예의를 갖춰 허리를 숙였다. 허나 사신의 눈빛은 걱정이 아니라 적의였다.

"공주님, 지금까지 어디에 계신 것입니까?"

해월공주, 위엄을 잃지 않고 사신을 향해 명을 내렸다.

"길을 여세요. 사정이 있어 급히 궁으로 가는 길입니다. 내 따로 성주께 기별을 넣을 터이니 지금은 날 보내주어요."

사신은 공주의 명 귓등으로도 듣지 않았다. 대신 해월공주를 향해 포위를 좁히고 공주가 타고 온 말을 끌고 가라 명했다. 그녀가 단 사흘밖에 주어지지 않은 시간을 떠올리며 애원하듯 사신에게 말했다.

"제발, 날 보내줘요. 지금 내게는 시간이 없습니다. 나를 성주께 데려가면 성주께 더 큰 화가 미칠 뿐입니다."

사신은 오히려 말 잘했다는 식으로 해월공주의 경고를 받아쳤다.

"공주의 말대로 공주로 인해 기저국에 화가 미쳤으니, 이제 공주를 데려가 하늘의 노여움을 풀어드려야 하지 않겠습니까? 허니 순순히 저희와 함께 가시지요. 공주께 완력을 쓰고 싶지는 않습니다."

사신이 군사들에게 눈짓을 보내고 밖으로 향했다. 그녀가 팔죽지를 잡아당기는 군사들의 손아귀를 뿌리치고 달아나 보려고 저항을 해보았지만 여럿의 군사들이 포위하고 있어 결국 무력하게 끌려갈 수밖에 없었다.

그렇게 해월공주가 부모님이 계신 궁을 지척에 두고 기저국으로 끌려가는 사이, 궁에서 하룻밤을 묵은 바리는 가락과 함께 수레 가마를 타고 움막이 있는 동해안으로 향했다. 수레 가마 안에서 바리는 어쩐 일인지 자꾸만 춥다고 몸을 으슬으슬 떨며 가락의 너울을 머리부터 발끝까지 두르고 있었다. 그래도 춥다며 바리가 부르르 몸을 떨어대니, 가락은 가마를 두르고 있는 비단휘장까지 벗겨내어야 하나 고민할 정도였다.

혼자 몸으로 사흘을 걸어 목지국에 왔으니, 탈이 난 것인가? 가락이 걱정스런 얼굴로 너울을 움켜쥔 채 빠끔히 눈만 내놓은 바리를 살펴보았다. 허나 얼굴에 홍조가 있지도 않았고, 식은땀이 흐르지도 않았다. 이마도 짚어보았으나 딱히 열이 있는 것도 아니었다.

"아직도 그렇게 추운가?"

바리는 사시나무 떨 듯 떨고 있었다.

"네, 이상하게 오늘 눈을 뜨고부터 추워 죽겠어요. 몸속으로 바람이 숭숭 들어오는 느낌이에요."

가락이 안 되겠다 싶어 왕후께서 하사품으로 내린 비단 중 한 필을 함에서 꺼내어 바리의 어깨에 둘러주었다. 만약 옥함이 십오 년 전의 그 옥함이 아니더라도 해월공주 구해주려고 애쓰고 이렇게 공주의 소식을 전하여도 주었으니 고마움의 인사로 비단을 하사하라 왕후께서 당부하였던 것이다.

바리가 하사품으로 내려진 비단까지 온몸에 두르고 내내 떠는 동안 수레 가마를 끌던 말들은 고갯길 숲을 넘어서고 있었다. 어디쯤 왔나 보려고 휘장 사이로 고개를 빠끔히 내밀던 바리가 멀리서 비럭할아범과 공덕할멈을 보곤 팔을 내밀어 휘저었다.

"할매애애애, 할배애애애!"

이제나저제나 바리가 무사한지 걱정했던 공덕할멈과 비럭할아범은 수레 가마를 앞서 달려 소식을 전해준 시종 덕에 움막에서 미리 나와 바리를 기다리고 있었다.

가락이 수레 가마를 멈추게 하고, 밖으로 나갔다. 바리는 쓰고 있던 비단과 너울을 가마에 훌렁 벗어두곤, 시종이 내려주는 걸 도와주기도 전에 풀쩍 뛰어내리더니 비럭할아범과 공덕할멈에게로 다다다 뛰어갔다. 허나 평소에 발목까지 오는 짤막한 깡동치마나 폭 좁은 궁고를 입었던 바리가 평생 입어본 적 없는 길고 긴 열두 폭 주름치마를 입고 뛰다 비럭할아범과 공덕할멈 앞에서 치맛단을 밟고 퍽 하고 엎어졌다. 공덕할멈 식겁하여 넘어진 바리를 일으켜 주다가, 순간 바리를 보곤 깜짝 놀라 기함하듯 소리쳤다.

"아이고, 이게 누구여?"

바리는 땅에 콱 받은 무릎이 아파 정신이 없는데 비럭할아범은 지척에 걸어오는 가락을 보더니 지체 높은 분이라는 걸 깨닫고 화들짝 놀라 바닥에 엎드렸다. 공덕할멈도 몰라보게 달라진 바리의 모습에 신기해하다가 가락을 보곤 할아범 옆에 같이 엎드렸다. 가락이 엎드린 두 노인네를 일으켜 세웠다.

"괜찮으니 일어나시오."

비럭할아범이 쭈뼛쭈뼛 일어나 큰 실례를 했다는 양 사죄의 말을 쏟아내기 시작했다.

"우리 아이가 아직 철이 없어서, 부모님 찾을 수 있다는 말에 덮어놓고 찾아갔네요. 그러니 넓은 도량으로 이해해 주셔요. 다시는 이런 일 없도록 할 터이니……."

지레 겁을 먹고 이렇게 비럭할아범이 사죄를 하니 가락이 말을 멈추게 하고 온 이유를 말했다.

"그런 것으로 온 게 아니니, 오해들 마시오. 왕후께서 아이를 보시더니, 가지고 계시다는 옥함을 확인하라 하여 온 것이오."

공덕할멈과 비럭할아범이 깜짝 놀라 눈을 휘둥그레 떴다. 그럼 왕후께서 정말 바리의 부모를 알고 있단 말인가? 왕후께서 아실 정도로 귀한 댁 애기씨였단 말인가 해서, 두 노인네 바리를 획하니 쳐다보는데 바리는 마음이 급했는지 어서 옥함 확인하러 가자 노인네 소맷자락을 잡고 이끌었다.

"왕후마마께서 도와주신다고 저랑 철석같이 약속을 했어요. 그렇죠, 가락님?"

가락이 말없이 엷은 미소를 지으며 고개만 끄덕였다.

두 노인네 움막에 도착하자마자 옥함부터 꺼내기 시작했다. 가락은 밖에서 심란한 얼굴로 쓰러지기 직전의 움막을 바라보고 서 있다가, 이곳까지 수레를 몰고 온 시종 둘에게 잠시 밖에서 기다려라 명을 하여놓고 움막 안으로 들어섰다. 그러다 남루하다 못해 비루할 정도로 비참한 움막 안의 모습을 보곤 들어서던 발길을 멈추었다. 가락이 온통 검댕으로 그을리고 해진 움막 안을 바라보며 넋을 잃고 있다가, 비력할아범이 발치 앞에 내려놓는 옥함을 퍼뜩 바라보았다. 그런데 이게 웬일인가. 정말 기대하지 않았는데 이 믿을 수 없을 정도로 누추하고 궁색한 움막에서 기억 속에 각인처럼 남아 있는 그 옥함이 나오다니 말이다. 옥함을 내려다보던 가락이 눈을 점점 가늘게 좁히더니 어느 순간 스르르 주저앉아 옥함 이곳저곳을 유심히 살펴보기 시작했다. 옆에서 그 하는 양을 가만히 지켜만 보고 있던 바리가 가락이 오랫동안 말이 없자 채근하기 시작했다.

"아시는 옥함이 아니에요? 네?"

가락은 바리의 채근에도 아무 말 안 하더니, 옥함에 새겨진 달과 뚜껑에 뚫어진 숨구멍을 손으로 천천히 어루만지며 뚝뚝 눈물을 떨어뜨리기 시작했다. 바리가 그 눈물을 보곤 절망적인 얼굴이 되어 힘없이 속삭였다.

"아니에요? 모르는 옥함이에요?"

가락이 그런 바리를 말없이 바라보며 하염없이 눈물을 흘렸다. 그러다 바리 앞에 엎드려 애가 끓고 간장이 끊어지는 듯 신음을 삼키며 울었다. 바리가 온몸에 기운이 쫙 빠진 듯 맥없이 가락을 바라보았다.

"아니었구나. 난 그런 줄도 모르고, 많이 기대했었는데."

비력할아범과 공덕할멈은 궁에서 온 높은 분이 엎드려 우니, 어찌할

줄 모르고 불안해하였다. 뭐가 잘못된 것인가 하고 말이다. 그런데 엎
드려 울던 가락이 바리의 두 손을 꼭 부여잡으며 그 손 위에 이마를 갖
다 대고 이렇게 말하는 게 아닌가.

"……살아 계셨군요. 공주님이…… 이렇게 살아 계셨다니…… 이제
야 이 가락이 편히 눈을 감을 수 있을 것입니다."

흐느낌과 섞여 간간이 뱉어져 나오는 가락의 말에 바리도, 공덕할멈
과 비럭할아범도 모두 뜨악하고 멍한 얼굴이 되었다. 가락이 뭔가 크
게 착각을 하고 있는 모양이라고 바리는 생각했다.

"무슨 소리예요? 공주라뇨?"

공덕할멈과 비럭할아범 또한 놀랄 노자였다. 옥함과 가락지 보고 귀
한 집 애기씨인 것 같다 막연히 추측은 했었지만, 한 나라의 공주님이
라고는 상상도 못했던 것이다. 게다가 수로부인에게 핏덩이를 건네받
아 맡았을 때 핏덩이는 옥함에 넣어진 채 바다를 둥둥 떠다니고 있었
다고 말했으니, 한 나라의 공주가 바다에 버려졌다고 하면 누가 믿겠
는가. 가락의 말 들었어도 어안이 벙벙 믿기 힘들어하는 공덕할멈과
비럭할아범에게 가락이 전후 사정을 따져 보았다.

"서해에서 띄웠는데, 공주님이 어떻게 동해에 계신 거요? 공주님을
어디에서 건지신 거요?"

공덕할멈이 바리의 얼굴 잠깐 살피고는 가락의 물음에 사실대로 답
하였다.

"이곳에 사는 아는 부인이 남해에 갔다가 옥함을 건져 이곳으로 가
져왔지요. 부인이 그때 당신께서 사는 곳이 이 아이를 키울 만한 곳이
아니라 하여, 저희에게 부탁을 했더랬습니다."

바리는 처음 듣는 말에 눈을 동그랗게 뜨고 공덕할멈과 가락의 대화
를 유심히 듣고만 있었다. 옆에 있던 비럭할아범이 알딸딸한 얼굴로
가락에게 조심조심 물었다.

"근데, 정말 우리 바리가 공주님이요?"

가락이 자꾸만 흘러내리는 눈물을 소맷자락으로 훔치며 고개를 끄덕였다.

"예, 십오 년 전 대왕마마께서 일곱째 공주님을 갖다 버리라 하여서, 어쩔 수 없이 바다에 띄웠다오."

바리는 꿈인지 생시인지 하는 얼굴로 어안이 벙벙한데, 공덕할멈이 가락의 말을 듣고 해괴하고 무섭다는 얼굴로 묻는다.

"아니, 한 나라의 공주님을 왜 버립니까? 무슨 잘못을 했다고요? 저희에게 왔을 때 갓난아기였었는데."

가락은 일곱째 공주를 버렸던 그때의 비통함이 새삼 떠올라 눈물을 흘렸다.

"대왕께서 왕자 태어나시기를 기다리셨는데, 일곱째도 공주님이 태어나니 순간 너무 진노하셔서 그런 명을 내렸다오. 그 일로 왕후마마께서 몸져누우사 다시는 회임하지 못하시니, 대왕께서 후회막급이라 땅을 치고 또 쳤다오."

이렇게 두 노인네와 가락이 그동안의 일을 소상히 주고받으며, 하나하나 어찌 된 일인지 그동안의 전후 사정을 꿰어 맞추는데 옆에서 듣고 있는 바리는 도대체 이게 뭔 이야기인가 싶어 멍할 뿐이었다. 부모님 찾는 걸 도와주겠다 약속했던 왕후마마가 자신의 어머니라는 게 바리는 도저히 믿어지지가 않았다. 허고 아기가 공주라서 버렸다는 가락의 말도 믿어지지 않았다. 아무리 화가 나고 서운해도 그렇지, 설마하니 자식을 버리는 부모가 어디에 있으며 버렸더라도 나중에 그리 후회하고 땅을 쳤으면 공주를 진즉 찾았어야지 자신이 직접 찾아갈 때까지 아무 말 없다가 이제 와서 네가 공주라니 이게 말이 되는가?

바리는 아무리 생각해도 이해할 수 없다는 얼굴로 미간을 찡그리고 가락을 쳐다보았다. 그러다 문득 가락의 얼굴에 서려 있는 회한과 자책감을 읽고 이것이 어쩌면 가락마마가 꾸며내는 일이 아닐까 그런 생각이 들었다. 어차피 왕후마마 옥함이 어찌 생겼는지 본 적도 없고, 그저 가락의 말만 믿고 옥함이 맞는지 확인하라 하였으니, 가락이 마음만 먹으면 어느 여자아이든 일곱째 공주로 만들 수 있는 것이 아닌가. 바리는 어쩌면 가락이라는 저 어른이 공주를 버렸다는 회한과 자책을 씻고자 그리고 늙고 병든 대왕마마와 왕후마마의 마음을 달래어주고자 거짓말을 하기로 작정을 한 것일지도 모르겠다는 생각을 했다.

사실 바리 동냥질하러 다니면서 온갖 어른 온갖 시름 다 듣고 보았는데 개중 자식을 잃은 어른들이 간혹 가다 바리에게 수양딸로 삼아줄까 묻곤 하였던 것이다. 말은 삼아준다 하지만 실상은 삼고 싶다 그런 눈빛이었고, 자식 잃은 헛헛함에 대신 정 줄 사람 찾고 있다는 것 바리 막연하게 알 수 있었다. 특히 바리 또래의 여자아이를 잃은 어떤 아낙은 바리만 오면 먹을 것 입을 것 챙겨주며, 하루아침에 자식 잃어 갈 곳 몰라 헤매며 가슴속에 쌓여가는 정을 바리에게 풀어내고 싶어했다.

바리, 가락의 얼굴 물끄러미 바라보며 수양딸 삼고 싶다 하던 그 아주머니를 떠올렸다. 게다가 해월공주마저 용왕에게 잡혀가 생사를 알 수 없으니, 더더욱 일곱째 공주의 생사 알고 싶고 찾고 싶은 것이리라.

바리는 소리없이 한숨을 내쉬고는 일단은 상황이 어찌 돌아가는지 두고 보자 내버려 두었다. 가락이 설혹 옥함이 맞다 거짓을 말한들 왕후마마 그리 쉽게 속아줄 양반도 아니고, 남남인 사람들이 갑자기 부모 자식으로 바뀌는 것 아니니 말이다.

허나 바리가 일곱째 공주인 걸 확인한 가락은 그동안 일곱째 공주가 어떻게 자랐는지 궁금하고 궁금하여 공덕할멈에게 밤이 새도록 지난날을 물었다. 새벽녘까지 노부부와 가락이 주고받는 지난날 이야기를 듣고 있던 바리는 정말 왕후마마가 자신의 어머니인가 긴가민가해하면서도 덥석 가락의 말 믿기에는 너무나 엄청난 일들이라 아닐 것이다 고개를 도리도리 흔들며 잠에 빠져들었다. 허고 분명 마마님이 내일 햇살 밝은 대낮에 저 옥함을 보면 잘못 봤다 말할 것이 분명하다 속으로 되뇌었다.

다음날 바리가 늘어지게 자고 일어났는데, 바리가 잠에서 깨길 기다렸는지 가락이 곁에 앉아 기다렸다는 듯 말을 건넸다.

"얼른 씻고 채비하셔야죠."

바리가 늘어지게 하품을 하며 기지개를 켜다가 가락의 말에 깜짝 놀라 기지개를 멈추었다.

"예?"

가락은 밤새도록 울었는지 눈두덩이 퉁퉁 부어 있었다. 그래도 기쁘고 기쁜 듯 얼굴 가득 환한 웃음을 물고 있었다.

"서둘러서 궁으로 가셔야 하니, 얼른 씻으셔야 합니다. 제가 도와드릴 테니 얼른 일어나세요."

바리는 옥함 다시 한 번 확인해 보셔야 한다 말하려는데 가락은 이미 뜨끈하게 데운 물을 함지에 담아 가져왔다. 하여 바리 어안이 벙벙한 얼굴로 주위를 둘러보니, 비럭할아범은 여느 때처럼 미투리를 삼고 있었고, 공덕할멈은 가락이 가져온 고기로 국을 끓이고 있었다. 두 분 하시는 행동이 여느 때와 다를 바 없어 바리는 옥함을 다시 확인한 가락이 공주님이네 어쩌네 한 건 무르기로 하고, 왕후마마께 바리의 부모님이 누구인지 물어보러 가자는 거구나 그렇게 생각했다.

바리가 순순히 고개를 끄덕이며 거적 위에서 일어나다가, 가락이 가져온 함지 안의 물을 보곤 의아한 얼굴로 되물었다.

"저기…… 가락님, 저 그저께도 씻고 어저께도 씻었는데요?"

가락이 바리의 말에 웃었다.

"무슨 소리예요? 일어나셨으니 씻으셔야죠."

무심히 미투리를 삼고 있던 비럭할아범이 영 씻기 싫다는 얼굴을 하고 있는 바리에게 한마디 했다.

"부모님 뵈러 가는데, 씻고 가야지. 눈곱 끼고 침 묻은 얼굴로 갈 텨?"

그 말에 바리가 묵묵히 함지 앞에 다가서 앉았다. 그러자 가락이 따뜻한 물 묻혀 바리의 얼굴을 씻겨주었다. 그런데 이상하다. 왜 그 말하는 할배 목소리가 목이 멘 듯 떨리나? 바리가 사흘 연속 세수를 하면서 힐끔힐끔 비력할아범과 공덕할멈을 훔쳐보았다. 바리가 깼는데도 공덕할멈은 묵묵히 고깃국 끓이며 쳐다보지도 않았다. 오늘따라 화덕의 재가 눈에 들어갔는지 간간이 손끝으로 눈을 비볐다.

가락이 바리의 얼굴을 말끔히 닦아주고, 이번엔 머리 감으시자 하니 바리가 고개를 흔든다.

"에이, 무슨요. 그저께도 감고 어저께 아침에도 감았는데. 됐어요, 됐어."

하고는 완강하게 버티자 가락도 어쩔 수 없다는 듯 함지를 치웠다. 하기야 궁에 온 그날 밤, 공주에게 붙어 있는 때를 모두 벗기느라 시녀들 서넛이 번갈아 나설 정도로 애를 먹긴 했었다. 목욕물 두 통으로는 모자라, 불리고 벗기고 불리고 벗기고 족히 열두 번은 더 했으니 오늘은 안 감겨도 괜찮지 싶은 가락이었다.

가락은 가지고 온 경대 안에서 꽃기름을 꺼내더니, 공주 얼굴 트지 마라 살살살 발라주곤 이번엔 빗을 꺼내더니 하룻밤 만에 다시 흐트러진 긴 머리카락에도 꽃기름을 바르고 정성스럽게 빗겨주어 다시 옥구슬이 굴러갈 정도로 윤이 나고 보드랍게 내려뜨렸다. 머리카락 빗겨주는 동안에도 고깃국 냄새에 코를 킁킁거리며 꼬르륵꼬르륵 소리를 내던 바리가 가락이 빗을 경대에 넣자 다 됐구나 싶어 일어나려 했다. 허나 가락이 지난밤 벗어둔 열두 폭 치마와 비단 유를 가져오니 바리가 지친 듯 꿍얼거렸다.

"먹고 입으면 안 돼요? 나 배고파 죽겠는데."

가락이 이번에도 농을 하냐는 듯 웃었다.

"무슨 소리예요. 의복도 갖춰 입지 않고 진지를 드시다니. 왕후마마
께서 아시면 기함할 일입니다."

하곤 바리에게 열두 폭 치마를 입히고, 연분홍 작약이 수놓인 유를
입혀주었다. 바리가 이번에는 정말 다 됐구나 하고 일어나서 공덕할멈
에게 가는데, 가락이 어딜 가냐 물으며 바리를 잡아 세웠다. 그러더니
바리를 앉히곤 귀밑머리 흩날리지 않도록 양쪽 옆머리를 가늘게 땋아
올리고 경대에서 산호와 비취로 만든 꾸미개를 꺼내 단정히 꽂아주었
다. 진초록의 비취와 붉디붉은 산호가 앙증맞게 어우러져 까만 머리
타래에 꽂아지니 그 모습 참으로 앙증맞고 어여뻤다. 허나 머리에 꾸
미개 꽂은 바리는 난생처럼 해보는 꾸미개가 가려워서 머리를 긁적이
려 손을 가져가는데 가락이 조용히 그 손을 잡아 내렸다.

"머리 흐트러집니다."

바리가 답답하고 당기는지 입술을 삐쭉 내밀고 인상을 찡그렸다. 그
런데 가락이 경대에서 칠보 노리개를 꺼내 드니 바리가 꾹 참았던 배
고픔을 이기지 못하고 소리쳤다.

"아, 밥 언제 먹어요? 고깃국 다 끓었는데."

"이거만 하면 다 되었어요. 그러니 조금만 참으세요."

가락이 치마 고름에 칠보 노리개를 다는 동안 바리는 이리 뒤틀 저
리 뒤틀 있는 대로 몸을 꼬았다. 마침내 가락이 바리의 몸에 노리개까
지 달아놓자, 바리가 벌떡 일어섰다. 헌데 가락이 이번에는 색색으로
자수가 놓인 꽃갖신을 꺼내 들었다. 바리가 손사래를 치며 후다닥 공
덕할멈에게 달려갔다.

"신은 이따 신을게요, 이따. 할매, 나 밥 줘. 나 뱃가죽에 구멍 나려
고 해."

공덕할매가 알았다 알았다 하며 고봉밥에, 고깃국 가득 담은 국그릇을 내놓으니 바리가 허겁지겁 밥을 입에 떠 넣었다. 그러다가 모두 밥은 안 먹고 자신을 빤히 쳐다보자 어리둥절해졌다.

"왜요? 할매, 왜 그래? 밥 안 드셔?"

"우린 아까 다 먹었어. 그러니 어이 먹어."

공덕할멈이 붉게 충혈된 눈으로 손을 내저었다. 그리곤 바리 옆에 앉아 목지국에서 돌아오면 주려고 해놓은 냉이무침이니 두릅이니 밥숟가락 위에 턱턱 얹어주었다.

바리는 밥을 먹었다는 공덕할멈의 말에 고깃국에 얼굴을 박고 퍼먹기 시작하는데, 그 모습을 보는 가락은 그동안 얼마나 못 먹고 자랐으면 공주님이 저리 고기만 보면 환장을 할까 새삼 가슴이 찢어져 또 눈물을 짓는구나. 헌데 고깃국을 먹고 있던 바리가 갑자기 뭔가 생각이 났는지 퍼뜩 고개를 들었다.

"아, 맞다. 할매, 내가 궁에서 고기랑 전이랑 맛난 거 잔뜩 싸왔는데 깜빡 잊고 있었어."

"그려?"

"응. 할매 할배 주려고, 몰래 싸놨거든. 궁에 가보니까 글쎄, 처음 보는 음식이 엄청 많은 거 있지. 할매, 글쎄 궁에서는 그 귀한 떡을 하루 걸러 지어 먹더라니까. 너무 맛있어서 그것도 싸왔어."

공덕할멈이 연신 고개를 끄덕이며 말없이 눈물만 찍어댔다. 바리가 그런 공덕할멈을 멀뚱히 바라보며 눈에 재가 많이 들어갔냐며 물었다. 그러자 공덕할멈이 재 묻은 손으로 눈을 비벼 그렇다 말하고는 어서 먹어라 하곤 어느새 싹 비워진 국그릇에 고깃국을 더 퍼왔다.

바리는 멍구럭에 싸놓은 음식들이 상하진 않았을까 걱정되어 남은 밥과 국을 얼른 먹고 일어섰다. 그리곤 수레 가마에 두고 내린 멍구럭을 가지고 오겠다며 움막을 나섰다. 바리가 움막을 나가자, 계속 눈물을 찔끔거리던 공덕할멈이 주루룩 눈물을 흘렸다.

"에휴, 우리 바리가 목지국 공주님인 건 덩실덩실 어깨춤을 출 일이나 저걸 보내고 앞으로 무슨 낙으로 사나그래."

공덕할멈이 바리를 목지국에 보낼 생각에 섭섭하여 우는데, 가락은 공주님이 그동안 밥을 빌어먹었다는 것이 다시금 기가 막히고 죄스러워 눈물을 지었다. 가운데에서 말없이 미투리만 삼고 있던 비럭할아범이 다 삼은 미투리를 내려놓고 공덕할멈에게 밥이나 주오 청했다. 공덕할멈이 무심한 비럭할아범에게 성이 나는지 괜히 화풀이를 하였다.

"지금 밥이 넘어가요오, 생이별을 하게 생겼는데."

비럭할아범이 쇠귀신처럼 입만 꾸욱 다물고 있다가 깊디깊은 한숨을 내쉬곤 힘없이 말했다.

"새삼스레 왜 그랴. 저 녀석 부모 찾으면 보내주려고 했는디. 이렇게 우리 살아 있을 때 찾아서 나는 기쁘기만 하구먼."

비럭할아범은 헛기침을 하며 목구멍으로 올라오는 눈물을 꿀꺽 삼켰다.

이렇게 움막 안이 곧 있을 이별에 눈물콧물 쏟는데, 바리는 궁에 또 가면 음식을 또 싸올 수 있겠다 싶어 신나게 수레 가마가 세워진 곳으로 뛰어갔다. 그런데 멀리서 아버지를 따라오던 청목이 낯선 수레 가마에 낯선 여자아이를 보곤 한쪽 눈썹을 추켜올렸다. 보아하니 수레를 두른 휘장도 그렇고, 낯선 여자아이의 옷매무새도 그렇고 궁에서 온 시동 같았다. 하여 바리가 목지국에서 벌써 돌아왔구나 깨닫는데, 한편으론 정말 목지국의 왕후께서 부모님을 찾도록 도와주려고 사람을 보낸 것인가 놀라워하였다. 도대체 해월공주가 목간에 뭐라고 썼기에 이곳까지 찾아와 부모 찾는 것을 도와준단 말인가.

청목은 바리의 일이 어찌 되었는지 궁금해 아버지를 따라가던 걸음을 돌려 수레 가마 쪽으로 다가갔다. 수레 가마 안으로 들어간 시동에게 해월공주의 일도 묻고 바리의 일도 물어봐야겠다고 말이다. 그런데 청목이 수레 가마가 있는 곳에 거의 다다를 무렵, 가마의 휘장이 젖혀지더니 가마 안으로 들어갔던 낯선 여자아이가 몸을 내밀었다. 땅에 뛰어내리려는지 가마 턱에 발을 대고 치마를 한 손으로 잡아 쥐고 있었는데 그 모습 어찌나 어여쁘고 싱그러운지 청목의 입에서 저절로 감탄이 터져 나왔다.

"우와……."

역시 궁에서 온 시동이라 저리 예쁜 것인가, 청목이 자신도 모르게 넋을 놓고 여자애 얼굴만 빤히 쳐다보았다. 삼단처럼 내려뜨린 윤기나는 까만 머리에 복숭아처럼 발그레하게 빛나는 통통한 두 볼, 게다가 영민해 보이는 동그란 이마며 도톰하고 깜찍한 입술하며, 청목이 감탄에 감탄을 거듭하며 눈을 떼지 못했다. 하여 궁에서도 분명 가장 예쁜 아이일 거라고 생각했다. 아버지를 따라 고원국과 사로국의 궁을 가본적 있었지만 저렇게 예쁜 시동은 흔치 않았던 것이다. 헌데 그 여자아이, 가마에서 뛰어내리다가 치맛자락에 발끝이 걸려 땅에 쿵 하고 넘어져 버렸다. 청목이 깜짝 놀라 후다닥 뛰어가서는 여자애가 괜찮은지 살폈다.

"괜찮니?"

"응."

청목은 바리 목소리를 듣고도, 바리 몸에서 나는 꽃향기에 넋을 놓아 미처 알아차리지 못했다. 하여 처음 보는 여자아이에게 하듯 예의 바르게 바리를 일으켜 세워주고 손수 무릎을 구부리고 치맛자락에 묻은 흙을 털어주었다.

"위험하게 왜 가마에서 뛰어내려? 도와달라고 하지."

바리는 우뚤이 이 자식이 왜 이러나 멀뚱히 청목을 바라보았다. 그러다 청목이 한쪽에 벗겨져 있는 꽃갖신을 가져와 발 앞에 착 놓아주기까지 하자, 바리가 이상하다 고개를 갸웃거리며 주춤주춤 신에 발을 넣었다. 청목은 신을 신겨주겠다는 양 꽃갖신 양쪽을 계속 잡고 있었다. 바리가 주춤주춤 신을 다 신자, 청목이 벌떡 일어나더니 멍구럭을 가져가 어깨에 메기까지 했다.

"무거운데 이리 줘. 내가 들어줄게."

바리는 정말 이상하다는 듯 미간을 찌푸렸다. 애가 아침부터 뭘 잘못 먹었나, 왜 이리 입속의 혀처럼 굴어? 바리가 눈을 치뜨고 청목을 살피는데, 청목이 그런 바리에게 씨익 웃어 보이며 이러는 게 아닌가.

"이름이 뭐야?"

바리가 어이가 없어서 눈을 말똥말똥 뜨고 청목을 쳐다보자, 청목이 살짝 무안한 얼굴로 헛기침을 했다.

"내 이름도 말 안 해주고, 애기씨 이름을 먼저 물었구나. 내 이름은 청목이야."

바리는 애가 지금 자기랑 이상한 놀이를 하는 건가 싶어 멍하니 청목을 바라보다가, 별로 재미가 없는 놀이라 퉁명스럽게 받아쳤다.

"알아, 네 이름 청목인 거."

청목이 그 대답을 듣고 잠시 먼 곳을 쳐다보았다. 여자아이 목소리가 바리 목소리랑 어째 똑같은 것 같아, 문득 바리의 목소리가 어땠는지 떠올려 봤다. 그러다 그 걸신쟁이랑 절대 똑같을 리 없다며 고개를 젓고는 다시 말을 걸었다.

"목지국에서 온 거니? 몇 살이야?"

바리가 다 알면서 도대체 왜 묻는 거냐는 식으로 타박을 놓았다.

"열다섯, 너랑 동갑이잖아. 몰라서 묻니?"

청목이 다시 고개를 삐딱하게 틀었다.

'이상하다, 진짜 그 걸신쟁이 땟국이랑 목소리가 똑같네.'

그러다 문득 청목이 바리의 얼굴을 뚫어지게 쳐다보더니, 어느 순간 튀어나올 정도로 눈을 휘둥그레 뜨고 입을 쩍 벌렸다. 그리고는 위아 래를 쭈욱 훑더니, 급기야 바리의 주위를 빙빙 돌면서 위아래를 훑었 다.

"말도 안 돼."

바리가 얼굴을 찡그리며 되물었다.

"뭐가 말도 안 돼?"

청목이 계속 입을 다물지 못하고 바리의 주위를 도니, 바리가 어느 순간 답답하다는 듯 청목이 어깨에 메고 있던 멍구럭을 빼앗아 들고 움막 쪽으로 걸어갔다.

"왜 저러는 거야? 음식 상하게시리, 빨리 안 가고."

바리는 멍구럭에 있는 고기가 봄 햇살에 상할까 봐 걱정이었다. 그 런 바리를 청목이 졸졸 따라가면서 천지가 개벽해도 이런 일은 있을 수 없다는 얼굴로 재차 물었다.

"너 정말 바리야? 정말 그 걸신쟁이 땟국이야?"

바리가 멍구럭을 어깨에 진 채 휙하니 청목을 돌아보았다.

"그렇게 많이 달라 보여?"

청목이 목이 떨어져 나가도록 고개를 끄덕였다. 면경을 안 봤으니 바리는 자신이 지금 얼마나 달라 보이는지 알지 못했다. 허나 어느 정 도는 그럴 것이라 동감 어린 표정을 지었다.

"하긴 엄청 씻었으니까. 내가 평생 씻은 것보다 더 많이 씻었거든."

청목은 그래도 믿을 수 없다는 듯 입을 벌리고 있었다.

"말도 안 돼. 아무리 씻어도 그렇지 씻는다고 사람이 이렇게 확 달 라지다니."

바리가 그 말에 반박했다.

"야, 네가 못 봐서 그렇지, 나 씻다 뒤지는 줄 알았어. 세상에 시녀 언니들이 내 살가죽이랑 머리카락을 다 뜯어내는 줄 알았다니까."

청목은 말을 잃고 바리의 귓불에 뽀송뽀송하게 돋아 있는 솜털이랑 투명한 볼을 뚫어지게 바라볼 뿐이었다. 허나 다시금 시녀 언니들에게 때를 밀릴 때의 기억이 떠오른 바리는 생각만 해도 끔찍하다는 듯 몸을 떨며 투덜댔다.

"앞으론 절대 이렇게 안 씻을 거야. 씻고 나니까 추워서 살 수가 없다니까. 이건 무슨 학질 걸린 사람처럼 몸이 사시나무 떨리듯 떨려. 우리 할매 말이 맞았어. 씻으니까 살가죽이 약해져 가지구는 병마가 들어오려고 야단법석이야."

하기야 궁에 있던 시녀들이 때를 밀다 밀다 지쳐 교대까지 할 정도였으니, 바리로서는 가죽 옷 하나를 벗은 느낌이리라. 청목이 보건대, 확실히 살도 빠진 것처럼 보였다. 원래부터도 좀 마른 편이었던 바리가 완전히 여리디여린 애기씨가 되어온 것이다.

청목이 바리의 발그레한 볼과 투명한 목덜미를 보며 자신도 모르게 침을 꿀꺽 삼키고는 등허리까지 내려뜨린 삼단 같은 머리카락에 조심스레 손을 가져갔다. 그러더니 바리에게서 나는 꽃향기를 더 깊이 들이마셔 보려고 머리카락을 감아쥐어 코에 갖다 대었다. 바리가 살짝 몸을 뒤로 빼고 청목을 이상하게 쳐다보는데, 청목은 묘하게 굳어진 눈빛으로 바리를 뚫어지게 쳐다보았다.

"네 말대로 앞으로는 너무 많이 씻지 않는 게 좋겠다. 그냥 나 만날 때만 씻어."

바리가 별 해괴한 말 다 듣겠다는 양 청목 손에 잡힌 머리카락을 휙 잡아 빼곤 움막으로 먼저 걸어가 버렸다.

"내가 미쳤냐, 너 만날 때는 씻게. 난 앞으로 삼십 년은 안 씻을 거야."

청목은 어쩌면 그것도 괜찮을 거라는 생각이 들었다. 몰아서 며칠 씻었을 뿐인데 저렇게 예뻐지면, 앞으로 매일 씻으면 큰일 날 것 같았다. 바리가 움막 안으로 들어간 후에도 청목이 한동안 얼빠진 얼굴로 그대로 서 있었다.

그사이 움막으로 쏙 들어가 버렸던 바리가 금세 어느 낯선 여인과 함께 나왔다. 나이가 지긋한 그 여인은 궁에서 온 것 같았다. 청목이 한쪽으로 물러나 무슨 상황인가 지켜보는데, 낯선 여인이 뒤따라 나오는 공덕할멈에게 허리를 숙여 극진한 예로 인사를 드리더니 이렇게 말했다.

"두 분께서 그동안 길러주신 노고는 내 꼭 왕후께 말씀드리겠소."

공덕할멈은 눈가에 고이는 눈물을 훔치며 고개를 저었다.

"아닙니다. 뭘 바라고 키운 것도 아니었고, 오히려 바리를 키우면서 우리가 더 많이 덕을 봤습니다. 늙어서 굼뜨고 눈 어두운 두 노인 살피느라 바리가 온갖 고생을 하였습지요."

하기야 비럭할아범과 공덕할멈 모두 칠십이 넘은 노인이었다. 눈이 침침하고 예전만큼 걷기도 힘들었으니 바리 열 살이 넘은 후부턴 혼자 나무 해오고 밥 빌어오는 일이 다반사였다.

바리는 참 이상하다는 얼굴로 가락과 할멈을 번갈아 쳐다보았다.

"할매, 왜 그래? 영영 못 볼 사람처럼. 왕후마마님 뵙고 나면 다시 올 건데."

공덕할멈은 말없이 바리를 응시했다. 아직도 이것이 마지막 작별임을 알지 못하고, 곧 돌아온다 말하고 있는 바리이니 공덕할멈 무슨 말을 해줘야 할지 모르겠다. 아이는 아이였는지, 바리는 제 자신에게 일어난 일들을 받아들이지 못하고 어리둥절해 있는 것 같았다. 공덕할멈은 더 있다가는 땅바닥에 주저앉아 통곡을 할 것 같아 괜히 움막 안에 있는 비럭할아범에게 소리를 쳤다.

"뭐 해요? 안 나와보시고? 애 떠나는데."

움막 안에선 묵묵부답, 정적만 감돌았다. 바리가 공덕할멈의 치맛자락을 잡아당기며 하지 마라 했다.

"할배한테 갔다 온다고 인사했는데, 뭘. 할배 다리 아프게 왜 나와 보라 그러셔?"

옆에 있던 가락이 하늘의 해 높이를 보더니, 더 이상 지체할 여유가 없음을 깨닫곤 이제 그만 가자 시종들에게 명을 내렸다. 그리곤 공덕 할멈에게 말했다.

"하사하신 비단을 팔아 당분간 끼니 걱정하지 마시고 지내시구려. 왕후께서 곧 이 은혜를 갚고자 사람을 보낼 것이오."

바리가 아까부터 참 이상하다는 얼굴로 대뜸 가락에게 물었다.

"왜 왕후마마께서 우리 할매 할배한테 은혜를 갚아요? 오히려 도와 주는 왕후마마님께 우리가 은혜를 갚아야 하는데."

가락이 빙그레 웃는다.

"공주님을 이리 키워주셨으니 은혜를 갚아야지요."

바리가 손사래를 치며 미간을 찌푸렸다.

"에이, 저 공주 아니래두요. 가락님이 오해를 하신 것이에요. 왕후 마마님이 옥함 보시면 아닌 거 아실 터이니 괜한 소리 하지 마세요."

가락도 공덕할멈도 바리를 보며 아무 말 하지 못했다. 아예 상상도 못한 일, 공주라 해도 믿지 못하는 바리를 보며 두 사람 마음이 지긋이 답답하지만, 아이 입장에선 받아들이기 어려운 일임을 알기에 아무 말 않고 떠날 채비를 하였다. 바리는 며칠 후면 다시 올 거라는 생각에 음식 넣어 가지고 올 멍구럭을 하나도 아니고 두 개나 어깨에 턱하니 걸쳤다.

"할매, 이번엔 더 많이 싸올 거니까 기대해."

그리곤 멀찍이 서서 지켜보고만 있는 청목에게 다가갔다. 청목은 이미 가락이 바리에게 칭한 '공주님'이란 말에 충격을 먹고 굳어져 있는 상태였다. 바리가 그것도 모르고 기세등등한 얼굴로 수레 가마가 서 있는 곳을 손가락으로 가리키며 말했다.

"이젠 말 안 태워줘도 돼. 왕후마마님이 옥함 가져오라고 저거 타고 오랬거든."

목지국으로 갈 때 말 좀 태워달라는 부탁을 거절했던 일이 꽤 섭섭했는지 바리가 그 일을 꺼내놓고 푹 찔렀다. 사실 말 있다고 청목이 유세를 부리며 청목님이라 불러라, 매일 세수를 해라라는 식의 요구를 해왔으니, 바리가 있는 대로 밸이 꼬여 있던 것도 당연하다.

바리는 그래도 목간을 전해준 일은 고마워할 일이라 퉁명스럽게 고마움을 덧붙였다.

"그래도 너 때문에 이렇게 부모님을 찾을 길이 생긴 거니까, 가서 맛있는 거 싸오면 너한테도 줄게. 먹고 싶은 거 있으면 말해."

바리는 아무리 잘사는 청목이라 해도 떡이랑 너비아니는 안 먹어봤을 것이라 생각했다. 청목은 무슨 생각을 하는지 있는 대로 의기양양한 바리의 얼굴만 뚫어지게 쳐다볼 뿐이었다. 며칠 씻고 좋은 옷 입어서 예뻐지긴 했지만, 하는 행동은 그대로 걸신쟁이에 망나니인데 어떻게 얘가 목지국의 공주라는 건지 당최 이해가 되지 않았다.

청목이 입을 꾹 다물고 아무 말 않고 있다가 마침내 바리를 향해 이랬다.

"먹을 건 됐으니까, 가서 울지나 마."

바리가 어리둥절한 얼굴로 청목을 노려보았다.

"내가 왜 울어?"

청목은 시큼털털한 얼굴로 걱정스레 바리를 쳐다보았다. 상황을 모두 살펴보니 이 녀석이 목지국에서 찾고 있었다는 그 일곱째 공주라 밝혀진 모양인데, 정작 당사자는 상황 파악을 못하고 있으니 말이다. 씻는 걸 죽기보다 싫어하고, 고기라면 환장하는 이 걸신쟁이가 과연 궁에서 살 수 있을까? 청목이 이렇게 앞을 내다보며 근심을 하는데 바리는 이러고 있다.

"아, 너무 맛있는 게 많아서 울지 말라고? 히힛, 그거야 뭐, 먹어보고. 여튼 갔다 올 테니까 그동안 나 보고 싶어도 잘 참고 기다려. 알았지?"

청목이 그 말에 발끈했다.

"내가 널 왜 보고 싶어하냐?"

바리는 그냥 농 삼아 한 말인데, 청목은 붉게 달아오른 얼굴로 버럭 소리를 쳤다. 바리가 눈치없이 눈을 동그랗게 뜨고 타박을 놓았다.

"아니면 아니지, 왜 성질이야?"

청목은 이상하게 두방망이질치는 가슴속이 들킬까 봐 있는 대로 엇나갔다.

"올 생각 말고 거기서 살아버려. 너 안 본다 생각하니까 속이 다 후련하다."

그 말에 바리가 입술을 꽉 물더니, 청목을 빤히 노려보곤 휙하니 등을 돌려 수레 가마가 있는 곳으로 가버렸다. 청목의 품속에 있던 해귀가 고개를 살짝 내밀고 가버리는 바리의 뒷모습을 바라보았다.

"저 두억시니가 진짜 공주래요? 말도 안 돼, 인두겁만 썼지 쟤가 어떻게 공주가 될 수 있어요. 세상 공주들 다 죽었나 보네요. 그죠, 청목님?"

해귀의 눈에는 바리가 씻은들 안 씻은들 똑같이 무섭게 느껴질 뿐이었다. 해귀의 말에 맞장구를 칠 것이라 여겼던 청목은 해귀의 그 말에 인상을 잔뜩 쓰고 성질을 냈다.

"바리가 어때서? 내가 본 육지 애기씨들 중 제일 예쁘구만."

바리를 보고 있던 해귀가 이건 또 뭔가 하는 얼굴로 고개를 들어 청목을 쳐다보았다. 드디어 자신의 주인님이 미친 건가 싶은 해귀였다. 해귀가 해괴하다는 눈초리로 자신을 쳐다보는 것도 모르고 청목은 수레 가마에 오르는 바리에게서 눈을 떼지 않고 있었다.

"젠장, 목지국의 공주일 건 또 뭐야. 만나러 가기 힘들게."

해귀가 고개를 저었다.

"아서요, 아서. 저 애와 가깝게 지내서 좋을 게 없어요. 저렇게 멀리 가는 걸 하늘에 고마워해야 한다고요."

해귀의 말이 청목에게는 들리지도 않는 모양이다. 청목은 무언가 골똘히 생각하는 얼굴로 혼잣말을 했다.

"서해황룡이 휴면 중이니까, 가도 문제없겠지?"

해귀가 축 고개를 늘어뜨리고 다시 품속으로 들어가 버렸다. 벌써부터 저 두억시니를 보러 갈 계획을 짜고 있는 것 보니, 앞으로 참 걱정인 해귀였다. 저 두억시니를 또 봐야 하다니. 해귀가 청목의 품속에서 늘어지게 한숨을 내쉬었다. 차라리 서해용왕인 황룡이 휴면에서 깨어나 버렸으면 좋겠지만, 황룡이 깨어나려면 아직도 멀었다. 대대로 흑룡과 사이가 안 좋았던 황룡은 걸핏하면 흑룡과 치고받고 싸우더니 이십여 년 전엔 크게 다쳤는지 휴면에 들어버렸다. 흑룡은 흑룡대로 황룡과의 싸움으로 천제의 노여움을 사 자숙의 시간을 가지고 있어 서해와 북해 모두 잠잠했다. 여하튼 이러한 상황을 청목이 벌써부터 따지고 있으니 해귀, 한숨만 나올 뿐이다.

한편 바리가 수레 가마에 훌쩍 올라타고 공덕할멈에게 손을 흔드는데, 움막 안에서 남은 밥을 먹고 있던 검덕이 후다닥 움막 밖으로 뛰쳐나오더니 수레 가마로 뛰어올랐다. 저번엔 같이 못 갔지만 이번만은 꼭 따라가겠다는 생각인지 바리의 품속을 파고들며 떨어지질 않았다. 저번에도 따라오려 했지만 밥을 빌어먹으며 걸어가야 하는 길이기에 아직 새끼인 검덕에게 무리다 싶어 바리가 억지로 떼어놓고 갔던 것이다. 바리가 검덕을 잡아떼려다가 포기한 듯 가락을 쳐다보았다.

"데려가도 될까요?"

가락은 검덕을 보며, 어디선가 많이 본 개라는 생각을 하며 괜찮다는 의미로 고개를 끄덕였다. 바리가 검덕을 안아 올리고 히죽 웃었다.

"너도 먹을 복은 나 못지않은가 보다."

그런 바리를 물끄러미 바라보고 있던 공덕할멈이 조용히 바리를 불렀다. 바리가 수레 가마 밖에 서서 배웅하고 서 있는 공덕할멈을 바라보았다. 공덕할멈은 오랫동안 바리를 바라보다 눈물이 글썽글썽한 얼굴로 말했다.

"아가, 바리야. 몸 건강히 잘 먹고 잘 자야 한다."

"응. 거기 되게 좋아서 맛있는 것도 많고 이불도 비단 이불인걸 뭐."

"글고 부모님 뵈면, 원망하는 소리 말고 그저 이리 낳아주셔서 백골이 난망하다 그러고. 알겠쟈?"

바리가 고개를 끄덕이자 가락이 출발하라 시종에게 명을 내렸다. 그러나 출발하려던 수레 가마는 다시 세워졌다. 움막에 있던 비럭할아범이 급히 뛰어와 말을 멈춘 것이다. 비럭할아범이 그동안 삼아놓은 미투리 한 죽을 들고 오더니 바리에게 건넸다.

"바리야, 네…… 여기 올 때 이거 신고 와. 알겠쟈? 언제든 이거 신고 와라."

바리가 놀란 얼굴로 비럭할아범이 건네는 미투리를 바라보았다. 한 번 신어보고 싶다 해도 만날 굵고 거칠게 삼은 털메기만 던져 주더니, 이 무슨 횡재인가 싶다. 공이 많이 드는 미투리는 가끔 비럭할아범이 장에 가서 팔거나, 마을에 가서 먹을 것과 바꾸는 것이기에 두 노인도 신지 않았던 것이다. 바리는 궁에서 갖신 벗어놓고 가라 할까 봐 이러는가 보다 하고 얼른 미투리를 받아 안았다.

"히힛, 할배가 웬일이야. 미투리를 다 주고. 그것도 열 개씩이나."

비럭할아범이 바리에게 진지한 얼굴로 당부를 했다.

"할매, 할배는 여기 항상 있을 거니까, 거가 아니다 싶으면 바로 이

거 신고 온. 알았쟈? 할매, 할배는 항시 너를 염두할 테니까 오고 싶어
지면 언제든 와."

바리는 할매 할배가 오늘 유독 아쉬워한다고 여기며, 당연한 걸 왜
이리 누차 말하는지 모르겠다는 얼굴로 고개를 끄덕였다.

"치이, 누가 보면 영영 헤어지는 줄 알겠네."

바리가 그만 들어가라 공덕할멈과 비럭할아범에게 손짓을 했다.

그렇게 이것이 길고 긴 작별임을 알지 못한 채 바리가 떠났다. 수레
가마는 십오 년 동안 길러준 공덕할멈과 비럭할아범의 마음을 모르는
지 지체하지 않고 길을 내달렸다. 청명했던 하늘 위에 작은 먹구름이
뭉게뭉게 피어오르자, 움막 밖에서 지켜보던 동해청룡이 슬쩍 청목의
얼굴을 살폈다. 청목은 뭔가 뿔이 잔뜩 난 얼굴로 쌩하니 가버리는 수
레 가마를 있는 대로 노려보고 있었다. 청목의 아버지가 그 얼굴을 보
더니 슬쩍 입꼬리를 올렸다. 그리곤 짐짓 무심한 얼굴로 모른 척 한마
디를 던졌다.

"먼 길에 비가 오면 못쓰는데."

그러자 뿔난 얼굴을 하고 있던 청목이 눈을 감고 깊이 숨을 들이마
셨다. 하늘 위에 있던 먹구름이 점점 흩어져 버리더니, 다시 청명한 하
늘이 모습을 드러냈다. 수레 가마는 이제 보이지 않았다.

"누구와 통정했느냐?"

기저국의 성에 도착한 후 해월공주 내내 추궁에 시달렸다. 끌고 온 해월공주를 보자마자 성주는 공주가 불경하다는 것을 만천하에 보여주려는 듯 의원을 데리고 와 회임 여부부터 확인했다. 의원이 설혹 회임하지 않았다 말하더라도 다른 사내와 통정하였다는 생각을 바꿀 성주는 아니었지만 해월공주 회임하여 이제 두어 달에 접어들고 있다는 말에 뒤로 고꾸라질 듯 분기탱천하여 포악을 떨어댔다. 것 보아라, 내 말이 맞지 않느냐, 이것이 불경하고 더러워 그 사단이 난 것이다, 성주는 기세등등했다.

해월공주, 용왕의 아이를 가진 것이 부끄러운 일은 아니나 혹여 용왕의 아이인 것을 말하면 뱃속의 아이에게 해를 가할까 싶어 성주의 포악에도 아이 아비가 누구인지 말하지 않고 버티었다. 허나 다음날 눈을 뜨자마자 성주가 득달같이 달려와 또다시 아이 아비가 누구인지 추궁하며 천하에 몹쓸 년부터 시작해 입에 담지 못할 욕설을 끝없이 퍼붓더니 마침내는 뱃속에 있는 아이를 더러운 씨라며 하늘의 제물로 바치겠다 협박을 해왔다. 하여 해월공주 놀라고 분하여 내내 다물고 있던 입을 열었다. 더 이상 침묵하다간 산 채로 뱃속의 아이와 함께 생매장당할 판이었다.

"말을 삼가시오. 뱃속의 아이는 용왕의 아이요. 더 큰 화를 당하고 싶지 않으면 이쯤에서 나를 풀어주시오."

해월공주의 말이 떨어지기 무섭게 성주와 주위에 있던 시종들이 흠칫 놀라 굳어졌다. 용왕의 아이라 하니, 순간 두려움이 몰려왔던 것이다. 목지국의 말대로 정말 용왕이 해월공주 데려가려고 혼삿날 나타났던 것인가. 시종들이 두려움에 서로 눈치를 보는 사이, 성주는 그대로 물러나는 것이 억울하고 분통하여 한껏 허세를 부리기 시작했다.

"흥, 요망한 것. 더러운 짓을 감추려고 꾸며낸 말이라는 걸 누가 모를 줄 아느냐? 뱃속에 있는 그 씨가 정녕 용왕의 아이라면 어찌 용왕이 나타나지 않는단 말이냐? 네 벌써 그저께부터 이곳에 있거늘, 그래 그 전능한 용왕께서 이틀 넘게 너를 찾지 못한다는 게 말이 되느냐?"

해월은 막막함에 눈을 감았다. 사흘간 궁을 비운다 했으니 적한은 지금쯤 남해에 도착해 자신이 없어진 걸 알았을 것이다. 부모님만 뵙고 돌아가려 했는데 어쩌다 일이 이렇게 된 것일까. 어찌해야 좋을까. 어찌해야 적한이 분노에 휩싸여 또다시 살상을 저지르는 것을 막을 수 있을까. 지금이라도 자신이 돌아간다면 가능도 할 터인데, 겹겹이 군사에게 둘러싸여 나갈 방도를 찾지 못하고 있었다. 해월공주가 그렇게 초조함에 속이 타는데, 해월공주의 침묵을 무시와 조롱으로 느낀 성주는 있는 대로 심사가 뒤틀렸다.

"너의 불경을 천하에 알리고, 죗값을 치르게 할 것이니 각오해 두어라. 혼삿날 도망을 쳐 감히 딴 사내와 통정을 했겠다? 내 그 사내를 잡아들여 사지를 갈기갈기 찢어 죽이리라."

해월공주, 기가 차다 못해 황망하여 기저국의 성주를 말없이 바라보았다. 지금 누구를 향해 이런 말들을 쏟아내고 있는 것인지 한 치 앞도 못 보고 날뛰는 성주가 참으로 어리석어 보였다. 이런 사내와 혼인을 하려 했었다니, 이런 사내와 아이를 낳고 평생 살아보겠다 마음에 품었던 이를 잘라내고 혼행길에 올랐다니, 다시 생각할수록 끔찍하고 그때의 자신이 한심스러웠다. 하여 해월공주, 기저국의 성주를 조롱하였다.

"그리 분하고 원통하시면 그날 나를 구하러 오셨어야지, 오시지는 않고 어디에 있었던 겁니까? 나는 성주께서 구하러 오시는 줄 알고, 고갯길 숲 속에서 기다렸지 뭡니까."

아쉬움을 토로하는 것 같으나 뒤집어보면 조롱이었다. 결국 그대가 나를 빼앗겨 놓고 누구에게 화풀이냐 이 말이다.

해월공주의 비틀린 조롱에 성주가 이를 갈았다. 살려달라 잘못했다 하지 않고, 안타까우면서도 참 못났구나 하는 시선으로 바라보니 더더욱 모멸감이 느껴졌다. 성주는 제 성질을 못 이기고 해월의 아랫배를 힘껏 걷어찼다. 불시에 가격을 당한 해월공주가 숨을 쉬지 못하고 극심한 충격으로 고통스러워했다. 성주는 그마저도 분이 풀리지 않는지 당장 통정한 사내를 잡아들여라 명을 하여놓고 해월공주의 불경을 씻도록 제를 올릴 준비를 해야겠다며 신녀와 대소신료가 기다리고 있는 정전(正殿)으로 향했다.

성주가 나간 후 해월이 고통스러운 신음을 삼키며, 그저께부터 곁을 지키고 서 있는 시종에게 애원을 했다.

"……나를 보내다오. ……제발, 나를 보내다오. 내가 이곳에 있는 걸 용왕께서 알게 되면, 이곳은 멸족을 피하지 못할 것이다."

시종들은 문밖에 서 있는 군사의 눈치를 살피는 듯 잠시 문 쪽을 바라보더니, 겁에 질린 얼굴로 해월공주를 바라보았다. 그중 혼삿날 성

밖에서 벌어졌던 살상을 모두 지켜보았던 시종 하나가 나섰다.

"정말 뱃속의 아이가 용왕의 아이입니까?"

해월공주가 천천히 고개를 끄덕이며 힘겹게 다시 한 번 애원했다.

"……제발, 나를 보내다오."

시종이 난감한 얼굴로 우물쭈물했다.

"감시가 심하여 도와드리고 싶어도 도와드릴 수가 없습니다."

해월이 주위를 살피며 나직이 말했다.

"밖의 군사들에게 내가 의식을 잃어 의원을 데려와야 한다고 수선을 피우거라. 그러면 내 저 창 밖으로 도망을 칠 터이니. 너희들에게 해가 가지 않도록 하마."

내내 망설이고 서 있던 다른 시종이 그 말에 소용없다 고개를 저었다.

"이곳은 창밖으로 연못이 자리 잡고 있습니다. 혹여라도 창을 통해 도망치실까 봐 이곳에 모신 겁니다."

그 말에 해월공주가 품에 넣어둔 비늘을 떠올렸다. 잘만 하면 이 성을 빠져나갈 수 있을 것 같았다. 하여 연못에서 빠져 죽더라도 알아서 할 터이니, 의원을 불러와 달라 청했다.

두 시종은 고심 끝에 그러겠다 수락을 하였다. 해월공주 연못으로 몸을 던져도 그 몸으로 살아남기 힘들 일이고, 불경을 씻고 몸을 정화한다는 명목으로 인두로 아랫도리를 지지는 의식을 당하느니 차라리 연못에 빠져 죽는 것이 나으리라 판단하였다. 게다가 성주가 해월공주의 배까지 걷어차자, 두 시종은 두려워지기 시작했다. 정말 공주의 말대로 용왕의 아이라면 그 후환 어찌 감당하리오.

시종들이 마음을 굳힌 듯 해월공주에게 눈빛을 건네고 둘이 동시에 호들갑을 떨며 문밖으로 뛰쳐나갔다.

"해월공주님이 의식을 잃었어요."

한 사람이 성주께 알리겠다 뛰어나가고, 또 한 사람이 의원을 불러 오겠다 뛰어나가니 문밖을 지키던 군사들은 어리둥절 상황을 지켜보다가 창밖에 깊은 연못이 있다는 생각에 안에 있는 해월공주를 확인하지 않았다.

해월공주, 걷어차인 아랫배를 부여잡고 연못으로 난 반월창(半月窓)을 열었다. 연못을 구경하며 차를 마시려고 지었는지 창을 열자마자 배를 띄워도 될 만큼의 넓고 깊은 연못이 펼쳐졌다. 공주는 품에 숨겨 놓은 비늘을 꺼내 입 안에 넣고, 천으로 묶을 새도 없이 연못에 몸을 던졌다.

얼마 후 처소로 돌아온 두 시종이 의원을 대동하고 와보니 해월공주 자취없이 사라져 있었다. 시종들이 해월공주가 도망갔다 소리를 지르자 군사들이 허둥지둥 식겁한 얼굴로 급히 안을 살피고는 밖으로 뛰어나가 찾기 시작했다. 설마하니 연못 속에 해월공주가 숨어 있으리라고는 상상하지 못했다. 하여 연못에 빠진 것인가 군사 두서넛이 주위를 뱅뱅 돌며 찾았지만 시간이 지나도 시신이 떠오르거나 사람의 흔적이 보이지 않자 연못을 헤엄쳐 빠져나갔다 여겼다. 성주가 궁을 샅샅이 뒤져라 명하고, 급기야는 손수 말을 몰고 찾아 나섰다. 도망쳤다 하더라도 걸어서 나갔을 것이니 멀리 가지는 못했으리라 생각했던 것이다. 하여 사람들이 이제 성 밖으로 관심을 돌리고 있을 때 해월공주 연못가에 아무도 없는 것을 확인하고 물속을 빠져나왔다.

해는 이미 중천을 지나 미시에 이르고 있었다. 이미 적한이 그녀를 찾아다니고 있을 것이다. 해월공주는 아랫배에서 느껴지는 통증을 살필 새도 없이, 주위를 경계하며 궁 안을 빠져나가기 시작했다. 허나 궁을 다 벗어나려 할 때쯤 아랫배로 극심한 통증이 찾아와 한 발자국도 더 움직이지 못했다. 자신을 찾는 군사들의 분주한 발소리가 점점 가까워지고 있는 것이 느껴졌지만 해월공주 어느 전각 담벼락 아래에서 그대로 주저앉아 버렸다. 그리곤 통증이 가라앉기를 기다리며 담벼락 맞은편에서 지나가는 군사들을 피해 숨을 죽였다. 허나 숨을 죽이는 것인지 숨이 죽어지는 것인지 자꾸만 눈앞이 흐릿하고 어지러웠다. 해월공주, 정신을 잃지 않으려고 눈을 부릅떴지만 덮쳐 오는 어둠을 이겨내지 못하고 스르르 의식을 잃어갔다. 몸은 떨려왔고 오슬오슬 한기가 느껴졌다. 헌데 이상하다. 어이하여 치맛자락 아래가 붉게 물들었는가. 젖은 치맛자락으로 붉은 핏물이 번지는 것을 본 해월공주가 힘없이 중얼거렸다.

"안 돼……. 아가, 안 돼……."

해월공주, 결국 담벼락 아래에서 의식을 놓아버리고 쓰러져 버렸다. 아무것도 모르는 한낮의 봄볕이 해월공주의 몸 위로 쏟아져 내렸다. 그리고 그 봄볕 아래 갓신을 신은 사내의 발이 성큼성큼 다가왔다. 쓰러진 해월공주를 내려다보는 사내의 얼굴은 하얗게 질려 있었다.

해월공주가 깨어났을 땐 이부자리에 눕혀져 있었다. 주위를 살펴보니 흙과 나무로 지은 여염집의 방 안이었다. 늦봄인데 군불을 땠는지 누워 있는 곳이 대장간의 불가마처럼 쩔쩔 끓었다. 그녀가 멍하니 고개를 돌려보니 적한이 등을 돌리고 앉아 방문 앞에 앉아 있는 낯선 노인에게서 무언가 이야기를 듣고 있었다. 노인의 차림새를 보아하니 의원인 듯싶었다.

'아, 다시 끌려가지 않았구나. 그가 구해주었구나.'

해월공주가 안도의 숨 내쉬며 물끄러미 적한의 등을 바라보았다.

적한은 의원에게 이만 나가보라 명하고, 의원이 방을 나서자 조용히 고개를 숙이고 방바닥을 응시했다. 얼굴빛을 볼 수 없었으나 그의 뒷모습에서 쓸쓸함이 잔뜩 배어 나왔다.

해월공주는 그의 등 뒤로 손을 뻗으며 미안하다는 말을 속삭였으나 메마른 입술에서 그 말은 소리가 되어 나오지 않았다. 하여 메마르고 갈라진 입술 적셔 다시 미안하다는 말 하려는데, 등을 돌리고 앉아 있던 적한이 낮은 한숨을 뱉어내곤 해월공주에게로 몸을 돌렸다. 적한은 의식이 깨어나 자신을 바라보고 있는 해월공주와 눈이 마주쳤음에도 아무 말 하지 않았다. 무슨 생각을 하고 있는 건지 그의 눈빛이 깊고 깊었다. 그녀가 잔뜩 잠긴 목으로 그를 불렀다.

"적한⋯⋯."

손을 뻗었지만, 적한은 그 손 물끄러미 내려다볼 뿐 잡지 않았다. 다만 이렇게 물을 뿐이었다.

"그대에게 비늘의 비밀을 알려준 자가 누구지?"

적한을 바라보던 해월공주가 그 물음에 멈칫 긴장했다. 허나 입을 열지 않았다. 적한은 어느 정도 예상하고 있다는 양 덤덤히 다시 물었다.

"청룡의 후계인가?"

해월공주 표정을 가장하려 했으나, 짧은 순간 눈동자가 흔들리는 것까지 감추지 못했다. 적한은 자신의 생각이 틀리지 않았다는 걸 확인하곤 한숨을 내쉬었다. 해월공주를 데려오던 그날, 청룡의 아들에게 해를 가한 것이 내내 마음에 걸렸는데 그 일이 이런 식으로 화살이 되어 돌아올지는 몰랐다. 이번 삼계회의 때 청룡에게 사죄의 뜻을 전하였는데 청룡 또한 이해한다 하여 모든 것이 잘 해결됐다 생각했던 참이었다.

적한은 용의 묵계를 어기고 비밀을 누설한 청룡의 후계가 괘씸하고 괘씸했다. 감히 묵계를 어기고 비밀을 누설하다니, 그것도 그의 여인임을 만천하에 드러내고 알린 해월공주에게 그 비밀을 말하다니 생각할수록 분노가 치솟았다. 하여 그의 눈빛이 굳어질 대로 굳어지니 해월공주 청룡의 후계에게 해가 갈까 두려워 다급히 전후 사정을 설명했다.

"그분의 잘못이 아니에요. 그러니…… 적한…… 그를 탓하지 말아요. 알려주지 않는다는 걸, 내가 사정했어요. 당신 모르게 갔다 올 거라고, 꼭 돌아올 거라고 이번 한 번만 눈감아달라고 내가 애원했어요."

해월공주의 목소리 떨리고 초조해질수록 그의 얼굴 고요하고 차가워져 갔다.

"아이를 품고서?"

해월공주에게서 쏟아져 나오던 말들이 적한의 조용한 한마디에 의해 멈춰졌다. 아이라는 말 앞에서 해월공주는 더 이상 말을 잇지 못했다.

"그건……."

무표정했던 적한의 얼굴 위로 쓰디쓴 그림자가 일순 스쳐 지나갔다.

"아이 가진 걸, 알고 있었지?"

해월공주는 답하지 않음으로써 답을 했다. 적한은 그 침묵에 무엇이 내포되어 있는지 하나씩 짚었다.

"뱃속에 아이가 있는데도 그 험한 길을 간 거야. 그대는, 나와의 아이, 뱃속에서 죽기를 바란 거야. 내 아이를 가진 게 끔찍하고 싫어서, 말도 안 했던 거고."

적한은 해월공주가 속였다는 생각에 해월공주와 자신 모두에게 상처가 될 말들을 내뱉고 있었다. 해월공주가 고개를 저으며 눈물을 흘리기 시작했다. 아, 어쩌면 그런 것일지도 모른다는, 어쩌면 자신이 뱃속의 아이를 죽음의 길로 내몰았던 것은 아닌가 하는 자책감과 후회가 밀려와 그녀가 차마 아니라고 강하게 반박하지 못했다.

허나 아니다. 진정코 그런 삿된 마음으로 그 길을 나섰던 것은 아니다. 단지 어머니가 너무 보고 싶었을 뿐이다. 단지 너무 무섭고 두려웠을 뿐이다. 해월공주가 울음 섞인 목소리로 진심을 말했다.

"돌아오려고 했어요."

허나 적한, 그 말 믿기 어려웠다.

"언제? 아이가 죽은 후에? 내가 알기 전에?"

그녀가 두 손으로 얼굴을 가렸다. 그의 곁으로 오기 위해 모든 것을 포기하려 했던 게 떠올라 적한의 비틀린 말들이 그녀를 억울하게 만들었다.

"당신은 몰라요. 내가 뭘 포기하려 했는지, 내가 무엇을 놓고 당신에게 오려 했는지. 당신은 몰라요."

적한은 그 말 앞에 침묵하다, 방 안의 빈 벽으로 시선을 돌렸다. 그녀를 강제로 데려온 후 내내 가슴속 깊은 곳에서 맴돌았던 생각, 허나 인정하고 싶지 않아 들여다보지 않고 꾹꾹 눌러 모른 체했던 것. 그 사실을 이제 꺼내어 든다.

"처음부터 안 되는 거였어. 육지의 여인을 데려오는 것이 아니었던 거야. 그대는 또 이렇게 나를 속이고 육지로 가려 하겠지. 그리고 난 또 그대를 찾아 미친놈처럼 육지를 헤맬 테고."

적한은 앞으로 해월공주와 살아갈 날이 어떤 모습일지 내다보는 듯 오랫동안 말이 없었다. 그러다 결론을 내렸는지 담담하게 작별을 고했다.

"돌아가, 그대의 집으로. 더 이상 잡지 않을 테니."

바닷속 궁으로 돌아와 해월공주 없어진 것을 알고 그 웃음 띤 얼굴에 속고 기만당했다 생각했다. 허나 피 흘리며 쓰러져 있는 해월을 발견한 순간, 해월을 이렇게 만든 건 결국 그 자신이라는 걸 깨달았다. 이토록 그에게서 도망치고 싶어하는 것을, 이토록 육지로 돌아오고 싶어하는 것을 모르고 그저 시간이 지나고 그의 진심 알면 괜찮아지겠거니 그렇게 쉽게 생각했다. 해월공주 등에 업고 사저로 달려오면서 그저 죽지만 말아달라고 되뇌었다. 살아만 난다면, 눈만 다시 뜬다면 그

땐 그대가 원하는 대로 돌려보내 주겠다 그리 결심했다. 하여 분노와 절망이 뒤섞인 지금도 그녀를 보내주는 것이 그녀를 위한 것이라 여겨졌다.

허나 돌아가라는 말 뱉어내고도 적한은 기대했다. 당신 곁에 있고 싶다, 해월공주의 그 한마디를 말이다. 하여 해월공주 가만히 바라보았지만, 공주는 입술을 꾹 다문 채 눈물만 그렁그렁 떨어뜨리고 있었다. 그 눈물 무슨 의미인지 모르고, 적한은 끝내 곁에 있겠다는 말 하지 않는 해월공주를 보며 혼자만의 절망에 사로잡혀 방을 나섰다. 그리곤 밖에 있는 시종에게 명을 내렸다.

"안에 있는 분, 몸 추스르거든 목지국에 모셔주고 오너라."

중년의 부부는 영문도 모른 채 넙죽 적한의 명을 받들었다. 부부는 적한이 남해안에 마련해 놓은 사가의 사랑채에 머무르며 사저를 관리하는 사랑지기였다. 훗날 해월공주가 아이 가져 산달 되면 이곳에서 이 부부의 도움받아 해산하게 해야겠다고 염두했던 적한이지만 해월공주 이곳을 알면 육지에 와 있겠다 보챌까 봐 말하지 않고 있었던 것이다. 그런데 이토록 빨리 해월공주 이곳에서 몸을 풀게 될 줄이야 누가 알았던가.

적한은 해월공주 있는 방을 잠시 바라보는가 싶더니 남아 있는 미련을 잘라내듯 뒤도 안 돌아보고 사저를 나갔다. 사랑지기 부부만 주인양반이 언제 장가를 드셨나 서로 쳐다보며 눈치를 살피었다. 나랏일 하는 귀족 양반이 가끔 바람 쐬려고 마련한 사저인 줄 알았는데, 갑자기 안주인을 데려다 놓았으니 어안이 벙벙했던 것이다. 게다가 저 서해 쪽에 있는 목지국에 안주인은 왜 모셔다 주고 오라는 건지 모든 것이 오리무중 알 수 없는 것투성이였다.

이렇게 사랑지기 부부가 어리둥절 서로 쳐다보다가, 결국 명을 받들면 그만이지 자세한 건 알아서 뭐 하겠냐는 얼굴로 아주머니는 끓이고 있던 미역국 넘칠까 부엌으로 종종, 바깥아재는 미처 쪼개놓지 못한 장작 패러 뒷마당으로 종종 가버렸다. 한겨울 다 지난 터라 땔감을 충분히 마련해 두지 않았는데 갑자기 아이 놓친 산모 누여놓고 아랫목 쩔쩔 끓게 군불 때라 명을 내리니 아재 마음이 급했다. 이렇게 부부가 갑작스레 온 안주인 때문에 이리저리 종종대는데, 방 안에 있는 해월공주는 입술을 깨문 채 눈물만 흘리고 있었다.

이토록 쉽게 그녀와의 연을 끊어낼 거면서 그토록 봐달라 알아달라 간청하고 달콤한 말들을 속삭였단 말인가. 해월공주, 처음엔 조롱당하고 속았다는 생각에 배신감에 떨고 분에 겨워했지만 그를 은애했던 마음 거두지 못하고 결국 깊은 마음을 주었다. 붉은 비늘을 두르고 붉은 눈을 한 그가 무섭고 낯설었지만 그래도 그의 진심만은 알 것 같아서 부모도 육지에서의 삶도 모두 버리려고 마음먹었었다. 그런데 아이 잃었다고 가라고 하다니 어찌 이럴 수 있는가. 비록 속이고 육지를 나갔으나 일이 틀어져 이리된 것인데, 어찌 처음부터 안 되는 거였다는 후회의 말을 감히 그녀에게 할 수 있단 말인가. 속상하고 비통하다 하나, 아이를 잃은 어미만큼 속상하고 비통하단 말인가. 달거리 찾아오지 않아 불안하고 무서우면서도 은애하는 이의 아이가 들어섰다는 생각에 내심 설레고 기뻤는데 그 마음을 이토록 몰라줄 수 있단 말인가.

해월공주 생각할수록 화가 치밀었다. 하여 아이 잃고 피 쏟아내 혼곤할 대로 혼곤해진 몸을 일으켜 앉았다. 그리곤 머리에 괴고 있던 베개 집어 적한이 나가 버린 방문에 대고 집어 던졌다.

"처음부터 끝까지 제 마음대로지. 제 마음대로 끌고 와서는 제 마음대로 희롱하고 가지고 놀더니 이젠 필요없으니 가라고?"

적한이 마루에 서 있기라도 한 것처럼 해월공주가 눈물을 흘리며 방문을 노려보았다. 무슨 일이 있어도 그녀의 진심을 알아줄 거라 생각했던, 아니, 알아주었으면 했던 그가 이토록 그녀를 믿지 못하고, 이토록 쉽게 그녀를 놔버린다는 것에 대해 해월공주 서럽고 분했다. 은애한다, 귀히 여긴다 속삭였던 그의 말, 그의 마음이 겨우 이 정도인데 그런 줄도 모르고 그 마음에 기대어 모든 것을 포기하려 했던 자신이 참으로 한심스러웠다.

"가란다 그러면 못 갈 줄 알아?"

해월공주가 눈앞에 있지도 않은 적한을 향해 이렇게 서운함과 원망 뱉어내고 있을 때, 적한은 동해안으로 향하고 있었다. 먹구름 속에 가려져 아무도 짙은 밤하늘 속에 용왕이 숨어 있는지 몰랐다. 다만 오늘따라 유난히 먹구름이 잔뜩 끼어 달빛 한 조각 내려오지 않는구나 그렇게 생각할 뿐이었다.

그 밤, 기저국의 성안에서 성주가 죽은 시체로 발견되어 궁이 소란스러웠다. 성주는 어떻게 죽임을 당한 것인지 온몸이 갈기갈기 찢어져 형체를 알아볼 수 없을 정도여서 눈뜨고 볼 수 없을 정도로 끔찍하고 처참했다. 간신히 시신이 걸치고 있는 의복으로 성주의 시신이라는 걸 확인할 수 있을 정도였다. 그렇게 기저국의 궁이 성주의 죽음으로 발칵 뒤집혀 있을 때, 성주의 직계가족들도 똑같이 사지가 찢겨 나가 죽임을 당했다. 다음날 시종들이 성주의 죽음을 알리기 위해 처소에 들어가서야 그들의 죽음을 알 수 있었다.

비명 소리 한 번 내지르지 못하고 죽임을 당했던 것인데, 아무도 궁에 누군가가 침입하는 걸 낌새도 차리지 못했으니 귀신이 곡할 노릇이었다. 도대체 누구이건대, 궁 밖에 사는 직계가족까지 싹쓸이로 그 밤에 모두 죽일 수 있으며, 또 얼마나 잔인한 자이기에 어린아이까지 죽인단 말인가.

그 밤, 기저국에 빗줄기가 추적추적 어찌나 울적하고 쓸쓸하게 내리는지 사람들이 잠을 설쳤다. 기저국은 범인이 누구인지 그 후 오랫동안 꼬리에 꼬리를 물고 서로를 음해하고 고발하였으나 결국 진짜 범인이 누구인지 알지 못했다.

다음날이다. 해월공주가 이른 아침 미역국이 올려진 밥상을 받고서야 뱃속의 아이 잃었다는 것을 실감하며 눈물을 흘리고 있을 때 적한은 동해용왕의 궁으로 향하고 있었다. 들어설 때부터 청룡의 위용을 과시하는 솟을대문을 우지끈 두 동강 내버리니 안에 있던 동해용왕이 놀란 얼굴로 달려나와 소리쳤다.

"무슨 짓이오, 적한. 여기가 어딘 줄 알고 행패인가."

전날 밤 적한의 얼굴에 서려 있던 무시무시한 살기 어느 정도 사그라져 있었지만, 아직 붉은 기가 가시지 않은 눈동자는 여전히 분노의 기운 담고 있었다.

"청운, 당신에게는 감정없소. 단지 당신 후계의 버릇을 가르쳐 주고자 하는 것뿐이오."

이미 기저국에서 일어난 해월공주의 일과 적한의 살상을 수하들에게서 전해 들었던 동해용왕은 어찌하여 적한의 분노가 자신의 후계에게로 향한 것인지 이해할 수가 없었다.

"버릇을 가르치다니? 그 무슨 해괴한 소리인가?"

무슨 연유인지는 알 수 없으나 감히 후계의 버릇을 가르치겠다고 하니 동해용왕 가히 기분이 좋지 않았다. 해월공주 데려가는 일로 동해안의 영역을 침범하는 것도, 또 후계인 청목에게 해를 입힌 것도 모두 넘어가 주었건만 어찌 이리도 무례하고 은혜를 원수로 갚으려 하는가. 허나 청룡의 말문, 적한의 대답에 콱 막히었다.

"그대의 후계가 묵계를 어겼다는 걸, 아시오?"

"……?"

"그 덕에 내 후계를 잃었으니, 그 죄를 물어야 하지 않겠소? 나도 그대만큼이나 내 후계가 중하여서 말이지."

아무것도 모르고 후계를 감싸는 동해청룡을 적한이 비꼬았다. 웬만한 일에는 눈 꿈쩍 안 하고 느긋한 동해청룡이 잠시 할 말을 잃고 침묵하더니 이내 차분하게 입을 열었다.

"후계를 잃고 상심이 크다는 것은 아오. 그렇다고 내 후계에게까지 해를 가하겠다는 건 너무 과하다 생각지 않소? 비록 해서는 안 될 실수를 하였으나, 악의가 있어 그런 것은 아닐 것이니……."

적한은 동해청룡인 청운의 말허리를 단칼에 잘랐다.

"함부로 개입하는 것이 바로 악이오. 또한 함부로 용의 묵계 누설하는 것도 악이오. 이는 그대뿐만 아니라 용의 존재 전체를 위험에 빠뜨리는 것인데, 어찌 후계의 그런 행동을 악의가 아니었다 하여 덮어주려 하는가?"

비록 비늘의 비밀 해월공주가 누설치 않으면 넘어갈 문제이긴 하나, 만약 해월공주가 변심하여 인간 세상에 알린다면 언제든 용을 해치우려 하는 인간들이 용의 비늘을 훔쳐 바닷속으로 들어오려 하는지도 모를 일이었다. 또한 바닷속을 자유롭게 넘나들 수 있게 해주는 비늘을 얻으려고 용에게 무슨 짓을 할지 누가 안단 말인가. 적한은 해월공주의 일을 떠나, 청운의 후계가 용의 존재 전체를 위험에 빠뜨릴 수도 있는 짓을 했다는 것도 괘씸하고 마땅치가 않았다. 적한은 단단히 경계를 삼고 본때를 보여주리라 마음먹고 온 참이었다.

그가 이대로 넘어갈 수 없다는 듯 궁의 대들보를 뽑아낼 태세를 보이자 동해용왕 청운은 심란하면서도 한편으론 불쾌함이 가득한 얼굴로 적한을 노려보았다. 적한의 말 일리있고 맞는 말이나, 그렇다고 이렇게까지 그 죄를 물으려 하니 동해용왕의 눈에는 적룡이 여전히 아이 잃은 분노와 슬픔에 휩싸여 평정을 잃은 것으로 보였다. 청운은 다시 한 번 적한을 설득해 보려고 불편한 심기 누르고 말을 이었다.

"내 후계의 잘못은 엄히 묻고 단단히 경계하게 할 터이니……."

청운의 말 끝나기도 전에 궁 안에서 수로부인에게 잡혀 있던 청목이 달려나와 억울한 듯 소리쳤다.

"해월공주께서 부모님을 뵙고 분명 돌아오겠다고 나와 약속하였단 말이오. 그리고 당신 모르게 갔다 오게끔 만든 것은 당신이지 않소? 육지의 여인을 하루아침에 생짜로 바다에 가둬두고 붙잡으니, 어느 여인이 그런 생각 하지 않겠소?"

억울해도 해월공주 잘못되었다는 소식에 내내 참고 있었지만 적한의 말 더 이상 듣고 있기 힘든 청목이었다. 마치 자신은 아무 잘못 아무 허물 없는 것처럼 기세등등한 것이 눈꼴시고 기가 찼다.

청운은 분을 못 이기고 소리치는 아들을 보곤 들어가 있어라 호통을 쳤지만 청목은 물러서지 않고 적한에게 한마디 더 쏘아붙였다.

"나를 탓하기 전에 당신이 해월공주에게 어찌했는지, 그것부터 뒤돌아보시오."

적한, 어린것이 대들고 훈계하는 것에 불쾌하고 노여웠다. 허나 청운의 아들이 하는 말 하나하나 틀린 것이 없으니 적한 아무 말도 못하고 청목을 노려볼 뿐이었다. 적한은 남의 아이를 잃게 만들고도 기세가 등등한 청목을 바라보며 조용히 뇌까렸다.

"청룡의 아들아, 듣기에 좋은 말만 하는구나. 그리 기세등등 훈계를 하니 내 앞으로 널 지켜보마. 너는 어찌하는지 말이다."

저 어린 청룡에게 이런 소리 듣고 있는 것도 한편으론 비참하게 느껴졌다. 어찌하다 육지의 여인 마음에 품어 이런 모욕까지 당하고 있단 말인가. 적한, 지금 이 모욕과 조롱은 결국 스스로 자초한 일이라는 생각에 더 이상 본때를 보이겠다는 의욕도 나질 않았다. 하여 동해용왕 청운에게 조롱의 말 남기고 그 자리를 떠났다.

"과연 육지의 여인에게서 얻은 후계답소. 저토록 제 어미의 고통 이해하니, 청운 그대는 후계가 참으로 대견하겠소."

적한은 더 이상 마주하고 싶지도 않다는 양 부숴놓은 대문 앞에 청운과 청목을 내버려 두고 동해를 가로질러 가버렸다. 남겨진 부자는 한동안 말을 하지 않았다.

동해용왕 청운, 적한의 조롱받고 쓰디쓴 얼굴로 침묵하는데 수로부인이 쫓아 나와 청목의 등을 때리며 도대체 왜 거긴 끼어들어 가지고는 이런 분란을 만드느냐 혼쭐을 냈다. 남편이 아이를 엄히 혼내기 전에 수로부인 먼저 잡아 족치는 시늉으로 선수를 치고 있었다. 그런 수로부인의 속내를 느끼고 동해용왕 청운 수로부인 가만히 쳐다보는데, 청목이 어머니의 매 가만히 맞으면서도 억울한 듯 작게 중얼거렸다.

"일이 이렇게 될 줄 누가 알았나요. 난 그저 해월공주가 너무 안돼서⋯⋯."

조용히 침묵을 지키고 있던 청운이 그런 청목에게 무섭게 일갈했다.

"네, 정녕 해월공주가 적룡의 역린(逆鱗)인 걸 몰랐더냐?"

남편의 호령에 수로부인 놀란 듯 손이 멈추어졌다. 청목 또한 긴장한 얼굴로 아버지를 바라보았다. 청운은 그런 아들에게 엄한 얼굴로 말했다.

"네 마음 씀씀이 내 모르는 바 아니나, 묵계를 누설한 죄는 크다. 허니 지금 이 순간부터 삼 년간 묵언(默言)하여 이번 일을 경계로 삼거라."

동해용왕 청운, 적한에게 퍼붓는 청목의 말 듣고서야 아들의 마음속에 어머니 수로부인에 대한 연민이 깊다는 것을 알게 되었다. 그저 어미에 대한 애착이 크다 여겼는데, 그 연민의 감정 때문에 다른 육지의 여인에게 묵계까지 누설할 정도로 마음이 흔들리고 방심하는 상태라면 위험하다 판단이 되었다. 저러다 육지의 여인에게 마음이라도 빼앗기게 된다면 물불 안 가리고 달려들고 스스로를 위험에 빠뜨리게 될 것 같았다. 청운 자신도 젊을 적 수로부인을 데려오기 위해 눈이 뒤집히고 온갖 잘못 저질렀기에 아들마저 그리될까 염려됐다.

이런 아버지의 마음 아는지 모르는지, 청목은 삼 년간의 묵언을 명받고 충격에 빠진 얼굴이 되어 있었다. 잘못에 대한 대가 치르긴 치른다만, 삼 년이나 묵언할 생각을 하니 끔찍했던 것이다. 허나 아버지이기 전에 동해의 수호자인 용왕의 명이니 감히 거역할 수 없었다. 하여붕어처럼 입만 빼끔거리며 해월공주는 어쩌다 기저국에게 잡혀가 일을 이리 만들었나 한탄 어린 한숨을 내쉬었다.

청운은 그런 아들 가만히 바라보고 있더니, 적한이 사라진 바닷속 어둠을 걱정스럽게 응시했다.

"그나저나 적한의 살상이 이번엔 너무 과하구나."

청목이 묵언의 명을 따라 아무 말 하지 않는데, 곁에 있던 수로부인이 한마디 하였다.

"지금 남해용왕의 눈에 보이는 게 있겠습니까? 저부터도 자식을 그리 빼끼면 눈이 뒤집어질 텐데요."

자식을 가진 어미로서 또 해월공주와 똑같이 용왕에게 잡혀와 아내가 된 육지 여인으로서 적한의 행동 이해하고 싶었다. 청운은 내심 적한의 분노와 고통 이해가 되었기에 고개를 끄덕여 부인의 말에 동감을 표하면서도 근심 섞인 한마디 잊지 않았다.

"제 분을 못 이기고 앙갚음을 하였겠지만, 과연 그대로 넘어가 줄지 모르겠소. 가뜩이나 저번 일로 심기 불편해하는 눈치였는데……."

누가 넘어가 주지 않는다는 건지 청목 궁금하였지만 묻지 못했다. 허나 며칠 지나지 않아 그것이 누구인지 알 수 있었다. 땅의 수호자들인 십이지들이 더 이상 남해용왕의 횡포와 살상을 두고 볼 수 없다며 삼계회의를 열어 그 죄를 물어야 한다 천제께 청을 올렸던 것이다. 특히나 기저국의 강과 연못을 관장하는 진신(辰神)과 죽임을 당한 성주의 일족들이 기르고 아끼던 개와 말, 그리고 소의 수호신인 술신(戌神)과

오신(午神), 축신(丑神)은 남해용왕 적룡을 벌해야 한다고 강하게 주장했다. 물론 기저국 성주와 일족의 사냥으로 계속 일족이 희생되었던 수호신 인신(寅神)은 자업자득이라며 기저국 성주의 죽음을 고소해하였지만 나머지 수호자들 또한 용왕의 횡포로 피해를 보게 되니 대부분 삼계회의를 열어야 한다는 데 동조했다. 나라 안팎으로 생활이 불안해진 기저국의 백성들이 산으로 들어와 토끼와 뱀을 잡아먹고, 곳곳에서 하늘의 노여움을 푼다며 제를 드리니 닭과 돼지가 하루 걸러 도살되었던 것이다. 물론 이러한 현상 오래갈 문제도 아니고 한계가 있는 것이어서 그냥 넘어갈 수도 있었지만 결국 십이지가 삼계회의를 청하게 된 가장 큰 이유는 남해용왕을 그대로 두다가는 마음대로 살상하여 지상의 존재를 위협하게 될 것이라는 불안감에서였다. 또한 동해안의 영역을 침범해도 눈감아주는 동해용왕과 남해용왕의 연대에 대한 우려도 이유 중 하나였다. 만약 휴면에 들어간 서해와 북해의 용왕이 깨어나 그들이 모두 힘을 합한다면 지상에서 무슨 짓을 벌여도 그들을 제어하기 힘드니, 그전에 싹을 잘라두고 경고를 해야 한다 판단했다.

천제는 십이지의 청을 받아들일 수밖에 없다 생각은 하였지만 쉽게 결정을 내리지 못했다. 삼계회의 열어 그간의 일 소상히 밝히게 되면, 십이지들 천제의 아들인 무장이 이 일에 연루되어 살상하는 적룡을 방관했다는 것 알게 될 것이고 그리되면 가장 중립적이고 공평해야 할 천제의 후계가 용왕의 편에 서서 지상의 생명 홀대한 것 알고 분노와 우려 금치 못할 것이 뻔했다.

십이지의 삼계회의 요구가 천제에게 정식으로 올라온 날, 백 일간의 근신에 처해져 있던 무장은 자미궁으로 급히 오라는 천제의 명을 받았다. 무장, 천제가 계신 자미궁으로 향하면서 뭔가 일이 잘못되었구나 직감하였다. 허나 그것이 지기인 적한이 벌인 살상 때문이라고는 상상치 못했다. 적한의 말에 의하면 해월공주와 서로 연모한다 하니 궁에 데려가 서로 마음 통하였거니 생각했던 것이다. 하여 신부를 빼앗긴 기저국과 공주를 잃은 목지국 사이에서 전쟁이라도 난 것인가 추측하였다.

무장은 천제가 굳은 얼굴로 향로에서 피어올라 오는 연기를 응시하는 걸 보고서야 뭔가 사단이 나긴 났음을 알 수 있었다. 향로는 인간의 제에서 올라오는 연기가 아니라 십이지들이 올려 보낸 연기를 피워 올리고 있었던 것이다. 서로 견원지간 사이가 좋지 않아 연대하여 뜻을 합하기가 쉽지 않은 십이지들이 이렇게 한뜻으로 제를 올려 연기를 올리는 것은 흔치 않은 일이었다. 무장은 국궁 배례로 예를 갖추며 천제의 안색을 살피었다.

"무장, 대령했습니다."

천제는 무장을 물끄러미 바라보며 하문했다.

"네가 거든 일이 지금 어찌 되었는지 아느냐?"

천제는 무장이 당신 몰래 지상과 상통하였는지 떠보고 있었다. 무장이 모른다 답하자, 천제가 아들의 표정을 오래도록 살폈다. 살펴보건대, 자숙의 명을 어기지는 않은 눈치이다. 천제는 그제야 지상의 일 들려주었다.

"얼마 전, 적룡이 스물일곱 명의 생목숨을 앗았다."

무장은 생각지도 못한 소식에 놀란 얼굴로 천제의 얼굴만 바라보았다. 그러나 천제는 말을 정정했다.

"아니구나. 두어 달이 채 안 된 뱃속의 생목숨도 죽었으니, 스물여덟 명이구나. 뱃속의 그 아이, 비록 적룡의 아이이나 결국 육지의 여인을 그리 만든 것은 지난날 그의 행위 때문이니 그가 앗은 것이지."

무장이 할 말을 잃고 그대로 굳어졌다. 도대체 지상에서 무슨 일이 일어났기에 적한이 그런 살상을 저질렀는가. 태풍과 폭우를 쏟아부을 때에야 삼계의 균형을 맞추기 위한 것이니 인간 대여섯쯤 죽는 것은 어쩔 수 없는 일이다만 이렇게 작정하고 살상을 하는 것은 차원이 다른 문제였다. 천제는 그 살상이 가능했던 건 무장의 책임도 있다는 걸 말하려 함인지 스물여덟 번째의 생목숨을 이리 말했다.

"뱃속의 그 아이는 네가 끼어들지 않았으면 지상의 생명으로 무사히 태어날 운명이었다."

비록 적한의 행위 잔인하고 과도하나 무장은 지기가 무슨 연유에서 그런 것인지 이유부터 알고 싶었다.

"적룡에게 무슨 일이 있었던 것입니까? 때때로 제 성미를 이기지 못하기는 하나 이유없이 그런 짓을 저지를 자는 아닙니다."

지기를 두둔하는 무장의 말에 천제의 얼굴 날카로워졌다.

"아직도 모르겠느냐? 적룡을 두둔하는 너의 그런 태도가 다른 수호자들에게 어찌 느껴지게 하는지 말이다."

어릴 적부터 어느 한쪽에도 기울지 말고 공평하게 보고 대할 줄 알아야 한다 가르침을 받아온 무장이었다. 하여 천제의 그 말 무슨 뜻인지 이해는 하나 무장 무조건 두둔한다 공정한 눈을 잃었다 매도되는 것이 억울하였다.

"두둔하려는 것이 아니라 연유를 알고 싶을 뿐입니다. 수호자들의 눈이 무서워 살펴야 할 것을 살피지 않는 것이 더 치우친 행동 아닐는지요?"

후계의 말 일리있어 천제 잠시 침묵하다 그동안의 일 이야기해 주었다.

"하여 십이지들이 삼계회의를 열어달라 청을 올렸는데, 어찌했으면 좋겠느냐?"

생각에 잠겨 있던 무장이 낮은 한숨을 내쉬더니 마음을 굳힌 듯 입을 열었다.

"그들의 청을 받아들이십시오. 그들은 천제의 마음이 그들에게 있다는 것을 주위에 보여주고 싶은 것일 테니 말입니다."

"흠……."

천제는 무장의 말 음미하듯 뜸을 들이더니, 문득 질문 하나를 던졌다.

"헌데 무장아, 적룡이 제 아이를 잃었다 하여 스물일곱 명의 생목숨을 앗은 것은 어찌 생각하느냐?"

언제나 속을 알 수 없는 천제이니, 무장 그 질문에 잠시 망설였다. 후계이기 이전에 자연의 섭리 거스르거나 천제의 권위를 위협하면 가차없이 철퇴를 가하는 분이라 무장 솔직히 답하기 저어되었다. 또한 속에 있는 생각이라는 것, 자연의 섭리처럼 언제나 변화무쌍 순간의 생각일 뿐이니 한 번 입 밖으로 뱉어져 그것이 자신의 생각으로 읽히는 것 반갑지 않았다.

"지금 이 순간의 생각을 말해도 되는 것이라면……."

천제는 가벼이 고개를 끄덕여 계속하라 명했다. 하여 무장, 속에 있는 생각 한자락 펼쳐 놓았다.

"생명의 경중은 언제나 각자에게 달린 것이라 봅니다. 비루하게 대하면 비루하고 귀하게 대하면 귀한 것이 생명이 아닐는지요. 적룡이 기저국 성주의 직계를 모두 죽인 것은 해월공주의 뱃속에 있는 아이가 그에게는 유일한 직계이기 때문이겠지요. 적한은 자신이 잃은 것이 무엇인지 그대로 되돌려주고자 했을 것입니다. 게다가 용왕의 아이라 밝혔음에도 기저국의 성주 불경하고 오만하게 굴었으니 그를 벌하고자 한 것 아니겠습니까. 또한 그러한 성주를 낳고 키우고 방관한 것이 성주의 가족이니 그들에게도 책임을 물은 것이겠지요. 솔직히 저는…… 적한의 행동이 그리 과했다고 생각지는 않습니다. 오히려 용왕을 두려워하지 않은 기저국의 성주가 화를 자초했다고 봅니다."

무장의 대답에 천제는 속을 알 수 없는 얼굴로 고개를 끄덕였다.

"그리 생각할 수도 있겠구나."

천제는 후계인 무장의 말에 공감하는 듯했으나 이내 한 가지를 지적하였다.

"헌데 말이다, 무장아. 내가 적룡에게 안타까운 것은 그의 연민없는 마음이다. 똑같이 되돌려준다 하나 아이를 죽일 때 조금이라도 망설였어야 했던 것 아닌가 싶다. 제 아이를 잃은 것이 비통하다면 다른 이가 아이를 잃는 것도 얼마나 비통한 일인지 느껴야 하는 것 아닌가 그런 생각이 든다."

이번엔 무장이 고개를 끄덕여 천제의 말에 공감했다. 무장만큼, 아니, 그보다 더 적한을 안타까워하는 천제의 마음을 느끼고 무장은 천제의 고민이 무엇인지 알 것 같았다.

"지금 문제는 적룡이 아니라 십이지의 불안과 동요 아니겠습니까? 또한 천제께서 후계인 저를 어찌하는지 그들 나름 시험하고 싶은 것이 겠지요."

천제 그 말에 말없이 고개만 끄덕였다. 하여 무장 천제께서 원하는 답 해주었다.

"회의의 결과가 어떤 것이든 받아들이겠습니다."

천제는 후계이자 아들인 무장을 오랫동안 바라보는가 싶더니 이만 물러가라 명하였다. 무장이 자미궁을 나온 지 얼마 되지 않아 천계의 전갈꾼들이 천제의 뜻을 십이지와 사해의 용왕에게 알리기 위해 지상으로 내려갔다.

처소로 돌아온 무장은 새를 타고 내려가는 전갈꾼들을 내려다보다가 저 멀리 떠 있는 달을 바라보았다. 천계에는 한낮에도 해와 달이 공존해 있었지만 저 지상으로 내려가면 밤에나 볼 수 있을 것이다. 아주 가끔 지상에서도 낮에 달이 뜨는 경우가 있었는데, 그때만이 지상의 존재가 천계로 올라올 수 있었다.

그는 오래전 지상으로 내려가 인간 사내와 부부의 연을 맺고 살았던, 하여 끝내 천계로 올라오지 못하고 지상의 흙으로 돌아가 버린 누이를 떠올렸다. 낮에 뜬 달을 기다려 누이를 데려오려고 하였지만 누이는 끝내 지상에 남기를 선택했다. 어쩌면 삼계회의는 후계인 그에게 누이처럼 지상으로 내려가라 천제가 명하기를 바라고 있을지도 모를 일이었다. 아니, 바라고 있을 것이다. 지상의 생명이 어찌 살아가는지 어찌 그 생명을 이어가는지 직접 경험하기를 바랄 것이다.

"원한다면……."

궁금했다. 이미 은애하는 사내 죽고 자식마저 역병으로 잃어 혼자가 되었던 누이가 어찌하여 천계로 돌아오기를 거부하고 지상에 남았는지 말이다. 그때 누이에게 화를 내며 다시는 안 본다 천계로 와버렸지만, 누이의 죽음 후에도 내내 궁금했었다. 무엇이 누이를 지상에 계속 붙잡고 있었던 것인지 말이다.

오랜만에 죽은 누이를 떠올린 무장 앞에 천마가 나타났다. 언제 온 것인지 천마가 처소 밖 창가에서 날개를 퍼덕이며 무장을 바라보고 있었다. 내내 처소에서 자숙하고 있던 무장이 자미궁을 다녀왔으니 이제 자숙의 기간 끝난 것이냐 묻고 있었다. 무장은 오랜만에 날갯짓을 하고 싶어 몸이 근질거리는 천마를 보고는 빙그레 웃었다.

"나 때문에 너까지 고생이구나."

무장이 아직 지상으로 내려갈 수 없다는 의미로 고개를 저으니, 천마 실망스러운 듯 고개를 푹 숙이고 퍼덕퍼덕 날갯짓하며 물러갔다. 그 힘없이 처진 날갯짓 물끄러미 바라보던 무장이 문득 허리춤에 차고 있는 두루주머니를 매만졌다. 천마를 타고 마지막으로 지상을 내려갔던 일이 떠올랐던 것이다. 비록 큰 약조는 아니라 하나 약조는 약조, 천금같이 말하고 태산같이 행동하라 하였는데 찾아주겠다 약조한 것을 지키지 못하니 은근히 신경이 쓰였다. 가락지 잃어버렸다며 엉엉 울던 그 어린 녀석, 아직도 이 가락지 잃은 것 때문에 속상해하고 있을까. 무장은 때가 꼬질꼬질 추레하기 이를 데 없었던 그 어린 사내 녀석이 자신을 향해 눈을 부릅뜨고 소리치던 것이 떠올라 피식 웃음을 지었다.

'공주님을 대피시킬 생각은 않고 그렇게 서 있기만 하면 어떡해요?'

그런 난리법석에 어린 녀석이 어디에 그런 용기를 숨기고 있었던 것인지, 인간에게서 그런 숨겨진 이면을 발견할 때마다 놀랍고 신기했다.

이렇게 무장이 바리를 떠올리며 조만간 가락지 전해주러 지상을 갔다 와야겠다 생각하고 있을 때 바리는 가락지의 원래 주인이었던 왕후 마마와 마주하고 있었다.

"아가, 이리 가까이 오너라."

왕후께서 딸을 품에 안아보고자 가까이 오라 하는 줄 알았는데, 이제 보니 왕후의 거동이 불편하여 시녀들의 부축이 없으면 일어나지 못하였다. 바리는 가까이 가지 않고 멀뚱멀뚱 주저하고 있었다. 왕후 길대부인 마음 같아서는 당신 스스로 다가가 아이를 안아주고 싶지만 그럴 수가 없으니 애가 탔다. 가락이 어서 안 가시고 뭐 하시느냐 등을 떠미니 그제야 바리가 주춤주춤 무릎걸음으로 길대부인에게로 다가갔다. 왕후가 더 가까이 오라 손짓을 하니, 바리가 왕후의 무릎 바로 앞까지 다가가 앉았다. 그러자 길대부인, 떨리는 두 손으로 바리의 얼굴을 감싸 쥐고는 눈물을 흘렸다.

"아가, 네가 정말…… 일곱째 공주였구나."

그렇게 떨리는 목소리로 목이 메어 흐느끼는데, 바리는 무언가 마뜩찮다는 얼굴로 양미간을 찡그리고 있었다.

"얼마나 고생이 많았느냐. 얼마나 이 어미가 원망스러웠느냐."

이렇게 왕후 길대부인이 바리의 이마와 뺨을 쓰다듬으며 통한의 눈물을 쏟는데, 바리는 계속 떨떠름한 얼굴로 왕후가 자신의 어머니인 게 기쁘지 않은 듯 입술을 부루퉁하게 내밀고 이리 묻는 게 아닌가.

"정말 왕후마마가 제 어머니예요?"

왕후는 바리가 이 모든 게 믿어지지 않아서 그런가 보다 생각하고, 눈물이 가득한 얼굴로 고개를 끄덕였다. 허나 바리는 믿어지지 않아 물은 것이 아니었다. 믿고 싶지 않아 물었던 것이다. 바리의 눈에 여전히 거리감과 불편함이 깃들어 있으니, 길대부인 나직이 묻는다.

"어미를 찾은 것이 기쁘지 않느냐?"

바리가 고개를 저으며 기쁘다 대답했다. 그러더니 고개를 숙이고 작게 중얼거렸다.

"나를 함에 넣어 버렸다 해서, 나는 엄마 아빠가 정말 어쩔 수 없이 그랬나 보다 그랬거든요. 나를 키울 수 없는 사정이 있었겠지 그랬거든요."

곤전에 들어서도 공주님이라 말씀 올리는 가락에게 자꾸만 아니라고 불편해하던 바리였다. 그런데 그 속에 이런 생각을 가지고 있었는지는 몰랐던 왕후이다. 당연히 부모를 찾았으니 뛸 듯이 좋아하며 감격할 줄 알았는데, 막상 내가 네 어미다 하니 아이는 어머니가 왕후인 것이 상처가 되었다. 부모를 찾았다는 기쁨에 눈물이 나오면서도 이상하게 자꾸만 마음 한구석에서 성이 났다.

"피죽도 연명하기 힘들어 버린 줄 알았거든요. 아니면 누구에게 쫓겨 목숨이 위험해서 그런 건 줄 알았거든요. 그런데 아니네요. 그게…… 아니었네요. 이렇게 떵떵거리며 사는 분들이 저를 버렸던 거네요."

길대부인, 아이의 말을 들을수록 가슴이 찢어져 눈물만 흘릴 뿐 아무 말 하지 못했다. 왕후가 죄인인 양 고개를 숙이고 아무 말 못하고 눈물만 흘리자, 바리가 그런 왕후를 보곤 손으로 왕후의 눈물을 닦아 주었다.

"울지 마세요. 기쁘지 않은 건 아니에요. 꿈인지 생시인지 모를 정 도로, 너무너무 기뻐요. 그냥 이상하게 화가 나고 심술이 나서 그런 거 예요. 그러니 울지 마세요."

길대부인, 고개를 끄덕이면서도 눈물을 멈추지 못했다. 화가 나지 않고 심술이 나지 않는다면 그것이 사람이랴. 당연한 심사이리라. 밥 을 빌어먹고 겨우겨우 입에 풀칠하며 있는 고생 없는 고생 다 하여 살 았는데, 부모란 것들은 이렇게 호의호식하며 궁에서 떵떵거리는 사람 들이니 어느 자식인들 속이 뒤집어지지 않으랴. 그 속이 오죽하랴. 차 라리 비천하고 남루한 부모면 버린 것을 이해하고 넘어갈 텐데, 자신 의 부모는 자식을 버리고도 이렇게 잘살고 있으니 아이의 입장에선 얼 마나 서럽고 분할까.

왕후는 네 마음을 이해한다, 분이 풀릴 때까지 심술 부려라 말하며 바리를 꼭 끌어안고 지난 십오 년 동안 켜켜이 쌓인 자책과 회한을 눈 물로 쏟아냈다. 그렇게 지난 시간 왕후가 얼마나 고통스러워하였는지 다소나마 느낀 바리가 그제야 자신이 얼마나 부모를 보고 싶어했는지 얼마나 그리워하였는지 토로하기 시작했다.

"엄마, 엄마. ……엄마. 얼마나…… 제가…… 엄마를 보고 싶어했는 지 모르죠? 꿈에서라도 보고 싶어서, 꼭 제 꿈속에 나타나 달라고 잠 들기 전에 빌었던 거 모르죠."

길대부인이 울먹울먹 말을 잇지 못하는 막내공주를 끌어안고, 당신 의 피와 살로 이루어진 막내딸의 몸 곳곳을 쓰다듬었다. 당신처럼 똑 같이 잔털이 많은 귀밑머리며, 좁은 어깨며, 동그란 이마에 짙은 눈썹 을. 또 둘째 발가락이 더 긴 발도 어루만지고 새삼 바리가 자신의 피와 살로 이루어진 혈육이구나 깨닫고 감격스러워했다. 이렇게 똑같은 것을, 이리 당신의 어릴 적과 빼다 박은 것을, 추레하고 남루하다 하여 몰라보고 되돌려 보낼 뻔하였으니 생각할수록 기가 차구나.

바리는 바리대로, 항상 상상해 보던 어머니가 이렇게 생긴 분이었구나 새삼 신기하고 신기하여 왕후의 얼굴을 손끝으로 쓰다듬고 만지작거렸다.

"우리 엄마, 너무너무 예쁘다. 할매 말처럼 정말정말 예쁘다. 나랑은 정말 딴판이야. 어떻게 이렇게 예쁠 수가 있는 거예요?"

자신도 왕후의 어릴 적을 똑 닮아 예쁜지 모르고, 바리는 이렇게 온후하고 아름다운 왕후마마가 어떻게 자신의 엄마일 수 있는지 믿어지지가 않는 듯 연신 감탄의 말을 뱉어냈다.

왕후 길대부인은 다시 개구쟁이로 돌아가 어찌 그리 예쁠 수 있냐며 눈을 동그랗게 뜨는 막내딸을 보고 울며 웃었다. 다시금 막내딸을 키워준 비럭할아범과 공덕할멈이란 분들에게 감사를 드렸다. 제 자식처럼 키워준 것도 백골난망인데, 이리 구김살없이 선한 아이로 키워주었으니 이 은혜를 무엇으로 갚을까. 머리카락으로 신을 삼아 드려도 부족하리라.

이렇게 왕후 길대부인과 바리가 모녀 상봉에 눈물콧물 흘리며 시간 가는 줄 몰랐는데, 바리가 눈물콧물 범벅인 얼굴로 문득 이런다.

"근데 저 배고파요."

길대부인, 그 말에 귀한 거 맛난 거 다 모아 떡 벌어지게 차려서 서둘러 내오너라 명하였다. 그리곤 울고불고했으니 우리 막내 얼마나 배고팠나, 앞으로는 절대 배곯지 마라, 우리 배부르게 먹고 울자 하며 막내딸이 잠시 배고픈 것도 가슴 아파 동동거려 했다. 빨리 내오너라, 주린 배 달래게 떡이랑 식혜라도 먼저 내오너라 이리 채근하시니, 수라간 시녀들이 어찌나 번갯불에 콩 구워 먹듯 차렸는지 금세 곤전 안으로 수라상이 들어왔다.

평소 같으면 왕후마마, 수라상 받고도 물 먼저 드시고 조금씩 천천히 맛을 보시는데 이날은 막내공주 입에 맞난 거 넣어줄 생각에 수라상 내려놓자 몸소 무릎으로 기어 상 가까이 다가가니, 그제야 왕후의 거동이 불편한 것을 안 바리가 눈을 휘둥그레 떴다.

"다리가 아파요?"

길대부인, 이제는 오래된 일이라 무심히 그렇다 대답하며 막내딸 먹이려고 손수 저분으로 음식 집어 바리 입에 넣어주었다. 바리가 너비 아니 한 조각 입에 물고 우물거리며, 왕후의 다리 쪽을 물끄러미 바라보았다.

"그럼, 못 걸어요?"

길대부인, 이젠 그런 거 욕심내지 않는다는 듯 빙그레 웃으며 가벼이 말하였다.

"작년까지는 그래도 지팡이 짚으면 일어섰는데, 이제는 그것도 안 되는구나. 나이 들어 그런 것이니 신경 쓰지 마라."

바리가 고개를 갸웃했다. 어머니보다 더 나이 많은 공덕할멈과 비럭할아범도 아직 지팡이 짚고 걸으실 수 있는데, 어찌 어머니가 못 걸으신단 말인가. 하여 이상하다 바리가 궁금한 얼굴을 하니, 가까이 앉아 음식 시중들던 가락이 나직이 입을 열었다.

"공주님, 마마께서 저리되신 것은 십오 년 전……."

음식을 집어 바리 입에 넣어주던 길대부인이 가락의 말을 막았다.

"애 앞에서 쓸데없는 소리를 하는구나."

그렇게 왕후는 왜 거동을 못하게 되었는지 바리가 알지 못하게 하였다. 허나 바리가 누구인가. 궁금한 것은 못 참는 오지랖 겁나 넓은 참견쟁이 아니던가. 고기며 떡이며 배를 땡땡하게 채운 바리가 뒷간에 가고 싶다며 가락에게 어디인지 데려다주오 청하니, 가락이 길잡이를 하러 바리를 따라 나왔다.

"궁에서는 뒷간이라고 하지 않고 매홧간이라고 한답니다."

바리는 왜 매홧간으로 부르는지 궁금하였지만 일단 고개를 끄덕이고, 더 궁금한 것부터 물었다.

"그런데 왜 왕후마마께서 걷지 못하시는 거예요?"

가락은 왕후께서 말하지 마라 눈치를 주었지만, 막내공주가 연유를 아는 것이 어머니인 왕후의 진심을 아는데 도움이 될 것이라 여겨 이야기해 주었다.

"십오 년 전, 공주님이 버려진 것을 아시고 왕후마마께서 더 이상 아이를 갖지 않겠다 결심하셨답니다. 하여 대왕마마 몰래 의원을 불러 몸 안의 씨앗을 말리는 약을 드셨지요. 그 후로 다시는 회임치 못하시더니, 그 약 기운이 독하였는지 다리도 저리 힘을 잃게 되었답니다."

바리는 그 말을 듣고 아무 말도 하지 않았다. 자신을 버린 것이 어머니에게 그렇게 고통스러운 일이었구나, 새삼 왕후의 마음이 절절히 느껴져 목이 메었던 것이다.

"그런데 대왕마마는 어디 계세요?"

가락이 바리의 물음에 잠시 대답을 망설이더니, 어차피 알게 될 것이란 생각에 무거운 한숨을 내쉬며 말해주었다.

"대왕마마는 지금 침전에 계십니다."

"침전? 자는 곳이요?"

"네, 주무시는 곳이요."

"아직 낮인데요?"

"……대왕께서는 병환 중이시라 침전에 계신답니다."

"병환이요?"

바리가 걸음을 멈추고 놀란 얼굴로 가락을 바라보았다. 가락이 고개를 끄덕이곤, 침전이 있는 쪽을 수심 가득한 얼굴로 바라보았다.

"대왕마마께서는 심복지환이십니다."

바리는 가락의 어려운 말을 알아듣지 못했지만, 대강 표정을 보고 아버지인 대왕마마가 꽤 많이 편찮은가 보다 생각할 뿐이었다. 바리가 아버지인 어비대왕을 대면한 것은 다음날 낮이었다. 다음날 대왕마마 만나고 놀라게 되는 줄도 모르고, 그 밤 어머니인 길대부인과 한 이불에 누워 그동안 살아온 이야기를 하느라 밤이 새는 줄 몰랐다.

어머니 품에서 늦도록 이야기꽃을 피웠던 바리가 아버지인 대왕마마를 마주한 것은 정오 무렵이었다. 그날 아침 눈뜨자마자 오늘은 무슨 일이 있어도 세수만 해야지 결심했던 바리지만 대왕마마 보러 간다는 말에 시녀들이 씻겨주는 대로 순순히 머리도 감고 목욕도 하였다. 일취월장 날이 갈수록 뽀얀 속살이 드러나는 줄도 모르고, 바리는 매일 계속되는 목욕에 몸이 자꾸만 가벼워지는 느낌이 들어 고개를 갸웃거렸다. 처음에는 몸이 달달 떨리고 추웠는데, 자꾸 씻다 보니 나름 적응이 되었는지 가볍고 상쾌한 느낌이 좋아지기 시작한 것이다. 허나 처소 한 번 나서려면 뭐가 그리 복잡하게 단장하고 차릴 것이 많은지 번거롭고 귀찮아 바리가 시녀 언니들이 머리 빗겨주고 꾸미개 꽂아주는 동안 이리 들썩 저리 들썩 가만있지를 못했다.

"아유, 막내공주님. 가만히 좀 계세요. 자꾸 머리가 흐트러지잖아요."

"후우, 밤 되면 또 다 풀어버릴 텐데요 뭘."

"그래도 예쁘게 꾸미는 게 좋지 않아요?"

시녀 언니의 말에 바리가 눈을 끔벅였다. 예쁜 게 좋은 건가? 눈으로 보기에는 좋긴 좋다만 밥 빌러 가면 예쁜 것보다 불쌍하게 보이는 게 더 잘 먹히니 바리로서는 예뻐서 어디에 쓰나 싶다. 가끔 비가 와서 머리랑 몸을 씻었다 싶으면 어김없이 다음날은 밥이 잘 빌어지지 않았던 것이다. 그런 생각을 하는 사이 시녀 언니들은 어느새 숙달이 되었는지 들썩거리는 막내공주에게 옷도 다 입히고, 머리도 멋들어지게 땋아놓았다.

밖에는 이미 어비대왕을 모시는 내관이 막내공주를 기다리고 있었다. 바리가 시녀 언니들과 함께 처소를 나가자, 궁에 온 며칠 사이 잘 얻어먹고 윤기가 좔좔 흐르는 검둥이가 뒤를 따랐다. 십오 년 전 옥함에 애기씨를 넣어 버렸던 내관은 자신이 버린 공주님이 이리 살아 돌아온 것을 보고 죄지은 양 눈을 못 마주치고 고개를 숙였다.

"대왕께서 기다리고 계십니다."

오늘 아침 늦게 의식을 차린 어비대왕이 내관을 통해 막내공주 살아 돌아왔다 소식을 들으시고 데려오라 명한 것이다. 어비대왕 병세 중하여져 아침나절에는 의식 멀쩡하고, 밤이 되면 다시 의식이 가물가물하니, 내관도 대왕의 정신 온전하실 때 얼른 공주 데려가 보여 드리자 발길을 서둘렀다.

바리가 내관을 따라 대왕이 계시는 침전으로 향했다. 솟을대문, 덜밋대문, 중턱대문, 심방대문, 일각대문 그렇게 열두 대문을 거쳐 침전 앞마당에 이르는데, 오는 내내 살아 돌아온 막내공주다 시녀와 내관들이 고개 숙여 예를 갖추면서도 힐끔힐끔 바리를 뜯어보았다. 바리는 뒤꽁무니에 검둥이를 달고 내관을 따라가면서도 열두 폭 긴 치마가 익숙하지 않아 자꾸만 앞자락을 밟아 연신 넘어질 뻔했다. 그러니 막내공주 어찌 생겼나 지켜보고 구경하던 궁 안의 시녀와 내관들이 연신 키득키득 웃어댔다.

앞서 걸으며 길잡이를 하던 내관은 막내공주의 얼굴이 시뻘겋게 달아오른 것도 모르고, 앞만 보고 침전으로 들어가려 하는구나. 막내공주 바리, 드디어 아버지를 보는구나, 가슴이 떨려서 침전을 멍하니 쳐다보며 층층대에 올라서는데, 그만 앞자락을 된통 밟아 층층대에 퍽하니 고꾸라져 굴러떨어졌다. 그러자 침전 앞을 지키고 있는 시녀와 호위군사들이 웃음을 터뜨렸다. 흙바닥에 널브러져 있던 바리가 욱신 거리는 무릎을 짚고 벌떡 일어나더니, 웃음을 터뜨린 시녀들과 호위군 사들을 쫙 째려보았다.

"언니들하고 아재들, 사람 넘어지는 거 처음 봐요?"

막내공주 성격이 드세다는 걸 깨달은 시녀들과 호위군사들이 모두 합죽이처럼 입을 오므렸다. 바리가 들으라는 식으로 투덜거렸다.

"넘어졌는데 도와주지는 않고, 다들 웃었어?"

그리곤 웃은 사람들 얼굴을 기억하겠다는 양 유심히 쳐다보니, 시녀 들과 호위군사들이 고개를 푹 숙이고 시선을 피했다.

바리가 또 누구인가. 산을 제집처럼 드나들며 그 날쌔다는 토끼를 새총으로 잡는 실력이다. 다들 나중에 이마빡에 새총 맞고 된통 당할 거 생각 못하고, 공주가 그냥 하는 말이려니 흘려들었다. 바리가 얼굴 들을 머릿속에 넣어두고는 내관이 들어가 버린 침전으로 들어갔다.

내관은 안에서 막내공주가 오지 않아 기다리고 서 있었다. 그러다 바리가 들어서니, 곧장 침전 문을 열려는데 바리가 문을 열려는 내관 의 소맷자락을 잡고 아직 열지 마라 눈빛을 보냈다. 부모 찾은 것은 기 쁘나, 한편으론 떨리고 무서운 바리였다. 게다가 자신을 버리라 명하 였던 아버지이니, 마냥 기쁘고 설렐 수만은 없었다. 바리 보시고 왜 왔 느냐 오히려 화내지는 않을까, 우락부락 무섭게 생기신 건 아닐까 바 리 아버지를 보는 게 내심 떨리고 무서웠다. 그런데 안에서 앓는 듯 미 약하고 낮은 목소리가 흘러나왔다.

"아이는 아직 멀었느냐?"

바리 때문에 문고리를 잡고 서 있던 내관이 문밖에서 황급히 말했 다.

"여기, 모셔왔나이다."

그리고는 바리를 쳐다보며 문을 열어도 괜찮은지 물었다. 아버지인 대왕마마가 자신을 기다리고 있었다는 생각에 바리가 한결 풀어진 얼굴로 고개를 끄덕였다. 그리곤 내관이 열어준 문 사이로 발을 내디뎠다. 그런데 침전 안으로 들어선 바리의 걸음이 멈춰졌다. 침전 안엔 큰 침상이 가운데 있었는데, 그곳에 누운 어비대왕의 모습을 보고 깜짝 놀란 것이다. 자신을 버렸던 분이니, 그리고 젊을 적 수많은 전쟁에서 승리를 거두었다 소문이 자자했던 그 무시무시한 목지국의 어비대왕이니, 우락부락 몸집이 크고 호랑이처럼 무섭게 생기셨을 거라 생각했는데, 그게 아니었던 것이다.

바리가 침상에서 자신을 물끄러미 바라보고 있는 어비대왕을 멍하니 쳐다보았다. 침상엔 바리가 상상해 온 무서운 대왕마마가 아니라 금방이라도 쓰러질 듯, 노쇠하고 병들어 백발이 성성한 노인이 누워 있었다.

어비대왕은 바리에게 가까이 오라 힘없이 손짓을 했다. 비단 유 걸쳤지만, 손짓 위해 팔 올리니 가는 팔과 팔목이 그대로 느껴졌다. 바리가 한 걸음 한 걸음 침상 옆으로 다가섰다. 그리곤 인사를 하긴 해야 하는데 무슨 말을 해야 할지 몰라 머뭇거리며 서 있었다. 어비대왕은 물끄러미 바리를 바라보다, 쿨럭쿨럭 기침을 하곤 옆에 있는 내관이 받쳐 주는 헝겊 조각에 가래를 뱉어냈다. 바리가 인상을 찌푸리지 않으려고 애썼으나, 자신도 모르게 미간이 찡그려졌다. 기침으로 거칠게 숨을 내쉬던 어비대왕이 숨결 사이사이 말을 건넸다.

"올해…… 몇 살이냐?"

"열다섯입니다."

어비대왕은 바리의 대답에 시선을 돌려 빈 허공을 응시했다. 침전은 휘장으로 창을 가려 어둠침침했다.

"벌써 십오 년이 되었는가."

대왕은 다시 바리를 바라보았다. 이렇게 살아서 곁에 서 있는 게 이상하고 낯선 일이라는 듯 멀거니 바리의 이목구비를 바라보았지만, 흐릿하고 탁한 두 눈동자는 또 다른 무언가를 보고 있는 것처럼 초점이 없었다.

"네가…… 살아 있었구나."

조용히 어비대왕을 바라보던 바리의 얼굴이 복잡하게 변해갔다. 자신의 착각인 건지, 왜 대왕의 말이 꼭 살아 있으면 안 되는데 살아 있다고 말하는 것으로 들리는지 모르겠는 바리이다.

설마하니 그런 뜻으로 말하셨을라고. 살아 있어서 기쁘다는 소리이겠지. 그렇게 바리 혼자 속으로 왜 그런 식으로 듣고 있냐 자신을 탓하는데, 바리를 오래도록 응시하고 있던 어비대왕이 힘없이 한숨을 내쉬며 혼잣말처럼 중얼거렸다.

"악연이구나. 악연도 이런 악연이 없을 것이다."

바리, 대왕이 내뱉는 혼잣말을 다 알아듣고 가슴 어딘가가 철렁 내려앉았다. 자신이 지금 잘못 들었나 눈을 끔적이며 대왕의 용안을 뚫어지게 쳐다보는데, 대왕은 다시 정신이 흐릿한지 힘없이 손을 내저어 물러가라 명하였다. 바리는 뭔가 다 하지 못한 말과 뭔가 다 듣지 못한 말이 있는 것 같아 어비대왕을 바라보고 서 있는데, 대왕이 다시 밭은 기침을 내뱉으니 한쪽 물러서 있던 내관이 바리에게 오늘은 이만 보시고 내일 또 뵈러 오시라 청하였다. 그제야 정신이 든 바리가 대왕에게 주춤주춤 고개를 숙여 인사를 드리고 침전을 나서는데 바리의 등 뒤로 어비대왕의 말이 들려왔다.

"인력으로…… 안 되는구나. 끝내…… 후계가…… 태어나지 않더니…… 저 아이가…… 살…… 운명이었던 게야."

밭은기침 사이로 띄엄띄엄 뱉어지는 말들은 쇳소리처럼 메마르고 가빴다. 침전을 나오던 바리는 그 말을 다 알아듣지 못했지만, 이상하게 그 말이 가슴에 하나씩 하나씩 꽂히는 듯 시리고 아팠다.

바리가 그렇게 어비대왕의 말을 등 뒤로 하고 침전 밖으로 나오니, 침전 밖에서 기다리고 있던 시녀가 꽃갖신을 놓아주었다. 그런데 바리는 무슨 생각을 하는지 멍한 얼굴로 꽃갖신에 발을 넣었다. 그리곤 시녀가 신을 신겨주든 말든 마루에 앉아 먼 하늘을 올려다보았다. 두 발에 신을 다 신긴 시녀가 여전히 넋을 놓고 있는 막내공주에게 이제 그만 가시자 말하는데, 하늘을 보고 있던 바리가 그 시녀를 멀뚱히 쳐다보다 갑자기 고개를 푹 숙였다. 이내 막내공주의 볼에서 눈물이 또르르 흘러내렸다. 시녀가 깜짝 놀라 왜 그러시냐 물었다.

"어디 안 좋으세요? 갑자기 왜 우세요?"

바리가 눈물을 닦아낼 생각도 않고, 여전히 고개를 숙인 채 작게 속삭였다.

"저보고 악연이래요."

그게 무슨 말씀이냐 시녀가 되묻는데, 바리는 아무것도 아니라는 듯 고개를 젓고는 소맷자락으로 눈물을 닦아냈다. 그리곤 비 맞은 강아지처럼 어깨를 축 늘어뜨리고 침전 층층이를 내려왔다. 검덕이 바리를 보고 꼬리를 흔들며 다가오니, 바리가 검덕이를 안아 올리곤 침전 앞마당을 가로질러 걸어갔다. 뒤에 시녀 언니가 따라오든 말든, 검덕이만 품에 꼭 안고 자신의 처소로 정해진 전각으로 향하는데, 바리의 눈에서 자꾸만 눈물이 흘러나왔다. 바리의 슬픔을 느끼고 검덕이가 품 안에서 낑낑거렸지만, 바리는 들리지 않는지 입술만 꾹 다물고 어서 침전에서 멀어지려는 듯 걸음을 재촉할 뿐이었다.

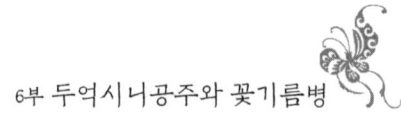

6부 두억시니 공주와 꽃기름병

"청목님은 지금 몸이 좋지 않아 거동할 수가 없습니다. 그러니 저에게 말씀하시지요. 제가 그대로 전해 드리겠습니다."

일월산에서 삼계회의가 열린 지 나흘째가 되던 날, 무장은 오랜만에 지상으로 내려왔다. 천계에서 죽치고 앉아 결론이 어찌 날지 기다리고 있자니 괜히 이런저런 잡생각만 많아져 차라리 바람 쐴 겸 가락지나 전해주고 와야겠다 생각한 것이다. 헌데 동해안에서 청룡의 후계 불렀더니 후계 청목은 나타나지 않고 그 수하로 보이는 바다거북만 모습을 드러냈다.

해귀는 청목 대신 자신이 나온 것이 결례인 줄 알기에 무장이 노여워할까 불안불안 눈치를 살피었다. 청목 또한 예가 아닌 줄은 알지만 어차피 대면해 봐야 아무 말도 할 수 없는데 괜히 말하고 싶어 답답하기만 할 뿐이고, 또 자신이 묵계를 누설해 그 벌로 묵언하고 있다는 것을 알게 하고 싶지 않았다. 하여 해귀는 청목의 이런 심기 용케 읽고 아파서 못 움직인다 둘러대고 있었다.

무장은 청목에게 가락지 건네주며 그 아이에게 전해주라 하려 했는데, 거동도 자유롭지 못할 정도로 아프다 하니 걱정스러웠다. 그리 심하게 다친 걸로는 보이지 않았는데, 내상이 깊었던 것인가. 무장은 청룡의 후계가 그때 일로 아직까지 자리보전하고 있는 것인가 하여 마음이 무거웠다.

"그때 남해에서 다친 것 때문에 그런 것이냐?"

무장의 물음에 해귀 대충 그런 것 같다 둘러대니, 그의 얼굴 위로 근심 어린 그림자가 더 짙게 드리워졌다. 생각했던 것보다 그때 그 일 이리 깊이 상흔을 남기고, 청룡의 후계마저 이리 오래도록 자리보전하게 만들었으니 새삼 그때 자신의 선택이 옳았던 것인지 회의가 들기 시작했다. 허나 그런 내색 드러내지 않고 무장이 말을 이었다.

"전해줄 것이 있어 왔는데, 되었다. 직접 전해주면 될 일이니, 후계는 아무쪼록 얼른 쾌차하라 전해다오."

"예. 헌데 무엇을 전해주려 하신 건지 물어봐도 되겠는지요?"

천마에 오르려던 무장이 해귀를 바라보았다. 생각해 보니 이 바다거북이도 그때 같이 있었던 게 떠올랐다.

"아, 그때 그 가락지 잃어버렸다던 아이의 가락지다. 헌데 그 아이가 어디 사는지 아느냐?"

"아, 그 두억시니요."

"두억시니?"

해귀는 바리를 떠올리는 것만으로도 겁이 나는지 손발을 오그렸다.

"예. 얼마나 성질머리가 포악하고 사나운지 말도 못합니다. 게다가 살아 있는 건 사람만 빼고 입에 다 넣으려고 해서요."

"그래?"

무장, 바다거북이의 과장된 표현에 실소를 흘리면서도 슬쩍 옆에 있는 천마를 쳐다보았다. 설마하니 제 몸보다 더 큰 이 아이를 잡아먹으려고 들지는 않겠지? 허나 천마는 해귀의 말 귀 기울여 듣고 있는지 귀를 팔락거렸다. 무장의 웃음에 해귀는 과장이 아니라는 듯 진지한 얼굴로 말을 이었다.

"저도 사람의 모습을 해서 그렇지, 제 정체를 들켰으면 분명 잡아먹혔을 것입니다."

무장이 유의하겠다는 의미로 고개를 끄덕이자, 해귀는 그제야 바리의 사는 곳 알려주었다.

"그 두억시니는 얼마 전까지 이 근처에 살았는데, 갑자기 목지국의 잃어버린 일곱째 공주였다면서 목지국에서 데려갔습니다."

"공주?"

그 아이가 해월공주의 동생이라는 것보다 공주라는 게 무장은 더 놀라웠다.

"그 아이가 공주였느냐?"

왕자가 아니고 공주였느냐 묻는데, 해귀는 다르게 받아들였는지 흥분하여 세차게 고개를 끄덕였다.

"예, 글쎄 그 두억시니가 공주랍니다. 이게 말이 됩니까? 도대체 어느 나라 공주가 그렇게 포악을 떨고 먹는 거에 환장을 한답니까? 분명 뭔가 착각을 한 것이지요."

무장은 그곳에 더 있다가는 해귀라는 바다거북이가 그 아이에게 당했던 일까지 모두 쏟아내며 한탄을 할 것 같아 그쯤에서 말을 멈추게 했다.

"그래그래, 알았다. 어찌 됐든 많은 걸 알려주어 고맙구나."

무장이 천마에 오르자, 한바탕 바리에 대한 험담을 늘편하게 늘어놓으려고 했던 해귀가 입을 다물었다. 원래 이렇게까지 말이 많지는 않았는데, 얼마 전 그 두억시니의 씻은 모습을 보고부터는 청목과 이야기가 통하지 않아 답답했고, 청목의 묵언 때문에 더더욱 말을 나눌 수 없으니 해귀 은근히 말하고 싶은 욕구가 쌓여 있었다. 하여 어렵다면 어려운 천제의 아들 앞에서 별소리를 다 늘어놓았으니, 해귀 무장이 천마를 타고 이미 사라져 버렸음에도 창피한 듯 등껍질 안으로 머리를 집어넣었다.

"에잇, 이럴 줄 알았으면 벗이라도 하나 만들어놓는 건데."

바다거북이가 투덜거리며 엉금엉금 바다를 향해 기어갔다. 해귀가 바닷속 용궁으로 돌아가 청목에게 갔다 온 이야기를 하고 있을 때, 무장을 태운 천마는 동해에서 서해를 날아 목지국의 궁에 다다르고 있었다.

막 동이 트기 시작하는 이른 아침이었다. 천마를 탄 채 구름 속에 모습을 감춘 그가 목지국의 궁을 내려다보았다. 해월공주 혼행길 오를 때 가마꾼으로 위장하여 들어가 적한을 도왔으니 대충 목지국의 궁 지리를 알고 있었다. 하여 공주들이 주로 기거하는 전각부터 살펴보는데, 해월공주의 거처로 쓰였던 전각 그 바로 옆에 있는 곳에서 어린 녀석 하나가 움쩍움쩍 나오고 있었다.

궁 안에서 돌아다니는 시녀와 군사도 아니고, 전각에서 나오는 것을 보니 해귀가 말하는 두억시니공주일 가능성이 컸다. 무장이 그 전각 근처 외진 곳에 천마를 내리고, 그 어린 녀석이 있는 전각으로 향했다.

천마가 날개를 접으니, 날개가 보이지 않았다. 허나 그 살결 눈처럼 희다 못해 백공단처럼 매끄럽기가 이를 데 없고, 말갈기 또한 백결처럼 물결치며 아침햇살에 반짝이니 어딘가 모르게 신묘한 기운 자아내고 있었다. 하여 천마, 혹여나 지나가는 인간의 눈에 뜨일까 봐 나무 아래 숨어 있었다.

그사이 무장이 아이가 나온 전각으로 가까이 가보니, 그의 예상대로 두억시니공주가 맞았다. 헌데 공주라는 그 녀석, 예전처럼 사내 옷차림을 하고 멍구럭을 어깨에 진 채 어디 먼 길 떠날 채비를 하고 있었다.

"어디 가느냐? 이 새벽에?"

막 길을 나서려던 바리가 등 뒤에서 들려오는 낯선 목소리에 깜짝 놀라 뒤를 돌아보았다. 웬 사내가 뒤뜰에서 나오며 말을 건네는 것이 아닌가. 게다가 시녀 언니들 모르게 길 나서려고 가뜩이나 발소리 죽이고 걸음 떼고 있었는데, 갑자기 목소리 들려오니 가슴이 철렁였다. 죄지은 것은 아니지만, 들키면 나갔다 오는 절차 복잡해지니 신경이 쓰였다.

바리는 호위군사가 벌써 아침 점호 끝내고 번을 서는 것인가 생각하였는데, 사내의 차림새를 보아하니 군사 옷을 입은 것도 아니었다. 하여 가까이 다가가 살펴보니 세상에나, 예전에 남해안에서 봤던 그 가마꾼아재 아닌가.

"어! 언제 돌아오셨어요?"

바리는 궁에서 일했던 가마꾼이었으니 무장이 다시 고향으로 돌아와 가마꾼으로 일하고 있다 생각했다. 하여 무장의 위아래 쭈욱 훑어보며 걱정스럽게 물었다.

"치도곤 맞지는 않았어요? 괜찮은 거예요?"

무장, 바리가 건네는 말 잠시 무슨 소리인가 의아해하다가 이내 그 맥락을 알아들었다. 그때 가마꾼으로 보았으니, 이 두억시니공주가 그를 가마꾼으로 여기고 있다는 것을 말이다. 하여 대충 얼버무려 적당히 응수했다.

"음…… 한동안 갇혀 있긴 했다."

천제께 들켜 자숙하고 지냈으니 틀린 말은 아니었다. 허나 옥에 갇혀 있었다는 말인 줄 알고 바리 희뜩 놀라 쳐다보았다.

"세상에, 옥에 갇히기까지 했어요?"

해월공주 내버려 두고 도망쳤다 하나, 사실 이 가마꾼만 가마를 지키고 서 있었는데 사정 모르고 무작정 사람을 가두다니 말이다.

"억울하셨겠어요. 그래도 그때 아재만 해월공주님 지키고 있었는데."

아무것도 모르고 억울하겠다 염려해 주는 두억시니공주를 보니, 무장 절로 웃음이 배어 나왔다.

"그러게 말이다."

바리는 그런 무장을 보며 더 걱정이 되었다. 사람이 괴로운 게 꼭뒤가 넘으면 차라리 웃는다 하더니, 이 아재가 오죽 억울했으면 이리 정신줄 놓은 사람마냥 웃나 싶다. 하여 상한 마음 달래주려고 무장의 손을 덥석 잡고 토닥거렸다.

"제가 왕후마마께 아재에 대해서 말씀드려 줄게요. 사람들이 그때 상황을 잘 몰라서 그랬을 거예요. 그러니 너무 억울해하지 마세요. 괜히 아재 몸만 상해요."

무장, 잠시 할 말을 잃고 두억시니공주에게 잡힌 자신의 손을 내려다보았다. 공주는 공주였는지 작은 두 손이 그의 큰 손을 억세게 잡고 토닥이고 있는데, 두억시니답게 작은 손바닥에 군살이 잡혀 있었다. 공주인데 하나도 변한 것 없는 바리의 행동을 보며 그가 피식 웃었다.

"그래, 고맙다."

바리는 갑자기 무슨 생각이 났는지 잡고 있던 손을 놓고 멍구럭의 어깨끈을 움켜잡았다.

"아, 근데 저 지금 어디 가야 해서 왕후마마께는 모레나 말씀드릴 수 있을 것 같아요. 괜찮죠?"

무장이 고개를 끄덕이곤, 근데 어디 가는 길이냐 물으니 바리 더 이상 꾸물거릴 시간 없다는 양 걸음을 옮기며 대답했다.

"할매 할배 보러요."

사실 바리 공덕할멈과 비럭할아범 보러 가려고 새벽부터 채비하고 나온 참이었다. 내일이 공덕할멈 생신이라 궁에 있는 말 타고 후딱 갔

다 올 요량이었다. 하여 그동안 모아놓은 유밀과며 곶감 멍구럭에 가
득 챙겨 넣고, 어제 수라간에 가서 이것저것 먹을 걸 달라 하여 챙겨놓
은 떡과 산적, 그리고 미역과 고기를 그 위에 차곡차곡 챙겨 넣은 참이
었다. 해서 바리가 메고 있는 멍구럭, 어찌나 많이 들었는지 거북이 등
껍질처럼 바리에게 매달려 있었다.

왕후마마께 갔다 온다 말하려 하다가, 괜히 이리 꾸미고 저리 꾸며
보낸다고 사람 달달 볶을 것 같아서 바리 이 아침 도둑고양이마냥 갔
다 온다 써서 목간 하나 달랑 서궤 위에 올려두고 나온 것이다. 헌데
갑자기 가마꾼 나타나 지체를 했구나.

"할매, 할배?"

바리, 성큼성큼 마구간으로 향하는데 이놈의 가마꾼아재 제 갈 길
안 가고 자꾸 뒤를 따라오며 말을 시키니 은근히 귀찮아지기 시작했
다. 하여 친하지도 않은데 묻는 말에 얼른 답해 버렸다.

"할매 생신이거든요. 고기 넣어서 미역국도 끓여 드리고, 맛난 것도
먹어보라 드리고 오려고요."

바리, 멍구럭이 무거운지 낑낑거렸다. 무장은 바위를 지고 가는 것
처럼 낑낑거리며 허리를 구부리는 것을 보곤 안 되겠다 싶어 그 멍구
럭 대신 들어주마 손을 내밀었다.

"이리 줘라. 들어줄 테니."

어린 녀석의 마음이 기특하여 도와주겠다 한 것인데, 그 말 들은 바
리는 오히려 멍구럭의 어깨끈을 더 세게 움켜쥐고 의심쩍은 눈으로 무
장을 쳐다보았다. 옥에서 갓 풀려난 가마꾼이니 있는 대로 배를 곯았
을 터, 하여 멍구럭에 귀하고 맛난 음식 든 거 눈치 채고 갖고 내빼려
는 속셈이 아닌가 싶었던 것이다. 바리가 잔뜩 눈을 가늘게 좁히고 고
개를 저었다.

"아뇨, 괜찮아요."

무장은 두억시니공주가 왜 의심쩍은 눈으로 자신을 쳐다보나 처음에는 의아해하다가 이내 그 연유를 눈치 채고 절로 웃음이 터져 나왔다. 그러니까 저 두억시니공주, 바다거북이의 말대로 음식에 환장하여 남들도 자기처럼 음식만 보면 환장하는 줄 아는구나.

무장은 뒤에서 팔짱을 끼고, 낑낑 바윗덩이 옮기는 양 비척비척 걷는 두억시니공주를 구경하였다. 멍구럭에 음식 뭐가 들었는지 궁금하지도 않았는데, 두억시니공주가 저리 경계하니 그 음식 빼앗아 먹어볼까 하는 심술궂은 장난기가 스멀스멀 피어올랐다. 하여 두루주머니에 있는 가락지 빼어 들곤 말했다.

"네 가락지 찾았는데, 이거 안 받아갈 거냐?"

그 말에 바리가 천천히 뒤돌아보았다. 그리곤 무장의 손에 들려 있는 가락지를 보고는 눈을 휘둥그레 떴다.

"어! 내 가락지!"

바리, 여전히 멍구럭을 꽉 움켜잡은 채 무장에게 가까이 다가갔다.

"이거 어디서 찾았어요? 그토록 찾아 헤매도 안 보였었는데."

"그날 바로 찾았는데, 내 사정이 복잡하여 너에게 주러 올 수가 없었다."

그래서 못 찾았구나, 바리 고개를 끄덕이곤 이제 돌려달라 멍구럭을 잡고 있는 한쪽 손을 펼쳤다. 헌데 이놈의 가마꾼 가락지 줄 생각은 안 하고 얄밉게 웃으며 멍구럭을 턱짓으로 가리키고 이러는 게 아닌가.

"그 안에 든 음식 내어주면 내 이거 돌려주마."

"예에엣?"

바리, 기가 막힌 듯 입을 쩍 벌리고 무장을 노려보았다. 허나 바리가 그러든 말든 무장은 손에 있는 가락지 다시 두루주머니에 넣는 시늉을 하였다.

"싫음 말아라. 내 이거 찾느라 온갖 고생하였는데, 그냥 줄 수는 없지 않느냐."

바리는 두루주머니에 가락지를 넣고 끈을 오므리는 무장의 손길 조용히 노려보는가 싶더니, 이내 한숨을 내쉬며 말했다.

"이건 지금 당장 먹어야 할 것이라 드릴 수 없어요. 제가 모레 오면 이것보다 더 귀한 음식 모아서 드릴 테니 그 가락지 그냥 주면 안 돼요?"

무장, 도포 자락 덮어 허리춤에 찬 두루주머니 감추고 받아들일 수 없다는 듯 팔짱을 끼었다.

"그 말을 어찌 믿느냐. 사람 마음이란 게 뒷간 갈 때랑 올 때가 다른 법인데, 네가 이 가락지 날름 받고 모른 척하면 그만 아니냐."

바리, 그 말에 얼굴 잔뜩 찌푸리고 무장을 쳐다보더니 그 거만하고 얄미운 태도가 눈에 거슬려 한마디 쏘아주었다.

"뒷간이 아니고 매홧간이라고 하는 거예요. 궁에 있었으면서 그것도 몰라요?"

무장, 물끄러미 두억시니공주 내려다보다 심기 상한 척 휙하니 등을 돌려 걸었다.

"모른다. 무식해서."

걸음을 떼는 무장을 바리가 다급히 불러 세웠다. 가락지를 찾아 헤맨 것은 친부모를 만날 수 있는 징표이기 때문이지만, 이미 만났다 하더라도 그 가락지 왕후마마의 것이니 이리 포기할 수는 없었다.

"저기…… 제가 그 가락지보다 더 값나가는 걸 드릴게요. 저한테 좋은 꾸미개가 있거든요."

어차피 머리에 꾸미개 꽂을 때마다 귀찮고 가려워 죽겠는데, 이참에 가마꾼에게 두서너 개 넘겨주고 잃어버렸다 해야겠다 바리의 머릿속이 팍팍 돌아갔다. 헌데 이 가마꾼 말하는 본새 봐라.

"사내 녀석이 무슨 꾸미개를 가지고 있느냐? 거짓부렁 좀 그만 해라."

바리, 그 말에 자신이 지금 사내 옷차림을 하고 있다는 걸 깨달았다. 게다가 이 가마꾼, 옥에서 풀려난 지 얼마 되지 않았으니 목지국의 일곱째 공주인 걸 아직 알지 못하는 듯했다. 공주이니 꾸미개 가지고 있다 말을 할까 입을 열던 바리가 이내 한숨을 내쉬며 고개를 저었다. 거짓부렁이라며 믿지 않는데, 이런 차림하고 공주라고 하면 저 의심 많은 가마꾼이 잘도 믿어주겠다. 하여 바리, 다시 깊은 한숨 내쉬며 갈등을 하였다. 멍구럭에 든 음식 내어주자니, 다시 이만큼 모으려면 시간이 걸릴 터이고 그렇다고 빈손으로 가자니 너무 속상하였다. 허나 왕후마마의 가락지를 그냥 가져가게 할 수는 없는 법, 어쩔 수 없다. 어쨌든 음식은 다시 구할 수 있는 것이니 내어주어야지.

바리, 인상은 벅벅 쓰고 입은 부루퉁하게 내민 채 품에 꼭 쥐고 있던 멍구럭 머뭇머뭇 무장에게 내밀었다.

"……자요. 몽땅 가져가세요."

무장, 바리의 얼굴 내려다보며 입꼬리가 저절로 올라갔다. 누가 보면 가진 재산 다 빼앗기는 것처럼 얼굴 가득 분통과 허탈이 가득 고여 있었다. 허나 모른 척하고 두억시니공주가 내미는 멍구럭 받아 든 무장, 그 자리에 무릎 굽히고 앉아 멍구럭 안을 주섬주섬 뒤져 보더니 미역만 꺼내 내밀었다.

"그래도 할머니 생신인데 내 특별히 미역은 양보하마."

바리가 입술을 구기며 밉살스럽게 빙글거리고 있는 무장을 노려보았다.

"됐어요. 아재나 실컷 끓여 드세요."

'그거 먹고, 앞으로 보는 시험은 다 미끄러져라.'

그리곤 어서 가락지나 내놓으라는 듯 손을 내밀었다.

무장, 그 손 물끄러미 보더니 두루주머니 풀어 가락지를 꺼냈다. 그리곤 그 손 위에 가락지 떨어뜨리니, 바리 가마꾼이 마음 바꿔 다른 것도 내어놓아라 할까 봐 얼른 가락지 움켜쥐었다.

"어쨌든 찾아주셔서 고맙습니다."

치사하게 멍구럭에 든 음식이랑 맞바꾸자 하니 어이없긴 하였지만 그래도 그 작은 가락지 찾느라 고생하긴 하였을 터 고맙긴 고마웠다. 고향으로 돌아오지도 못하면서 어린 사람에게 내뱉은 말 지키려고 이렇게 찾아서 간직해 주고 있었으니 생각해 보면 멍구럭에 든 음식 주는 것 억울할 일은 아니었다.

바리가 뚱하지만 진심을 담아 고맙다는 말 건네고는 휙 등을 돌려 수라간으로 향하려는데 멀리서 가마꾼의 웃음 섞인 말이 들려왔다.

"잘 먹으마."

소리가 멀리서 들려오는 것을 보니 그 가마꾼 벌써 멍구럭 메고 제 갈 길 가고 있는 것 같았다. 바리 신경 끊고 얼른 수라간에 가서 미역이랑 고기라도 챙겨가자 생각하는데, 문득 멍구럭까지 건네준 게 떠올라 급히 뒤돌아섰다. 멍구럭은 비럭할아범이 바리 쓰라고 정성 들여 튼튼하게 만들어준 것이라 소중한 물건이었다. 게다가 어릴 적부터 들고 다녀 손때 잔뜩 묻었으니 애착도 컸다.

"맞다. 아재, 멍구럭은⋯⋯."

허나 바리가 뒤돌아보니 가마꾼아재 보이질 않았다. 키가 구 척이라 그런가, 아니면 돌려달라고 할까 봐 그런가 어찌나 걸음이 잽싼지 가마꾼이 순식간에 사라져 버린 것이다. 바리가 급히 가마꾼아재가 향한 쪽으로 뛰어갔지만 쪽문으로 나간 것인지 아무리 주위를 둘러보며 불러보아도 가마꾼의 자취를 찾을 수 없었다.

"쳇, 누가 가마꾼 아니랄까 봐, 빠르긴 더럽게 빠르네."

가락지 찾아준 것 생각하면 그 정도쯤 아까울 게 없다는 생각이 들면서도 이상하게 속이 뒤집어지고 약이 오르는 바리였다. 하여 혼자

이를 갈며 그 가마꾼 골려먹을 궁리를 해보았다.

왕후마마께 말씀드려 자신의 가마꾼으로 보내달라 청해야겠다고 말이다. 그 가마꾼이 드는 쪽에만 몸을 기울이고 무거운 것 놓아 똥구멍이 빠지도록 고생을 시켜주리라. 가락지 그냥 줬으면 알아서 귀한 것 건네며 고맙단 인사 하였을 텐데, 사람 의심하며 고생하여 모은 음식 홀랑 집어가니 약이 오르지 않을 수가 없었다.

바리, 일단 지금 급한 건 가마꾼이 아니다 싶어 처소 안으로 들어갔다. 가락지 다시 잃어버릴까 봐 방에 있는 보갑에 넣어두고 갔다 와야지 싶었던 것이다. 헌데 보갑에 가락지 넣어두고 딱 방을 나서려는 순간, 문밖에서 시녀의 말소리가 들려왔다.

"공주님, 일어나셨습니까?"

대답을 할까 말까 바리가 망설이고 있는데, 문밖에서 시녀 둘이 초조한 듯 자기들끼리 말을 주고받았다.

"아직 안 일어나셨나 본데, 어떡하지?"

"어떡하긴, 깨워야지. 왕후마마님이 어서 데려오라 하시는데."

그 말에 바리 이제 막 잠에서 깨어난 양 소리를 냈다.

"어…… 시녀 언니 왔어요?"

문밖에서 시녀가 얼른 대답했다.

"예, 공주님. 일어나셨군요. 왕후마마께서 공주님 수세하면 곧장 모셔오라 합니다."

"왜요?"

궁에 온 후 하루가 멀다 하고 어머니 왕후마마와 아침 밥상 같이 받았지만, 이리 이른 아침부터 재촉하진 않았는데 무슨 일인가 싶었다.

"대왕마마께서 새벽녘부터 병환이 더 위중해지셔서 그런 것 같사옵니다."

"아…… 알았어요."

아버지 대왕마마 위중해지셨다는데 안 가볼 수도 없고, 그렇다고 할매 생신을 그냥 넘어가자니 서운하고 바리 알겠다 답하면서도 심란한 얼굴이 되었다. 게다가 대왕마마 보러 갈 생각하니 벌써부터 가슴이 불안스레 콩닥거렸다. 물론 아버지 대왕마마께 매일 문안드리는 것이 예의인 것은 아나, 얼마 전 대왕마마 한 번 보고도 마음에 시린 금이 그어졌으니 오늘도 또 그럴까 봐 벌써부터 겁이 나는 바리였다. 허나 바리가 시녀들의 도움받아 수세하고 의복 갖춰 입고 나니, 밖에서 왕후마마 오셨다는 가락의 말 들리었다. 바리, 얼른 나가보니 왕후마마 네 오기를 기다릴 여유가 없어 곧장 가려고 이리 먼저 나섰다 하시었다, 하며 어서 가자 하시는데 왕후마마의 얼굴에 수심이 가득하였다.

바리는 왕후마마가 타고 있는 교자 옆에서 따라 걸으며 같이 대왕마마의 침전으로 향했다. 마음 한구석 이대로 아버지 대왕마마 돌아가시는 건가 싶어 바리의 가슴이 오그라들었다. 놀란 마음에 그동안 대왕마마 계신 침전에 가지 않았지만, 그래도 태어나 처음 가져보는 아버지이니 이대로 맥없이 아버지와 이별인가 싶어 갑자기 가슴 한구석이 먹먹해졌던 것이다.

침전에 도착하자, 내관이 왕후 업어 침전 안에 모셨다. 바리가 그 뒤를 따라 들어가 보니, 침전 안엔 어제는 보이지 않던 의관과 의녀들이 침상 주위를 에두르고 있었다.

길대부인 시녀들의 부축을 받아 한쪽 옆에 있는 교의에 앉혀지자마자, 대왕마마 병세 어떠하신지 서둘러 묻는데 진맥하던 의관이 아무 말 못하고 고개만 젓는구나. 대왕마마 살펴보니 의식이 없으신 듯 신열에 앓는 소리만 내고 있었다. 그래도 지금까지 저녁에는 의식 잃고 정신이 가물가물하였어도 아침이면 제정신 돌아와 음식도 드시고 하였는데, 이제 아침에도 이러하니 왕후 길대부인 가슴이 철렁 내려앉았다. 하여 소용없는 일이라는 걸 알면서도 절박한 마음에 의원을 다그

쳤다.

"어떻게든 해보시오. 이대로 손 놓고 지켜볼 요량이오? 뭐라도 좋으니 아무 약이라도 좀 써보시오."

왕후의 다그침에 의관이 아무 약도 없다 차마 말은 못하고 우물우물 답하였다.

"삼신산의 약려수라면 모를까, 대왕마마 살릴 길이 없나이다."

왕후는 그 대답이 대왕마마 살릴 약은 세상천지에 없다는 말임을 알아듣고 깊고 긴 한숨만 내쉬는데, 삼신산의 약려수라는 말 처음 들어본 바리가 의원에게 그게 무엇이냐 물었다.

"예로부터 죽은 자도 살려낸다는 불로불사의 물이 있다 하였는데, 그 물을 약려수라 하옵지요. 그 약려수가 있는 곳이 삼신산인데, 삼신산은 봉래산과 방장산 그리고 영주산 이 세 산을 일컬어 부르는 말입니다."

바리가 그렇구나 고개를 끄덕이다 의아한 얼굴로 의관에게 말했다.

"그럼, 그 삼신산을 찾아가 약려수를 구해오면 되겠네요. 어서 사람을 보내 구해오게 하세요."

천연덕스럽게 사람 보내 구해오라는 막내공주의 말을 듣고 침전 안에 있던 사람들 모두 할 말을 잃고 눈만 끔벅거렸다. 왕후 길대부인, 한숨 푹푹 내쉬며 상황 몰라 어리둥절해하는 바리에게 아서라 손을 내저었다.

"아가, 보내긴 어딜 보내느냐. 삼신산이 마을 뒷산인 줄 아느냐?"

그러자 바리가 어디에 있는데 사람을 못 보내느냐 다시 물었다. 길대부인, 말간 얼굴로 묻는 바리에게 어디서부터 설명해야 하나 속이 답답해지는데, 의관이 송구한 얼굴로 그곳이 어디인지 설명하였다.

"그게 예로부터 전해지기만 한 말이라 소인들도 잘 모릅니다. 저기 바다 건너 서천 서역에 있다고도 하고, 황천강 건너 저승에 있다고도 하고 말들이 분분하지요. 오래전에 누군가가 약려수 구해와 죽어가는 어머니를 살렸다 말은 전해져 오는데, 그 사람이 누구인지 알 수 없으니 그저 그런 약이 있구나 생각만 할 뿐입니다."

아무런 방도 찾지 못하고, 책임을 면피해 볼 요량으로 소문으로만 전해져 온다는 삼신산의 약려수를 입에 올렸으니 의관의 말이 장황하면서도 자신이 없었다. 왕후 길대부인, 의관의 말 듣고는 혀를 차며 답답한 소리 그만 하라는 듯 말하였다.

"의관은 쓸데없는 소리 그만 허고, 어찌하면 대왕께서 편해지실 수 있는지 방도나 찾아보오. 인명은 재천이고 자리보전한 지 십 년이라, 가시는 길 인력으로 막을 수는 없다지만 그래도 가는 날까지 고통은 없어야 하지 않겠소."

지아비인 어비대왕, 이제 저승 갈 날이 머지않았음을 받아들이니 가는 날까지 성심을 다해달라는 왕후의 부탁이었다. 의관과 의녀들이 왕후의 말에 몸 둘 바를 모르고 엎드려 조아렸다. 왕후 길대부인 지아비인 대왕마마 용안 한 번 더 쓰다듬어 주고는 수심 가득한 얼굴로 침전을 나섰다. 왕후가 시녀들과 내관들 부축받아 다시 교자에 오르는데, 침전에 있는 바리는 무슨 생각을 하는지 발길을 떼지 않고 멀거니 서서 어비대왕을 바라보았다.

십오 년 만에 처음 뵈었던 아버지 대왕마마, 후계 태어나지 않더니 네가 살 운명이었구나 그 말밖에 못 들었는데, 그래도 아버지를 찾게 되어 기뻤다는 그 말 아직 하지도 못했는데, 이렇게 의식없어 사람도 못 알아보시니, 어비대왕 바라보는 바리의 얼굴이 먹먹하니 복잡했다. 허나 아직 아침도 들지 못한 막내공주가 걱정되어, 침전 밖의 왕후마마는 어서 나오너라 막내공주를 부르셨다. 바리는 떨어지지 않는 걸음 걸어 어머니와 곤전으로 향하였다.

궁은 어느새 봄이 무르익어, 햇살이 화사했다. 목련은 어느새 지고,

그 자리에 연분홍 철쭉이 흐드러지게 피어 가는 길을 수놓았다. 가는 길 곳곳엔 해당화며, 앵초 꽃들이 다음 차례를 기다리고 있었고, 연못 가엔 이제 막 봉우리를 틔우기 시작한 연꽃들이 봄 햇살을 한 입 한 입 음미하고 있었다. 교자에 타고 꽃길을 바라보던 길대부인, 혼잣말처럼 이 봄의 처연함을 내뱉었다.

"다 한철 피는 아름다움이지. 피고 지는 저 꽃들처럼 대왕도 나도 갈 때가 온 것이야."

교자 옆에서 걷던 바리가 길대부인의 그 말에 화들짝 놀란 얼굴로 어머니를 올려다보았다. 왜 그런 말을 하냐는 듯 막내공주가 올려다보자, 길대부인 애달픈 미소 지으며 막내공주를 바라보았다.

"너를 두고 어찌 갈꼬. 어찌 눈을 감을꼬."

길대부인은 아직 어린 막내공주를 두고 갈 생각을 하니 벌써부터 가슴이 지근지근 아파왔다. 이제야 이 아이를 찾은 것을, 아비도 어미도 시간이 얼마 남지 않았구나. 막내공주 제대로 품에 안아보지도 못하고, 마음속 있는 말 제대로 다 꺼내보지도 못하고 황천길 떠나야 할 지아비 생각하니, 길대부인 생각할수록 쓰디쓰구나.

바리는 말없이 왕후마마 바라보다가, 생각하기도 싫은 듯 미간을 찌푸리며 이렇게 말했다.

"오래 사시면 되잖아요. 왜 눈 감는다 그런 소릴 하세요?"

왕후는 지그시 미소를 지으며 고개를 끄덕였다.

"그래, 오래 살아야지. 우리 막내공주 시집가는 건 보고 갈 테니 걱정 말거라."

바리는 그 말도 싫어 어깃장을 놓았다.

"그럼, 시집을 마흔 넘어 가야겠다."

그 말에 길대부인 어이없어 웃었다. 교자 들고 있던 교군꾼도 따르던 시녀들도 막내공주의 어깃장에 기가 막혀 비식 웃음소리를 냈다.

바리 혼자만 심각하게 마흔 넘어 시집을 가야겠다 결심을 하고 있었다. 길대부인, 입술 앙다물고 굳게 의지 다지고 있는 바리를 내려다보며 슬쩍 농을 건넸다.

"마흔 넘은 꼬부랑을 누가 데려가누?"

바리가 생각해 보는 듯 고개를 갸웃거리다가 자신이 생각해도 그럴 놈이 없을 것 같은지 입술을 삐죽 내밀고 허세를 부렸다.

"정 안 되면 평생 먹여 살려준다 하고 제가 한 놈 데려오죠 뭐. 평생 밥 먹여준다는데 누구 하난 걸리겠죠."

어릴 적부터 밥 빌어먹은 내공이 쌓여 사내 하나쯤은 제가 빌어먹일 수 있다 자신을 갖고 있는 바리였다. 길대부인, 기가 찬다 웃으면서도 이리 철없는 막내를 어찌 두고 가나 그 생각에 마음 한구석이 시렸다.

왕후 길대부인, 그날 저녁 사방팔방으로 시집간 다섯 딸들에게 막내공주 찾았다는 소식을 쓰시곤, 대왕마마 위중하니 서둘러 오너라 당부를 덧붙여 딸들이 살고 있는 나라로 전갈을 보내었다. 그렇게 딸들에게 모두 전갈꾼을 보내고 나니, 살았는지 죽었는지 행방 모르는 여섯째 해월공주 생각이 더 깊어져 길대부인 그 밤 홀로 눈물을 흘리었다.

하늘도 무정하다, 일곱째 딸 살려달란 청 들어주더니, 기어이 여섯째 딸은 보내주지 않는구나. 하여 지난날 다 늙은 이 몸 데려가시고 일곱째 딸 살려 보내다오 기원드린 것처럼 그 밤 여섯째 딸 보내주고 당신을 데려가라 기원드렸다.

그렇게 길대부인 돌아오지 않는 해월공주 생각하며 눈물짓고 있을 때, 바리는 제 처소에서 사내 옷으로 다시 갈아입고 수라간에서 얻어놓은 온갖 귀한 음식들 보자기로 단단히 싸놓고는 심란한 얼굴로 보자기 꾸러미 내려다보고 있었다. 대왕마마 병환 때문에 가뜩이나 수심 가득한 왕후마마에게 차마 공덕할멈 생신이니 갔다 오겠다 말을 꺼내지 못했던 것이다. 그렇다고 목간만 두고 훌쩍 갔다 오자니 대왕마마 병환 위중한데 경거망동하는 것 같고, 또 이미 깜깜한 밤중이 되어버려 말 타고 간다 해도 위험했다. 저녁나절엔 어떻게든 낼 아침 미역국이라도 끓여 드리고 와야지 생각했는데 막상 길 떠나자니 발길이 안 떨어지는구나. 하여 바리, 보자기에 싸놓은 음식 내려다보며 어찌해야 하나 갈등했다.

아주 간혹 마을에 잔치 열리면 고기 얻어먹고, 최근에는 장기아재 덕에 이리저리 맛난 것 먹어볼 수 있었지만 할매 할배 생신날 딱 맞추어 고깃국 끓여본 적 없으니 그게 항시 아쉽고 마음이 아팠던 바리이다. 거칠고 메마른 붉은 미역 말고, 흑공단처럼 윤기가 좔좔 흐르고 살이 통통 오른 미역을 맑은 물에 흔들 쳐서, 기름진 소고기와 싱싱한 마늘 넣고 들들 볶다가 쌀뜨물 부어넣고 폭폭 끓여서는 한 대접 담아 오롯이 드려봤으면 좋겠다 오래전부터 생각했는데 막상 그런 미역과 쌀 구해놓으니 상황이 안 따라주는구나.

지금 생각하면 바리 태어난 날 아니고, 할멈 할아범에게 바리가 온 날을 생일로 한 것이지만, 그래도 두 노인네 바리 생일날만큼은 어떻게든 미역과 흰쌀 구해 아침상 차려주었다. 그것이 그저 유일하게 남은 자손, 천금 같은 손녀딸이라 그리해 주신 줄 알았는데 지금 되돌아보니 부모에게 버림받고 업둥이로 들어온 아이 그 서러움 씻어주려고 그리했던 것이구나.

보자기 꾸러미 내려다보던 바리의 두 눈에서 툭하고 눈물방울이 떨어졌다. 아버지 어머니 찾아 이제 가까이 계시지만 병든 몸 간신히 부여잡고 계시고, 할매와 할배에게는 이제야 뭐든 해드릴 수 있을 것 같은데 너무 멀리 계셔서 아무것도 해드릴 수가 없구나.

바리, 침전에서 오늘내일하는 대왕마마와 동해안에 계시는 할매 할배 떠올리며 어찌할까 결정을 못 내리고 이렇게 망설이고 있는데 갑자기 방문 밖에서 툭하고 마룻바닥에 무언가가 떨어지는 소리 들려왔다.

바리 방문에 대고 소리쳤다.

"검덕이니?"

궁에 데려와 보니, 궁 안에 검덕이랑 비슷하게 생긴 강아지들이 또 있었는데 그 강아지들의 어미를 검덕이가 보고는 그때부터 쫄래쫄래 그 뒤를 따라다니느라 바리한테는 요즘 잘 오지 않았던 것이다. 허나 출출하면 바리의 전각 찾아와 맛난 거 달라 짖으며 꼬리를 흔들어대곤 했다. 하여 검덕이가 왔나 싶어 방문 열고 마루를 살펴보는데, 마루 위에 멍구럭이 놓여 있는 게 아닌가.

바리, 가마꾼이 멍구럭을 되돌려주는 것인가 싶어 얼른 마루로 뛰어나가 소리쳤다.

"아, 뭐예요? 되돌려줄 거면서 달라긴 왜 달래요? 누구 약 올려요?"

멍구럭에 무엇이 들어 있는지 확인해 볼 새도 없이 바리는 가마꾼이 이제 와서 되돌려주는 게 약이 올랐다. 차라리 아침나절 아무것도 모르고 갔으면 벌써 할매 할배에게 도착해 있었을 텐데, 괜히 사람 발목 잡아 못 가게 만들어놓고는 이제 와서 왜 돌려준단 말인가.

헌데 멀리 가지 않았는지 그 가마꾼 갑자기 나타나더니 댓돌 앞에 떡하니 서 있었다.

"너 왜 아직도 여기 있냐? 아침에 출발 안 한 거냐?"

바리, 가마꾼의 양심 찌르려고 탓을 담아 말하였다.

"가져갈 음식을 통째로 빼앗겼는데, 어찌 출발해요? 그거 다시 구하느라 아직도 못 갔다고요."

무장, 공주인 이 녀석이 음식 구하는 데 하루 종일 걸릴 리 없다는 거 알고 있으니 다른 사정으로 못 가놓고는 그를 탓하고 있구나 바로 알 수 있었다. 헌데 이 두억시니공주, 도대체 공주라면서 왜 사내 옷만 입고 있는지 해괴했다. 아침나절에도 그렇고 이 밤중에도 두억시니공주 머리채 돌돌 말아 사내처럼 똬리를 틀어 올리고, 사내가 입는 궁고를 입고 있었던 것이다.

무장은 장난삼아 먹을 것 홀랑 빼앗은 게 미안해 멍구럭에 이런저런 선물을 넣어 마루 위에 놓고 가던 참이었다. 할머니한테 갔다 오면 보겠거니 하고 말이다.

바리는 출발하지 못한 게 다 그의 탓이라는 양 꿍얼꿍얼 마루 위에 있는 멍구럭을 챙겨 들었다. 그러다 멍구럭의 무게 아침과 달리 가벼우니 음식이 아니고 다른 것이 들어 있음을 깨달았다.

"응? 이게 뭐예요?"

바리가 고개를 숙여 멍구럭에 무엇이 든 건가 살펴보았다. 무장은 달빛에 고스란히 드러나는 바리의 여린 목덜미 가만히 내려다보다가 이내 눈길 돌리고 시큰둥하게 대답하였다.

"아는 사람 중에 꾸밈거리 파는 양반이 있어 몇 개 얻었다."

사실 천계로 올라갔다가 삼계회의 아직 끝나지 않은 것을 알고, 천계의 선녀들에게서 꾸밈거리 몇 개 내놓아라 하여 가져온 것이었다. 그 꾸밈거리들 한 번 바르기만 하면 이 세상에서는 맡아볼 수 없는 기이하고 아름다운 향기를 자아내고 온몸에서 해사한 빛깔이 반짝이니 지상의 어느 못생긴 여인이라 하여도 고아하고 아름다운 여인으로 비춰질 수 있는 꾸밈거리들이었다.

허나 그런 거 알 리 없는 바리는 멍구럭에서 온갖 분첩과 꽃기름병 나오자 멀뚱한 얼굴로 그것들을 쳐다보았다. 좋은 냄새가 나서 좋기는 하다만, 이것보다 훨씬 귀한 먹을 것 빼앗아가고 쓸데도 없는 꾸미거리 주니 그리 달갑지가 않았다. 게다가 꾸미개를 주겠다 할 때는 사내 녀석한테 웬 꾸미개냐며 타박을 놓더니, 이건 또 뭔가 싶다.

"사내자식한테 무슨 꾸미개가 있냐 그러시더니, 이런 걸 왜 저한테 줘요?"

풀리지 않는 마음에 짐짓 사내인 척하고 그리 비꼬는데, 무장은 그런 바리 내려다보며 피식 웃었다. 허나 모른 척 두억시니공주의 능청 내버려 두고 살짝 약을 올렸다.

"누가 너 쓰라고 주는 것이냐? 너야 어디를 봐도 늠름한 것이 영락 없이 사내인데, 그런 너한테 내가 이걸 왜 주는 것 같으냐?"

바리, 왜 주는지 그 이유는 차치하고 늠름하고 영락없이 사내라는 가마꾼의 말에 이상하게 기분이 상하여 미간을 찡그렸다. 물론 사내옷 입고 있고 머리 틀어 올리고 있었지만 그렇게 못생겼다 생각하지 않았 는데 영락없이 사내라니 이게 무슨 개풀 뜯는 소리인가. 게다가 궁에 서 씻고부터 나름 피부도 뽀얗게 피어나 청목이도 자신을 몰라보았는 데 말이다.

무장은 바리가 목지국의 공주인 것 모른 척하고 약을 더 올렸다.

"누이가 있으면 네 누이한테 갖다줘라 이 뜻이지."

바리, 제 입으로 공주다 말하기 싫어 코웃음을 치며 엇나갔다.

"어쩐대요. 제 누이는 지금 누구한테 잡혀가서 없는데요."

"그럼, 할 수 없고."

아쉬워할 줄 알았던 가마꾼, 별 상관 없다는 듯 뒤돌아섰다. 이제 그 만 가보겠다는 뜻 같았다. 바리는 가마꾼이 가는 것 물끄러미 보고 있 다가 갑자기 무슨 생각 떠올랐는지 무장을 불러 세웠다.

"아재, 아재. 잠깐만요."

"뭐냐?"

무장, 발걸음 멈추고 뒤돌아보는데 바리가 잠깐만 기다리라 하더니 방 안에 들어가 보자기 꾸러미 가지고 나왔다.

"저기…… 아재, 제 대신 이거 우리 할매 할배한테 갖다 드리고 와 주실 수 있어요? 그렇게만 해주신다면 제가 앞으로 맛난 거 계속 챙겨 드릴게요."

"왜 직접 가지 않고?"

"그러고 싶은 마음 굴뚝이지만 그럴 수가 없는 상황이거든요. 밤중이라 지금 출발하는 것도 위험하고, 그렇다고 내일 일찍 가자니 자리를 비울 수가 없고…… 여하튼 좀 복잡해요."

무장, 심란한 얼굴로 시무룩하게 말하는 두억시니공주를 보니 안된 마음이 들었다. 들어보니 목지국의 어비대왕 병환이 위중하고, 길대부인은 다리 불편하여 못 걷는다 하니 아마도 부모님 때문에 자리 비우지 못하는구나 싶었다. 허나 키워준 할머니의 생신 챙겨주러 가지 못하는 걸 이리 속상해하니, 그 마음이 갸륵했다.

"내가 타는 말이 꽤나 빨라서 내일 아침까지 돌아오게 해줄 수 있는데, 어떠냐? 같이 갔다 오겠느냐?"

바리는 믿을 수 없는 말에 눈을 동그랗게 떴다.

"내일 아침까지 동해안을 갔다 올 수 있다고요? 세상에, 그렇게 빠른 말이 있어요?"

무장, 고개를 끄덕이다 문득 이 아이가 천마의 날개를 보아선 안 되겠다 싶어 조건을 내걸었다.

"헌데 내 말이 예민하여 낯선 이와 눈 마주치는 걸 극도로 싫어한단다. 해서 네가 말을 탈 동안 눈을 가려야 한다."

"예에엣?"

바리, 지금껏 들어본 소리 중에 이토록 해괴한 소리 처음이었다. 물론 말이란 동물들이 예민하다 듣긴 들었지만, 아무리 예민해도 그렇지 사람과 눈 마주치는 걸 싫어하다니 믿어지지가 않았다. 이 가마꾼아재, 설마 데려다 준다 하여놓고는 눈 가려놓고 어디다 팔아넘기려고 하는 속셈은 아닌가 슬쩍 의심이 들었다. 바리가 의심쩍은 눈으로 무장을 쳐다보며 한마디 하였다.

"설마 절 어디다 팔아넘기시려는 건 아니죠?"

무장 어이가 없어 피식 웃다가, 슬쩍 짓궂은 농을 던졌다.

"네가 애기씨면 유곽에라도 팔아넘길 수 있겠지만, 사내 녀석이니 어디다 팔아넘긴단 말이냐."

바리, 속으로 찔끔하였지만 허허 애써 호탕하게 웃으며 응수하였다.

"하긴 그렇죠. 이래 뵈도 제가 사내놈인데."

"이래 뵈도가 아니라 넌 어디로 보나 영락없이 사내이니, 설혹 분 바르고 치마 입혀 애기씨로 분장해도 속지도 않을 것이다. 그러니 마음을 아주 푸우우욱 놓거라."

바리, 이상하게 쓰디쓴 입맛 다시며 고개를 끄덕였다.

"예, 그럼 아재 말 믿고 푹 놓지요."

하고는 갖신 신고 보자기 꾸러미 챙겨 들었다. 그러자 무장, 눈 가리고 있어라 하고는 천마를 데리러 갔다. 천마 나무 아래 그림자 속에 숨어 있다가 무장이 전각 뒤편 나무 아래로 오자 모습을 드러냈다.

천마를 데리고 마당 앞에 들어서니 두억시니공주 벌써 천으로 두 눈 가리고 있었다. 슬쩍 고개 추켜올리고 천 아래로 훔쳐볼 법도 한데 두억시니공주는 별 이상한 말 다 보겠네 하는 얼굴로 보자기 꾸러미를 꼭 안고 있을 뿐이었다. 무장이 천마를 타고 다각다각 바리 근처로 다가가니, 바리 지칫지칫 손을 뻗어 말 등이 어디쯤인지 살피기 시작했다.

그 모습 어찌나 우습고 귀여운지 그가 소리를 죽이고 웃음을 삼켰다. 누가 봐도 갓 피어나는 어여쁜 애기씨인데, 사내옷 입었다고 사내로 보인다 철석같이 믿고 있는 것도 그렇고, 말이 눈 마주치는 걸 싫어한다는 그의 말 곧이곧대로 믿고 천으로 두 눈을 가리니 이 공주 먹는 것에만 두억시니지 다른 것은 순진하고 맹하기가 따를 자가 없었다. 말 등을 찾으려고 이리저리 손바닥으로 쓸어보는 바리를 가만히 내려다보던 무장이 몸을 숙여 획하니 바리를 안아 챘다. 그리곤 자신의 앞에 태우니 갑자기 몸이 들어 올려진 바리 깜짝 놀라 기겁하다가 말에 태워진 것을 느끼고 놀란 가슴 쓸어내렸다.

"앞에 태우면 말 몰 때 불편하지 않아요? 그리고 제가 뒤에 타는 게 더 빠를 텐데요."

"괜찮다. 그럼, 출발한다."

"예."

"이럇!"

사실 그런 추임새 필요하진 않지만, 여느 말처럼 달리는 느낌 주려고 무장 한 번 소리쳐 보았다. 천마는 처음 들어보는 무장의 이럇 소리에 잠깐 고개를 갸웃하더니 날개를 퍼덕이며 하늘로 올랐다. 그 모습 새털구름이 빠르게 하늘에서 움직이는 것처럼 보였다.

바리는 얼굴로 부딪쳐 오는 세찬 바람에 깜짝 놀랐다. 청목이 갖고 있는 말도 꽤나 빨랐는데, 그 말은 이 말에 댈 게 아니었던 것이다. 어찌나 빠른지 볼 살이 떨어져 나갈 것만 같았다. 게다가 더 신기하고 놀라운 건 그렇게 빠르게 달리는데, 말발굽 소리가 전혀 들려오지 않는다는 것이었다. 눈을 가려서 그런 건지 꼭 하늘을 날고 있는 것처럼 몸이 허공에 붕 떠 있는 느낌도 들었다. 바리가 세찬 바람에 몸을 잔뜩 숙이고 소리쳤다.

"아재, 이 말 되게 신기하네요. 이렇게 빠른데 말발굽 소리가 전혀 안 나요."

무장, 아차 싶다가 슬쩍 바리의 얼굴 살펴보니 눈을 가리고 있는 천 귀도 가리고 있었다.

"네 귀가 천으로 가려져서 못 듣는 것이지, 나한테는 들린단다."

"아아……."

바리가 그 생각은 못했다는 양 멍하니 고개를 끄덕였다. 그 순진무구한 대답에 그가 피식 웃는데 바리는 또 고개를 갸웃하며 말했다.

"근데 아재, 너무 빨리 달려서 그런지 꼭 하늘을 나는 것 같아요."

"그러냐?"

"예. 진짜 느낌이 너무 이상해요."

무장과 바리가 그렇게 주거니 받거니 말 주고받는 사이 천마는 하늘을 가로질러 깊은 새벽쯤엔 동해안에 다다르고 있었다. 무장이 바리가 알려주는 대로 고갯길 넘어 인가와 멀찍이 떨어진 곳으로 길을 잡으니 이내 쓰러지기 일보 직전의 허름한 움막 하나가 보였다.

그가 바리를 움막 앞에 내려주곤, 말에게 물 좀 먹이고 오겠다 하며 다시 하늘 위로 올라갔다. 그리곤 구름 속에서 천마에게 천계수와 천계초 먹이며 빈속 달래어주는데, 슬쩍 내려다보니 땅에 내려준 두억시니공주 두 눈 가리고 있던 천 풀어내고 움막 안으로 들어갔다.

바리는 졸린 눈을 비비고 깨금발로 움막 안에 들어섰다. 이미 깊은 새벽이라 공덕할멈과 비럭할아범 잠들어 있었다.

일단 미역국부터 끓이자는 생각에 바리가 조용조용 솥단지 가져다가 화덕 위에 올려놓고, 가지고 온 고기와 미역 꺼내 마늘 넣고 달달 볶아두었다. 하곤 움막 밖으로 나와 쌀을 씻고, 쌀뜨물은 미역 넣은 솥단지에 부어 끓이기 시작했다.

움막 밖에 있는 작은 화덕에는 밥을 안치었다. 그리곤 움막 뒤편에 있는 장작 가져다가 불길 조절하며 움막을 들락날락하는데, 아무래도 발소리 들렸는지 잠귀 밝은 공덕할멈 부스스 눈을 뜨다 화덕에 불길 활활 타는 것 보고 깜짝 놀라 일어나 앉았다. 이게 뭔 일인가 싶어 밖을 내다보니 바리가 바깥 화덕에 장작 넣으며 밥을 짓고 있는 게 아닌가. 이것이 꿈인가 생시인가. 공덕할멈 얼떨떨한 얼굴로 당신 눈을 손으로 비비적거렸다.

"바리니?"

밥물 넘칠까 밥솥을 지켜보고 있던 바리는 할매 목소리에 휙하니 고개를 돌려 쳐다보았다.

"깨셨구나."

바리가 벌떡 일어나 움막 앞에 서 있는 공덕할멈에게로 향하더니, 공덕할멈을 와락 끌어안았다.

"할매, 나 왔어."

아닌 밤중에 홍두깨도 이 정도는 아니리라. 밤중도 아니고 새벽녘에 바리가 나타났으니 무슨 사단이 난 건가 싶기도 하고 아니면 적적하고 공허한 마음에 귀신에 홀린 것인가 싶기도 하고 공덕할멈 바리가 끌어안는데도 당최 믿어지지가 않았다.

"진짜 바리니?"

"진짜 바리지. 그럼 가짜 바리도 있어?"

바리가 히죽 웃으며 대꾸하다가 밥물 넘치는 달가닥 뚜껑 소리 들려오자, 끌어안았던 공덕할멈 놔주고 솥단지가 있는 곳으로 얼른 뛰어갔다. 허곤 불길 약하게 장작 두어 개 빼내놓았다. 그런 바리에게 공덕할멈 터벅터벅 걸어가 그 옆에 앉았다.

"너 어떻게 온 겨? 이 새벽에."

공덕할멈, 사내 옷 입고 있는 바리 위아래로 훑어보곤 혹시나 하는 얼굴로 묻는다.

"찾고 있던 공주가 아니래? 그래서 온 겨? 아니, 아니라고 해도 그렇지, 어떻게 애를 이 새벽에 혼자 보내냐."

"아니야, 할매. 오늘이 할매 생신이라 온 거야. 그리고 나 조금 있다 다시 가야 해."

공덕할멈 그 말에 안도의 한숨 내쉬다가, 이내 바리를 혼내었다.

"만날 오는 생일, 그거 뭐 중요하다고 이 새벽에 와, 큰일 나려고. 잠깐 얼굴 보자고 그 먼 길을 달려온 겨? 네가 안 챙겨주면 미역국 못 먹을까 봐?"

바리는 잠시 아무 말 안 하고 공덕할멈 바라보더니, 피식 웃으며 응수했다.

"응. 못 먹을까 봐 걱정이 돼서. 할매 할배가 워낙 주변머리없기로 유명하잖우."

"으이그, 이 철딱서니야. 저번에 궁에서 온 사람들한테 물어보니 대왕마마께서 병환이 깊다 하던데, 네가 이렇게 풀썩풀썩 돌아다니면 어뜩하냐. 아버지 곁을 딱 지키고 있어야지."

"알아. 그래서 금방 가는 거야."

"그랴. 동트면 바로 일어서. 알겠쟈?"

"응."

공덕할멈, 말은 그렇게 해도 꿈결처럼 나타난 바리가 너무나 반갑고 기쁜지 바리의 얼굴 그 주름진 손으로 쓰다듬고 또 쓰다듬었다.

"궁에 가더니 더 이뻐졌네그랴. 지내기는 어뜨냐. 궁에 가니까 좋냐?"

바리는 공덕할멈 걱정시키지 않으려고 엄청 좋다 떠들어댔다.

"응. 눈 뜨면 밥상을 알아서 차려오고 출출하다 그러면 온갖 처음 보는 요깃거리를 주고 여튼 엄청 좋아. 그래서인지 똥도 무지무지 잘 나와. 그뿐인가. 비단옷에 비단 이불에 비단 휘장에 거기서는 뭐든 다 비단이다. 글쎄."

"그랴, 그랴. 궁인데 오죽하겠냐."

공덕할멈 듣기만 해도 뿌듯하고 기쁜지 연신 고개를 끄덕였다. 한편으론 그렇게 호강하며 컸어야 할 바리가 십오 년 동안 당신하고 살면서 고생했던 걸 생각하니 새삼 가슴이 아파왔다.

"그런데 왜 아직도 여기 살어. 할매, 왕후마마께서 은공 갚는다며 이것저것 보내주지 않았어?"

"보내주었는데, 네 할배도 그렇고 나도 그렇고 여기가 편햐. 늘그막에 괜히 낯선 데 가서 적응하느라 고생하기도 싫고, 글고 분수에 넘치는 욕심 부리다가 급살 맞을까 봐 무섭기도 하고."

바리, 공덕할멈의 말에 답답한 듯 한숨을 내쉬었다.

"할매, 할매랑 할배가 여기서 계속 살면 내가 마음이 무거워. 거기 가서도 마음이 편치가 않다고. 그러니까 날 위해서 번듯한 집으로 이사해. 응?"

공덕할멈, 바리의 말에 내키지는 않지만 알았다 일단 고개를 끄덕였다. 그렇게 공덕할멈과 바리가 그동안 어찌 지내었는지 이야기 주고받으며 시간 가는 줄 모르는데, 어느새 저 먼 지평선에서 푸른빛이 감돌기 시작했다. 공덕할멈, 일찍 가야 한다 바리가 그랬지만 설마 아침은 같이 먹겠거니 하고 비럭할아범 깨우지 않았는데 바리 동이 트기 시작하자 울상을 지으며 하늘을 올려다보곤 이제 가야 한다며 일어섰다.

"할매, 대왕마마 좀 나아지시면 바로 올게. 그때까지 건강하게 지내셔야 해."

대왕마마 병환 깊다 하는데 나아질 날이 그리 빨리 올까 싶지만, 공덕할멈 어서 보내야 한다는 생각에 알았다 어서 가라 오히려 바리의 등 떠밀었다. 아무리 핏덩이 때부터 젖동냥하며 키웠다 하지만, 이제는 한 나라의 어엿한 공주인 게 밝혀졌는데 비렁뱅이 노부부가 바리의 발목 잡으면 안 된다 여겼다. 왕가의 후손답게 이것저것 배우고 익히려면 자는 시간도 모자랄 판인데 이리 할매 할배 못 잊고 들락날락하다 대왕마마와 왕후마마의 눈 밖에 나 천덕꾸러기 될까 걱정스러웠다. 하여 비럭할아범 깨워 인사하고 가겠다는 걸 공덕할멈 다녀갔다 말할 테니 지체 말고 어서 가라 바리를 말렸다. 그렇잖아도 바리 떠나보내고 울적해하는 노인네, 바리 온 거 보고 내일 가라며 애 붙잡고 늘어질까 봐 저어되었던 것이다.

공덕할멈의 등쌀에 동틀 무렵 움막을 나온 바리는 머잖아 다시 오겠다고 인사를 하고는 터덜터덜 풀밭이 있는 곳으로 걸어갔다. 어스름한 새벽빛 어둠 속을 유심히 살펴보니 먼발치 흰 도포 입은 가마꾼과 흰 말이 함께 있었다. 낯선 사람과 눈 마주치는 걸 싫어한다는 말이 떠올라 바리 가까이 가지 않고 무장을 향해 외쳤다.

"아재! 이제 출발해요."

바리가 소맷자락 안에 넣어둔 천 꺼내 두 눈을 가리자 무장이 천마 위에 올라타고 바리를 태웠다.

무장은 푸른 빛으로 동터오는 하늘을 바라보다 두억시니공주가 아침 하늘의 그 아름다운 광경 볼 수가 없다는 게 적이나 안타까웠다. 하여 눈 가린 천 풀고 동터오는 아침 하늘 보게 할까 갈등하는데, 졸려서 그런 것인지 두억시니공주 말에 오른 후 한마디도 하지 않는구나. 자고 있는 것인가 얼굴을 살펴보니, 두억시니공주 소리없이 울고 있었다. 두 눈을 가린 천은 눈물로 젖어 있었다.

"왜 우는 것이냐?"

느닷없이 날아드는 물음에 바리 상념에서 깨어난 듯 정신을 차리고 대답했다.

"그냥…… 할매 할배를 봤더니…….."

먹을 거에 환장하고 맹한 구석 너무 많은 이 두억시니공주가 마음 여린 애기씨는 애기씨였구나. 그는 손등으로 눈물을 닦아내고 있는 바리를 물끄러미 내려다보더니 무덤덤한 목소리로 물었다.

"가락지는 할머니께 잘 전해주었느냐?"

바리 처음에는 뭔 소리인가 하다가, 가락지 잃어버렸을 때 할매가 준 것이라고 했던 게 떠올라 빙긋이 웃으며 고개를 저었다.

"아뇨, 그 가락지는 어머니 거예요."

바리가 어찌 된 연유인지 짧게 설명해 주었다.

"어머니가 어릴 때 저와 헤어지면서 주신 징표인데, 운 좋게 그 가락지 잃어버리고도 어머니 아버지를 모두 만났어요."

무장은 그 가락지가 그런 것이었구나 뒤늦게 알고 고개를 주억거리는데, 바리의 말이 이어졌다.

"있죠, 아재. 부모님이 돌아가신 줄 알고 있었을 땐 살아만 계시면 더 이상 바랄 게 없다 그랬어요."

"헌데?"

바리는 잠시 말을 잇지 않다가, 혼잣말처럼 중얼거렸다.

"헌데 왜, 찾고 나니 마음이 더 아픈 걸까요."

또 울고 있는 것일까. 두 눈을 가린 천 위로 물기가 짙게 번지고 있었다. 무장은 그 물기 조용히 내려다보다가 못 본 척 동터오는 아침 하늘로 시선을 돌렸다.

"울지 마라. 사내 녀석이 그리 눈물이 많으면 어디다 쓰냐."

퉁명스럽게 내뱉는 가마꾼의 말에 바리가 피식 웃으며 고개를 끄덕였다.

"네. 이러다 고추 떨어지겠어요."

바리의 그 말에 무장이 쿡 하고 웃음을 뱉어냈다. 어린 녀석이 어디서 이런 능청을 배웠는지 말을 섞을수록 감탄스러웠다.

무장은 저 지평선 너머에 있을 일월산 쪽을 조용히 응시했다. 벌써 삼계회의가 열린 지 나흘이 지나고 닷새째가 되는 아침이다. 여태껏 삼계회의 어떤 사안이든 닷새를 넘긴 적 없으니, 오늘이면 결과가 나올 것이다. 예상컨대 아마도 그는 지상에서의 삶을 하명받게 될 것이다. 지금까지 죄를 지은 천계의 존재, 지상으로 내쫓겼으니 말이다.

천마가 목지국 궁에 내려섰을 땐 바리는 무장의 품에서 잠들어 있었다. 아직 이른 아침이라 사람들의 기척 들리지 않았다. 무장이 바리를 품에 안은 채 천마에서 내려서더니, 곧장 일곱째 공주의 처소 안으로 들어갔다. 그리곤 침상 있는 방을 찾아 침상 위에 사뿐히 뉘어놓고 깊이 잠든 바리의 얼굴 가만히 내려다보았다. 그러다 멀리서 들려오는 사람의 기척 소리에 훌쩍 처소를 나와 천마에 올랐다. 무장을 태운 천마는 높이 구름 위로 오르더니 남해로 향했다.

깊은 잠에 빠져 있던 바리는 정오 무렵이 되어서야 비몽사몽 눈을 떴는데, 밖에서 전해지는 시녀의 말 듣고 물고 있던 잠이 싹 달아났다.

"공주님, 그만 주무시고 일어나 보세요. 해월공주님이 돌아오셨어요."

'응?'

바리가 어리둥절 눈을 끔벅이며 밖으로 나가보니 시녀들 흥분하고 놀란 얼굴로 해월공주가 돌아왔다 수선을 피웠다.

"해월공주님이 돌아왔다고요?"

"예, 방금 전에 어느 부부 내외가 모셔왔는데, 하나도 다치지 않으시고 건강하게 돌아오셨어요, 글쎄."

"지금 어디에 계세요?"

"왕후마마와 함께 계십니다. 그러니 어서 채비하세요."

바리, 꿈인가 생시인가 얼떨떨한 얼굴로 고개를 끄덕였다. 그러자 시녀들 수세할 물 준비하겠다며 종종거리며 사라졌다. 바리는 시녀의 뒷모습 멍하니 보고 있다가, 자신의 볼을 꼬집어보았다.

간밤에 분명 할매 할배 보고 왔는데, 정말 갔다 온 것인지 꼭 꿈을 꾼 것만 같았다. 게다가 용왕에게 잡혀갔던 해월공주 멀쩡히 살아 돌아왔다 하니 아직도 꿈속인가 어리둥절한 바리였다.

"이상하네, 분명 할매 할배 보고 왔는데."

분명 눈 가리고 가마꾼의 말 타고 갔다 왔는데, 가마꾼도 말도 보이지 않으니 참으로 이상했다. 그러다 문득 자신의 차림새 보니 사내 옷이었다. 바리가 마루 위에 있는 멍구럭 뒤져 그 안에 분첩과 꽃기름병 들어 있는 것을 보곤 꿈이 아니었구나 그제야 확신하였다.

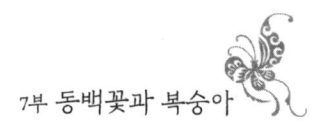

　꿈인지 생시인지 해월공주가 궁으로 돌아왔다. 누구인지 알 수 없는 낯선 부부를 대동하고 말을 타고 오셨는데, 해월공주 다친 곳 하나 없이 멀쩡하여 궁 안의 모든 사람이 휘둥그레 귀신을 본 듯 놀라 자빠졌다. 낯선 부부는 주인인 적한의 명대로 사람들이 묻는 말에 그저 남해에서 우연히 쓰러진 해월공주 발견하여 거두었다고만 말했다. 그리곤 아무것도 받지 않고 타고 온 말 데리고 총총히 사라져 버려 궁 안의 사람들 더욱더 이게 무슨 조화인가 놀라워하였다.

　왕후 길대부인은 아닌 밤중에 봉창 두드려 맞은 사람처럼 얼이 빠진 얼굴로 해월공주를 바라보았다. 도저히 믿어지지 않아 자신의 볼을 꼬집고, 해월공주 어깨며 팔이며 만지고 또 만지며 네 진정 살아 있었구나 오열을 쏟아냈다. 해월공주 어머니를 붙잡고 말없이 눈물만 흘리니, 길대부인 얼마나 두렵고 힘이 들었을까 여섯째 공주 끌어안고 그저 몸 성히 돌아오게 해준 하늘에게 거듭 감사를 드렸다.

　한편 아침밥 먹자마자 곤전으로 곧장 달려온 바리는 해월공주 돌아왔다는 반가움에 신도 벗지 않고 뛰어들어 왔다.

"공주님!!"

이미 왕후와 해월공주는 흘릴 눈물 다 흘리고 평정을 되찾은 상태였다. 하여 신도 벗지 않고 뛰어들어 오는 바리를 보곤 해월공주 왕후마마를 향해 묘한 웃음 지었다. 선머슴에 개구진 성격이다, 왕후와 해월공주 서로 이야기를 나눈 후였던 것이다.

두 사람이 '말해준 그대로다' 라는 뜻으로 서로 눈빛을 주고받는데, 바리는 해월공주에게 달려가 덥석 껴안았다.

"어떻게 살아 돌아오셨어요? 무시무시한 그 용왕에게서 어떻게 도망치신 거예요?"

직접 용왕도 보았고 함께 잡혀 바닷속에 끌려 들어갔던 바리이니, 누구보다 해월공주 살아 돌아온 게 믿어지지가 않았다. 허나 해월공주 그 많은 일들은 다 이야기할 수 없어, 그저 엷은 미소만 지으며 바리를 바라보았다.

"어쩌다 보니, 살아 돌아올 수 있었다."

"그러니까, 어쩌다가 어쩌다인데요? 용왕이 잠든 사이에 도망치신 거예요?"

바리는 궁금증이 나서 자세하게 말해달라 재촉하는데, 해월공주는 그저 고개만 끄덕이며 얼핏 슬픔 어린 얼굴로 미소를 지을 뿐이었다. 그리곤 이야기를 돌리려고 어머니에게서 들은 바리의 행각을 짚으며 되물었다.

"너 그렇게 씻기 싫어한다며?"

바리가 움찔하며 찰싹 달라붙어 있던 해월공주에게서 슬금슬금 떨어져 앉았다.

"너무 자주 씻으라 한단 말이에요. 아침이고 밤이고 씻자고 하니, 저야말로 미치고 팔짝 뛰겠어요."

해월공주, 역으로 궁을 탓하는 바리를 보며 절로 입술이 올라갔다.

"그래도 그때 봤을 때보단 훨씬 예뻐졌다. 그때는 정말, 사내아이로 착각할 정도였는데."

바리가 헤실헤실 웃으며 어깨를 으쓱였다.

"그거야, 뭐. 엄마랑 공주님이랑 피가 같으니까 그렇죠. 혈통이 어디 가겠어요?"

옆에서 듣던 왕후, 공주님이라 하지 말고 언니라 불러라 하니 바리가 슬쩍 해월공주의 눈치를 살피었다. 해월공주 그렇게 하라는 뜻으로 인자한 웃음 물고 고개를 끄덕이니 바리가 다시 말을 꺼냈다.

"언니, 참. 얼마 전에 기저국의 성주 죽은 것 알아요?"

해월공주, 별다른 기색 보이지 않고 그저 모른다 고개를 저으니, 바리가 자신만 알고 있는 비밀인 양 기저국의 이야기를 들려주었다.

"사람들 다 자는 한밤중에 죽었는데, 누가 죽였는지 알 수가 없대요. 그래서 기저국이 발칵 뒤집혔다던데요."

해월공주, 누가 그랬는지 능히 짐작이 가지만 모른 척 무덤덤한 얼굴로 그러냐 짧게 응수하는데, 듣고 있던 왕후마마 기저국을 떠올리면 치가 떨린다는 듯 혀를 끌끌 찼다.

"사람으로서 할 말은 아니지만, 제가 뿌린 대로 거둔 것일 게다. 네 사라졌단 소식에 속이 시커멓게 탄 우리한테 피해를 갚아라 어쩌구저 쩌구, 그게 인간인가 싶었다. 남의 생떼 같은 자식 데려다가 넋 놓고 뺏겨놓곤 너를 두고 깨끗지가 않네 어쩌네, 세상에, 지금 생각해도 내 분이 안 풀리는구나."

다시금 죽은 기저국의 성주에게 치를 떠는 왕후 길대부인을 말끄러미 바라보던 해월공주가 그 손을 잡아드리며 나직이 말했다.

"다 지난 일이에요, 어머니. 다시 생각하면 괜히 속만 끓고 몸에 안 좋아요."

"그래, 다 잊어버리자. 네가 이렇게 살아 돌아왔는데 못 잊을 게 무에 있더냐. 네가 살아 돌아왔으니, 다 되었다."

왕후마마, 해월공주의 말에 잠시 흥분했던 마음을 가라앉혔다. 해월공주와 바리는 그동안의 이야기 주고받느라 해가 지는 줄도 몰랐다. 허나 저녁 수라 같이 든 왕후마마 어서 가서 쉬어라 하며 해월공주의 등을 떠밀었다. 이런저런 할 말은 아직도 가득했지만, 살아 돌아온 해월공주 심히 앓은 사람처럼 얼굴이 핼쑥하고 눈 밑에 검은 그림자 짙었다.

어머니 생각하여 어떤 고초를 겪었는지 자세히 말하지는 않지만, 용왕에게서 도망쳐 오는 길이니 그 고초가 어떠하랴.

곤전을 나선 해월공주, 무슨 생각을 하는지 의미를 알 수 없는 복잡한 눈빛으로 물끄러미 전각 처마 끝을 바라보았다. 바리가 어서 가자 소맷자락을 끌어당기니, 그제야 상념 어린 얼굴 거두고 시집가기 전에 썼던 처소로 걸음을 옮겼다. 헌데 해월공주, 문득 생각이 난 것처럼 청목의 안부를 물었다.

"청목이란 그 아이는 잘 지내고 있니?"

움막 앞에서 헤어질 때 보고 못 봤으니, 지금은 어찌 지내는지 바리도 몰랐다.

"모르겠어요. 여기로 오기 전에 보고 못 봤거든요."

해월공주 살짝 걱정 어린 얼굴이 되었다. 바리가 궁으로 오기 전이면, 자신이 아기 잃기 전이라 적한이 청룡의 후계에게 해코지를 한 것은 아닌지 알 길이 없었다. 하여 해월공주 그때 자신을 구하느라 애써 준 청목이란 아이에게 고마움의 뜻으로 궁궐 구경시켜 주고 맛난 것 대접해라 말하는데, 바리는 청목을 떠올리며 미간을 좁혔다.

"걔는 그렇게 해줘도 고맙다고도 안 할걸요. 얼마나 잘난 척이 심한지 웬만한 거에는 눈도 깜짝 안 해요."

해월공주, 자신에게 그리 예의 지긋하고 도움 주던 청룡의 후계가 잘난 척하는 성격이라는 게 믿어지지 않는다.

"잘난 척을 해? 어떻게?"

"가락지 찾겠다고 말 좀 타자 했더니, 얼마나 유세를 부렸는데요. 게다가 헤어질 때도 진짜 웃겼어요. 여기서 박박 씻고 갔더니, 한다는 말이 이제부턴 자기 만날 때만 씻으래. 공주님, 아니, 언니. 그게 도대체 무슨 말이에요? 내가 왜 지 만날 때는 씻어야 돼요? 지가 왕이야? 내가 씻고 알현해야 돼요?"

바리의 투덜거림을 묵묵히 듣던 해월공주에게서 피식 웃음이 새어 나왔다.

"자기 만날 때만 씻으래?"

해월공주 이렇게 슬쩍 묻는데, 바리는 무슨 의미로 묻는지는 모르고 동해안에 있을 청목을 향해 벅벅 이를 갈았다.

"나보고 땟국물에 걸신쟁이라고 얼마나 구박을 했는데요. 흥!"

해월공주, 슬쩍 바리를 쳐다보며 청목이 이해가 간다는 듯 빙그레 웃었다. 공주도 오늘 바리를 봤을 때 몰라볼 뻔하였는데 청룡의 후계는 오죽 놀랐겠는가. 땟국물이 줄줄 흐르니 못생겼다 더럽다 구박하다, 막상 씻고 온 걸 보곤 눈을 뗄 수가 없었으리라.

해월공주, 청목이란 지기에게 잘해줘라 바리에게 한마디 하니, 바리가 그릇이 큰 자신이 감싸줘야지 어쩌겠느냐 하며 어깨를 으쓱였다.

"그래도 걔가 마음이 나쁜 애는 아니거든요. 내가 고기 좋아하는 거 알고 아버지한테 고기 가져가라고도 하고, 나 부모 찾는 것도 도와주고 꽤 속정이 있어요."

아버지면 동해청룡인가? 해월공주 속으로 헤아려 보았다.

그렇게 이런저런 이야기를 하다 보니 해월공주 처소에 당도했다. 바리가 걸음을 돌려 자신의 처소로 향하려는데 해월공주 오늘 밤은 나와 같이 자자 바리를 붙잡았다.

사실 해월공주 한 달 넘게 적룡과 함께 잠들다가 갑자기 혼자되었으니 혼자 자는 게 익숙하지 않았고, 또 혼자 있으면 잃어버린 아이 생각에 울적해져서 쉽게 잠을 이루지 못하였다. 이럴 때 누군가 옆에 있어 주면 좋겠다는 심정이지만, 차마 어머니 길대부인에게는 용왕의 아이를 가졌다가 잃게 되었다는 말 꺼낼 수가 없었다.

바리는 알겠다며 고개를 끄덕이더니 자신의 처소에서 뭣 좀 가져오겠다 하고는 후다닥 뛰어갔다. 잠시 후 몸 씻고 침의 갈아입으신 해월공주 자리 펴고 누우려는데 바리가 서책을 옆구리에 끼고 들어왔다. 바리가 늦은 저녁에 글공부를 하리라고는 생각지 못했기에 해월공주 신기하게 동생을 쳐다보았다.

"공부하는 거 좋아하니?"

바리는 고개를 흔들며 오만상을 지었다.

"아뇨. 정말 재미없는데 할배 할매한테 편지를 보내려면 얼른 글을 익혀야 해서요."

말로는 대왕마마 나아지면 곧 가겠다 공덕할멈에게 말하였지만 대왕마마의 병환 그리 쉽게 나아질 리 없다는 것 바리도 내심 느끼고 있었다.

바리가 해월공주 옆에 누워 서책을 척하니 펼쳤다. 해월공주, 바리 하는 짓이 기특하여 머리를 쓰다듬어 주며 동생을 키워주었다는 노부부에게 자신이라도 감사 인사드리러 가야겠다 생각했다. 어머니에게 들어보니, 이리 오셔서 함께 살자 청하였는데 당신들은 그곳이 편하다며 거절하였다 한다. 하여 어머니, 사람 시켜 노부부에게 금은보화 보내었는데 그래도 직접 얼굴을 뵙지 못해 속상해하였다.

"할매, 할배가 보고 싶니?"

해월공주의 조용한 물음에 서책을 넘기던 바리가 잠시 대답을 하지 않다가, 누워 있던 몸을 일으켜 앉고는 말했다.

"사실은 언니, 어제 새벽에 나 할매 할배 보고 왔다."

"응?"

"아는 가마꾼아재가 말 태워줘서 새벽에 갔다 왔었어. 오늘이 할매 생신이었거든."

해월공주는 동생 바리가 갑자기 키워준 분들과 헤어지는 바람에 그리움에 그런 꿈까지 꾸었다 생각하였다. 아무리 말이 빨라도 하룻밤에 동해안을 갔다 오는 건 무리였다. 해월공주 스스로 마상 실력 뛰어나 누구보다 말에 대해 잘 알고 있었다.

바리는 해월공주 믿는 눈치가 아님을 깨닫고 그냥 꿈속의 일이라 생각하도록 내버려 두었다. 자신도 누군가에게 하룻밤에 동해안 갔다 왔다 그러면 믿지 않았을 테니 말이다. 대신 새벽녘 짧게 뵙고 온 공덕할멈과 비럭할아범 떠올리며 바리가 말했다.

"할매 할배도 여기서 살았으면 좋겠어요. 할매 할배 보고 싶어서 가려고 해도 대왕마마와 왕후마마 때문에 못 가겠고, 그렇다고 여기 계속 있으려니 할매 할배가 걱정되고 그래요."

어린 동생이 내색은 안 했지, 사실은 마음고생을 하고 있었다는 걸 알고 해월공주 안타까운 눈빛으로 동생을 바라보았다.

"바리야, 대왕마마 용태 나아지면 언니랑 같이 가서 두 분 모셔오자."

"정말요?"

바리는 든든한 제 편이 생긴 듯 얼굴이 환해졌다. 하여 골치 아픈 서책은 치워 버리고, 해월공주와 수다를 떨다가 깜박 잠이 들었는데 어디선가 훌쩍훌쩍 울음소리 들려오니 잠결에 저절로 눈이 떠졌다. 바리는 반쯤 잠에 아물린 눈으로 고개를 돌리다가 해월공주 멍하니 지창을 바라보며 울고 있는 걸 보고는 깜짝 놀랐다.

"언니, 왜 울어요?"

해월공주 얼른 흐르던 눈물 닦아내며 아무것도 아니다 어서 자라 하는데 바리가 소맷자락 안에 손을 넣어 주섬주섬 무언가를 찾더니 턱하니 곶감을 내밀었다.

"언니, 이거 먹어요. 기분 안 좋을 땐 먹는 게 최고예요."

해월공주, 바리가 내미는 곶감에 눈물 맺힌 얼굴로 피식 웃었다. 지금 곶감이 입에 들어갈 상황인가. 진심도 몰라주고 아기 죽기 바랐다며 차갑게 뒤돌아선 님과 뱃속에서 생죽음당한 아이 생각에 자다가도 벌떡벌떡 일어나는 해월인데 말이다. 그렇다고 누구에게 속 시원히 내 마음이 지금 이렇다 말할 사람도 없으니 해월공주 속이 썩어 들어갈 판이었다. 해월공주가 곶감을 건네받은 채 가만히 쓸쓸한 얼굴을 하고 있으니, 바리가 일어나 앉아 곶감 쥔 언니 손을 잡고 입에 갖다 대었다.

"얼른 먹어요. 우리 할매가 그랬는데 슬픈 것도 배가 고프면 더 심하댔어요. 그리고 빈속에 울면 기운 빠진다고 울고 싶을 땐 먹는 것부터 챙겨먹고 울랬어요."

하고는 해월공주 입에 곶감을 갖다 대주고 있으니, 해월공주 동생이 하라는 대로 우물우물 곶감을 깨물어먹기 시작했다. 그렇게 해월공주가 먹는 시늉을 하자, 바리가 소맷자락 안에서 곶감 하나를 더 빼내어서는 자신도 곶감을 우물거렸다.

원래 할매 할배랑 살 때는 소맷자락 안에 도라지나 칡뿌리를 넣어두었는데, 궁에 오니 맛난 게 지천이라 곶감이니 호두니 넣어둘 수 있었다. 그동안 모아놓은 맛난 것은 그 가마꾼에게 주어서, 점심나절 요깃거리로 나온 곶감 챙겨놓았던 바리였다. 해월공주 반도 먹기 전에 후딱 곶감 하나를 먹어치운 바리가 아껴서 먹어야 한다는 생각이 들었는지 소맷자락에 손을 넣다가 고개를 절레절레 저으며 다시 손을 빼냈다. 그리곤 아직도 곶감을 우물거리는 해월공주를 보며 나직이 물었다.

"근데 왜 울었어요? 악몽 꿨어요?"

곶감 덕에 어느새 눈물이 가라앉은 해월공주가 나직하게 말했다.

"두고 온 게 있어서 그래."

"뭘 두고 왔는데 그래요?"

아버지 용태 보고, 할매 할배 같이 모시고 오자 말해준 언니이다. 아직은 낯설고 어려운 언니이지만 처음 가져보는 언니에게 뭐든 해주고 싶었다. 해서 두고 온 거 같이 찾으러 가자 말하니, 해월공주 고개만 설레설레 젓고 쓸쓸한 미소만 입가에 물었다.

"찾기 힘들어. 한 번 잃어버리면 영영 찾을 수 없는 거거든."

"그러니까 그게 뭔데요? 언니도 혹시 가락지 잃어버렸어요?"

해월공주 말을 할까 말까 망설였다. 이미 잃어버린 아이를 말해서 무얼 하고, 바리가 혹여 이야기 전해 어머니 마음만 아프게 할지도 모를 일이니 말이다. 하여 해월공주가 잃어버린 게 무엇인지 말을 안 하자 대답을 기다리던 바리가 문득 이해 어린 얼굴로 언니를 바라보았다.

"말하기 싫음 안 해도 돼요, 언니. 나 그런 맘 조금 알거든요. 나도 엄마 아빠 보고 싶어서 울고 싶을 때 할매랑 할배 속상해할까 봐 혼자 몰래 울었거든요. 그러니까 언니도 나중에 말해주고 싶을 때 해요."

선머슴에 개구진 아이인 줄로만 알았는데 아니었다.

왜 안 그렇겠는가. 나고 자란 이때까지 부모를 그리워했던 아이이다. 나이 든 공덕할멈과 비럭할아범이 자신을 기르느라 불편한 몸을 이끌고 밥을 빌어오는 걸 보고 자란 아이이다. 비럭할아범과 밥을 빌며 언제나 환영받고 도움만 받은 것은 아니다. 더럽다 꺼져라 푸대접을 넘어 모멸과 박대도 받아본 바리이다. 천성이 밝아 개구진 것도 있겠지만 할매 할배 마음 아플까 봐 될 수 있음 힘든 거 마음 아픈 거 내색 안 하려고 노력한 것이 남들보다 드세고 개구진 성격을 만든 것일 수도 있다.

기대치 않게 넉넉하고 이해심 깊은 동생 앞에서 해월공주는 꾹꾹 참고 있던 속상한 마음을 꺼내 버렸다. 어쩌면 용왕에게 잡혀가는 그 고갯길 숲에서 제 몸을 날려 지켜주려 했던 바리의 행동을 기억하고 있기 때문일지도 모른다.

"……아이를 잃었어."

생각지도 못한 말에 바리의 눈이 휘둥그레졌다.

"아이요?"

해월공주가 덤덤한 얼굴로 고개만 끄덕이니, 바리가 궁금하다는 얼굴로 다시 물었다.

"누구 아이요?"

"남해용왕 아이."

바리의 눈이 더 커졌다. 그 무시무시한 용왕이 아이도 가지게 할 수 있다고는 상상도 못해본 바리이다. 해월공주는 잃어버린 아이를 떠올리는지 자신의 아랫배를 손으로 덮고 슬픈 미소를 지었다.

"두어 달이 되어가고 있었는데, 내가 경솔해서 그 아이를 죽게 만들었어."

용왕의 아이를 가졌다는 게 놀랍고 신기한 바리였지만 해월공주의 얼굴이 너무 슬퍼 보여 가만히 그 말에 귀를 기울였다.

"입덧도 못해보고, 아이를 잃어버렸어. 어찌 생겼는지 얼굴도 못 봤는데 말이야."

금방이라도 눈물을 떨어뜨릴 것 같은 해월공주를 바리가 물끄러미 바라보더니 위로하듯 해월공주가 감싼 아랫배에 자신의 손도 갖다 대었다.

"용왕의 아이인데 그렇게 속이 많이 상해요?"

해월공주는 적한과의 관계를 어찌 설명해야 할지 몰라 그저 미소만 지었다. 훗날 동생이 크면 연모하면서도 무섭고 미우면서도 그리운 이 마음을 알까.

"나중에 너도 연모하는 이가 생기면 언니 마음을 알게 될 거야."

그 말에 바리가 어리둥절한 얼굴로 언니를 바라보았다.

"남해용왕을 연모했어요?"

해월공주, 씁쓸한 얼굴로 고개를 끄덕였다. 그러다 문득 걱정이 들었는지 바리에게 입단속을 시켰다.

"너한테만 하는 이야기니 어머니한텐 절대 말하면 안 된다. 왕후마마 아시면 속상해서 몸져누우실 거야."

바리가 알겠다는 듯 입술을 꾹 다물고 고개를 끄덕였다. 언니가 왜 말을 못하고 혼자 울었는지 조금은 알 것 같았기 때문이다.

바리에게 그나마 속내를 털어놓고 조금은 속이 시원해진 해월공주가 이제 그만 자자 자리에 누웠다. 바리가 옆에 눕다가, 문득 소맷자락 안에서 곶감 하나를 더 꺼내어 언니에게 내밀었다.

"언니, 이거 하나 더 먹어요. 곶감 하나로는 달래지기 힘든 일인 것 같아요."

이러고 능청을 부리니 해월공주가 기가 막히면서도 동생 하는 짓이 예뻐 웃으며 곶감을 받아 들었다. 그리곤 곶감을 입에 무는데, 바리가 베개를 가져와 옆에 바짝 눕고는 문득 해월공주에게 이랬다.

"근데 언니, 아기를 남에게 줘도 낳는 게 더 나은 건가?"

해월공주, 바리가 왜 이렇게 묻는지 알 것 같아 동생을 물끄러미 바라보았다. 자신처럼 낳자마자 버려질 거면 차라리 안 낳는 게 더 낫지 않겠느냐 묻는 것이었다. 그리고 그 물음 속엔 태어나자마자 버려진 자신이 과연 부모에게 어떤 의미인지 속 깊은 고민이 녹아 있었다. 해월공주가 바리의 귀밑머리를 스륵스륵 넘겨주며 진심 어리게 말했다.

"바리야, 오래전부터 왕후마마께서 그러셨어. 네가 당신을 미워해도 좋고 죽어버려라 욕을 퍼부어도 좋으니 어딘가에 살아만 있으면 좋겠다고. 어릴 때는 나도 그 말을 그냥 그러려니 하고 들었는데, 그 말이 무슨 말인지 이제는 알 것 같아."

해월공주, 다시 아이 생각에 목이 메는 듯 잠시 말을 멈추더니 이내 눈물을 주루룩 흘리며 말했다.

"나도 우리 아기를 평생 못 봐도 좋으니까, 어딘가에 살아만 있었으면 좋겠거든."

바리는 마음에 새기듯 해월공주가 건네는 말 한마디 한마디에 귀 기울였다. 또 해월공주의 눈물 작은 손 내밀어 닦아주었다.

어머니 왕후마마도 자신이 버려진 것을 알고 이렇게 우셨던 거겠지. 그래서 더 이상은 아이 낳지 않겠다 그 독한 약 들이켜고 몸 안의 씨앗 말렸던 것이겠지. 사실은 아직도 왕후마마와 대왕마마 대하기 어렵고 낯설어, 차라리 할매와 할배한테 갔으면 좋겠다 그런 생각을 했다. 허나 이 밤 잃어버린 아이 생각하며 뜨거운 눈물 쏟아내는 언니를 보니, 이렇게 눈물로 일곱째 딸 살아만 있어다오 기원드렸을 어머니 곁에 더 오랫동안 있어야겠다 그런 생각 들었다. 물론 아버지 대왕마마에게는 섭섭하고 서운한 마음 남아 있지만, 안타깝고 안쓰러운 눈길로 자신을 바라보던 대왕마마의 그 눈빛이 과연 무슨 뜻이었는지 알고 싶었다.

이렇게 십오 년 만에 막내공주 된 바리와 십오 년 동안 막내공주였지만 이제 언니가 된 해월공주가 서로 언니와 동생인 걸 알고 같이 잠들었다. 기저국의 숲에서 한나라의 공주와 한나라의 비렁뱅이로 우연히 만나 헤어졌던 자매는 이 밤 처음으로 서로의 손을 잡고 단잠에 빠져들었다. 해월공주는 잃어버린 아이의 손을 잡은 듯, 바리는 저 동해안에 두고 온 공덕할멈과 비럭할아범의 손을 잡은 듯 그렇게 손을 잡고 있었다.

이렇게 두 막내공주가 오랜만에 달디단 잠에 빠져들고 있을 무렵, 남해안에 있는 적한의 사저에서는 오랜만에 적한과 무장이 대작을 하고 있었다. 적한과 무장 둘 다 천신제니 해신제 때 인간 세상에서 올리는 술을 마셔온 터라 적당히 술을 즐길 줄 알았다. 게다가 술상에 오른 술은 귀한 죽엽주였다. 남해안의 사람들 요즘 들어 비를 내리지 않는 남해용왕 때문에 댓잎들이 바람에 흔들리며 내는 빗소리처럼 비를 내려달라 용신제를 드렸던 것이다.

일월산에서 돌아오자마자 용신제에 들러 죽엽주 챙겨 가지고 온 적한은 사저에 무장이 기다리고 있는 것을 보고 바로 술상을 준비하라 했다. 그러자 무장이 훌쩍 마당으로 나가 천마 등에 얹혀놓은 작은 보따리 하나 가져왔다. 보따리엔 술안주로 할 수 있는 온갖 음식거리가 들어 있었다. 무장이 보따리 풀어 그 음식들 상에 하나씩 올려놓자, 적한은 의아한 얼굴로 무장을 바라보았다. 지상의 음식 탁하다 하여 될 수 있으면 천계의 음식만 먹는 그가 인간들이 먹는 음식 꺼내놓으니 별일이었던 것이다.

"웬 음식들인가."

무장, 빙긋이 웃으며 놀리듯 말하였다.

"해월공주의 동생에게서 빼앗았지."

해월공주라는 말 무장의 입에서 나오니 어딘가 기운없어 보였던 적한의 얼굴 위로 놀란 빛이 어렸다.

"해월의 동생은 오래전에 바다에 띄워 버려졌다 하던데……."

무장은 해월공주에게만 정신이 팔려 다른 일은 전혀 모르고 있는 적한을 가만히 쳐다보았다. 여인에게 정신이 팔리면 이토록 귀머거리가 되는가.

"그때 자네가 입에 물었던 아이가 해월공주의 동생일세. 이번에 버려진 공주인 걸 알고 궁으로 데려간 모양이더라고. 그때 청룡의 후계가 아니었으면 그 아이 자기가 공주인 줄도 모르고 그대로 죽을 뻔하였지."

그때 일이 새삼 무안하여 시선을 돌리던 적한이 청룡의 후계가 거론되자 눈을 빛냈다.

"청룡의 후계?"

"음. 청룡의 후계와 벗으로 지내고 있는 것 같더군."

"아직 나이 어리나 남녀간인데, 벗이라······."

적한은 무슨 생각을 하는지 눈꺼풀 내리깔고 혼잣말처럼 중얼거렸다. 무장은 적한의 그 말 귓등으로 흘려버리고 마음에 걸리는 것이나 물었다.

"여의주를 석삼 년간 봉인한 건 정말 괜찮은 건가?"

사저로 돌아온 적한, 삼계회의 결과 묻는 무장에게 여의주를 석삼 년간 봉인하는 것으로 일단락되었다 가볍게 이야기하였던 것이다. 여의주는 용의 기운 되살릴 수 있는 힘의 근원이니, 용의 존재가 다치거나 기운이 쇠할 때 여의주 품고 그 기운 회복하였다. 하여 모든 용의 존재들 자신의 여의주 깊숙이 숨겨놓고 중히 보관하였다. 헌데 석삼 년간 여의주를 봉인하면 석삼 년간은 크게 다치거나 기운 쇠하지 않도록 조심해야 할 터 만약에라도 뜻하지 않게 다치게 된다면 기운을 회복할 여의주 없으니 생명이 위험해질 수도 있는 일이었다.

"뭐, 내가 용천지랄 떨지 않는 이상 괜찮지 않겠는가. 결국은 십이지들 나에게 석삼 년간 함부로 난리 치지 마라 그런 뜻이니 말이야."

적한은 자신 때문에 같이 벌을 받게 된 무장 때문에 자신이 치르는 벌 심각하게 이야기하고 싶지 않았다. 사실 석삼 년간 난리만 안 치면 다칠 일이 무엇이 있겠느냐 하는 마음도 있었다. 때 되면 비 내리고 천둥번개 쳐대면 될 일, 누가 용왕인 그를 해할 수 있겠는가. 적한은 자신보다 무장이 더 걱정되고, 미안하였다.

"천제께서 어떤 벌을 내리실지 모르니 답답하구만."

무장은 조용히 고개만 끄덕였다. 적한에게 들어보니 십이지들 그의 예상대로 후계를 지상으로 보내다오 청하였다고 한다. 지상에서 인간 여인과 아이 셋을 낳으면 천계로 다시 돌아갈 수 있도록 한다는 조건으로 말이다. 그 소식 전해 들은 무장은 어느 정도 예상한 것이라 덤덤하였는데, 적한의 다음 말이 마음에 걸렸다.

"천제께서 아무 말 않으시더니, 그 벌과 진배없는 벌을 내리겠다 그렇게만 말씀하셨네."

무장과 적한, 천제의 꿍꿍이가 무엇인지 궁금하였지만 어차피 마음 정하시면 불러올려 말씀하실 터 초조해할 필요 없다 여겼다. 이미 어떤 결과이든 받아들이겠다 말하였으니, 속 끓이고 궁리한다고 달라질 건 없지 않은가. 무장은 천제와 나눈 말 적한에게 들려주며 당부의 말을 하였다.

"서해와 북해의 용왕이 휴면하는 이때, 그대를 본보기 삼아 주도권을 잡겠다는 것이니 무슨 일이 있어도 동해용왕과 척을 두지 말게."

적한은 텁텁한 얼굴로 동해용왕과 그 후계 떠올리다 이내 고개를 끄덕였다. 비록 후계 청목을 감싸고도는 청룡에게 심기 상하였지만, 그의 조롱에도 공격해 오지 않고 그를 이해하려고 노력했던 청룡의 마음을 잊지 않고 있었다. 하여 이번 삼계회의 때 해월공주 어찌 바닷속을 빠져나갔는지 묻는 십이지의 질문에 적한 끝까지 청목이 묵계를 누설했다는 것 말하지 않았다. 하여 적한이 퍼부었던 사나운 말에 거슬렸던 청룡의 심기 어느 정도는 달래어졌으리라.

대나무술 한 통이 다 비워지기도 전에 적한이 잠기운이 몰려오는지 비스듬히 정자 난간에 기대어 눈을 감았다. 술 한 통을 다 마신다 하여도 끄떡없는 그였는데, 오늘따라 유난히 혼곤해 보였다. 여의주를 봉인당한 탓인지 아니면 해월공주가 떠난 탓인지 마치 술기운에 기대어 세상일을 잊으려는 듯 잠 속으로 도망치고 싶어하는 것 같았다. 무장이 밤이슬 맞으며 잠드는 것이 저어되어 적한을 깨웠다.

"정신 차리고 방에 들어가서 자게."

잠 속으로 빠져들던 적한이 희미하게 들려오는 무장의 말에 고개를 저었다. 그러더니 텅 빈 눈 뜨고 어둠 속에 뜬 달을 응시했다. 달빛이 참으로 은은하여 꼭 몸속으로 스며드는 것만 같았다.

"내 요즘 깊은 잠을 잘 수가 없어. 바다에서도 이곳에서도……."

여의주 봉인당하고도 내내 무덤덤한 얼굴 하고 있더니 역시나 그의 마음 온통 해월공주에게 가 있었다.

"바다 위에 뜬 달[해월:海月]이라고 하더니, 남해 바다에 온통 달이 떠서 어디로 가서 쉬어야 할지 모르겠어."

적한의 눈꺼풀 점점 내려가는 듯싶더니 이내 스륵 잠기었다.

무장은 마음의 거처를 잃어버리고 괴로워하는 적한을 조용히 바라보고 있다가, 술상을 더 내오리까 묻는 사저지기에게 이불이나 가져오라 명하였다. 그리곤 난간에 기대어 잠이 든 적한을 자리에 뉘고, 사저지기가 가져온 이불을 덮어주었다. 무장이 베개를 괴어주자 잠깐 정신이 든 적한이 입을 열었다.

"미안하네. 그대의 벌까지 내가 받겠다 하였는데, 천제께서 허락지 않으셨어."

말없이 지기가 건네는 말 듣고 있던 무장이 당연한 거라는 듯 피식 웃었다.

"내 일에 대해선 걱정하지 말고, 그대의 거처나 얼른 되찾게."

이미 늦은 게 아니냐, 묻는 적한의 눈빛에 무장이 한마디를 더 하였다. 다신 안 본다 하며 누이에게 뒤돌아섰지만, 언젠가 볼 수 있다 생각했던 어리석은 자신을 떠올리며 말이다.

"잊지 말게. 우리와 달리 인간의 수명은 백 년도 안 된다는 것을 말이야."

적한은 잠이 몰려오는지 대답이 없었다. 무장은 잠에 빠진 적한을 두고, 천계로 향했다. 천계로 돌아가자 천제께서 기다리고 있다는 소식이 전해져 곧장 자미궁으로 향하였다. 천제는 무장이 이미 알고 있는 십이지의 요구는 말하지 않고, 해괴한 물음부터 던졌다.

"아이 셋을 쉽게 얻되, 그 아이들을 잃을 수 있는 것과 얻기 어렵되 얻게 되면 잃지 않는 것 중 너는 어떤 것을 선택하겠느냐?"

천제의 속을 알 수 없어 그가 대답하지 않고 천제의 얼굴을 바라보았다. 이미 적한에게서 십이지의 요구 들었으니 왜 아이 셋을 이야기하는지 알겠는데, 두 가지 경우로 나누어 이야기하니 이게 무슨 뜻인가 싶다. 천제는 아무것도 설명해 줄 생각이 없는지 그저 선택을 하라 재촉하였다.

"무엇을 선택하겠느냐?"

무장은 죽은 누이의 아이를 생각했다. 그리고 그 아이가 죽었을 때를 떠올렸다. 생과 사가 봄 여름 가을 겨울처럼 계속된다는 것을 알면서도 그 아이의 죽음을 바라보는 것은 쉽지 않았다. 하여 무장은 천제의 생각이 무엇인지 모른 채 선택을 했다.

"얻기 어렵되 잃지 않는 것을 택하겠습니다."

천제는 말없이 고개를 끄덕이시더니 무장이 치러야 할 죗값을 말하였다.

"무장아, 약려수가 있는 삼신산을 알고 있느냐?"

"예."

삼신산의 약려수, 매해 이승으로 가는 원귀들 중 한 명이 파수꾼을 맡아 지켰는데 얼마 전 파수꾼인 원귀가 약물을 훔쳐 달아난 일이 있었다. 인간으로 다시 태어난 그 원귀를 쫓아 천제께서 그 약물을 회수해 없앴지만 이후로 원귀에게 파수꾼을 맡기는 것이 불안한 상황이었다. 무장은 삼신산을 거론하는 천제의 말에 설마하는데, 천제는 이미 심중을 굳힌 듯 주저없이 말을 이었다.

"네 그 삼신산로 가서 약려수를 지켜라. 그리고 그곳에서 아이 셋을 얻으면 돌아오너라."

무장이 믿어지지 않는 듯 눈을 좁혔다.

"허나 삼신산에서 어찌……."

삼신산이 어떤 곳인가. 저승 한가운데, 아니, 저승의 열두 지옥을 다 지나고 황천강을 건너야만이 다다를 수 있는 곳이다. 죽은 자들이 황천강을 건너며 제 기억을 잃고 다시 인간으로 태어나기 위해 거쳐 가는 곳이다. 하여 산 자는 절대 올 수 없는 곳이니, 그곳에서 어찌 아이 셋을 얻을 수 있단 말인가. 이것은 돌아오지 말라는 뜻이 아닌가. 무장 할 말을 잃고 진심이시냐 쳐다보는데 천제는 담담히 말했다.

"그건 알 수 없는 일이다. 삼신산의 약려수 인간 세상에 알려져, 약려수 구하러 가겠다 하는 인간들이 수도 없이 생겨나고 있으니 또 누가 알겠느냐."

설혹 산 자가 저승지옥을 다 거치고 불길로 휩싸인 황천강을 건너 삼신산에 온다 하여도 남정네일 것이다. 어느 여인네가 그 길을 건넌단 말인가. 무장은 회의적인 얼굴로 천제를 바라보았다. 내내 천제께서 다른 생각 하시는 것 같아 불안하였는데, 이것이었는가. 생명을 홀대하는 것을 경계시키는 것과 상관없이 남해용왕 적룡과 맺고 있는 깊은 교분이 당신의 권위에 위험이 된다 여긴 것일까. 하여 십이지들의 요구를 가장하여 그를 삼신산이라는 곳에 고립시켜 놓으려는 것일까.

천제의 진짜 의중이 무엇인지 헤아리고 있는 그에게 천제는 말하였다.

"지상은 온갖 병과 위험이 들끓는 곳이다. 무강이 제 아이를 역병으로 잃고, 결국엔 제 목숨까지 잃지 않았더냐."

무장은 더 이상 거부하지 않았다. 천제의 의중이 무엇이건 간에 이미 받아들이겠다고 약조했으니 말이다. 진정 후계인 그의 목숨을 걱정하여 그런 것인지 아니면 그의 영향력을 제거하기 위한 것인지 알 수 없지만, 그 자신도 지상에서 아이 셋을 낳아 언제 어떻게 잃을지 불안해하고 싶지 않았고 누이처럼 허망하게 지상에서 죽음 맞아 인간으로 다시 태어나는 수레바퀴에 휩쓸리고 싶지 않았다. 차라리 백 년이든 이백 년이든 삼신산의 약려수 지키는 것이 더 나을는지도 모른다. 하여 시간이 흐르고 천제의 마음 바뀌면 불러올리시겠지. 무장은 삼신산에서 아이 셋을 얻을 수 있다는 가능성 따위는 아예 염두에 두지 않았다. 그것은 끊임없이 스스로를 기만하는 인간들이나 하는 짓, 있는 그대로의 현실을 받아들여야 한다. 마침내 마음을 정리한 무장이 천제의 말에 따르겠다는 말을 했다.

"다만 천제여, 누이 무강의 기일을 기다려 그 혼을 달래어주고 가는 것을 허락하여 주십시오."

누이의 기일 이제 아흐레가 채 남지 않았다. 인간 세상에 어떤 모습으로 태어났는지 알 수 없기에 무장은 매해 누이가 기거하던 거처를 찾아가 천계의 음식을 올렸다. 비록 다른 모습으로 살아가고 있겠으나 그 혼이라도 자신이 천계의 존재임을 기억하고 어서 천계로 돌아오라 기원을 드렸던 것이다. 허나 매해 누이의 혼은 돌아오지 않았다.

"그리하라."

천제는 무장의 청을 받아주었다.

해월공주 궁으로 돌아온 지 아흐레가 되었다. 대왕의 병세는 점점 짙어져 이제 거의 하루 종일 의식이 없었고 의식이 돌아와도 사람을 알아보지 못하였다. 한편 왕후가 속히 오라는 전갈을 보낸 다섯 딸들은 제각각 처한 입장 복잡하여 제가 사는 나라에서 늦게 출발하니 아흐레가 되도록 도착하지 못하고 있었다. 누구는 시아버지 상중이고, 누구는 남편이 다쳤고, 누구는 자식이 아프고 또 누구는 해산을 앞두고 있으니 쉬이 친정으로 걸음하지 못하였던 것이다.

이렇게 오지 못하고 있는 다섯 공주와 중해져 가는 어비대왕의 병세로 궁 안팎이 소란스러운데, 바리는 바리대로 길대부인이 명하여 받는 가르침마다 일을 터뜨렸다. 글공부하라 글선생 붙여주니 글선생과 내기 장기 두어 글선생이 갖고 있는 서책이며 문방사우를 싹쓸이로 쓸어담고, 무예 익혀라 칼선생 붙여주니 어디서 그런 암수는 배웠는지 검으로 제압당할 것 같아지자 모래를 확 뿌려대 칼선생 눈을 이레 넘게 장님을 만들고, 국궁 쏘아라 활잡이 붙여주니 뒷산에 있는 토끼 잡는다고 마구 활을 쏘아대 내관 엉덩이에 활을 꽂지 않나, 이번엔 기마라도 익혀라 경마잡이 붙여주니 어떻게 말을 몰았는지 궁궐 대대로 가꿔온 모듬꽃밭을 쑥대밭으로 만들어 버리는 게 아닌가.

그뿐이면 아직 배움이 설어서 그러려니 넘어가는데, 막내공주 하는 짓이 또 가관이었다. 시동 아이들 모아놓고 품바타령 가르치니 궁 이곳저곳에서 얼씨구씨구 절씨구씨구 안 죽고 또 왔다 노래를 해대고, 겨울 대비해야 한다며 궁 뒷산에 있는 귀하디귀한 소나무 잣나무를 베어다가 차곡차곡 장작을 쌓아놓질 않나, 냄새 잘 맡는 검덕이 풀어 시녀와 내관들이 제 처소에 숨겨놓은 곶감이며 밀과를 싸그리 빼내어 할매 할배 갖다준다 숨겨놓으니 이를 지켜보는 시녀와 내관들이 막내공주 오늘은 무슨 일 칠까 불안불안 제 처소에 둔 음식 사라졌나 기웃기웃 정신이 없었다.

허나 이렇게 하루가 멀다 하고 바리가 일을 치는데, 왕후 길대부인 대왕마마 중해진 용태에 반쯤 정신이 나가 있었는지 아니면 바리 하는 짓이 모다 귀엽기만 한 것인지 시녀와 내관들이 꼬박꼬박 막내공주 사고 친 일을 아뢰어 바칠 때마다 흐뭇해하며 고개만 끄덕이는구나.

막내공주가 글선생과 내기 장기한 일에는 우리 막내가 그리 영특하냐며 되묻는가 싶더니, 칼선생에게 모래 뿌린 일에는 우리 막내 맞대응이 보통이 아니구나 칭찬을 하고, 내관 엉덩이에 활 꽂은 일은 우리 막내 그 조그만 사람 엉덩이에 어떻게 활을 맞혔을꼬 신기해하고 모둠 꽃밭 쑥대밭 만든 일은 원래부터 그 꽃밭 진력이 나던 참이었는데 이참에 갈아엎고 새로 심어야겠다며 역성을 드시었다. 그뿐이랴. 시동 아이들에게 품바타령 가르친 일은 궁 안에서도 바깥세상 알아야 하느니라 오히려 제대로 배워라 훈계하시고, 소나무 잣나무 베어낸 일은 우리 막내가 그리 부지런하냐 흐뭇해하시고, 검덕이 풀어 궁에 있는 요깃거리 싹 쓸어가는 일엔 애가 못 먹고 커서 그런다며 가슴 아파하시니 시녀와 내관들 막내공주 좀 다스려 달라는 심정으로 달려왔다가 한숨만 내쉬며 곤전을 나섰다.

하여 그날 밤도 막내공주 바리, 낮에 검덕이 시켜 찾아낸 곶감이며 유밀과며 들고는 해월공주에게 글공부 좀 가르쳐 달라 청하러 가는 길이었다. 물론 검덕이도 바리 뒤꽁무니를 졸래졸래 따라가고 있었다. 해월공주 그사이 몸 추슬러 다시 예전처럼 복사꽃처럼 얼굴이 피었지만, 가끔 밤에 같이 자다 눈을 떠보면 혼자 오도카니 이부자리에 앉아 어둠뿐인 지창을 바라보고 있어 바리 내심 해월공주가 걱정스러워 글공부 가르쳐 달라며 언니의 처소를 찾았다.

언니가 아무에게도 말 못한 일을 자신만 알고 있으니, 자신이라도 언니를 챙겨줘야 한다 생각한 것도 있었다. 하여 해월공주 처소로 걸음을 재촉하는데, 뒤에서 따라오던 검덕이 해월공주의 처소 담벼락을 향해 갑자기 으르릉 성을 내는 것이 아닌가. 바리가 왜 그러냐며 검덕이 바라보고 있는 곳을 살펴보니, 어떤 낯선 사내가 담벼락 아래 나무 그림자에 숨어 언니의 처소를 바라보고 있었다. 어두워서 가물가물했지만 대강 보아도 키가 크고 장대하니 한눈에 척 보아도 범상치 않아 보였다.

바리가 뚫어지게 노려보며 사내가 서 있는 곳으로 다가가자, 사내가 발소리를 들었는지 획하니 고개를 돌려 바리를 내려다보았다. 검덕은 내내 낮게 으르렁거리다가 사내가 고개를 돌려 바라보자 갑자기 화들짝 놀란 듯 제자리에서 펄쩍 뛰고는 갑자기 뒤로 자빠져서 배를 내밀었다. 무언의 항복 표시였는데 웬만한 사내를 보고는 배를 보이지 않는 검덕이 이러니, 바리가 못마땅하여 검덕을 타박했다.

"왜 이래? 뭐가 무섭다고 배까지 보여줘?"

그리고는 낯선 사내에게 누군데 거기 숨어서 몰래 우리 언니 처소를 보고 있느냐 당차게 물었다. 사내는 한참 동안 바리의 얼굴을 바라보더니, 이내 빙그레 웃음을 지으며 이랬다.

"네가 해월의 동생이구나."

바리는 낯선 사내가 자신을 알고 있는 게 의아했지만, 언니의 이름을 부르는 것을 보고 한층 미간을 좁혔다.

"우리 언니를 알아요?"

사내는 해월공주의 처소를 힐끔 한 번 보고는 고개를 끄덕였다. 그리곤 무어라 말을 해야 할지 잠시 망설이다 이렇게 대답했다.

"오래 알고 지낸 벗이다. 해월이 궁에 돌아왔다 하여 어찌 지내고 있나 궁금하여 와본 것이다."

그러자 바리가 더 이해할 수 없다는 얼굴로 물었다.

"그럼 낮에 찾아와 언니를 만나시지 왜 살쾡이처럼 이리 숨어서 보고 계세요?"

사내는 난감함이 가득한 얼굴로 쓴웃음을 짓다가 해월공주의 처소에서 누군가 나오자 급히 주저앉아 소리를 죽였다. 바리가 처소 앞을 살펴보니 언니가 잠자리 들기 전에 손 씻고 세수하였는지 시녀가 대야를 들고 나오고 있었다. 바리가 쪼그려 앉아 있는 사내 앞에 같이 쪼그려 앉았다.

"왜 숨어요? 지기라면서?"

사내가 크게 말하지 말라는 듯 손가락을 자신의 입술에 대면서 작게 속삭였다.

"네 언니랑 싸운 일이 있어서, 날 안 보고 싶어하거든."

바리가 고개를 쑥 내밀고 왜 싸웠냐 물으니, 사내는 그냥 어쩌다 보니 내 마음을 몰라주고 그래서 어쩌구저쩌구 말을 띄엄띄엄하면서 얼렁뚱땅 대답하고는 그것보다 언니의 몸은 괜찮으냐 물어왔다. 바리가 사내의 묻는 말에 얼른 대답하지 못하고 한숨을 폭 내쉬었다.

"몸은 괜찮은데…… 다른 곳이……."

이러고 고개를 절레절레 흔들었다. 그러자 낯선 사내의 얼굴이 심각해졌다. 길잡이 등에 비추어서인지 사내의 두 눈동자도 짧은 순간 붉게 보였다. 허나 금세 다시 검은 빛이 도니, 바리는 착각이겠거니 넘어가는데 사내는 좀 더 소상히 말해다오 재촉을 하였다.

"다른 곳? 어디가 많이 안 좋은 것이냐?"

바리가 지난 열흘 동안의 언니를 떠올리며 근심 어린 얼굴을 했다.

"밤마다 울어요. 어떤 날은 새벽녘에 혼자 오도카니 앉아 있고요."

사내는 그 말을 듣고 무슨 생각을 하는지 수심 가득한 얼굴로 한숨을 내쉬고는 쪼그려 앉아 있던 다리를 펴고 그냥 흙바닥에 털퍼덕 주저앉았다. 바리도 다리가 저려 그 옆에 털퍼덕 앉는데 한쪽에서 계속 배 내밀고 누워 있던 검덕이 언제 그랬냐는 듯 슬쩍 다가와 바리 옆에 앉았다. 바리가 겁쟁이 검덕이를 콩 쥐어박고는 갑자기 생각할수록 열 통 터진다는 듯 씨근댔다.

"여튼 남해용왕인지 뭔지 가만 안 둘 거야, 내가."

옆에 앉아 있던 사내가 슬쩍 바리의 눈치를 보며 은근히 남해용왕을 두둔했다.

"용왕도 뭔가 사정이 있었겠지. 다 뭔가 있으니까 언니를 데려갔던 것 아니겠니?"

바리가 그 말에 주먹을 불끈 보이며 되도 않는 소리 말라고 소리쳤다.

"있긴 뭐가 있어요? 생사람 잡아다가 저렇게 사람을 골병들게 했는데. 내가 말을 다 할 수가 없어서 그렇지, 언니가 지금 얼마나 골병들었는지 알아요?"

사내가 아이 잃은 것 말이냐 넌지시 물으니, 씨근대던 바리가 식겁한 얼굴로 사내를 쳐다보았다.

"어, 아재가 그걸 어찌 알아요? 언니랑 나만 아는 비밀인데."

어찌 알긴, 애 아버지니까 알지. 사내가 속에 떠오른 말은 못하고 그저 해월에게서 들어 알고 있다 말하니 바리가 눈을 가늘게 좁히고 사내를 쳐다보았다.

"우리 언니랑 되게 친한가 보네요? 언니가 절대 아무에게도 말하지 말라 한 걸 아는 것 보니."

사내는 의미를 알 수 없는 쓸쓸한 웃음을 입가에 띠며 혼잣말처럼 중얼거렸다.

"친한 정도였겠니. 한때는 내 아내로 삼으려고 애를 썼었는데."

바리는 사내가 남해용왕 적룡인 건 상상도 못하고, 그 말에 잘되었다 손뼉을 쳤다.

"잘됐네요. 우리 언니 돌아왔으니까 그 마음 변치 않았으면 다시 한번 애써봐요."

지금 눈앞의 사람이 누구인지 까맣게 모르고 다시 애써보라 하는 바리를 보며 적룡이 조심스레 떠보았다.

"해월이 좋아할까?"

그런데 바리가 멈칫하더니 한숨을 내쉬었다.

"맞다. 아직은 힘들겠다."

적한의 한쪽 눈썹이 올라갔다. 바리는 해월공주가 했던 말을 떠올리며 생각에 잠긴 듯 고민스런 얼굴을 하고 있었다.

"금방은 힘들 거예요. 언니가 저번에 그랬는데, 사실은 남해용왕을 연모했대요."

바리는 사내의 두 눈이 번쩍하는 것도 모르고, 나뭇가지로 땅바닥에 언니라는 글자를 쓰며 계속 말했다.

"아직도 자면서 아가야 아가야 잠꼬대를 하는걸요."

사내는 목이 잠긴 듯 짧게 반문했다.

"그래?"

바리는 한숨을 폭 내쉬며 고개를 끄덕이곤 해월공주가 했던 말을 또 말했다.

"언니가 그랬어요. 우리 아기 평생 못 봐도 좋으니, 어딘가에 살아만 있었으면 좋겠다고."

그리고는 시무룩한 얼굴로 흙바닥에 남해용왕을 쓰고는 어느 순간 그 글자를 노려보며 나뭇가지로 그 글자에 가새표를 있는 힘을 다해 그었다. 나뭇가지가 부러질 정도로 여러 번 그어대며 바리가 주먹을 쥐었다.

"에잇, 남해용왕인지 뭔지 확 뒈져 버려라."

해월공주 생각에 옆에서 내내 침묵하고 있던 사내가 그 저주 어린 외침을 듣고 깜짝 놀라 바리를 쳐다보았다. 사내는 해월의 동생에게 단단히 박힌 미운털을 어찌 빼야 하나 난감한 얼굴을 하는데 처소에서 밤바람 쐬러 나온 해월공주가 담벼락에서 들리는 조근조근 소리를 듣고 바리를 불렀다.

"거기 바리니?"

바리가 벌떡 일어나 해월공주에게 손을 흔들며 언니 지기가 와 있다고 말했다. 해월공주가 어리둥절한 얼굴로 바리에게 와보니, 바리 옆엔 아무도 없었다. 바리가 비어 있는 옆자리를 보곤 깜짝 놀라 중얼거렸다.

"어? 언제 갔지? 방금 전만 해도 여기 있었는데."

적한은 이미 용이 되어 밤하늘의 구름 뒤에 숨어 있었다. 구름에 달빛 가려 보이지가 않으니, 순간 화들짝 놀라 몸을 숨긴 적한, 구름 뒤에 꼭꼭 숨어 해월공주 어떤지 보느라 정신이 없구나. 하늘 위에서 그녀를 보며 그립고 만지고 싶어 적한의 속이 까맣게 타 들어가는 것도 모르고, 해월공주 바리 어깨를 감싸주며 밤바람 차다 어서 들어가자 하고 있었다.

다음날 아침, 잠에서 깬 바리가 기지개를 켜며 밖으로 나가더니 무언가에 놀란 듯 해월공주를 불러댔다.

"언니, 언니, 일어나 봐."

동생의 재촉에 해월공주 부스럭부스럭 일어나 앉았다. 왜 그러냐 물으며 일어나긴 하였는데, 아이 잃은 몸이라 아직 몸이 무거웠다. 허나 동생의 말을 듣고 감겼던 눈이 번쩍 뜨였다.

"마루 위에 꽃이 놓여 있어."

바리가 마루에 놓인 꽃을 두 손에 고이 담아 방으로 들어왔다. 해월공주, 잠이 싹 달아난 듯 토끼 눈을 하고 동생이 건네는 꽃을 받아 들었다. 꽃은 붉디붉은 동백꽃 한 송이였다. 바리가 그 꽃에서 눈을 떼지 못하고 긴가민가한 얼굴로 말했다.

"이거 예전에 남해안에 갔다가 본 적 있는 꽃인데. 그때 보니까 꽃이 통째로 땅바닥에 떨어져 있었어."

해월공주, 무슨 생각을 하는지 지그시 손에 올려놓은 동백꽃을 바라보며 말했다.

"동백꽃이라고 불리는 꽃이야. 주로 따뜻한 남쪽 해안에 많이 핀단
다."

바리가 언니의 설명에 고개를 끄덕이다, 문득 의아한 얼굴로 물었
다.

"근데 누가 남쪽 해안에 피는 꽃을 놓고 간 거지?"

꽃을 보는 순간 그게 누구인지 알았지만 해월공주는 내색하지 않았
다.

"……글쎄."

바리는 다시 동백꽃을 바라보며 어젯밤 만난 언니의 지기라는 그 아
재가 보낸 건가 추측을 해보았다. 허나 어제 그 아재가 하룻밤 만에 어
찌 남해안을 다녀올 수 있으랴. 미리 가져온 것이라면 꽃이 이미 시들
었을 텐데, 꽃은 갓 따온 듯 싱그러웠다. 하여 바리가 정말 궁금해 죽
겠는 얼굴로 동백꽃을 바라보았다.

"누구인지 짐작 가는 사람 없어?"

해월공주는 동생이 적한의 정체를 알아 좋을 게 없다는 생각에 그저
별일 아니라는 듯 넘겼다.

"돌아온 걸 축하해 주려고 누가 보냈나 보지 뭐."

바리가 동백꽃의 향기를 큼큼 맡았다.

"언니, 이 꽃 열매로 동백기름 만드는 거 맞지? 이름도 똑같고, 향기
도 비슷한 것 같아."

해월공주가 빙그레 고개를 끄덕였다. 그리곤 복잡한 눈빛으로 동백
꽃을 내려다보았다.

"그리고 동백꽃은 예로부터 여인의 절개라 하여 여심화(女心花)라고
도 불린단다."

"왜? 왜 여심화야?"

해월공주, 마치 누군가를 생각하듯 낯빛이 깊구나.

"이 꽃은 말이야, 꽃이 가지에서 지지 않고 이렇게 붉은 채 통째로 가지에서 떨어지거든. 마음이 변하느니 죽겠다 그런 뜻이랄까."

바리가 신기한 듯 고개를 끄덕였다. 가락지를 찾으러 남해안에 갔을 때, 땅바닥에 뚝뚝 떨어진 이 꽃을 보고 그저 바람이 거세어 한꺼번에 후두둑 떨어졌구나 생각했는데 원래 그런 꽃이었다니 새삼 꽃 한 송이가 의미있게 다가왔다.

그렇게 두 사람이 아닌 밤중에 홍두깨마냥 놓여진 동백꽃 한 송이에 정신이 팔려 있는데, 안에서 일어난 기척을 듣고 밖에 있던 시녀가 씻을 채비하올까요 물어왔다. 하여 해월공주, 그리하라 이르고는 동백꽃을 서궤 위에 내려놓고, 밖으로 나가는데 꽃이 놓여 있었던 마루 위에 무언가 햇살에 반짝이고 있었다. 해월공주, 그것을 집어 들어 유심히 바라보았다. 그것은 붉디붉은 비늘이었다. 잠결에 동생 바리가 동백꽃만 본 것이리라.

붉은 비늘은 아침 햇살 아래서 핏빛처럼 선명하게 빛나고 있었다. 해월공주, 분명 적한 몰래 빼낸 비늘은 사저를 나오기 전 베개 위에 놓고 왔다. 절대 돌아오지 않겠다는 뜻을 적한에게 보여주기 위한 것도 있음이었고, 혹여나 그에게 다시 돌아가고 싶어질지도 모를 자신에게 바다로 갈 수 있는 길을 없애기 위해서였다. 그런데 이 아침, 어째서 마루 위에 동백꽃과 비늘이 놓여져 있는 걸까. 분명 적한이 두고 간 것이 틀림없는데, 이게 과연 무슨 의미인지 해월공주 알 수가 없다. 아니, 알고 싶지가 않다. 여인의 절개를 뜻하는 동백꽃과 적한의 것이 분명한 비늘이라니. 아직도 내게 절개를 지킬 마음이 있다면 이 비늘로 돌아오라는 뜻인가? 아니면 자신도 여인처럼 절개를 지킬 것이고, 앞으로는 자유로이 육지를 오가게 해줄 터이니 돌아오란 뜻인가?

바리는 벌써 배가 고프다며 먹을 것을 찾아 밖으로 나가더니, 밖에서 기다리던 시녀에게 잡혀 목간통으로 끌려가고 있었다. 어제 목욕하였으니 오늘은 세수만 하자, 안 된다 목욕도 해야 한다 밖에서 바리와 시녀가 옥신각신하는 소리가 들려오는 가운데, 해월공주 비늘을 가지고 방으로 들어갔다. 그리곤 서궤 위에 올려놓은 동백꽃을 바라보았다. 어느 순간 그녀가 손안에 있는 비늘을 꽉 움켜쥐었다. 단단하고 날카로운 붉은 비늘이 손바닥 안에서 살을 찔러 아팠다. 작은 비늘조차도 제 주인을 그대로 닮아 손에 쥐려고 하면 상처를 내고 아픔을 주는구나. 해월공주, 움켜쥐고 있던 손을 펴니 비늘의 양날에 찔린 손바닥에서 피가 배어 나오고 있었다. 서궤에 올려놓은 동백꽃 바로 옆에 그 비늘을 내려놓고 공주는 마치 그들이 적한인 양 차갑게 바라보았다.

"정작 힘들 때 차갑게 등 돌렸던 그대, 무엇을 믿고 그대에게 돌아갈까."

해월공주, 손바닥 안에 베인 상처가 쓰려와 손을 옹그렸다. 그녀의 눈물이 움켜쥔 손등 위로 뚝뚝 떨어졌다. 사모하는 마음, 변치 않았다. 여전히 그립고 애틋하다. 허나 변치 않았다 하여 그를 위해 모든 것을 내던지려 했던 마음 다시 품고 싶지는 않다. 상처는 아직도 피를 흘리고 있었다.

한편 목간통으로 끌려간 바리는 시녀가 데운 물을 더 가져오려고 아궁이가 있는 부뚜막으로 간 사이 후다닥 옷을 걸치고 처소로 달려갔다. 그리곤 시녀가 뒤따라와 또 껍질 벗겨내듯 때 밀어대기 전에 급히 멍구럭에 그동안 모아놓은 먹을 것 챙겨 넣고 궁 뒤편에 있는 숲으로 도망을 쳤다. 씻고 단장하고 밥상 물리자마자 글공부니 뭐니 하면서 하루 종일 쉴 틈 없이 볶아대는 것이 바리 이제는 갑갑하게 느껴져 오랜만에 때 탈까 해 질까 신경 쓰지 말고 미투리 신고 마음껏 숲에서 놀아보자 하였던 것이다. 하여 나무 위에 올라가 멍구럭에 들어 있는 곶감이니 떡이니 오물오물 쥐어뜯어 먹으며 따스한 봄 햇살 마음껏 들이

마셨다. 헌데 바리가 숨은 곳, 검덕이는 귀신같이 찾아내 자신한테도 먹을 것 달라며 나무 아래에서 왈왈 짖어댔다. 바리가 나무 아래에서 꼬리를 흔들며 짖어대는 검덕이를 보고는 투덜거렸다.

"야, 나 이거 아침밥 대신 먹는 거야. 달랄 걸 달래라."

그러자 검덕이가 더 크게 짖었다. 나무에는 오르지 못하니 나무 주위를 뱅뱅 돌며 맛난 것 혼자 먹지 말고 좀 나눠 먹자 난리를 쳐댔다.

"조용히 해, 네 소리 듣고 시녀 언니들 다 달려오겠다."

바리가 어쩔 수 없다는 듯 나무에서 내려가려고 하는데, 갑자기 검덕이가 다른 허공을 향해 짖어댔다. 바리, 뭔가 싶어 내려오다 말고 검덕이가 바라보는 곳 쳐다보았다. 헌데 이게 도대체 무슨 일인가. 하늘에서 날개 달린 흰 말이 날개를 퍼덕이며 바리가 있는 곳으로 오고 있는 게 아닌가. 바리는 자신이 지금 꿈을 꾸는 것인가 싶어 눈을 비벼대고 다시 쳐다보았지만 말은 분명 날갯짓을 하고 있었다.

바리가 어버버 하며 아무 말도 못하고 있는데, 천마가 바리 가까이로 다가오더니 어서 타라는 듯 쳐다보았다.

"타라고?"

천마가 흰 갈기를 펄럭이며 고개를 끄덕였다. 바리는 어차피 꿈속인데 무서워할 게 뭐가 있겠냐 싶어 천마 등에 올라탔다. 그러자 나무 아래 검덕이가 자신도 타겠다고 짖어댔다. 천마는 그 소리를 들었는지 땅에 내려서더니 바리가 검덕이를 안아 올릴 수 있도록 기다려 주었다. 그리곤 바리가 검덕이를 품에 안자마자 그 큰 날개 펄럭이며 하늘로 오르더니 곧장 어디론가로 향했다.

바리는 꿈속인데 어째서 이토록 맞바람이 실감나는 것인가 의아해하며 고개를 갸웃거렸다. 더 놀라운 것은 언젠가 이런 느낌을 받았다는 것이다. 허나 눈앞에서 펼쳐지는 구름과 지나가는 새들을 보며 바리 참으로 묘한 꿈이다 그러고 있는데, 천마는 순식간에 북쪽으로 날

아가더니 어느 궁 전각에 내려섰다. 하여 바리, 그곳이 어디인지 전혀 모른 채 그저 꿈속에서 신기한 일 겪는구나 싶어 겁없이 전각 이곳저곳을 구경하고, 그중 가장 화려하고 아름다운 방으로 들어가 보았다. 꿈속이라 그런가 전각 주위에 사람 그림자 보이지 않고, 오래 비워져 있는 듯 정적만 감돌았다. 바리는 처음 보는 문양과 도자기에 눈을 휘둥그레 뜨고 두리번거렸는데, 문득 먼발치에서 목소리가 들려왔다.

"네가 어찌 여기를 온 것이냐?"

바리 소리가 들려오는 곳을 쳐다보니, 그 가마꾼이 서 있었다.

"어! 가마꾼아재?"

바리가 성큼성큼 다가가면서 어리둥절 물었다.

"아재가 왜 제 꿈에 나와요?"

무장은 자신이 왜 이곳에 있는지 어리둥절해하며 꿈속이라고 생각하는 바리를 보고는, 누가 두억시니공주를 데려왔는지 알 것 같았다. 오래전에 크게 혼내서 한동안 그러질 않더니, 그의 천마가 또다시 사람을 데려온 것이다.

무장, 어릴 적 슬퍼하거나 침울해하면 천마가 그를 위로할 수 있거나 즐겁게 하는 이를 데려오곤 했었다. 어느 날 갑자기 날개 달린 말 타게 된 인간들은 깜짝 놀라 꿈인지 생시인지 헷갈려 했다. 무장이 처소 밖에서 슬쩍 고개 내밀고 그의 눈치 살피고 있는 천마를 노려보았다. 천마는 무장의 눈빛 엄해지자 뒷걸음질로 시선을 피하였다.

그사이, 다탁 위에 있는 복숭아를 발견한 바리가 고개를 갸웃하였다. 먹고 싶었었나? 왜 꿈속에서 복숭아를 보는 것일까? 아무리 생각해도 이것은 꿈이었다. 날개 달린 말을 타고 온 것도 그렇고, 복숭아 따는 여름철도 아닌데 탐스러운 복숭아가 세 개나 있는 것도 그렇고 모든 것이 요상했다. 헌데 왜 복숭아를 보고 입에 침이 고이고, 복숭아 향기는 이토록 생생하게 달콤한 것인지 모를 일이었다. 어찌 됐든 복승아 보고 침이 고이는 바리, 꿈속이니 먹어도 되지 않을까 싶어 손을 가져가는데 무장이 멈추게 하였다.

"안 된다. 그건 다른 이에게 준 것이야."

바리가 흠칫 뻗고 있던 손을 되가져 갔다. 허나 지금껏 본 적 없는 탐스럽고 크디큰 복숭아에 넋을 놓고 시선을 주었다.

"누구한테요?"

무장은 다탁 옆에 있는 교의에 앉아 한숨을 내쉬었다. 조용히 누이의 기일을 기리고, 그 혼을 달래주려고 했는데 이 천방지축 두억시니공주를 데려왔으니 다 틀린 듯싶었다.

"누이에게 준 것이다."

바리가 무장의 맞은편 교의에 앉아 턱을 괴었다.

"누이요? 아재한테 누이도 있었어요?"

무장이 말없이 고개를 끄덕이는데, 복숭아 향기를 검덕이도 맡았는지 바리의 품속에서 고개를 치켜들고 코를 큼큼거렸다. 먹고 싶어 안달이 난 눈치였는데, 바리가 그런 검덕을 혼냈다.

"안 돼. 아재 누이한테 드린 거라잖아. 먹고 싶어도 참아. 나도 한입만 먹어봤으면 좋겠는데 이렇게 꾹 참고 있잖아."

그리고는 다시 턱을 괴고 뚫어지게 복숭아를 쳐다보고 있으니 달란 소리보다 더 무서웠다. 무장이 모른 척하고 가져온 천계수로 차를 우려냈다. 차는 누이 무강이 천계에서 지냈을 때 즐겨 마시던 감로차였다. 이번에도 개코인 검덕이 미약하지만 달디단 차향을 맡고 왈왈 짖어댔다. 바리가 그런 검덕을 다시 단속시켰다.

"꿈속이야, 꿈속. 꿈에서 뭐 먹으면 몸 안 좋아, 바보야."

굳게 꿈이라고 믿고 있는 두억시니공주를 보니, 무장 웃음이 났다. 누이의 혼 달래주고 곧장 삼신산으로 내려가야 한다는 사실에 마음이 땅 끝으로 내려앉고 있었는데, 엉뚱한 이 두억시니공주 때문에 잠시라도 무거운 마음 잊을 수가 있었다.

"그런데 누이는 어디에 있어요?"

무장이 찻잔을 들고 누이가 머물던 침상과 그 주위를 서성이며 차향을 퍼뜨렸다.

"글쎄다. 나도 누이가 지금 어디에 있는지 모른단다."

"그럼 왜 여기에다 복숭아를 놓은 거예요?"

"예전에 즐겨먹던 것이니, 그 향기 맡고 돌아오라 그런 것이다."

알쏭달쏭한 무장의 말에 바리는 점점 미간을 찌푸리더니 고개를 갸웃했다. 꿈속이라 그런가 당최 이해할 수가 없는 말뿐이었다. 하여 입을 다문 채 차향을 퍼뜨리고 있는 무장을 그저 가만히 구경하고 있는데, 그는 자신이 삼신산으로 가고 나면 더 이상 누이의 혼을 달래줄 이가 없다는 것을 떠올리며 바리에게 누이에 대해 이야기했다. 누이에 대한 기억을 누군가가 가지고 있기를 바라는 마음이었다.

"이곳은 예전에 황후가 지내던 곳이란다."

"황후요? 그럼, 여기가 궁이에요?"

너무나 화려하고 낯선 문양과 물건이 많아 바리는 그저 꿈속의 기묘한 공간이라 생각하고 있었다. 무장은 그런 바리 생각 읽었는지 빙긋이 웃으며 대답해 주었다.

"이곳은 옥저의 궁이다. 황제가 황후를 위해 이곳을 지어주었지."

바리는 이제야 왜 옥저라는 나라가 꿈속에 나타났는지 알 것만 같았다. 큰언니인 자월공주가 현재 옥저의 황후였던 것이다. 하여 그 이야기 듣고 이런 꿈을 꾸는 건가 싶었다.

무장이 복숭아가 놓인 접시 바로 옆에 그 찻잔을 내려놓았다.

"이것도 올해가 마지막이로구나."

찻잔은 이미 차갑게 식어 있었다. 그는 복숭아와 찻잔 잠시 내려다보는가 싶더니 밖으로 향했다.

"이만 가자. 지금쯤 네가 없어졌다고 궁이 발칵 뒤집혀졌을 것이다."

바리가 무장의 뒤를 따라 전각을 나섰다. 그러자 무장이 바리를 천마에 태우고 자신도 말에 올랐다. 천마가 하늘로 오르자, 옥저의 궁은 이제 구름 아래 언뜻언뜻 보일 뿐이었다.

목지국에 다다르자, 무장은 바리가 꿈을 꾼 것이라 생각할 수 있도록 비상용으로 갖고 다니는 약초를 소맷자락에서 꺼내 바리의 정수리 위에서 몰래 뿌렸다. 무장 때때로 지상을 다니면 천마의 날개를 보는 이도 있고, 그가 천마를 타고 하늘로 오르는 광경 보는 경우가 있어 그때마다 그 약초 뿌려 꿈을 꾼 것이라 착각하게 만들곤 했던 것이다. 하여 그 약초 가루를 뿌리니 바리 또한 스르르 잠이 들었다.

그가 천마에게 두억시니공주가 원래 있던 곳으로 가라 명하니, 천마가 궁 뒤쪽에 있는 우거진 숲에 내려섰다. 천마의 눈빛, 나무 위에 있었다며 땅에 내려서지 않고 나뭇가지가 갈라지는 지점에서 멈추었다. 허나 잠든 아이를 나무 위에 올려두면 자칫 굴러떨어져서 크게 다칠 일이니, 무장 바리를 그 나무 아래 뉘어놓았다. 검덕이도 바리에게 뿌린 약초 가루 같이 맡았는지 바리의 품속에서 새근새근 잠들어 있었다. 많이 뿌리지는 않았으니 한두 시간 지나면 깨어날 수 있을 것이다. 무장이 여유 분으로 챙겨온 복숭아 하나를 꺼내어 잠든 바리의 머리맡에 놓았다. 출출하면 먹으려고 한 것인데, 복숭아를 보고 그토록 침을 흘리니 안 줄 수가 없었다. 땅바닥에 있으니 어디선가 굴러왔다 여기겠지.

무장, 천마에 올라 하늘로 오르려다 복숭아 대신 가져갈 것 없나 살펴보다가 나무 위에 있는 멍구럭을 보고는 다가가 안을 뒤져 보았다. 그러자 멍구럭 안에 떡과 곶감이 한가득 들어 있는 것을 보곤 싹 꺼내어 챙겼다. 물론 멍구럭은 나무 위에 그대로 두고 말이다.

저 두억시니공주가 깨어나면 멍구럭에 있는 음식 없어진 것을 보고 기함을 하리라.

그가 피식 웃고는 천계로 가자 천마에게 명했다. 이제 천계로 돌아가면 곧장 삼신산으로 향해야 한다. 길고 긴 시간이 될 것이다. 언제 다시 돌아올 수 있을지 그것은 천제만이 알고 있을 터, 무장은 오랫동안 볼 수 없을 지상의 모습을 내려다보았다.

"너와도 이별이구나."

무장의 말에 천마의 귀가 파닥거렸다.

그렇게 무장이 돌아간 후 바리보다 먼저 잠에서 깨어난 검덕이가 머리맡에 있는 복숭아를 보고는 코를 큼큼거리며 복숭아 쪽으로 다가갔다. 그리곤 주인이 일어나기 전에 먹어치우겠다는 듯 아작아작 복숭아를 두 발로 끌어안고 먹기 시작했다. 해서 검덕이 복숭아를 거의 다 먹어치우고 이제 딱딱한 씨앗만 핥고 있을 때 바리가 깨어났다. 깨어나자마자 복숭아 씨앗을 핥고 있는 검덕이를 보곤 어이가 없어서 타박을 놓았다.

"야, 치사하게 너만 먹냐?"

자신은 나무 위에 올라가 떡을 먹으며 검덕이를 놀려놓고 누구에게 치사하다고 하는 건지, 검덕은 정말 맛있었다는 듯 굴하지 않고 씨앗을 핥짝대고 있었다.

'진짜 이상한 꿈이네.'

바리가 고개를 갸웃하다가, 문득 나무 위를 올려다보니 자신의 멍구럭이 나무 위에 있었다. 나무 위에서 잠이 들었다가 굴러떨어진 것일까? 헌데 아픈 곳이 전혀 없으니 참으로 기이한 일이었다. 어쨌든 잠에서 깨어난 바리가 나무 위로 올라가 멍구럭을 가지고 내려왔는데, 이상하게 가벼웠다. 그동안 모은 곶감이며 유밀과며 떡이며 장난이 아니게 많았는데 말이다. 잠들기 전에 분명 떡 두어 개와 곶감 서너 개 정도밖에 안 먹었는데 왜 이리 가볍단 말인가.

"어어어어?"

바리가 나무에서 내려오자마자 멍구럭을 열어보니, 멍구럭이 텅텅
비어 있었다. 누군가 자신이 잠든 사이에 멍구럭 안에 있는 음식을 싹
가져가 버린 것이다. 바리, 일단은 검덕이를 의심하며 째려보니 검덕
이는 억울하다 귀를 쫑긋 세우고 짖어댔다. 그동안 몰래 숨겨둔 요깃
거리 막내공주에게 빼앗겼던 내관과 시녀들이 작정하고 가져간 것인
가. 바리가 고개를 갸우뚱하며 누구인지 잡히기만 해봐라 속으로 이를
갈았다. 허나 그때 무장은 삼신산에 있었으니, 천지간을 다 잡으러 다
녀도 잡을 수가 없는 일이었다.

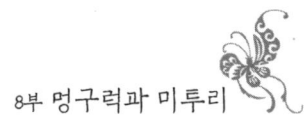

8부 멍구럭과 미투리

　해월공주 궁으로 돌아온 지 달포가 되어갈 무렵 첫째 딸 자월공주 목지국에 도착했다. 여느 날처럼 해월공주와 아침 먹고, 문안드리러 곤전에 갔던 바리는 처음 들어보는 여인의 호방한 웃음소리에 호기심 어린 눈으로 자월공주를 바라보았다.

　자월공주, 옥저의 둘째 부인으로 갔으나 오 년 전 황후의 죽음 이후 현재는 옥저의 황후로 불리는 현덕마마, 바리가 곤전에 들어서자 막냇동생 어찌 생겼는지 눈을 크게 뜨고 바라보는구나.

　십오 년 전, 혼사를 앞둔 시기에 막냇동생 버려진 것을 알고 열일곱 살이었던 자월공주 시집을 가면서도 가마 안에서 얼마나 눈물을 지었던가. 그런데 그 동생이 이렇게 살아 있었다니 그 감회 무슨 말로 표현할 수 있을까. 자월공주, 입가에 함박웃음 터뜨리며 당신의 큰딸 또래인 막냇동생을 품에 덥석 안았다. 그리곤 부모 격의 나이인 첫째 언니가 낯설고 어려워 엉거주춤하고 있는 바리를 제 아이인 양 막냇동생의 볼에 자신의 뺨을 비벼대었다.

"아이구, 세상에. 네가 살아 있었구나. 어디 보자. 우리 막내 어찌 컸는지, 어찌 생겼는지 내 두 눈에 담아가지고 가야겠다."

그 목소리 어찌나 괄괄하고 화통한지 선머슴 바리도 움츠러들 정도였다. 허나 곤전이 들썩거리도록 탄성을 내뱉던 자월공주, 어느 순간 바리를 껴안은 채 아무 말 없이 고개를 숙이시는구나.

바리가 이상해서 고개를 돌려보니, 자월공주 고개를 숙인 채 왈칵 눈물을 쏟아내는 게 아닌가. 놀라움과 기쁨에 웃음을 터뜨렸지만, 막냇동생을 품에 안으니 그동안 맘 아파했던 일들이 주마등처럼 스쳐 지나갔던 것이다. 막내공주 버려진 충격과 슬픔으로 몸져누운 어머니를 두고 혼행길에 올라야 했던 자월공주, 옥저의 궁에서 살아남느라 쉽게 친정 나들이 와보지도 못하고 인편으로 어머니가 거동이 안 되고 아버지가 쓰러졌다는 소식을 들으며 얼마나 애를 태우고 마음이 무거웠던가. 이제야 옥저에서 자리 잡고 친정을 돌아볼 수 있는 여유가 생겼는데 아버지 대왕마마 위독하시다니, 어린 막냇동생을 안고 어찌 눈물을 흘리지 않으리오.

왕후 길대부인, 시원시원하고 괄괄한 성미의 첫째 딸이 우는 것을 보고 먼 타국에서 얼마나 마음고생을 하였으면 저리 울까 안타까워했다.

"자월아, 울지 마라. 먼 길 오느라 힘들었을 텐데 그러다 몸 상할라."

자월공주, 고개를 끄덕이면서도 흐르는 눈물을 손수건으로 연신 눌러 닦아냈다. 그리곤 다시 예의 그 괄괄한 목소리로 바리에게 언니라 불러봐라 일렀다. 그런데 바리가 망설이며 뜸을 들었다. 해월공주와는 기저국에서 위험한 상황을 같이 겪었고 나이 차이도 세 살밖에 나지 않아 금방 친해졌지만, 자월공주는 제 나이보다 열일곱이나 많으니 부모 격이고, 차림새도 생경한 이국의 차림이니 쉽게 언니라는 말이 나오지 않는 바리였다.

자월공주, 바리가 어려워하니 살짝 서운한 얼굴로 바리를 바라보았다. 그제야 바리가 데면데면한 기색이 역력한 얼굴로 입을 열었다.

"……언니 ……큰언니."

자월공주가 흐뭇한 웃음 입가에 활짝 띠며, 바리의 양손을 잡고 당부를 하였다.

"그래, 내가 큰언니다. 비록 몸은 옥저에 있어 자주 올 수 없었지만, 그래도 너를 잊은 적은 없다. 허니 너에게 큰언니가 있다는 것을 잊지 마라."

바리가 보스스 입가에 웃음 물고 고개를 끄덕였다. 어려운 분인만큼 힘들 때 언덕이 되어줄 것 같아 삼 년치 밥을 먹은 듯 괜스레 마음 한 구석이 든든해져 왔다.

이렇게 막냇동생과의 상봉에 정신없던 자월공주, 한쪽에서 조용히 지켜보고만 있는 해월공주를 보곤 말없이 동생의 손을 꼭 잡아주었다. 고초를 겪었다는 소식 듣고도 와보지 못해 미안하다는 큰언니의 말없는 말이었다.

이렇게 자월공주, 셋째 아이 낳고 친정 나들이 와본 지 삼 년 만에 어머니와 동생들과 해후하였으나 가져온 선물들 풀지도 못하고 곧장 대왕마마 계시는 침전으로 걸음하였다. 아버지 대왕마마 병환 중하다 하니, 큰딸인 자월공주의 거동이 바특하였다.

의식 흐릿하고 사람 몰라보던 어비대왕은 큰딸의 음성 듣자 설핏 정신을 차리기 시작했다. 자월공주, 삼 년 만에 보는 아버지 대왕마마 몰라보게 수척하고 늙었으니 울컥하지 않을 수가 없었다.

"아버지, 어찌 이리 늙으셨소."

큰딸이 대왕마마 한쪽 손을 두 손으로 꼭 부여잡고 이리 애통해하니, 대왕마마 힘없는 손 간신히 움직여 큰딸의 손을 토닥여 주었다. 그리곤 가쁜 숨 내쉬면서도 큰딸을 걱정하였다.

"……어찌 그 먼 길을…… 왔느냐?"

자월공주, 아버지의 메마르고 핼쑥한 손을 보고 말을 잇지 못하였다. 대왕마마, 그런 큰딸이 안쓰러운지 손을 부들부들 떨면서도 큰딸의 어깨를 쓰다듬어 주었다.

"나는…… 괜찮다. ……오히려 네가 걱정이지. 옥저에서 후계를 두고…… 분란이 많다 하던데…… 괜찮은 것이냐?"

자월공주, 아버지 근심할까 봐 별일없는 듯 괜찮다 대답했다.

"저는 평안하니, 걱정 마시고 그저 어서 쾌차하실 생각만 하세요."

대왕마마, 말없이 큰딸을 바라보며 희미하게 미소를 지었다.

"큰애야, 나는 이제 틀린 것 같다. 너무 오래 고생을 하였더니, 차라리 어서 편해졌으면 좋을 성싶구나."

"왜 그런 말씀을 하세요. 저희는 어찌하라고, 어머니는 어찌하라고, 가실 생각을 하세요?"

어리광 섞인 큰딸의 타박에 대왕마마 의미를 알 수 없는 흐릿한 눈으로 큰딸을 바라볼 뿐이었다. 그러다 한쪽에 서 있는 해월공주와 바리를 보고는 유언 같은 당부를 하는구나.

"동생들을 부탁한다, 큰애야. 네 비록 먼 곳에 있으나 동생들의 안위를 보살펴 주어라."

자월공주, 하염없이 눈물을 흘리며 고개를 끄덕였다.

나라의 안위를 위하여 딸들을 타국 멀리 시집보낼 수밖에 없었던 어비대왕이나, 대왕 본시 공주들을 끔찍이도 아꼈던 분이다. 후계에 대한 근심과 간절함이 막내딸을 버리게 만들었지만, 다섯째 딸 태어날 때까지만 하여도 은애하는 여인에게서 낳은 후사라 금이야 옥이야 공주들을 어여뻐했다. 허니 큰딸인 자월공주에게 어비대왕, 막내딸을 버린 비정한 아버지이기 이전에 자신을 끔찍이도 어여삐 여겨주던 아버

266

지이다. 시집간 옥저의 궁에서, 큰딸이 혹여 설움받지 않을까 정쟁의 희생양이 되는 것은 아닐까 힘을 실어주고 뒤를 살펴준 아버지이니, 자월공주 어찌 어비대왕의 병환 앞에 덤덤할 수 있으리오. 하여 옥저의 궁에서 출발할 때, 병환에 좋다는 온갖 귀한 약재들을 수소문하여 가져오고, 말타기를 좋아하는 아버지에게 드리려고 명마로 길러진 과하마도 데려왔다. 허나 온갖 약재 소용이 없고, 데려온 과하마는 타보기는커녕 보러 나갈 수도 없으니 자월공주 비통함에 간장이 끊어지는구나.

허나 이렇게 비통해하는 자월공주를 바리는 부러운 듯 쳐다보고 있었다. 네 살아 있었구나, 악연도 이런 악연이 없구나, 자신은 뼈아픈 말 두어 마디 들은 것이 전부였는데 큰언니인 자월공주는 너무나 살갑고 애틋하게 대왕마마와 이야기 나누니 이를 지켜보는 바리로서는 실로 얄궂은 부러움과 소외감이 밀려왔다.

자신은 부모의 손길 한 번 받아보지 못하고 십오 년을 그리워하였는데, 그런 자신에게는 따스한 말 한마디 안 건네준 아버지 대왕마마가 큰언니에게 하는 것은 딴판이라. 당신께서 큰딸을 얼마나 귀히 여기고 있는지, 얼마나 염려하고 얼마나 믿고 있는지 굳이 말로 되새겨 보지 않더라도 눈빛과 얼굴만으로도 역력히 알 수 있을 정도였다.

그날 저녁, 하루 종일 자월공주가 가져온 선물 꾸러미 구경하고 옥저란 곳은 어떤 곳인지 재미나고 신기한 이야기도 실컷 들은 바리가 곤전에서 함께 저녁을 먹고 제 처소로 돌아왔다. 헌데 방 안에 들어서 보니 시녀가 방에 있는 농 안을 정리하고 있었다. 바리 입으라 길대부인이 새로 지어 하사한 비단옷이며, 자월공주가 가져온 반어피와 양모피 그리고 꾸미개가 전해졌으니 농 안을 새로이 정리하고 있었던 것이다. 어떤 물건 어디로 정리되는지 보고 있던 바리가 문득 농에 넣어둔 제 물건은 어디에 있나 살피다가 시녀에게 물었다.

"시녀 언니, 제 멍구럭은 어디 갔어요?"

헌데 시녀는 방문 밖을 살펴보며 마루에 없나요 되묻는 것이 아닌가. 바리가 마루로 나가 살펴보니 귀퉁이에 멍구럭이 놓여 있었다. 아마도 마루에 있는 궤에 온갖 잡동사니들과 함께 넣어둘 요량이었나 보다. 바리가 말없이 자신의 멍구럭을 내려다보았다.

참 이상하다. 멍구럭이 농에 들어갈 것이 아님을 알지만, 왜 지금 이 순간 홀대받고 있다는 생각이 드는 걸까. 바리에게 맞게 비럭할아범이 짜준 멍구럭은 하도 들고 다녀서 손때가 시커멓게 묻어 있었다. 그 멍구럭이 꼭 자신과 같이 느껴지는 바리였다. 이 궁에 어울리지 않는 보잘것없는 물건, 대접받지 못하고 다른 잡동사니에 휩쓸리다 어느새 어디에 있는지조차 찾을 수 없는 그런 것, 지금 자신이 이 궁에서 그런 것 같아 멍구럭을 바라보는 바리의 얼굴이 시무룩했다. 게다가 저 멍구럭 안에는 할배가 몇 날 며칠 짠 미투리가 들어 있지 않은가. 눈 침침하고 손 곱은 노인 양반이 촘촘한 미투리를 짜려면 얼마나 고생을 하여야 하는데, 그런 사정 헤아리지도 않고 볼품없고 천한 물건이다 천대를 받는구나. 바리가 멍구럭을 집어 들고 방으로 오더니 시녀에게 한마디 하였다.

"시녀 언니, 이거 막 대하지 말아요. 이거 짜려면 얼마나 힘든지 알아요?"

바리의 얼굴에 불끈 솟은 화가 역력하니, 농을 정리하던 시녀가 어안이 벙벙한 얼굴로 바리를 쳐다보았다. 그러다 묻지도 않고 멍구럭을 건드린 게 막내공주의 심기를 불쾌하게 만들었나 싶어 얼른 사죄를 하였다.

"죄송해요, 공주님. 저는 그저 농에 있는 것보단 궤에 넣어두는 게 나을 것 같아서 그랬어요."

바리도 시녀가 하는 말이 일리있다는 걸 알기에 더 이상 따지지 못하고, 혼자 성난 마음이 가라앉지 않아 멍구럭을 들고 휙하니 마루로 나갔다. 그리곤 댓돌 위에 있는 꽃갖신은 쳐다보지도 않고 멍구럭에서 미투리 한 켤레를 꺼내어 신더니 층층이를 턱턱 내려서곤 들으라는 듯 말했다.

"갖신보다 이게 훨씬 편한데, 것도 모르고."

방 안에 있는 시녀는 지금 막내공주가 뿔났다는 걸 알고 아무 말도 하지 않았다. 바리가 멍구럭을 농에 다시 넣어달라 말을 하고 해월 언니에게 다녀오겠다며 처소를 나섰다. 답답한 갖신보다 제 발 모양에 맞게 모양이 만들어지는 이 미투리가 훨씬 더 편하다는 걸, 누구에게라도 말하고 싶은 바리였다. 허나 바로 옆에 있는 해월공주 처소에 다다른 바리가 처소에 밝혀진 불빛을 보곤 걸음을 멈추었다. 저녁을 먹은 자월공주와 해월공주, 그동안 어찌 살았는지 이야기꽃을 피우고 있었던 것이다.

자신과 가장 친할 것이라 여겼던 해월 언니, 큰언니 만나자 더 살갑게 이야기 나누고 바리가 없었던 십오 년 동안 궁에선 막내였으니 어리광도 섞여 나오는구나. 지창 밖으로 들려오는 자분자분한 목소리를 듣고 있던 바리가 걸음을 돌려 처소 밖으로 나왔다.

이제 보니, 만날 뒤를 따라다녔던 검덕이도 보이지가 않는다. 아마도 자기와 똑같이 생긴 궁의 삽살이들과 어디선가 놀고 있는 것이겠지. 오늘 같은 날 검덕이마저 보이지 않으니 바리 마음이 더 울적하였다.

해월공주의 처소에서 나온 바리는 그 앞에서 미투리를 신은 발로 어디로 갈까 왔다 갔다 서성였다. 할매는 잘 계시나, 할배는 잘 계시나, 문득 할매 할배가 너무 보고 싶은 바리다. 허나 대왕마마 병환 나아질 기미 없으니 모시러 갈 형편이 안 되는구나. 급기야 내일 혼자라도 할매 할배 보러 갈까 고민을 하는데, 어디선가 부스럭 작은 소리가 났다. 하여 바리가 멈칫하고 뒤돌아보니, 해월공주 처소 앞 담벼락 아래 또 그 지인이라는 아재가 서 있는 게 아닌가. 가뜩이나 울적한 마음이었던 바리, 낮에 안 오고 또 도둑고양이처럼 담벼락 아래 숨어 처소를 바라보고 있는 그 아재를 보니 절로 짜증이 밀려왔다. 해서 그 아재가 누구인지도 모르고 벌컥 면박을 주었다.

"아, 그 아재, 정말 답답하네. 뭐가 그리 무서워서 낮에 못 오고 밤마다 훔쳐봐요?"

처소를 심각한 얼굴로 바라보고 있던 적한이 갑자기 들려오는 말소리에 놀라 쳐다보았다. 그러다 어둠 속에 바리가 서 있는 걸 확인하곤, 옳다구나 반가운 표정을 짓는 게 아닌가. 그가 은인 만난 사람처럼 성큼성큼 바리에게 다가오더니 덥석 손을 잡았다.

"어, 이게 누구냐. 바리구나."

바리가 미간을 찌푸리며 이 아재가 왜 이래 하는 얼굴로 적한을 쳐다보았지만 그는 상관없다는 듯 다짜고짜 해월공주에 대해 묻기부터 했다.

"오늘 해월의 기분이 어떠하더냐?"

바리가 적한에게서 빼낸 손으로 양 옆구리를 짚고 받아쳤다.

"궁금하면 아재가 직접 물어봐요."

적한이 난감한 얼굴로 바리를 쳐다보다 어딘가 성이 나 있는 바리의 얼굴을 살폈다.

"무슨 일이 있었니? 왜 그리 화가 나 있는 거야?"

그렇게 걱정스러운 듯 물어주니 뽈나 있던 마음이 조금은 누그러지는 바리였다. 하여 방금 전보다는 풀어진 얼굴로 말했다.

"언니, 오늘 기분 좋아 보였어요."

그 말에 적한이 크게 기뻐하며 정말 그러했느냐 되묻는데 오늘 옥저에서 큰언니가 와서 다들 기분 좋았다 말하니 시무룩한 얼굴로 담벼락 아래로 가버렸다. 그리곤 해월공주의 처소를 다시 기웃기웃 살펴보며 깊은 한숨을 내쉬었다. 보다 못한 바리가 적한에게 다가가 따져 물었다.

"오늘 해월 언니 기분이 어땠는지 왜 궁금한데요?"

적한이 말을 할까 말까 잠시 망설이다, 해월의 마음을 알려면 이 막내공주에게 물어볼 수밖에 없다고 여겨 솔직히 답하였다.

"오늘 아침에 해월에게 보낸 것이 있는데, 해월이 어찌 생각하는지 알 수가 없어서 그런다."

적한은 바리가 해월공주와 함께 잤다는 걸 까맣게 모르고 그리 둘러 이야기를 하고 있었다. 그러자 바리가 퍼뜩 생각이 난다는 듯 손가락으로 적한을 가리켰다.

"그 동백꽃이 그럼 아재가 보낸 거예요?"

"알고 있었니?"

바리가 어제 같이 잤다 말하고는 동백꽃을 떠올리며 살짝 얼굴을 찌푸렸다.

"근데 꽃은 정말 예쁘긴 했는데, 꽃 한 송이 갖고 언니 마음을 잡을 수 있겠어요?"

"다른 것도 보냈는데, 그에 대해서도 아무 말이 없었니?"

바리가 고개를 갸우뚱했다. 분명 마루에 동백꽃 한 송이만 있었으니, 다른 건 언제 보낸 건가 싶다.

"아무 말 없던데요. 그리고 큰언니가 와서 모두 정신이 없었어요."

적한은 그 큰언니가 왜 하필 오늘 온 것인지 속으로 탄식을 뱉어냈다. 하여 비늘은 내버려 두고, 동백꽃에 대한 해월공주의 반응이라도 알아보았다.

"해월이 그 꽃 보고 뭐라고 하디?"

바리가 아침에 해월공주에게서 들은 이야기를 애써 떠올렸다.

"그 꽃이 여인의 절개를 뜻해서 여심화(女心花)라고 불린다고 했어요."

"그리고 다른 말은?"

"다른 말은 안 했는데요."

적한이 한숨을 내쉬곤 진지한 얼굴로 다시 물었다.

"그 꽃 보는 해월의 표정이 어떠하디?"

바리가 언니의 표정을 떠올려 보다가 별것없었다는 듯 말했다.

"그냥, 그랬어요. 덤덤하게 그냥 보던데요."

잔뜩 귀를 기울이고 기대 어린 표정을 짓고 있던 적한이 바리의 그 말에 힘이 빠진다는 양 담벼락 아래 풀썩 주저앉았다. 해월이 차라리 자신의 비늘을 보고 동요했다면 마음이 남아 있다는 증거이니 희망이 보일 텐데, 그저 덤덤했다 하니 앞으로 어떻게 해야 할지 막막했다.

적한, 불같은 성정으로 혼자 속단하고 해월을 몰아세운 일이 후회막급이었다. 강제로 끌고 와 그녀를 취했다는 자격지심과 불안감에 그녀를 이해하기보단 자신이 거부당했다는 비참함이 먼저 앞섰다. 게다가 천계의 소식을 들어보니, 무장이 삼신산에 유배되어 아이 셋을 낳기 전에는 돌아올 수 없다고 하니 그의 마음이 참으로 무거웠다. 천제께서 그토록 과도한 형벌을 내리실지 누가 알았던가. 삼신산에서 아이 셋을 낳으라니, 삼신산이 어떤 곳인지 조금이라도 아는 이라면 천제의 명이 얼마나 어불성설인지 알 수 있었다.

이렇게 무장의 일까지 겹쳐 마음이 무거운 적한이 어쩌다 은애하는 여인과 가장 아끼는 지기를 동시에 잃게 되었나 울적해하는데, 이를 지켜보고 있던 바리도 제 심란한 마음에 적한 옆에 앉아 깊디깊은 한숨을 내쉬었다. 나이도 어린 것이 세상 고민을 다 끌어안은 양 땅이 꺼져라 한숨을 내쉬니 적한이 어이가 없다는 얼굴로 바리를 쳐다보았다.

"어린 녀석이 무슨 한숨을 그리 쉬냐?"

바리가 뚱한 얼굴로 적한을 흘겼다.

"어리다고 근심이 없는 줄 알아요? 어리니까 근심이 더 많을 수도 있다고요."

무슨 근심인지 별로 관심은 없지만 그래도 해월과 관련된 일인가 싶어 적한이 넌지시 물었다.

"무슨 근심인데 그러냐? 누가 죽기라도 한대니?"

"네. 누가 죽는대요."

적한이 그게 누구냐 다시 물으니 바리가 저 멀리 침전이 있는 방향을 응시했다.

"대왕마마가 돌아가실 것 같아요."

일 년 전 궁에 들어와 해월공주의 호위무사를 하였던 적한이니 어비대왕의 병환에 대해서는 어느 정도 알고 있었다. 허나 그땐 대왕이 병상에서 정무를 보았기에 괜찮으려니 생각했었다. 아픈 사람이 골골거리며 더 오래 산다는 말이 있으니 어비대왕도 그런 경우라 생각했다. 적한이 환후가 그 정도냐 되물으니 바리가 의원이 한 말을 전하였다.

"삼신산인가 하는 산에서 약려수를 가져오지 않는 이상 방법이 없대요."

삼신산이라는 말에 적한의 눈이 커졌다. 지기에 대한 걱정이 태산이었는데 뜻하지 않은 곳에서 삼신산을 들먹이니 저절로 귀가 기울여졌다. 바리는 제 혼자만의 생각에 빠져 말했다.

"아버지 대왕마마가 빨리 나아야 할매 할배를 데리러 갈 텐데. 대왕마마 환후는 점점 더 안 좋아지고, 미치겠어요."

그는 혼자만의 생각에 빠져 있는 바리를 물끄러미 살펴보았다. 무장이 있는 삼신산에 만약 이 아이가 간다면 어떨까 솔깃한 마음이 들기 시작했던 것이다. 열네다섯 살 정도로 나이는 아직 어리나, 그곳에 가려면 시간이 걸릴 터이니 삼신산에 도착했을 땐 아이를 낳을 수 있는 애기씨가 되어 있으리라. 만약 이 아이가 무장의 아이를 낳아준다면 이 아이는 약려수를 구해 아비를 살리고, 무장은 천계로 다시 돌아올 수 있으니 그야말로 누이 좋고 매부 좋고, 꿩 먹고 알 먹는 일 아닌가.

얼핏 들어보니 청룡의 후계 청목이 이 아이와 벗으로 지내고 있다는데, 이러다 두 사람 연분 맺어 청목과 동서지간 되기 전에 무장과 잘되도록 힘을 써야겠다는 생각이 드는 것이다. 용의 묵계 누설할 정도로 심지 가벼운 그 녀석보다는 무장이 지아비 감으로는 백번 낫지.

이렇게 적한 혼자 속으로 앞뒤를 재보는데, 그의 속 알 턱이 없는 바리는 대왕마마 병환으로 요즘 정신이 없으니 언니에게 구애하는 건 좀 더 기다려라 충고를 하였다.

"그리고 꽃만 달랑 건넬 것이 아니라, 언니 마음을 뒤흔들 수 있게 편지를 절절하게 써요. 언니가 뭐 독심술할 수 있는 것도 아니고, 동백꽃 하나로 어떻게 아재 마음을 알겠어요?"

적한은 대강 알았다 알았다 수긍을 해주고는, 무장 이야기를 꺼냈다.

"너 예전에 그때 기저국에서 말이다. 해월공주를 산으로 대피시킬 때 같이 동행했던 가마꾼 알고 있느냐?"

바리가 눈을 동그랗게 뜨고 적한을 쳐다보았다.

"아재가 그걸 어찌 알아요?"

그때 무장이 알려주어 산으로 해월을 찾아갔었으니 알지, 그렇게 말은 못하고 적한은 그저 해월에게 들어 알고 있다 둘러댔다. 바리는 고개를 갸웃거렸다.

"거참, 희한하네. 해월 언니는 아재한테 시시콜콜 다 이야기할 정도로 가깝게 지내면서 왜 동백꽃은 누가 보냈는지도 모르지?"

적한은 지금 그게 중요한 게 아니라는 듯 무장의 이야기를 계속했다.

"그때 그 가마꾼, 네 보기에 어떠하더냐?"

바리가 고개를 외로 꺾고 적한을 쳐다보았다. 그걸 묻는 연유가 무엇이냐 묻는 표정이었다. 적한이 얼른 둘러댔다.

"그 가마꾼이 나의 오랜 지기인데, 아직 장가를 들지 않아 애기씨인 네가 보기엔 어떠했는지 묻는 것이다."

바리가 물끄러미 적한을 바라보았다. 도대체 이 아재의 정체가 무엇인지 갑자기 궁금해진 것이다. 그저 궁에 드나드는 높은 귀족이려니 하였는데, 해월 언니와 가마꾼이 모두 오랜 지기라 하니 신기할 따름이었다. 대부분의 귀족들이 가마꾼과는 지기를 하지 않는데 말이다. 그리고 자신도 장가를 못 가고 남의 집 담벼락 아래에서 이러고 있으면서 친구 장가까지 신경 쓰고 있으니, 참 오지랖 한 번 넓은 아재구나 싶다. 허나 밥을 빌어먹으며 사람들을 만나보니, 이 세상에는 별의별 인간들이 다 있었던지라 적한의 오지랖을 이해 못할 건 아니었다. 적한의 물음에 가마꾼아재가 어떠했었나 가만히 떠올려 보던 바리가 그 가마꾼아재만 만나면 먹을 것이 없어지는 것을 깨닫고 인상을 찡그렸다.

"그 아재는 다 좋은데……."

"다 좋은데?"

"왠지 얄밉달까. 심술궂달까 좀 그래요."

적한은 예상치 못한 대답에 어리둥절했다. 지기 무장을 벌써 십 년 넘게 알고 지내왔는데 화내는 얼굴 본 적이 없고, 때로는 부모처럼 감싸주는 넉넉한 마음을 가진 이라 바리의 말이 언뜻 수긍이 되지 않았던 것이다.

"심술궂어?"

"예. 잃어버렸던 제 가락지를 찾아주면서 제가 가지고 있는 음식을 홀랑 채가는 거 있죠. 아니, 옛날이라면 모를까, 지금은 제가 이래 봬도 공주인데 가락지 주면 어련히 사례를 안 하겠냐고요? 무슨 심술인지 글쎄, 다른 건 다 필요없고 제 음식을 줘야 가락지를 돌려주겠다고 하니 사람이 짜증이 안 나겠어요?"

적한은 얼마 전 무장이 인간의 음식 꺼내며 해월공주의 동생에게서 빼앗았다고 말하던 게 떠올랐다. 이제 보니 이 공주님, 음식에 환장하고 집착하니 무장이 골려먹으려고 그 음식 달라 하였구나. 그런데 그런 장난과 심술, 인간들에게 부리는 이가 아닌데 이 막내공주를 골린 것을 보면 이 애기씨를 꽤나 귀여워하였다는 생각이 들었다. 적한이 빙긋이 웃으며 무장을 두둔해 주었다.

"아무래도 무장이 너를 어여쁘게 보았나 보다. 살림살이 넉넉한 그 사람이 먹을 것 없어 그럴 리는 없을 테고, 네가 귀여우니 놀리느라 그런 것일 게다."

'어여쁘다, 귀엽다' 라는 말이 섞여 나오자 씩씩거리며 다시금 분통해하던 바리가 그런가 하는 얼굴로 입꼬리를 올렸다. 걸신쟁이에 망나니 천방지축이지만 그래도 꼴에 애기씨라고 어여쁘다 귀엽다 그 말에 얼굴을 붉혔다.

"뭐…… 제가 좀 귀여운 구석이 많긴 하죠."

그러며 주접을 떠니 적한 무장에게 보내는 것 다시 한 번 생각해 보았다. 바리는 제 자신이 지금 이리저리 재어지는 것 모르고, 무장이라는 가마꾼아재를 다시 찬찬히 재보았다.

"여하튼 심술궂긴 하지만 가락지 찾아주는 것 보면 사람이 신의도 있고, 자기 말에 책임도 질 줄 알고 괜찮은 구석도 많은 것 같아요."

"외양은 네가 보기에 어떠하더냐? 너라면 그이에게 시집가고 싶은 마음이 들 정도냐?"

"음…… 잘생기긴 했죠. 키도 크고 얼굴도 해사하니 이상하게 광채가 나고……."

바리의 대답에 적한이 씨익 의미심장한 미소를 짓는데, 바리는 아재가 자신의 지기 칭찬에 기분이 좋아서 그런 것인 줄 알고 김칫국 마시지 말라는 식으로 핀잔을 놓았다.

"근데 얼굴 뜯어먹고 살 것도 아니고, 사내가 잘생기면 뭐에 써요? 괜히 얼굴값 한다고 속만 썩이지. 사내는 그저 성실하고, 제 여인만 알토란같이 여겨야 진짜죠."

사실 바리가 사내에 대해 뭘 알겠는가? 그냥 마을 어귀에서 밥 빌면서 아낙들에게 주워들은 이야기일 뿐이다. 물론 가끔 마을에서 개차반같은 아재들을 보면서 아주머니들의 말을 새겨들은 것도 있었다. 적한은 문득 무장이 어떠했는지 짚어보았다. 생각해 보니 한숨이 절로 나왔다.

무장, 천계의 존재로서 세상 살피고 하늘과 땅의 이치 터득하느라 바빴지 성실하게 일하는 것과는 거리가 멀었고, 잘난 용모에 천제의 후계이니 천계의 선녀들이고 지상의 여인이고 무장만 보면 좋아서 사족을 못 썼다. 잔정 없고 누군가에게 쉬이 마음 주지 않는 무장이었지만 그래도 사내는 사내라, 오는 여인 막지 않고 가는 여인 막지 않으니 어찌 보면 바람쟁이 기질이 다분하다 할 수 있었다.

허나 십 년 넘게 본 바로는 제 여인이 생기면 금쪽같이 아껴줄 성격이란 생각이 들었다. 적한 자신도 해월공주 만나기 전에는 이리 한 여인에게 미쳐 정신 못 차릴 줄 꿈에도 몰랐으니 말이다. 무장이 지금이야 누이의 일로 지상의 존재와 엮이는 것 꺼려서 그렇지, 마음 주면 또 다를 것이다.

그렇게 아무 생각 없는 바리를 두고 혼자 궁리를 하고 있는 적한에게 바리가 다른 게 떠올랐는지 갑자기 인상을 벅벅 썼다.

"여튼 그 아재랑 나랑은 뭔가 상성이 안 맞아요. 꿈속에서 그 아재를 보고 나니까, 제 명구력에 있던 음식이 싹 사라져 버린 거 있죠. 그니까 이건 꿈에서만 봐도 나한테 뭔가 재수없는 일이 생긴다는 뜻이죠."

"꿈속에서 봤다고?"

무장이 인간들에게서 기억을 지울 때 꿈을 꾼 것으로 착각하게 만드는 것 익히 알고 있는 적한으로서는 바리의 말이 심상치 않게 들렸다.

"꿈속에서 무슨 일이 있었니?"

"날개 달린 말이 나오더니 저를 태우고 옥저의 궁으로 데려가더라고요. 근데 그 궁에서 가마꾼아재를 봤어요."

옥저의 궁이라면 무장이 삼신산으로 가기 전 누이가 지내던 거처를 찾았다는 뜻이었다. 오 년 전 죽은 누이의 혼을 부른다며 매해 그곳을 찾았는데, 항시 그 일만은 홀로 치르던 무장이 이 아이를 데리고 가 같이 있었다니 적한은 귀가 번쩍 뜨이는 기분이었다. 이 아이를 그저 귀엽게 보고 장난을 친 것이라 여겼는데, 무장이 그가 생각하는 것보다 이 아이에게 더 많은 정을 주고 있는 것 같았다. 하여 적한, 이 막내공주를 삼신산에 보내야겠다 마음을 굳히는데 바리는 갑자기 머리가 아픈 듯 손을 내저었다.

"아유, 아재나 그 가마꾼아재나 장가를 가든 말든 알아서 하세요. 아버지 대왕마마가 돌아가실 판국에 아재들이 장가를 가든 말든 나랑 뭔 상관이에요."

아버지 대왕마마와 큰언니를 생각하며 바리가 시무룩하게 밤하늘을 쳐다보았다. 궁 안이 대왕마마 병환으로 심란하여 그런가, 요즘따라 밤하늘에 구름이 잔뜩 끼어 달빛이 보이지 않았다. 꼭 비라도 올 것처럼 꾸룩꾸룩 밤하늘을 뒤덮고 있는 구름을 보며 바리가 꿍얼거렸다.

"뭔 놈의 하늘이 봄 날씨에 만날 구름이 가득 껴 있어?"

심란한 적룡이 궁 안에 있어 하늘이 그런 것인데, 바리는 아무것도 모르고 하늘을 탓하였다. 적한이 모른 척 하늘을 같이 올려다보며, 바리에게 넌지시 미끼를 던졌다. 어찌 됐건 벗이 자신의 일로 삼신산에 유배를 가 고초를 겪고 있으니, 바리가 안팎으로 성실한 사내를 얻는 것보다는 무장이 세 아이를 얻는 것이 더 중히 여겨지는 적한이었다.

"네 만약 삼신산에 가는 방법이 있다 하면…… 어찌하겠니?"

바리가 눈을 똥그랗게 뜨고 적한을 바라보았다.

"정말 가는 방법이 있어요? 삼신산이 저승에 있다느니 서천 서역에 있다느니 말만 많지 그곳이 어디에 있는지 분명치 않다던대요."

적한이 최대한 믿어지도록 신중한 어조로 말했다.

"내가 그곳에 가본 적이 있는 사람을 잘 알거든. 불함산과 두류산에 두 분이 살고 있는데, 두문불출하는 양반들이라 사람들이 모르는 것뿐이란다."

사실 적한도 삼신산을 가는 길은 알지 못했다. 용왕이긴 하나, 지상의 존재이니 저승의 문턱을 넘어본 적도 없고 쉽게 넘을 수도 없다. 그곳은 오직 죽은 자의 세상이 아니던가. 게다가 천계와 저승은 서로의 영역을 철저히 지켜야 하니, 천제라 하여도 함부로 드나들 수 없는 곳이 저승이었다. 허나 수행으로 깨달음을 얻어 생사의 수레바퀴를 벗어난 선인 두 명을 알고 있었다. 그들은 저승에서도 함부로 데려가지 못하는 분들이었다. 하여 지상에 대한 저승의 손길이 너무 가혹하거나 광범위하면 지상의 수호자인 십이지들이 그들에게 도움을 요청하거나 상의를 하였다.

삼 년 전 아버지를 잃은 적룡도 아버지를 다시 살려보고자 그분들을 찾아가 보았지만, 그것이 세상 이치라며 저승길을 알려주지 않았었다. 허나 밑져야 본전, 자신은 천수를 누린 아버지를 잃었던 것이니 그렇다 치고, 너무 일찍 그것도 이제야 상봉한 아버지를 잃어야만 하는 바리 이 아이가 찾아가 묻는다면 그분들도 생각을 달리하지 않을까? 하여 적한, 살살 바리를 꼬여보는구나.

"어떠냐? 내가 그 위치를 알려주면, 가보겠느냐?"

바리가 쉽게 대답을 못하고 적한을 빤히 쳐다보았다. 방법이 있다 하니 가볼까 생각도 들지만 자신을 버린 아버지 대왕마마를 구하러 왜 자신이 그 고생을 해야 하나 싶다. 말이 방법이지, 방법을 알고 있다는 분들이 말해주면 어쨌든 그 방법대로 먼 길을 갔다 와야 하는 것 아닌가. 바리가 선뜻 가보겠다 대답하지 않자 적한이 한발 물러서며 바리 스스로 선택할 수 있도록 여지를 주었다.

"생각해 보고 결심이 서면 말하려무나. 네가 간다고만 하면 내 그분들에게 전할 목간을 써줄 터이니."

바리가 말없이 고개만 끄덕였다.

그렇게 삼신산에 갈 방법이 있다는 말을 들은 지 며칠이 지났다. 그 사이 둘째 인월공주, 셋째 묘월공주, 넷째 미월공주, 다섯째 유월공주가 차례대로 도착하여 막냇동생 바리도 보고 침전에 있는 대왕마마도 알현하였다. 네 공주 성격도 각자 취향도 각자였지만 모두 자색이 뛰어나고 기품이 남다르니 언니들을 한 명씩 만날 때마다 바리 좋으면서도 마냥 기쁘지만은 않았다. 자신과는 천지 차이로 다른 언니들을 보며 알게 모르게 기가 죽고 자기만 버려져 고생한 일이 새삼 떠올라 억울함이 더해져 갔던 것이다. 허나 언니들마다 족족 바리를 품에 안고 눈물을 쏟으며 미안해하고 바리를 어여삐 여기니, 바리 차마 그 서운함과 억울한 마음 한 자락도 내비칠 수 없었다.

그렇다고 거동 불편한 몸으로 막내공주 먹이겠다고 맛난 거 챙겨서 바리 입에 넣어주고, 그동안 못해준 옷 해 입힌다며 침침한 눈으로 손수 바느질을 하는 어머니 길대부인에게 어찌 서운하고 억울하다 말할 수 있으리오. 게다가 아버지 대왕마마, 딸들을 만날 때마다 오느라 고생했다 안타까워하며 공주들의 안위를 먼저 살피고 살뜰한 마음 보여주었다.

공주들은 또 어떤가. 부모와 함께 산 덕에 아버지 대왕마마가 좋아하는 음식이며 좋아하는 노래를 줄줄이 꿰고 있었고, 어찌 됐든 다들한 나라의 왕후로 시집을 갔으니 왕후마마와 같은 처지에 놓인 여인으로 이야기를 한 보따리 가져와 풀어댈 수 있었다. 바리 그 막역하고 애틋한 부녀모녀 사이에 끼어들 틈이 없었다. 하여 밖으로 내비치지 못한 소외감과 서운함 안에서 삭아 시간이 갈수록 바리의 눈동자에 쓸쓸한 기색이 감돌았다.

허나 그런 기색 열두 번도 내비치지 않을 수 있는 바리이다. 밥 빌어먹으며 무시당하고 더럽다 천하다 푸대접받는 일 예사로 넘기려고 노력했던 아이이니 제 마음 눙치고 웃으며 넘어가는 데 도가 텄던 것이다. 해서 밤마다 미투리를 신고 할매 할배 보러 갈까, 삼신산에서 약려수 구해와 대왕마마 살릴까 갈등하며 처소 앞을 서성이는 것을 왕후 길대부인과 공주 언니들은 알지 못했다. 바리의 속이 얼마나 갈등이 심하고 헛헛했는지 밤마다 신었던 미투리가 오랜 산보로 해지기 시작할 정도였다.

이렇게 막내공주 바리가 제 처소 앞에서 왔다 갔다 서성이는 동안, 적한도 해월공주의 처소를 풀 방구리에 쥐 드나들 듯 들락거리고 있었다. 물론 남들 다 자는 새벽녘에 왔다 가니 해월공주 적한을 보지 못했지만, 아침마다 마루에 동백꽃과 비늘이 하나씩 놓여 있으니 그가 왔다 갔음을 알 수 있었다. 어느새 버리지도 태우지도 못한 비늘이 두루주머니에 담겨 농 안에 쌓여갔고, 물 넣어 동백꽃을 띄워둔 배뚜리는 더 이상 띄울 공간이 없었다.

해월공주, 아홉 번째 비늘을 두루주머니에 넣어 감추며 도대체 이 인간이 언제까지 이러려는 건지 두고 보자는 마음에서 이제 슬슬 부아가 치밀기 시작했다. 곧 죽어도 미안하다 용서해라 무릎 꿇고 싹싹 빌지는 않고 비늘이랑 동백꽃 던져 주며 그녀가 어찌 나오는지 떠보기만 하니 기분이 상하였다. 하여 다음날 새벽녘 미리부터 일어나 방문을 살짝 열어 마루 쪽을 지켜보고 있었다. 역시나 해월공주의 짐작대로 동도 아직 채 트지 않은 어둠 속에 적한이 나타났다. 이번에도 동백꽃과 비늘을 내려놓으려나 조용히 지켜보고 있는데, 적한은 어깨에 짊어진 커다란 보따리를 풀어헤치더니 마루 위에 가득 동백꽃을 뿌려대기 시작했다. 순식간에 마루 위가 붉은 동백꽃으로 때 아닌 꽃단장을 하고, 방 안까지 동백꽃 향기가 진동을 하였다. 해월공주 기가 차서 소리 없이 콧방귀를 뀌었다. 이젠 양으로 승부할 요량인가? 속으로 그렇게 비꼬며 그녀가 다시 문틈으로 적한을 지켜보았다.

적한은 마루 가득 흩뿌려진 동백꽃을 손으로 스윽 밀어 공간을 만들더니, 자신의 어깨 위로 손을 가져가 비늘 하나를 뽑아내었다. 그리곤 만들어놓은 자리에 비늘을 내려놓았다. 비늘을 뽑을 때 아팠는지 적한이 비늘을 내려놓곤 미간을 잔뜩 찡그린 채 어깨 부분을 문질렀다. 대단하던 그 위세 다 어디 가고 비늘 하나 뽑아놓고 애처럼 문질러 대고 있으니, 해월공주 어이가 없었다. 하여 방문을 사이에 두고 들으라는 식으로 비아냥거렸다.

"왜, 비늘도 다 뽑아서 마루에 깔지 그래요."

어깨를 매만지며 침울한 얼굴로 열 번째 비늘을 내려다보고 있던 적한이 그 말에 휙하니 고개를 돌려 방문 쪽을 쳐다보았다. 방 안은 불을 밝히지 않아 그림자가 보이지 않았지만, 해월공주가 방문 앞에서 그를 바라보고 있는 게 확실했다. 적한이 방문 쪽을 말없이 바라보는가 싶더니 이내 무뚝뚝한 한마디를 뱉었다.

"다 뽑으면 내 목숨이 위험해져."

해월공주, 그 말에 움찔했다. 비늘을 뽑아도 별 탈이 없기에 그러려니 했는데 비늘을 뽑는 것이 그의 생명에 해가 되는지는 미처 몰랐던 것이다. 그런데 왜 비늘을 뽑느냐 걱정스러운 맘 보여주기 싫어 해월공주가 입을 꼭 다물고 모른 체하였다.

그 침묵이 적한에게는 차가운 거절로 느껴졌는지, 그가 더 이상 물러설 곳이 없다는 듯 비장한 얼굴로 걸치고 있는 유를 벗어 던졌다. 그리곤 팔죽지에 나 있는 비늘을 하나씩 뽑아내 마루에 하나씩 떨어뜨려 놓았다. 해월공주가 문틈 사이로 그런 적한을 보곤 어이가 없어 눈을 치뜨고 노려보았다. 웬일로 꽃을 건네며 다감하게 구나 싶더니, 역시나 제 성질을 개 못 주고 보란 듯이 시위를 하는구나.

그래, 네 목숨 위험해지는 건데 어디까지 뽑나 보자.

해월공주 입술을 앙 물고 지켜보기만 했다. 하여 모른 체를 하니, 한 번 성질 났다 하면 끝장을 보는 적한, 끝내 너 죽고 나 죽자는 심정이 되어서는 양쪽 팔죽지와 어깨의 비늘을 다 뽑아내어 마루에 던지며 협박 아닌 협박을 해왔다.

"그래, 그대가 정녕 돌아오지 않겠다는데 내가 무슨 낙으로 살겠다고 목숨을 지키리. 어차피 그대가 오지 않으면 죽은 거나 매한가지, 내 오늘 이 비늘 다 뽑고 차라리 그대 있는 곳에서 죽으리라."

이러며 있는 허세 없는 허세 온갖 허장성세를 부렸다. 이제 적한의 손은 등허리 부근에 있는 비늘을 뽑아내기 시작했다. 어느새 점점 동이 터 올라 시녀들이 나타날 수도 있는데 적한은 상관없다는 듯 비늘만 뽑아대고 있었다.

해월공주 처음에는 그러든 말든 어이없고 기가 찬다는 얼굴로 지켜보고 있다가 적한이 멈출 생각 없이 계속 비늘을 뽑아대니 얼굴이 점점 사색이 되어갔다. 비늘 하나를 뽑을 때는 몰랐는데, 자꾸만 뽑아대니 적한의 몸 이곳저곳에서 피가 배어 나오기 시작했던 것이다. 끝내 고인 핏물이 어깨 위에서 주루룩 흘러내리자 보다 못한 해월공주가 방문을 더럭 열어젖히고 소리를 쳤다.

"작작 좀 뽑아요!"

또 다른 비늘을 뽑고 있던 적한이 해월공주가 소리치자 씨익 입가에 웃음을 물고 공주를 바라보았다. 허나 은애하는 여인에게서 거부당하고 냉대받은 사내의 단심이니, 눈에는 웃음기 없이 쓰디쓴 아픔이 깃

들어 있었다. 그는 여기서 물러나면 안 된다고 생각했는지 해월공주와 눈을 마주친 채 등허리에 있는 비늘을 계속 뽑아냈다. 등허리에도 어느새 핏물이 고여 흘러내리기 시작했다. 그가 피 묻은 손으로 비늘을 계속 뽑으며 덤덤하니 말했다.

"어떻게 해야 그대가 다시 돌아오는 건지 방법을 모르겠어. 그나마 그대가 해달라는 게 이 비늘을 다 뽑는 것이니 그거라도 해줄 수밖에."

해월공주가 적한의 몸에서 흐르는 피를 바라보며 얼굴을 일그러뜨렸다. 허나 그에게서 떠나올 때 다잡고 다잡았던 마음을 되새기며 그를 노려보았다.

"소용없어요, 적한. 당신이 아이 잃고 누워 있는 나에게 돌아가라 했을 때 나는 당신한테 만정이 떨어졌어요."

고집스럽게 비늘을 뽑아대던 그의 손이 멈춰졌다. 해월공주는 그동안 꺼내지 않았던 속마음을 드러내며 그때 얼마나 상처를 받았는지 토로했다.

"당신은 나를 어찌 생각했는지 모르지만, 나는 정말 모든 걸 버리고 당신한테 가려고 했었어요. 내 비록 경솔하여 아이를 잃었지만, 그래도 그 아이가 죽기를 바란 적은 없어요. 헌데 그때 당신 어떻게 했어요? 아이 잃고 누워 있는 나에게 돌아가라 내게 등 돌렸죠."

적한이 쓰디쓴 얼굴로 눈물 흘리는 해월공주를 바라보았다.

"그대가 나를 떠나고 싶어하는 줄로만 알았어. 뱃속에 아이 있는 것도 말하지 않고, 나 몰래 가버려서 나는 그대가 정말 내게서 벗어나고 싶어하는구나 생각했어. 더군다나 나 때문에 그 고초를 겪고 아이를 잃었으니 더더욱 내가 싫어졌겠구나 생각했지."

해월공주, 적한의 말을 들으면서도 아이 잃었을 때 그가 했던 말들 새삼 떠올라 다시금 가슴이 아려왔다.

"용왕의 아이라 무섭고 불안했지만, 그래도 기뻤어요. 당신 성미 격

하고 난폭했어도, 나에 대한 마음이 진심인 것을 아니까 아이 가진 것
알면 얼마나 기뻐할까 설레었어요. 그런데 아이 죽기 바랐다고 몰아대
니 할 말이 없더군요."

적한은 자신도 모르게 마루로 올라가 다가가려 했다. 이제야 안 해
월의 본심, 왜 진작 들으려 하지 않고 해월이 도망치려고만 한다고 겁
을 내고 불안해하였을까. 그게 다 강제로 데려왔다는 자격지심이 항상
마음 한구석에 깔려 있어서 아니겠는가. 하여 해월공주 품에 안고 싶
어 마루로 올라서는데, 해월공주 고개를 설레설레 저었다.

"안 가요. 당신한테 안 돌아가."

방문을 움켜쥐고 애써 그를 외면하며 고개를 돌리는 해월공주를 보
며 그는 어찌해야 좋을지 모르겠다. 그가 방문 앞에 앉아 그녀를 바라
보면서도 차마 손을 내밀어 만지지 못하였다.

"……해월아."

해월공주가 그래도 고개를 돌리지 않자, 주춤주춤 그녀에게 뻗은 그
의 손이 허공에서 멈추었다. 그가 뻗은 손을 천천히 내리고 꾹 주먹을
움켜쥐었다.

"알았다. 그대 뜻이 정 그러하다면."

적한이 잠시 해월공주를 바라보는가 싶더니, 훌쩍 몸을 일으켜 마루
를 나갔다. 그의 발아래 흩뿌려진 동백꽃과 붉은 비늘들이 지근지근
밟혔다. 적한은 땅바닥에 벗어 던진 유를 집어 들더니, 뒤를 돌아보지
않고 해월공주의 처소를 벗어났다. 해월공주가 그의 뒷모습이라도 보
려고 고개를 돌렸지만 그는 벌써 하늘로 가버렸는지 마당은 텅 비어
있었다. 오직 마루 위에 흩뿌려진 붉은 동백꽃들이 향기를 내뿜으며
그녀 주위를 맴돌 뿐이었다.

적한이 끝내 해월공주의 마음을 돌리지 못하고 남해로 발길을 돌린
그 새벽녘, 바리는 밤새도록 잠을 설치고 일어나 앉아 있었다. 삼신산

에 갈 방법을 아는 이들이 있다는 말을 듣고, 밤새도록 어찌해야 좋을지 몰라 갈등을 하다가 마침내는 알 수 없는 분통이 터져 혼자 씩씩거렸다.

낳아준 부모의 은혜를 잊지 말아야 한다, 피와 살을 나눠 생명을 준 부모의 은혜는 세상 무엇과도 비교되지 않는다, 사람들은 잘도 그렇게 말하지만 도대체 왜 자신이 아버지 대왕마마를 구하기 위해 그 먼 길을 떠나야만 하는지, 아니, 왜 떠날까 고민을 하고 있는지 부글부글 속이 끓어올랐다.

돌아온 자신을 보고 크게 기뻐하며 미안하다 사죄한 적도 없는 아버지 대왕마마 아니던가. 큰언니인 자월공주부터 여섯째 언니 해월공주까지 어디에 내놔도 남부럽지 않을 만큼 번드르르 온갖 은덕 부모에게서 다 받았는데, 왜 고생고생하다 이제야 부모 덕 새알콩만큼 받은 자신이 부모 살리러 가려 하는가. 그까짓 부모 정, 지난 십오 년 동안 못 받았어도 잘만 살아왔으니, 이제 와서 그 잘난 아버지 정 받겠다고 삼신산이란 곳을 다녀올 이유가 없다.

'안 가, 내가 왜 가. 내가 왜 고생을 해야 돼? 대왕마마 죽든 말든 내가 알게 뭐야. 어차피 나이 들어서 가시는 건데, 사람이 나이 들면 아프다가 다 가는 법인데. 대왕마마 당신께서도 어서 편해졌으면 좋겠다고 그랬는걸 뭐.'

바리는 누가 가라고 등 떠민 것도 아닌데, 혼자서 밤새도록 갈까 말까 갈등하다 결국에는 아버지 대왕마마 죽든 말든 우선은 할매 할배 보러 가야겠다 마음먹었다. 어차피 대왕마마도 십오 년 전 자신을 버렸을 때 부모의 연을 끊었으니, 대왕마마보다 십오 년 동안 길러준 할매 할배가 더 애틋하고 보고 싶은 게 당연지사 인지상정 아니겠는가. 하여 바리가 동트자마자 농 안에 들어 있는 멍구럭을 꺼내고 주섬주섬 미투리를 챙겼다. 그동안 모아놓은 곶감과 유과도 챙겨 넣고, 옷도 치마 대신 말을 탈 때 입는 폭 좁은 궁고로 갈아입었다. 마술(馬術) 배우느라 자신이 타는 말도 있으니, 그 말을 타고 갔다 오면 넉넉잡아 나흘 안에 돌아올 수 있다.

바리가 멍구럭을 어깨에 메고, 시녀들이 와서 또 씻자고 닦달하기 전에 처소를 빠져나갔다. 서궤 위에 할매 할배 보러 갔다 올 테니 걱정 마시라 목간을 써서 두었으니, 어머니도 그리 크게 걱정하지 않을 것이다. 허나 잰걸음으로 마구간을 향하던 바리가 문득 발길을 멈추고 대왕마마 계시는 침전 쪽을 바라보았다. 용태 중한 아비를 두고 할매 할배 보러 가는 게 양심에 찔렸던 것이다.

설마 갔다 오는 사이에 돌아가시는 건 아니겠지? 바리가 부루퉁한 얼굴로 다른 전각들에 가려 저 멀리 용마루만 간신히 보이는 침전을 바라보았다. 막상 침전을 보니 쉽게 발길이 떨어지지 않는 바리였다. 어제 아침 문안드렸을 때 기운없이 누워만 계셨던 대왕마마 떠올라 은근 마음 한구석이 불안했다. 결국 발길을 돌려 바리가 침전으로 향했다. 이른 새벽이지만 문안이라도 드리고 출발해야 마음이 편할 것 같았다.

침전 앞에 도착하니, 지키고 있던 내관이 바리를 보고 깜짝 놀라 물었다.

"막내공주님이 이 이른 새벽에 어쩐 일입니까?"

"갈 데가 있어서, 대왕마마께 미리 인사 여쭙고 가려고요."

내관은 이 개구진 막내공주가 아침 일찍부터 놀러나가려고 이러는구나 추측할 뿐이었다. 하여 대왕마마 주무시니 조금 있다 오시라 하는데, 마음이 급한 바리는 그냥 주무시는 모습만 보고 나오겠다며 고집을 피웠다. 익히 막내공주의 고집스러움을 알고 있는 내관은 그럼 조용히 들어갔다 나오라며 문을 열어주었다.

막내공주 바리, 어깨에 멍구럭을 메고 터벅터벅 충충이 올라 침전 안으로 들어섰다. 내관은 궁고 차림에 멍구럭을 멘 막내공주를 보고 도대체 오늘은 또 무슨 말썽을 부리시려고 이리 단단히 차려입으셨나 속으로 혀를 찼다. 하여 내관이 침전으로 이어지는 통로를 걸으며 바리에게 슬쩍 어디 가냐 묻는데, 바리는 묵묵부답 고개만 젓는구나. 그러다 문 앞에 다다라 내관이 조용히 문을 열어주고 물러서니, 바리가 대왕마마 깨울까 봐 깨금발로 살며시 걸어 들어갔다.

불 꺼놓은 침전 안은 어둡고 서늘했다. 곁을 지키고 있는 대령시녀는 잠이 들어 꾸벅꾸벅 졸고 있었다. 바리는 시녀가 깨어나지 않게 천천히 침상 곁으로 다가가다 침상에서 들려오는 작은 소리에 퍼뜩 걸음을 멈추었다. 주무시고 있다 생각한 대왕마마, 잠꼬대인지 아니면 의식 놓아 신열에 들떠 하는 헛소리인지 알 수 없는 말들을 중얼중얼 뱉어내고 있었다. 가래 끓고 까끌까끌 쇳소리 섞인, 그래서 말인지 앓는 소리인지 분명치 않은 그런 소리였다.

"오지…… 마……. 가까이…… 오지…… 마……."

쥐어짜는 듯 기운없는 어비대왕의 목소리는 무언가에 쫓기는 듯 얼핏 두려움이 묻어나고 있었다. 허나 아직 어린 바리, 바리를 저승사자인 줄 알고 두려움에 떨어 하는 소리인 줄 금방 알아채지 못하고, 자신에게 하는 소리인 줄 아는구나. 하여 침상에서 한 걸음 물러선 그 자리에 꼼짝 않고 서서 아버지 대왕마마를 물끄러미 바라보았다. 어비대왕은 앞에 무엇이 있는 듯 두 손을 허공에 저으며 물러가라 물러가라 손을 내저었다.

바리는 왠지 오싹하여 누가 있나 어둠 속을 뚫어지게 살펴보았지만 어둠 속엔 허공뿐 아무도 없었다. 그제야 아버지 대왕마마 지금 헛것을 보고 계시구나 깨닫고 안쓰러움에 한 걸음 다가가 대왕마마의 어깨 부분을 살며시 어루만졌다.

"대왕마마……."

허나 산 자와 죽은 자의 경계에서 밤마다 저승사자와 싸우고 있는 어비대왕이다. 이렇게 하루 중 가장 쌀쌀한 새벽녘엔 더더욱 그 용태 안 좋으니, 죽음의 그림자와 혼자만의 전쟁을 벌이시는구나. 대왕마마, 가물가물한 의식으로 막내공주가 만지는 것 모르고 밤새도록 싸움을 벌인 저승사자가 드디어 자신을 건드렸다 착각했다. 하여 화들짝 놀라며 공포에 젖은 얼굴로 벌벌 떨었다. 그리곤 보이지 않는 그 누군가를 향해 애원을 하였다.

"살려주시오…… 제발…… 날 좀…… 살려주시오……."

이렇게 애원하니 처음으로 어비대왕의 이런 모습 접한 바리, 충격으로 그대로 얼어붙었다. 대왕마마, 흐릿한 노안과 신열로 어둠 속에 서 있는 막내공주가 저승사자인 줄만 알고 눈물로 애원을 하는구나.

"……조금만 더 살게 해주오. 내 죗값은 저승 가서 꼭 치를 터이니…… 조금만 더…… 살게 해주오."

대왕마마, 애원 끝에 남아 있는 기운을 다 끌어 모아 쓰셨는지 눈을 천천히 끔벅였다. 허나 미동 않고 서 있는 바리가 검은 그림자로 가물가물 보이니, 저승사자가 오지도 않고 가지도 않고 무섭게 버티고 서 있다 생각했다. 하여 두려움에 잔뜩 질린 눈으로 바리를 쳐다보니, 바리 자신도 모르게 뒷걸음질쳐 뒤로 물러났다. 그러자 대왕마마, 검은 그림자 사라지는 걸로 여기고 안심한 듯 눈을 감고 가쁜 숨을 헐떡이시는구나. 그리곤 이 밤의 전쟁이 끝났다 안도의 숨 내쉬며 잠을 청하시는구나.

얼떨떨한 얼굴로 대왕마마 바라보고 서 있던 바리는 멍하니 그 모습 바라보다 어느 순간 눈물을 떨어뜨렸다. 왜 다리가 후들후들 떨리고 숨이 막혀오는 것일까. 바람이 부는 것일까. 왜 이리 휭하고 추운가. 바리가 어깨에 메고 있던 멍구력을 떨어뜨리고 바닥에 주저앉았다. 참 이상도 하여라. 어찌하여 눈물이 흘러나오는 것일까. 바리가 소리 내지 않으려고 입술을 깨물었다. 그러나 뜨거운 눈물이 자꾸만 흘러 목덜미를 지나 옷깃을 적셨다.

이제껏 몰랐다. 대왕마마가 살고 싶어한다는 걸. 이날 이때껏 대왕마마 돌아가실 준비하고 있는 줄만 알았다. 큰언니부터 여섯째 언니까지, 딸들 마주할 때마다 이젠 편안해지고 싶다, 갈 때가 되었다 말하며 뒤를 부탁한다, 네 어미를 부탁한다, 주위를 당부하신 대왕마마 아니던가. 죽음을 앞두고도 악연이구나 시린 말 건네시는 양반이니 참 정 없고 차가운 분이구나 생각했다.

그런데 아니구나. 이리 약하고 겁 많은 사람이구나. 몸은 병마에 쇠약해지더라도 위엄을 잃지 않는 꼿꼿한 양반이라 여겼는데, 사실은 이리 살고 싶어 볼품없이 애원하는 나약한 인간일 뿐이었구나. 한 나라의 대왕이기 전에 죽음을 두려워하는 한낱 인간에 지나지 않았구나.

바리가 쏟아져 나오는 눈물에 두 손으로 얼굴을 감쌌다. 어째서 아버지 대왕마마란 분을 무섭게만 여겼을까. 이토록 힘없고 아픈 분을. 이토록 약하디약한 한 인간인 것을. 당신 딸들 마음 아파할까 봐 얼른 편해지고 싶다 그런 말을 하셨던 것뿐인데. 세상에 홀로 남는 지어미가 안쓰러워 뒤를 부탁한다 그런 말을 하셨던 것뿐인데. 허나 끝까지 보이지 않았던 대왕의 진심, 이날 새벽 보아버렸다. 살고 싶어 몸부림치는 늙고 병든 한 노인을 보아버렸다. 바리가 눈물을 흘리며 아버지 대왕마마를 바라보았다.

'……아버지, 살고 싶었나요. 살고 싶어서 이렇게 홀로 몸부림치고 있었나요?'

어비대왕을 바라보는 바리의 눈동자는 눈물을 가득 머금은 채 일그러져 갔다.

'하지만 왜죠? 왜 하필 저에게 아버지 진심을 듣게 하는 거죠? 아버지, 나한테 해준 거 없잖아요. 낳아만 놓고 버렸잖아요. 찾지도 않고, 반가워도 안 했잖아요. 그런데 왜 저한테 살고 싶다 그러세요? 왜 제가 알게 하세요? 언니들 있잖아요. 아버지가 끔찍이도 아끼면서 키운 언니들 있잖아요. 그 언니들한테 말씀하시지 왜 저 있을 때 말씀하세요? 네?'

터져 나오지 못한 채 지금껏 쌓아놓은 원망과 서운함이 바리의 마음 안에서 용솟음쳤다. 허나 원망과 서운함도 부모가 기운있을 때나 쏟아낼 수 있다는 것을 바리 지금 알았다. 무섭고 차가운 대왕마마, 죽음 앞에서 살려달라 애원하는 비루하고 불쌍한 인간 그 이상도 그 이하도 아님을 안 지금 더 이상 왜 버렸냐 왜 낳았냐 따질 수도 없었다. 바리는 원망과 항의를 속 안으로 삼키며 차라리 제 팔로 울고 있는 자신을 보듬었다. 하여 바닥에 웅그린 채 무릎에 얼굴을 박고 엉엉 울었다.

'저밖에 없단 말이에요. 아무리 따져 보아도 삼신산에 갈 사람은 저밖에 없단 말이에요. 귀하게 자란 언니들이 그 험한 길을 어찌 가겠어요? 그렇다고 남한테 가라 그러면 누가 거길 갔다 오겠어요. 얼마나 걸릴지 어디에 있는지 알 수도 없는 그곳을 누구에게 가라 하겠어요.'

바리가 눈물을 멈추지 못하고 옆에 널브러져 있는 멍구럭을 움켜잡았다. 그리곤 몸을 일으켜 도망치듯 침전을 나왔다.

밖은 어느새 동이 텄는지 아침 햇살이 쏟아져 내리고 있었다. 막내 공주가 엉엉 울면서 나오니 밖에 있던 내관들과 시녀들이 대왕마마에게 큰 사단이 난 건가 싶어 대경하여 침전 안으로 뛰어들어 갔다. 그러다 잠든 대왕마마 숨결을 확인하곤 기운 쪽 빠진 얼굴로 밖으로 하나 둘 나왔다. 그리곤 여전히 훌쩍이며 침전 마당을 가로질러 걸어가는 막내공주를 바라보며 왜 아침부터 사람 간장을 졸이시나 째려보았다. 그러든 말든 바리는 공덕할멈과 비럭할아범을 갖다주려고 배가 불룩한 멍구럭을 들고 제 처소로 걸어갈 뿐이었다.

저승을 목전에 둔 아버지를 두고 어찌 할매 할배를 보러 갈 수 있겠는가. 그것도 살고 싶다 몸부림치는 아버지를 두고 어찌 모른 척할 수 있겠는가. 원망하고 서운했던 건 그만큼 아버지의 정이 받고 싶어서였는데, 정은커녕 당신 생명줄 붙잡고 있기도 힘에 겨워 저리 허덕대시는구나. 부스러기만큼이라도, 새알콩만큼이라도, 정 한 번 받아보고 싶은데, 그런 자신에게 살려달라 매달리시는구나.

멍구럭에 궁고 차림을 한 바리가 울적하여 고개를 푹 숙이고 처소 앞마당에 들어서는데, 귀에 익은 목소리가 들려왔다.

"새벽부터 어디 다녀오는 거예요?"

바리가 멍한 얼굴로 소리가 들려오는 곳을 바라보니, 마루에 청목과 해귀가 앉아 있었다. 해귀가 웬일로 바리에게 먼저 말을 걸었던 것이다. 물론 청목은 묵언 때문에 한마디도 할 수 없으니 해귀가 알아서 말을 한 것뿐이었다.

한바탕 울고 난 뒤끝이라 바리 반가우면서도 기운이 없었다. 하여 눈만 동그래졌는데, 청목과 해귀를 보니 비럭할아범과 공덕할멈이 더 생각나 왈칵 다시 눈물이 솟았다. 한 번 보고 왔으면 좋겠는데, 대왕마마 용태 보니 그럴 여유 부릴 때가 아닌 것이다. 이럴 때 할매 할배라면 아버지 대왕마마 미우면서도 안타깝고, 화나면서도 애틋한 이 마음 이해해 주며 쓰다듬어 주실 텐데 말이다. 그럼, 그 품속에서 실컷 어리광 부리며 울음 쏟아내고 무거운 마음 내려놓을 수 있을 것만 같은데 그분들 보러 가기가 왜 이리도 힘든 것인지.

바리가 알은척은 않고 마당에 우두커니 서서 눈물을 쏟아내니, 청목이 화들짝 놀라며 마루에서 풀쩍 뛰어내려 바리에게 달려갔다. 청목은 애가 이렇게 울 정도로 자신이 반가웠나 싶어 슬쩍 웃음이 삐져나오는데, 바리는 흐르는 눈물을 닦느라 연신 손등으로 눈가를 훔치는구나.

묵언 때문에 말을 할 수 없는 청목, 울지 말라 말은 못하고 대신 다정한 얼굴로 바리의 어깨를 토닥거렸다. 옆에 있던 해귀가 청목의 마음을 읽고는 말하였다.

"울지 말래요, 청목님이."

청목은 하려던 말이 그 말이었다는 듯 고개를 주억거리더니, 바리의 눈물을 손으로 닦아주며 비식 웃어 보였다. 그러자 옆에 있던 해귀가 또 대신 말을 건넸다.

"뭐, 울 정도로 반가워하냐 그러네요."

훌쩍이고 있던 바리는 이건 또 뭔가 하는 얼굴로 청목과 해귀를 번갈아 보았다. 안 본 사이에 뭔 일이 있었기에 해귀가 청목 대신 말을 하는 건지 그 모습이 참으로 해괴했던 것이다.

바리가 멀뚱한 눈으로 청목을 바라보며 코를 훌쩍거렸다.

"너 때문에 운 거 아냐. 할매 할배 생각나서 운 거야."

"……."

청목이 기운 빠지는 얼굴을 하며 휙하니 등 돌리고 마루로 가버렸다. 그러자 바리가 마루에 같이 걸터앉고 멍구럭을 내려놓았다.

"근데 왜 넌 말 안 하고 해귀가 말해?"

"청목님은 지금 목을 다쳐서 말을 못해요."

해귀가 얼른 변명을 해주었다. 사실대로 말할 수 없으니 목을 다쳤다는 게 제일 그럴듯한 이유였다. 헌데 바리는 그 말 듣자마자 반색을 하며 이랬다.

"그래? 그럼, 너 잘난 척하고 싶어도 못하겠네? 어뜩하냐? 입이 근질거려서?"

바리, 방금 전까지 훌쩍거렸으면서 청목이 말하지 못하는 게 고소한 듯 킥킥거렸다. 청목이 놀려대며 웃고 있는 바리를 노려보는가 싶더니 이내 바리의 얼굴 뚫어지게 쳐다보고 있었다. 안 본 사이에 바리가 더 아리따워진 것이다. 이제는 정말 누가 봐도 애기씨일 정도로 바리의 얼굴이 더 보드랍고 투명해져 있었다. 많이 씻었구나, 청목이 작은 헛기침을 하며 쿵쾅대는 마음을 숨겼다.

바리는 그냥 놀려본 거라는 듯 눈물자국 있는 얼굴로 배시시 웃음을 지었다.

"여튼 잘 왔어. 그렇잖아도 보고 싶었는데."

그 말에 삐친 것처럼 노려보고 있던 청목이 깜짝 놀란 얼굴로 눈을 크게 뜨자 바리는 보고 싶었던 이유를 쏟아내기 시작했다.

"우리 할매랑 할배는 잘 지내고 계셔? 지금 한창 보릿고개라 힘드실 텐데 어쩌셔? 끼니는 잘 챙겨 드셔?"

청목이 그러면 그렇지 하는 얼굴로 바리를 물끄러미 쳐다보다가 작은 한숨을 내쉬며 먼 산을 쳐다보았다. 대신 옆에 있는 해귀가 말했다.

"잘들 계셔요. 청목님 부모님이 자주 드나들면서 살펴보고 계세요."

바리의 눈가에 다시 눈물이 그렁그렁했다.

"다행이다, 정말. 노인 분들만 계시는 거라 걱정을 많이 했거든."

바리가 한결 편안해진 얼굴로 안도를 하는데, 옆에 있던 해귀는 이 두억시니가 또 의외로 착한 면이 있다는 듯 빤히 쳐다보고 있었다. 그런데 어젯밤 제 가족 찾아 밤새도록 함께 자고 뒹굴었던 검덕이 제 주인 찾아 마당 안으로 뛰어들어 왔다. 그러다 청목과 해귀를 알아보고는 마루로 뛰어올라 왔는데, 청목은 용왕의 아들이니 알아서 귀염을 떨었지만 해귀는 만만했는지 컹컹 짖으며 코를 큼큼거리고 냄새를 맡았다. 하기야 사람들에게는 잘 느껴지지 않았지만 해귀에게서 나는 바다 비린내가 검덕이 코로는 진동을 하니, 낯설고 이상했던 것이다. 게다가 겁 많은 검덕이에게도 해귀가 만만하니, 해귀만 봤다 하면 컹컹대며 괴롭혔다.

해귀는 해귀대로 두억시니가 기르는 개라 역시나 똑같다며 검덕이에게 진저리를 쳤다. 하여 검덕이는 해귀 옷자락을 물고 으렁으렁하고 해귀는 검덕이를 밀어내는데, 움막에 있을 때 자주 봤던 광경이라 청목과 바리는 신경도 쓰지 않았다. 사실 청목이는 애기씨 티가 폴폴 나는 바리에게서 눈을 떼지 못하고 있었다.

어찌 지내고 있느냐 묻고 싶은데 옆에 있는 해귀는 대신 말해줄 생각은 안 하고 검덕이랑 씨름하고 있었다. 청목이 그 모습 힐끔 보고는 답답한 듯 주먹으로 가슴을 쳐댔다. 보고 싶어 훌쩍 찾아오긴 했는데 말을 전혀 할 수 없으니 답답해 돌아버릴 것 같았다.

이건 뭐 말을 할 수 있어야 마음도 슬쩍 내비치고 살살 꼬여내지 벙어리 냉가슴이라고 청목 지금의 심정이 그러했다. 이럴까 봐 어찌 지내나 보고 싶고 궁금한 걸 꾹 참고 안 왔던 건데, 역시나 예상대로 답답해 미칠 것 같았다. 게다가 바리 이 녀석은 더 어여뻐져 있으니 이러다 이곳에서 다른 사내와 정분 나버리면 어쩌나 하는 생각까지 들어 속이 타기 시작했다.

청목이 인상을 잔뜩 찌푸리고 가슴을 쳐대자 검덕이와 씨름하던 해귀가 갑자기 정신을 차린 듯 옆으로 다가와 말을 꺼냈다.

"음…… 내 마음 좀 알아달래요."

"내 마음?"

바리가 이건 또 뭔 소리인가 하는 얼굴로 눈을 동그랗게 뜨고 청목을 쳐다보는데 청목은 갑자기 얼굴이 벌겋게 달아올라서는 눈을 부라리며 해귀를 노려보았다.

'그런 말을 하면 어떡해애애애애!!'

그렇게 청목 울컥 소리를 지를 뻔하였다. 그나마 여러 번 고비를 넘겨봤기에 실수하지는 않았는데, 해귀에게 돌아가면 넌 죽었어 하는 얼굴로 경고 어린 얼굴을 하였다. 해귀가 청목의 얼굴빛을 읽고는 식은 땀을 삐질삐질 흘리며 눈치를 살피었다. 청목의 마음을 나름대로 읽고 말한 것뿐인데 왜 저리 죽일 듯이 노려보는 건지 해귀 울컥 눈물이 나올 것 같았다. 해서 기어들어 가는 목소리로 다시 말했다.

"지내는 건 어떤지……."

이런 말 건네면 되냐 하는 얼굴로 해귀가 청목의 안색을 살피자, 청목이 그제야 고개를 끄덕이며 눈에서 힘을 뺐다. 해귀가 그걸 보고서야 말을 끝맺었다.

"……궁금하시대요."

바리는 어리둥절한 얼굴로 두 사람을 지켜보고 있다가, 대답을 기다리는 청목의 얼굴을 보고는 우물쭈물 입을 열었다.

"뭐…… 괜찮아. 지내는 거야 남부러울 게 없지 뭐."

바리는 온갖 먹을 거에 입을 거에 공부도 갖가지로 다 배우고 있다며 점점 자랑을 늘어놓았다. 청목이 실망스러운 기색을 감추고, 그저 시큰둥한 얼굴로 고개를 끄덕이는데 어머니며 언니들이 너무너무 좋으시다 자랑을 똥을 싸게 늘어놓던 바리가 어느 순간 아버지 대왕마마를 입에 올렸다가 말을 멈추었다. 그저 시무룩하고 심란한 얼굴로 휑하니 빈 마당을 바라보다가 작게 중얼거렸다.

"아버지는…… 살고 싶어하셔."

청목이 그게 무슨 소리냐는 듯 쳐다보는데, 바리는 무슨 생각을 하는지 깊은 한숨을 내쉬고는 말간 얼굴로 마당 한쪽 뜰에 심어져 있는 목련나무를 바라보았다. 순백으로 도도하게 피어 있던 목련꽃들은 어느새 땅에 다 떨어져 흉하게 썩어가고 있었다.

"아무래도 내가 갔다 와야 할 것 같아."

청목이 바리와 목련꽃을 번갈아 쳐다보며 어딜 갔다 온다는 것이냐 묻는 얼굴로 쳐다보니 바리가 이미 결심을 굳힌 듯 짧게 말했다.

"삼신산에 갔다 와야겠어."

청목이 눈을 휘둥그레 떴다. 삼신산이 어디인 줄 알고 애가 가겠다는 것인지 듣고서도 어안이 벙벙했다. 목지국의 어비대왕이 중병을 앓고 있어 오늘내일한다 하더니, 죽은 사람도 다시 살려낸다는 삼신산의 약려수를 찾으러 갔다 올까 바리가 고민했음을 대번에 알아들은 청목이었다. 하지만 그곳이 어디인가. 저승 한가운데이다. 산 자는 절대 들어설 수 없는 곳에다가, 설혹 들어선다 하더라도 저승지옥을 거쳐야 하는 곳이다.

청목이 흥분한 얼굴로 입을 열고 뭔가 말하려고 하다가 이내 손으로 자신의 입을 막고, 답답한 듯 가슴을 쳐댔다.

청목이 말은 못하고 펄쩍펄쩍 뛰며 난리를 쳐대니 그 모습 가만히 지켜보던 바리는 뭐 그리 흥분을 하느냐 타박을 놓았다.

"야, 아버지 살리겠다고 가는 건데 뭐 그렇게 난리냐? 솔직히 나 말고 누가 가겠니? 언니들 모두 귀하게 자라 가마만 타며 다녔고, 남들은 제 아비 아니니 가다가 힘들면 포기하고 도망칠 게 뻔한데."

청목이 기가 탁 막힌다는 얼굴로 입을 벌리고 하늘만 죽자고 노려보았다. 어찌 지내나 보고 지내기 힘들어하는 것 같으면 동해안으로 다시 오라 슬쩍 꼬여낼 심산이었는데, 꼬여내기는커녕 저승에 가겠다고 하니 청목 지금 속이 뒤집혔다. 바리는 청목이 걱정하느라 그러는 것인 줄 알고 적한의 이야기를 꺼냈다.

"해월 언니랑 친한 아재가 그러는데, 삼신산 가는 방법을 아는 분들이 불함산과 두류산에 계시대. 그래서 내가 간다고만 하면 그 사람들이 있는 곳을 알려주겠다고 했어. 그러니 너무 걱정 마."

어이가 없다는 얼굴로 바리의 말을 듣고 있던 청목이 갑자기 눈썹 찡그리며 해귀의 옆구리를 쿡 찔렀다. 대신 물어보라는 뜻이었다. 해귀가 수수께끼를 맞히는 사람처럼 조심스럽게 질문 하나를 건넸다.

"정말 그분들이 가는 길을 안대요?"

"글쎄, 가봐야 알지."

바리가 대답하는데 청목은 그 질문이 아니라는 얼굴로 해귀를 쳐다보았다. 해귀가 그럼 뭘 질문해야 하는 거냐 쩔쩔매는 얼굴로 청목을 쳐다보았다. 청목이 깊은 한숨을 내쉬며 먼 하늘을 쳐다보았다. 차라리 입에 칼을 물고 죽지, 답답해서 살 수가 없구나.

헌데 청목이 해월공주랑 친한 아재가 누구냐 묻고 싶은 걸 바리가 느낀 것인지 척하니 그 아재 이야기를 꺼냈다.

"근데 그 아재 좀 이상해. 만날 담벼락 아래 숨어서 해월 언니 훔쳐본다. 언니한테 직접 말은 못하고 몰래 동백꽃만 갖다 놓는데 남해에서 피는 그 꽃을 어떻게 만날 가져올 수 있는 건지 진짜 신기해."

가만히 듣고 있던 청목이 동백꽃과 남해라는 말에 두 눈이 날카로워졌다. 이건 앞뒤 재볼 것 없이 남해용왕 적룡이 틀림없었다.

바리에게 삼신산 가라고 꼬여낸 게 적룡이란 걸 깨닫곤 청목이 속으로 이를 갈았다. 정말 적룡과 자신이 불구대천의 원수가 되려는 운명인지, 어째서 사사건건 이렇게 부딪치는 것인지 이유를 모르겠다. 청목은 어찌 됐든 삼신산에 가는 건 안 된다는 뜻으로 두 팔을 엇갈려 가새표를 만들었다. 바리는 청목의 그 행동을 보고는 고개를 갸웃하며 말했다.

"뭐? 그 아재는 좀 아닌 것 같다고?"

청목이 한숨을 내쉬며 눈을 감더니, 마음을 비우자는 얼굴로 먼 산을 바라보았다. 바리는 동감한다는 얼굴로 고개를 끄덕였다.

"응, 나도 좀 그 아재가 답답해. 먹을 수도 없는 동백꽃을 어쩌라는 건지. 그래도 나쁜 사람 같지는 않아서 지켜보려고."

"하아……."

먼 산을 바라보던 청목이 다시 눈을 감았다. 분명 몸속에 지금 사리 하나가 생겼을 것이라고 청목은 확신했다.

"어딜 간다고?"

"삼신산이요."

천연덕스럽게 대답하는 바리를 보고 왕후 길대부인 할 말을 잃었다. 그런 왕후에게 바리는 걱정 말라는 듯 덧붙였다.

"가는 길을 아는 분들이 두류산이랑 불함산에 계신대요."

"그런 말은 어디서 들었느냐?"

바리는 사실대로 해월 언니의 지기에게서 들었다 답하였다. 하여 길대부인 바리에게 다 뜬소문이고 말하기 좋아하는 사람들이 만들어낸 이야기다 하시고는 괜한 짓 하지 마라 당부를 하였다. 허나 이미 고민할 대로 고민하고 마음을 정한 바리로서는 왕후마마의 말 들려오지 않았다. 당신께서야 십오 년 만에 찾은 딸 먼 길 떠나보내고 싶겠는가, 바리 어머니 왕후마마의 마음 헤아리고 더 이상 왈가왈부 말하지 않았다. 그저 조용히 혼자 준비하고 길을 떠나야겠다 결심만 굳힐 뿐이었다.

그날 길대부인 당장 해월공주 불러 막내공주가 말하는 지기가 누구인지 따져 물었다. 도대체 어떤 지기이기에 어린 막내에게 삼신산 가는 길 알려주겠다는 헛소리를 하며 꼬여내느냐고 말이다. 해월공주는 왕후마마가 건네는 말들 처음에는 어리둥절해하며 듣고 있다가, 동백꽃 가져오는 지기가 있다는 바리의 말을 전해주니 그제야 적한의 소행임을 깨달았다.

하여 왕후마마에게는 얼굴만 알고 지내는 지기인데 아무래도 뜬소문을 전한 것 같다고 대충 둘러대고는 곤전을 나서자마자 곧장 남해안으로 내려갈 채비를 하였다. 도대체 무슨 생각으로 남의 동생을 삼신산에 보내려는 것인지 해월공주 생각할수록 기가 차고 분통이 터졌다. 도와주려는 마음으로 그런 것인지는 모르겠으나 어떻게 열다섯밖에 안 된 아이에게 가는 길 아는 분 있다며 꼬여낼 수 있는 것인지 이해가 되지 않았고, 또 정말 도와주려는 것인지 그 진심조차 의심스러웠다. 어쩌면 마음 받아주지 않고 거절했다고 이런 식으로 심술을 부리는 건 아닌가 그런 생각까지 들어 남해로 말을 달리는 해월공주의 얼굴 점점 날카로워졌다. 하여 내 이번에 가서 단단히 따져 묻고 목간인지 뭔지 하는 거 애한테 써주면 가만 안 두겠다 못을 박아두리라 해월공주 다짐하였다.

해월공주가 도착한 남해안은 한밤중이었다. 하루 종일 말을 달렸던 해월공주 칠흑같이 까만 남해 바다를 마주하니 비늘 입에 물고 바닷속으로 들어가기가 참으로 무서웠다. 게다가 아직은 봄이라 밤중에 바닷속 헤엄치다 몸에 냉기 들까 걱정되었다. 하여 일단은 적한의 사저가 있는 곳으로 향했다. 그곳에 적한이 있는지 없는지 알아보고 내일 아침 바닷속으로 들어가든가 말든가 결정을 하자고 말이다.

헌데 사저 대문을 두드리니, 그때 보았던 사랑채 아낙이 문을 열어주며 그렇잖아도 주인께서 와 계시다며 반가워하는 것이 아닌가. 해월공주, 그것참 잘되었다 의미심장하게 답하는데 아낙이 이리 덧붙였다.

"어디가 안 좋으신지 내내 앓고 계시네요. 어디가 안 좋으시냐 물어도 그냥 물러가라고만 하셔서 그렇잖아도 속을 태우고 있던 참입니다."

동생 일로 열이 치받쳐서 한달음에 달려온 해월공주, 적한이 앓고 있다는 아낙의 말을 듣고 걸음을 멈칫했다. 어제 새벽녘 피가 새어 나오도록 비늘을 뽑아놓고 가더니 결국 큰 탈이 난 것인가 싶었다. 비늘 다 뽑으면 목숨이 위험해진다 했지만, 하도 호기롭게 뽑아대기에 겁주려고 하는 말이라고 생각했다. 헌데 정말 목숨이 위태로운 것인가? 해월공주, 하얗게 질려 허둥지둥 안채로 향했다.

한편 무리하게 비늘 뽑아 끙끙 앓고 있던 적한, 방문이 더럭 열리면서 해월공주 들어오니 흐릿한 정신에 이젠 환시까지 보이는 건가 싶었다. 여의주 있었다면 이까짓 비늘 몇 개 뽑은 정도야 금방 회복할 수 있는 문제인데 기운을 회복할 여의주 없으니 생짜로 앓을 수밖에 없었다. 허나 비늘 좀 뽑았다고 환시까지 보이다니 그가 자신의 몸 상태를 의아해하였다. 헌데 환시인 줄로만 알았던 해월공주 가까이 다가와 앉더니 그의 이마를 어루만지는 게 아닌가. 게다가 하얀 송편처럼 말랑하고 부드러운 손이 진짜인 듯 시원한 기운 전해주니 그의 두 눈이 점점 가늘어졌다.

"진짜 그대인가?"

해월공주, 심란함이 가득한 얼굴로 적한을 바라보았다. 그동안의 일 서운하고 미워서 비늘도 다 뽑아라 빈정거린 것뿐인데, 이리 큰 탈이 날 정도로 앞뒤 안 재고 비늘을 뽑았으니 한심스럽기도 하고 걱정도 되었다.

"그래요, 나예요."

적한은 담담한 얼굴로 자신을 내려다보고 있는 해월공주를 바라보다 자신도 모르게 이죽거리는 말 뱉어냈다. 자존심 다 내버리고 돌아오라 애걸할 때는 끝내 모른 척 외면하더니, 이렇게 혼자 끙끙거리며 앓아눕고 있을 때는 찾아와 이마를 어루만지는 건 무슨 심산인가.

"놀랄 일이군. 어제까지만 해도 마음 돌리지 않던 그대가 이곳엘 오다니. 왜 갑자기 걱정이라도 되었나?"

그의 빈정거림에 해월공주 지그시 적한을 노려보았다. 걱정이 되어 화났던 마음도 잠시 내리누르고 용태부터 살피는 것인데, 보자마자 빈정거림이라. 이렇게 앓아눕고 있지만 않았으면 벌써 홍두깨로 그를 반쯤 다듬이질해 놓았을 텐데 말이다. 허나 퉁명스럽게 이죽거리는 적한의 눈동자엔 반갑고 기쁜 기색 역력하니, 해월공주 차마 화내지 못하였다. 하여 마음 가라앉히고, 차분히 동생 일을 꺼냈다.

"막내에게 삼신산 가면 도와주겠다고 정말 당신이 그랬어요?"

해월공주 이리 물어놓고 조용히 그의 대답을 기다리는데, 적한의 반응 좀 이상했다. 오랫동안 무표정한 얼굴로 해월공주를 바라보는가 싶더니, 슬쩍 눈길을 돌리고 갑자기 신열이 심해진 듯 앓는 소리를 내는 게 아닌가. 그리곤 누운 몸을 새우처럼 잔뜩 움츠려 말고는 '아이구, 나 죽네' 소리를 연신 뱉어냈다.

해월공주, 그 모습에 더 이상 묻지 못하고 적한을 살펴보는데, 그가 새벽녘에 비늘 뽑았던 일을 꺼내 들며 슬쩍 어리광을 부렸다.

"비늘을 너무 많이 뽑았나 봐. 어지러워 정신을 못 차리겠어."

해월공주 미간을 좁히고 유심히 적한을 살펴보았다. 진짜 아픈 것인지 삼신산 일을 스리슬쩍 넘어가려고 꾀병을 부리는 것인지 판단이 되지 않았다. 하여 이마를 짚어보았는데 열이 펄펄 끓고 있으니 차마 딴청 피우지 말라 다그칠 수도 없었다. 해월공주, 그가 걱정스러우면서도 허세 부리고 뽑아댄 그의 미련함에 절로 한숨이 나왔다. 게다가 그녀 몰래 동생 바리를 꼬여내 고생길을 가게 하려 했으니 말이 곱게 나오지는 않는구나.

"아프면 의원에게 보이든가 하지 왜 혼자 이러고 있어요? 미련하게 스리?"

퉁명스럽게 말은 하면서도 눈동자엔 걱정이 가득한 걸 보고는 그가 때를 놓치지 않고 흔들리는 그녀의 마음을 비집고 들어갔다.

"이것은 육지의 의원에게 보인다 하여 나아질 수 있는 게 아니야. 비늘이 다 솟아날 때까지 생짜로 앓아야 하는 것이지."

여의주 봉인당했다는 것 말 할 수 없기에 그는 방법없이 그냥 버텨야 한다 말할 뿐이었다. 어차피 여의주가 바닷속 용궁에 있었다 하더라도 돌아가지는 않았을 것이다. 그녀의 흔적과 체취 곳곳에 남아 있는 그곳에서 홀로 여의주 품고 누워 있는 것, 그것만큼 끔찍한 게 또 있으랴.

그는 해월공주가 곁에 있다는 것만으로도 기쁨에 겨워 온갖 앓는 소리를 내며 해월공주 무릎에 머리를 괴었다. 그리곤 가슴속에 얼음 끼고 사는 여자라도 연민이 솟아날 정도로 처연한 얼굴을 하며 이리 속삭이는구나.

"그대가 와주니 다 나은 듯해."

하고는 무릎베개를 한 채 눈을 감고 희미하게 미소를 지었다.

해월공주는 이 뻔뻔하고 낯 두꺼운 인간을 어찌하면 좋을꼬 하는 얼굴로 적한을 내려다보았다. 어리광 섞인 수작인 줄 알면서도, 연민의 감정 불러일으켜 다시 어떻게 해보려는 능갈인 줄 알면서도 비늘 다 뽑으라 빈정거렸던 게 양심에 찔려 차마 능갈치지 마라 싹둑 잘라내지 못했다. 하여 아이 달래듯 적한의 뜨거운 이마를 쓰다듬어 주며 살살 구슬리듯 삼신산 일을 다시 꺼냈다.

"적한, 정말 삼신산 갔다 와본 사람을 알고 있는 거예요?"

해월공주 귀 기울이고 대답을 기다리는데, 적한은 잠이 들었는지 아니면 대답을 피하려는 속셈인지 묵묵부답 눈만 감고 있었다. 그녀가 고개를 숙이고 그의 숨결을 확인해 보니 정말 잠이 든 듯 그에게서 낮게 코 고는 소리가 새어 나왔다.

사실 해월공주가 떠난 후 잠을 못 이뤘던 적한이었다. 엎친 데 덮친 격으로 비늘을 한 되는 뽑아내어 온몸에서 신열이 끓으니 기진할 대로 기진해 있기도 했다. 그러다 이렇게 해월공주 그의 곁에 있고, 시원한 손으로 이마를 어루만져 주니 어찌 잠이 솔솔 오지 않으리오.

해월공주, 잠들어 버린 적한을 의심스러운 얼굴로 내려다보며 미간을 찌푸리다가 어쩔 수 없다는 듯 한숨을 내쉬었다. 아픈 사람 붙잡고 다그칠 수도 없는 일, 일단은 잠에서 깨어나면 따져 물어야겠다. 하여 조심스레 적한을 다시 베개에 뉘고, 밖으로 나가 사랑채 아낙에게 대야에 찬물 좀 가져와 다오 부탁을 하였다. 아무래도 용의 비늘 드러날까 봐 사랑채 부부에게 들어오지 마라 명을 내린 것 같았다. 그러니 누구의 병간도 받지 못하고 혼자 생으로 앓았던 것이리라.

밉고 화나지만 한편으론 안된 마음이 드는 해월공주이다. 제 부모 잃고 그동안 아파도 혼자 슬퍼도 혼자 모든 것을 짊어지고 살아왔을 적한을 생각하니 더욱 안쓰러웠다.

해월공주가 아낙이 가져온 대야와 광목천을 받아 들곤 안방으로 들어갔다. 그리곤 문 걸어 잠그고, 적한이 걸치고 있는 유를 벗겨내어 찬물에 적신 천으로 부드럽게 닦아주기 시작했다. 스며 나왔던 피들은 이제 굳어져 비늘 사이사이에 검붉게 엉켜 있었다. 그는 등허리에 찬기운이 닿자 자면서도 오한이 드는지 덜덜 떨며 아픈 신음을 뱉어냈다.

"미련하고 미련해라. 제 목숨 위태로워질 걸 알면서 무슨 생각으로 그 비늘을 다 뽑았단 말인가. 그렇다고 내가 기뻐할 줄 알았나."

해월공주가 혀를 차며 이불을 덮어주고는 적한의 이마 위에 광목천 접어 고이 대주었다. 어느새 신열이 가라앉았는지 적한이 평안한 숨을 내쉬며 잠에 빠져 있었다.

오랜만에 깊이 잠들었던 적한은 원래의 습관대로 새벽녘에 얼핏 눈을 떴다. 신열이 내렸는지 정신이 개운하고 한결 살 것 같아 그가 부스스 자리에서 일어나 앉았다. 그러다 멀찍이에서 이불도 펴지 않은 채 웅그리고 잠들어 있는 해월공주를 보곤 멈칫했다. 비몽사몽 중에 해월공주를 본지라 꿈인가 생시인가 했던 참이었다. 헌데 정말 해월공주가 방에 있었다. 그것도 밤새도록 자신을 살폈는지 손에 광목천 그러쥐고 있었다. 그가 해월공주에게 가까이 다가가 손에 쥔 광목천 빼내고 품에 안아 이부자리에 뉘었다. 아직은 밤이슬이 쌀쌀한 봄인데 이불도 덮지 않고 잠들었으니, 그렇잖아도 몸에 한기 들어 추웠던 해월공주 이불 속을 파고들었다.

그는 잠들어 있는 해월공주 바라보다가, 슬쩍 한쪽 발 이불 속으로 집어넣으며 긴장한 얼굴로 그녀의 숨결을 살피었다. 그러다 해월공주의 숨결 고르니, 이번에 다른 쪽 발도 이불 속에 집어넣었다. 그리곤 다시 그녀의 숨결 살피는데, 가까이 얼굴 대고 보아도 깨어나지 않자, 이번엔 몰래 호랑이 굴 기어들어 가는 사람처럼 조심조심 이불 속으로 들어가 해월공주 옆에 눕는구나. 허나 해월공주가 잠결에 뒤척이니, 그가 숨도 쉬지 않고 그녀의 기색만 살폈다. 해월공주는 천하의 도둑놈이 또 넘보는 것도 모르고 새근새근 잠만 잤다.

해월공주 깊이 잠든 것을 확인한 적한이 그 옆에 누워 조심스레 그녀를 바라보는가 싶더니, 도저히 참을 수 없었는지 지칫지칫 손을 가져가 그녀의 볼과 입술을 어루만졌다. 조용한 새벽녘에 남해용왕 적룡의 침 넘기는 소리가 어찌나 큰지 밤에 우는 풀벌레들도 귀를 기울일 정도였다. 이렇게 함께 누워 가까이 보는 것만으로도 감지덕지해하던 적한은 슬슬 피어오르는 욕심을 참지 못하고 구렁이 담 넘어가는 것처럼 조용히 입술을 가져가 해월공주의 입술을 훔쳤다. 오랜만에 맛보는 것이라 그런가, 아니면 떨어져 지낸 사이 해월공주의 입술 더 달달해진 것인가. 어떤 유밀과도 이리 달고 맛나지는 않으리라.

입술만 살짝 맛볼 생각이었던 그는 오랜만에 맛본 해월공주 입술에 그동안 쌓인 욕정 폭발하듯 용솟음치니 괴로워 미칠 것 같았다. 그렇다고 예전처럼 강제로 끌어안으면 해월공주 난리 칠 것이고, 맛을 안 보자니 입이 바싹바싹 말랐다. 하여 이러지도 저러지도 못하고 속상하여 잔뜩 얼굴 찌푸리고 있던 그가 결국 쌓인 욕정 참지 못하고 조심스레 해월공주 품에 끌어안았다. 그리곤 벌어진 옷깃 사이로 입술 가져가 목련꽃 같은 젖봉오리를 입에 담뿍 물고 맛보기 시작했다. 다른 짓은 절대 안 한다, 그저 이 정도에 만족할 테다, 그렇게 속으로 되뇌며 붉게 물든 봉오리 끝을 혀로 핥고 맛보았다. 허나 맛보면 맛볼수록 욕심은 점점 더 커져 가 그의 두 눈동자가 서서히 붉은빛을 띠며 애욕에 사로잡히기 시작했다. 채취는 또 왜 이리 순후하고 향기로운 것인지 만지고 맛볼수록 그 몸 안에 깊이 들어가 푹 잠겨 있고만 싶구나.

적한이 이러하니 깊이 잠든 곰도 깨어날 판이라, 해월공주 잠결에 묘한 느낌 자꾸 전해져 와 몸을 뒤척이다 결국 잠에서 깨어났는데 자신이 적한 품에 안겨 있는 것을 확인하고는 화들짝 놀랐다. 안겨 있기만 한 것이었으면 그리 놀라지도 않았을 것이다. 활짝 열린 옷깃 사이로 양쪽 젖가슴이 드러나 있었는데 얼마나 물고 빨았는지 젖봉오리가 벌겋고 부풀 대로 부풀어 있었다. 해월공주, 이미 수십 번 적한과 몸 섞어봤으니 이제 와 남우세스럽다 호들갑 떨진 않았지만, 잠든 자신을 이리 몰래 취하고 있으니 기가 막히고 얼이 빠졌다.

"지금 뭐 하는 거예요?"

해월공주 몸을 뒤로 빼며 항의하는데, 이미 욕정 참아내느라 몸에 사리 생길 판이었던 적한은 잔뜩 붉어진 눈으로 해월공주를 내려다보았다. 그가 몸을 뒤로 빼는 해월공주 품 안에 끌어안으며, 거친 숨결이 가득 섞인 목소리로 말했다.

"한 번만 안자, 해월아."

해월공주가 낮 도깨비를 본 양 멍하니 적한을 올려다보는데 적한은 해월공주 놀라 잠시 얼빠져 있는 걸 침묵 어린 허락이라 여기고, 내내 참아왔던 욕정에 쫓겨 서둘러 그녀가 입고 있는 기마바지 훌훌 벗겨내기 시작했다. 해월공주 어안이 벙벙하여 하지 마라 손을 뻗는데, 적한은 이미 반쯤 미쳐 있어 그녀가 입고 있는 속곳 벗겨내고 자신의 바지춤 끄르더니 불에 달군 쇠처럼 솟아 있는 양물 꺼내어 다짜고짜 해월공주 안으로 파고들었다.

봉변도 가지가지라지만 자다가 이 무슨 봉변인고. 무슨 상황인지 미처 파악도 다 하지 못한 상태로 갑자기 밀려들어 오는 사내의 육체에 해월공주 고통으로 자지러졌다. 잠든 사이 적한이 잔뜩 애무하여 몸은 미묘하게 부풀어 있었으나, 미처 검은 숲 아래 좁은 골짜기는 충분히 젖지 못했으니 고통스러웠던 것이다. 신열 내렸다 하여도 아직은 열기운 남아 있는 몸이라, 그의 몸이 불에 달군 듯 뜨거웠다. 해월공주, 불에 달군 단단한 그것이 몸속을 비집고 들어와 몸 안을 부셔낼 듯 휘저으니 정신이 아뜩하였다.

적한은 내내 그리워하던 해월공주 품에 안고 미칠 것 같았으니, 해월공주 고통으로 벙긋거리는 입술도 먹어치울 듯 할짝거리며 더 깊이 파고들 뿐이었다. 그는 그동안 풀지 못한 욕정 다 쏟아낼 기세인지 해월공주 다리 한쪽 움켜쥐고 들어갔다 나왔다 당최 멈추질 않았다. 무지막지하게 취하는 그의 행위, 어느 정도 익숙해졌던 해월공주이나 오랜만에 그것도 자다가 당하는 교접이라 막무가내로 밀어붙이는 적한의 몸이 버거워 결국 애원을 하였다.

"제발…… 적한, 천천히 좀……."

그제야 적한이 한풀 기세를 늦추고 천천히 부드럽게 움직였으나, 귓가에 닿는 그의 숨결이 너무 뜨거워 해월공주 이 밤의 날벼락 같은 교접이 쉬이 끝나지 않겠구나 싶어 혼자 아뜩해하였다.

어느 순간 그가 여유를 찾고 맞닿은 아래를 슬쩍슬쩍 움직이며 희롱하기 시작했다. 해월공주 처음 느껴보는 야릇함에 이게 뭔가 하는 얼굴로 얼떨떨해지는구나. 손끝 발끝까지 저릿저릿 몸 안 깊숙이 뭔가 간질이고 재촉하는 듯, 이상하고 괴이하다. 온몸이 말랑말랑 금방 찐 백설기처럼 촉촉하게 젖어 그의 몸 잡아당겼다. 어느 순간 해월공주 몸으로 전해지는 운우지락을 못 이기고 작게 신음을 뱉어내자, 붉은 눈동자로 해월공주 내려다보던 그가 슬쩍 입꼬리를 올렸다. 바닷속 궁에 있던 내내, 그가 취할 때마다 고통스러워하고 버거워하던 해월공주가 오늘 밤엔 작은 교음을 내뱉으니 그보다 더 강한 자극이 없었다. 하여 남해용왕 적한, 더 이상 못 늦추고 다시 거칠게 해월공주 밀어붙여 끝에 다다르려 하는구나.

해월공주, 처음으로 찾아온 짜릿짜릿한 기묘한 느낌에 두 손으로 입 가리고 자꾸만 새어 나오는 신음 소리를 막는데, 적한은 더 이상 못 견디겠는지 얼굴을 잔뜩 일그러뜨리며 해월공주의 귓가에 짐승 같은 울음소리를 내뱉기 시작했다. 그가 해월공주의 엉덩이를 두 손으로 움켜쥐고 힘껏 잡아당기더니, 몸을 떨며 파정을 하였다.

아아, 이날이 무슨 날이던가. 해월공주 아기씨 가지기 딱 좋은 알슬기 때가 아니던가. 적한, 해월공주 취하며 이 밤 유독 그녀의 안이 폭신폭신하고 자신의 몸을 잡아당기듯 죄어오니 직감적으로 해월공주 회임할 것 같다는 생각이 들었다. 하여 파정이 끝난 후에도 기진맥진 누워 있는 해월공주 끌어당겨 안으며 입가에 묘한 웃음 물고 있었다. 그의 이런 음험한 속 모르고 어쩌다 이리되었나 해월공주 기막혀하였다.

해월공주 이렇게 따지러 갔다가 오히려 적한에게 잡혀서 된통 당하고 있을 때 바리는 처소에서 떠날 채비를 하고 있었다. 동백꽃아재가 목간을 준다 하였으나 어차피 두류산과 불함산에 선인들 계시다는 것 알고 있고 그 목간 전해주려면 어차피 제 발로 그 두 분들 찾아야 하는 것이니 굳이 목간 받는 것 기다릴 필요 없다 여겨졌다. 잘 부탁한다는 다른 이의 말 아니더라도 바리 스스로 결심을 굳히고 마음이 절박하니 동백꽃아재 언제 다시 만날지 무작정 기다리지 말고 그냥 길을 나서자 하였다.

하여 차분차분 사용했던 처소를 정리하고 챙겨갈 물건이 무엇인지 따져 멍구럭에 챙겨 넣기 시작했다. 먼 길이니 비럭할아범이 준 미투리 챙겨 넣고, 그동안 다시 모은 요깃거리 챙겨 넣고, 혹시 위험한 일 겪을지 모르니 활쏘기할 때 받은 단궁과 검술 배울 때 쓰는 단검을 챙겨 넣었다. 그리곤 그동안 겨를 없어 어머니 왕후마마에게 건네지 못한 가락지를 보갑에서 꺼내어 목에 걸었다. 먼 길이니 왕후마마 그리울 때마다 꺼내 보아야지, 약려수 구해 돌아오면 그때 왕후마마 손가락에 끼워주어야지, 바리 그리 다짐하고 가락지 다시는 잃어버리지 않도록 옷깃 안으로 가락지를 여며 넣었다. 그러다 가락지 넣어둔 보갑 안에서 가마꾼아재가 준 분첩이랑 꽃기름병 보고는 언니에게 주고 가자는 생각에 곧장 해월공주의 처소로 향했다.

"해월공주님, 오늘 출타 중이세요."

"어디 갔는데요?"

"잘 모르겠어요. 그냥 바람 좀 쐬고 오신다고만 하셨어요."

해월공주 모시는 시녀는 해월공주 시집가기 전 그런 일 다반사여서 별일 아닌 듯 대답했다. 바리 잠깐 생각해 보다가 잠깐 들어갔다 나오겠다 하니 시녀는 그렇게 하시라 답하고는 종종거리며 물러났다.

바리가 해월공주에게 전하는 목간을 들고 방으로 들어섰다. 그리곤 예전에 해월공주가 꾸미개 이것저것 보여주며 예쁘고 앙증맞은 것 바리에게 골라줄 때 보았던 보갑을 찾았다. 하여 농 안에서 보갑을 발견하곤 바리 그 보갑 열고 분첩과 꽃기름병 넣는데, 보갑 안 한쪽에 둘둘 말려 있는 보자기를 보고는 궁금하여 슬쩍 깃을 열어보았다. 예전에 꾸미개 보여줄 때는 이 보자기 못 보았는데, 무엇을 넣었기에 이리 자수까지 놓은 고운 보자기로 감싸놓았을까 심히 궁금했던 것이다. 어쩌면 그 동백꽃아재가 준 선물이 들어 있는 것일지도 모른다. 어수룩하고 약간 얼뜨기 같은 그 아재, 과연 해월 언니 마음 사로잡으려고 무엇을 주었을까 심히 호기심이 생긴 바리가 보자기 활짝 열어젖혀 보니 보자기 안에는 이상한 것이 들어 있었다. 당연히 여인들에게 선물하는 꾸미개나 분첩이 들어 있을 줄 알았는데 웬 붉은 비늘이 수십 개 들어 있었던 것이다. 바리가 붉은 비늘 하나를 집어 올려 유심히 살펴보고 킁킁거리며 냄새도 맡아보았다. 전복이나 소라 껍데기로 자개농을 만드는 것은 보았지만 이런 생선 비늘이 패물이 되는 줄은 생각도 못한 바리이다.

헌데 이 생선 비늘 참으로 이상하구나. 생선 비늘이라고 하기엔 크기가 크고 단단하니 마치 납작한 쇠를 갈아놓은 듯하였다. 빛깔은 또 어떠한가. 동해안에 살 때 온갖 생선 보고 먹어본 바리인데, 이리 영롱하고 광채가 나는 붉은 빛깔은 처음이라 실로 핏빛처럼 사람의 혼을 빨아들이듯 했다. 바리는 그것이 적룡의 비늘인 줄은 까맣게 모르고 그저 해월공주가 생선비늘 모으는 취미가 있나 보다 그렇게만 생각했다. 하여 왕후마마의 가락지처럼, 이것도 하나만 챙겨가자 생각하였다. 해월 언니 보고 싶을 때 이 비늘을 꺼내어 보면 되겠단 생각이었다.

바리가 비늘 하나만 빼내고 보자기를 다시 여며 보갑 안에 넣었다.

그리곤 해월공주 돌아오면 바로 알아볼 수 있도록 농에 넣어두지 않고 보갑을 침상 위에 올려놓았다. 그리곤 그 옆에 목간을 두고 밖으로 나왔다.

제 처소로 돌아온 바리가 입고 있던 열두 폭 치마와 곱게 수놓인 유를 벗고, 사내들이 입는 궁고와 민무늬 유로 갈아입었다. 그리곤 등 뒤로 내려뜨린 머리카락 한데 묶어 결발하고 귀족 사내들이 쓰는 절풍건을 썼다. 바람을 꺾는다는 절풍건까지 쓰고 나니 그야말로 어느 지체 높은 귀족 집안의 자제 같았다.

인시가 좀 지나 막 동트기 직전의 어둠이었다. 사내로 변장하고 떠날 채비 마친 바리가 처소 마당에 나와 대왕마마 계신 침전과 왕후마마 계신 곤전을 향해 차례대로 절을 올렸다. 가까운 길이 될지 먼 길이 될지 알 수 없다. 언제 돌아올지도 알 수 없다. 과연 약려수 구해올 수 있게 될지 빈손으로 오게 될지 아무것도 장담할 수 없다. 허나 가보자. 방법이 전혀 없다면야 모를까 눈앞에서 저승길만 기다리며 고통스러워하는 아버지 대왕마마를 보며 어찌 방법을 알면서도 모른 체하랴. 비록 서운하고 섭섭한 말 건네며 후계 잇지 못한 걸 한스러워하였지만 그래도 다른 언니들 도착하여 인사드릴 때마다 막내공주 바리를 부탁한다 거듭 당부하지 않았던가. 비록 낳자마자 자신을 버린 아버지이지만 어찌 똑같이 되돌리며 죽든 말든 모른 체할 수 있단 말인가.

살아만 계셨으면 좋겠다, 몰라봐도 좋고 잘해주지 않아도 좋으니 살아만 계셨으면 정말 좋겠다 어릴 적부터 얼마나 바라고 바랐던가. 부모가 비천하든 아니든 살아만 있다면 해드릴 수 있는 건 다 해드리고 싶다 그러지 않았던가. 그래, 그랬다면 말 몇 마디 서운하게 하였다고 등 돌리고 떼만 쓰고 있어서는 아니 되리라.

침전과 곤전을 향해 절을 올리며 과연 약려수를 구해올 수 있을까 의문을 던지는 자기 자신에게 그렇게 당부하였다. 되든 아니 되든 하는 데까지는 해보아야 후회가 없으리라고, 이렇게 맥없이 부모님이 저 승길 가는 걸 앉아서 기다리고 있지는 말자고 말이다.

'다녀오겠습니다.'

대왕마마와 왕후마마에게 바리 속으로 인사를 건네고 멍구럭을 어깨에 짊어졌다. 그리곤 막 걸음을 떼려는데 솟을대문 안으로 동백꽃아재가 들어서는 게 아닌가.

"지금 떠나려 하는 것이냐?"

"어! 이 시각에 어인 일이세요?"

아직 동트기 전이라 이른 시각이었다. 적한은 남해에서 날아왔다 말할 수 없으니 일 때문에 궁에 있는 서관에서 밤새도록 서적을 보았다 둘러대었다.

"왕후마마께 약려수 구하러 가겠다 말하였다고 들어서, 퇴궐하는 길에 목간 놓고 가려고 했지."

"잘됐네요. 그렇잖아도 지금 막 떠나려고 했었는데."

"이리 급히 갈 건 뭐냐. 목간도 안 가져갈 생각이었던 것이냐?"

바리가 계면쩍은 얼굴로 히죽 웃었다.

"쇠뿔도 단김에 빼라고, 제가 원래 한번 결정하며 뒤도 안 돌아보거든요. 목간은 아재를 언제 또 보게 될지 몰라서 무작정 기다리고 있기가 그래서요. 괜히 늘쩡거리다 이 사람 저 사람에게 발목 잡혀 못 떠날 것 같아서요."

적한은 해월의 동생이 제 나이보다 훨씬 단호하고 의지가 강하다는 걸 느끼고 어쩌면 삼신산에 갈 수 있지 않을까 기대를 하였다. 물론 때를 봐서 도와줄 생각이지만 자신의 의지가 없고서는 도저히 갈 수 없는 길이니, 사실 꼬여내는 말 하면서도 과연 이 아이가 그 길을 갈까 반신반의하였던 참이었다.

"여하튼 목간은 가져왔으니 챙겨가거라."

바리가 적한에게서 목간 두 개를 챙겨 받아 멍구럭에 집어넣었다. 그러다 문득 해월공주의 보갑에서 빼낸 비늘이 떠올라 바리가 물었다.

"혹시 아재가 해월 언니한테 선물로 생선 비늘 줬어요?"

적한이 조심스레 바리를 떠보았다.

"그건 어찌 아느냐?"

설마 해월공주가 동생 바리에게 비늘의 비밀을 말한 것인가 싶어 적한 가슴이 철렁하였다. 아무것도 모르는 바리는 한심스럽다는 듯 적한을 쳐다보며 타박을 놓았다.

"어휴, 설마했는데 정말 아재가 준 거예요? 떠나기 전에 언니한테 선물 주고 가려고 봤더니 생선 비늘이 있더라고요. 아니, 아재는 무슨 생각으로 생선 비늘을 선물로 줘요? 언니가 갖고 싶대서 준 거예요?"

바리의 말을 다 듣고서야 어찌 된 일인지 알 수 있었던 적한은 바리가 생선 비늘로 계속 알고 있게 하는 것이 나을 것 같다 판단하였다.

"음. 예쁜 비늘이 있으면 좀 구해달라 그래서…… 그거 그래 봬도 귀한 것이다."

"그래요?"

바리가 고개를 갸웃하다가 어찌 됐든 동백꽃아재가 준 것인데 허락 없이 하나 가져가는 게 마음에 걸려 말을 꺼냈다.

"언니 보고 싶을 때 보려고 하나 꺼내 가지고 가는데, 아재 괜찮죠?"

귀한 꾸미개보단 수십 개의 비늘 중 하나를 챙긴 것이라 괜찮겠거니 바리는 생각했다. 허나 동백꽃아재가 선물로 준 것이라 하니 일단 말을 해야 할 것 같았다.

적한은 바리가 용의 비늘을 가져가게 해야 하는 건지 잠시 갈등했다. 자칫 다른 인간의 손에 넘어가거나 그 비밀 알게 될까 봐 께름칙했다. 허나 다른 곳도 아니고 저승에 있는 삼신산 가는 바리, 그것도 지기인 무장이 있는 곳으로 가는데 가다가 물속에 빠지는 일 없다 장담할 수 없었다. 하여 적한 말을 꾸며 단단히 주의를 주었다.

"음…… 그 비늘이 사실은 신통한 문복쟁이가 주문을 걸어둔 것이다. 허니 절대 남의 손에 넘어가지 않게 조심하거라."

바리의 눈이 동그래졌다.

"주문이요? 어떤 주문이요?"

적한이 안 돌아가는 머리를 얼른 쥐어짰다.

"음…… 해월공주가 용왕에게 잡혀가면 물속을 헤엄쳐 나올 수 있게 해달라고 문복쟁이에게 부탁을 하였단다. 해서 그 비늘을 입에 물면 물속에서 자유롭단다. 허니 만에 하나 물속에 빠지게 되면 그 비늘을 사용하면 된단다."

바리는 그렇게 놀라운 주문을 건 것인 줄 미처 몰랐다는 듯 눈을 빛내며 고개를 끄덕였다. 적한이 그 맹한 얼굴을 보며 빙긋이 웃고는 이만 가보겠다며 돌아섰다. 지금쯤이면 해월공주 깨어나 그가 어디 갔나 찾고 있을 것 같아 적한이 훌쩍 처소 마당을 나서려는데, 뒤에서 바리가 작게 소리쳤다.

"아재, 용왕이 언제 또 나타날지 모르니까 저 없는 동안 우리 언니 좀 잘 지켜줘요! 그렇게만 해주면 제가 돌아와서 아재 팍팍 밀어드릴게요."

그 말에 걸음 옮기던 적한이 떫은 감 씹은 듯 썩은 미소를 짓다가 이내 몸을 돌려 진중한 얼굴로 바리를 바라보았다.

"그래, 내 꼭 지켜주마."

바리가 안심한 듯 빙그레 웃더니 잘 가시라 손을 흔들었다. 그는 손을 흔들어주고 뒤돌아서면서 과연 저 맹하고 어수룩한 녀석이 삼신산에 갈 수 있을까 회의가 들었다. 의지는 강하나 영 눈치코치가 모자라니 저래서야 어디 저승 문턱에라도 갈 수 있을는지 모르겠다. 괜히 저승지옥 열시왕들 심기 건드려 지옥 구경만 실컷 하다 오는 게 아닐까 적한 구름 속에 숨어 남해로 다시 내려가면서도 설레설레 고개를 저으며 혀를 찼다.

용왕에게 해월 언니 용왕으로부터 지켜달라 부탁한 줄은 꿈에도 모르고 바리는 이제 정말 출발이다 기세 좋게 걸음을 떼었다. 마구간 가서 말 한 마리 훔쳐 타고 가야겠다 생각하며 마구간으로 곧장 향하는데 어찌 된 일인지 마구간에 다다르자 안으로 들어가기도 전에 웬 하얀 말이 기다리고 있었다는 듯 바리를 쳐다보며 서 있었다.

참으로 기기묘묘한 것은 그 하얀 말 꿈속에서 보았던 날개 달린 말과 너무나 똑같이 생겼다는 것이다. 하여 바리 날개가 달려 있나 아니면 지금 또 꿈을 꾸는 것인가 어리둥절 흰말을 살펴보는데 아무리 살펴보아도 날개는 보이지 않았다. 물론 무장의 천마, 날개를 접으면 인간의 눈에 그 날개 보이지 않고 그저 지상의 말과 진배없는 모습이니 바리로서는 그 말이 가마꾼이 태워줬던 그 말이라고는 생각지 못했다. 단지 꿈속의 말과 너무 똑같아 속으로 그런 생각을 하였다. 그때 꿈에서 날개 달린 말 본 것은 바로 이 말 타고 길 떠나라 미리 하늘이 알려준 것이라고 말이다. 아니면 바리가 약려수 구하러 가는 건 운명이어서 이 말이 알아서 마구간에서 나와 기다리고 있었던 건지도 모르겠다 그런 생각도 하였다.

"아무래도 너랑 나랑 인연인가 보다. 내가 꿈에서 너랑 똑같은 애를 봤거든. 근데 꿈에서는 날개가 달려 있었는데, 너도 혹시 하늘을 막 날아다니고 그러는 거 아니야?"

천마는 날개 같은 건 전혀 없다는 듯 데면데면한 얼굴로 시선을 피하였다. 자긴 그저 우연히 그 자리에 서 있을 뿐이라고 말이다.

물론 천마는 미리 알고 온 참이었다. 무장이 삼신산으로 떠난 후 적롱에게 그 소식 전하러 갔다가 적한에게서 바리라는 아이가 곧 삼신산으로 가게 될지 모른다 언질을 받았기에 미리 마구간에서 기다리다 바리가 떠날 채비를 하면 그때 나서야겠다 그리 계획을 짜고 있었다. 하여 그저께 마구간에 나타난 천마, 아니, 흰말을 보고 마구간지기들도 대체 이 혈통 좋은 흰말은 어디에서 온 것이냐 서로 어리둥절해하며 묻다가 공주들이 제각각 선물로 과하마니 뭐니 가져왔으니 그중 하나인가 보다 그렇게 생각하고 넘긴 참이었다.

여하튼 이것도 인연이고 운명이라 여긴 바리는 흰말에 올라탔다. 천마는 기다렸다는 듯 바리가 타자마자 다각다각 궁을 나서기 시작했다. 헌데 궁을 막 빠져나오자 어디선가 컹컹 짖는 소리가 들려왔다. 말을 세우고 뒤돌아보니 멀리서 검덕이가 뛰어오고 있었다.

검덕이를 데려갈 생각이 아니었기에 일부러 찾지 않고 내버려 둔 것인데 어찌 알고 따라온 것인지 검덕이가 빗자루 총채 같은 꼬리를 흔들며 같이 가겠다 짖어댔다. 바리가 검덕이를 내려다보며 조금은 망설이는 얼굴로 말했다.

"검덕아, 고생길이 될 수도 있는데 괜찮겠어?"

검덕이는 더 크게 짖어대며 어디를 가든 무조건 따라가겠다는 듯 꼬리를 마구 흔들어댔다. 물론 바리의 멍구럭에 들어 있는 맛난 음식을 따라오는 건지 알 수는 없었지만 궁에 온 후로 내내 삽살이들과 노느라 바빴던 검덕이가 막상 길을 떠날 땐 자신을 따라오니 바리 새삼 검덕이에게 고맙고 미쁜 마음 절로 솟아났다.

"그래, 같이 가자. 네가 같이 가준다면야 나야 훨씬 든든하지 뭐."

바리가 검덕이를 안아 올려 품 안에 넣고는 고삐를 잡아당겼다.

"이럇!"

천마는 그 호령 소리에 잠시 고개를 갸웃하더니 이내 뜻을 깨닫고 달리기 시작했다.

"먼저 두류산부터 가볼까!"

바리가 저 동남쪽에 있다는 두류산을 향해 길을 잡았다. 천마는 여느 말처럼 달렸으나, 그 속도 여느 말과는 비교도 되지 않게 재빨라 바리 달리면서도 두 눈이 휘둥그레졌다. 예전에 가마꾼이 태워주었던 그 말처럼 얼마나 빠른지 맞바람에 양볼이 얼얼할 정도였다. 그때 눈 가려서 그 말 생김새 보지는 못했지만 어쩌면 이 말과 똑같은 혈통이 아닐까 싶었다.

"우와아아아, 너 진짜 빠르다."

오랜만에 지상의 땅을 달려보는 천마는 그 말에 신이 난 듯 더 속도를 내기 시작했다. 바리가 그 어마어마한 기세에 감탄을 뱉어냈다.

"대단하다, 너. 화살보다 더 빠르니, 앞으로 널 쏜살이라고 불러야겠다."

그렇게 무장의 애마, 무애가 바리에게 새로운 이름을 받았다. 무장무애라 하여 이 세상 어느 것도 얽매이는 것이 없다는 뜻으로 무장이 붙여준 이름이었지만, 천마는 쏜살이라는 이름도 꽤 마음에 드는지 히힝 크게 울어댔다.

바리를 태운 쏜살이가 두류산을 향해 거침없이 내달리고 있을 때, 막 잠에서 깨어난 해월공주는 이부자리가 비워져 있는 것을 보고 새벽녘부터 몸도 안 좋은 적한이 어디를 갔나 어리둥절해하였다. 물론 어젯밤 그녀를 안는 기세를 봐서는 아픈 사람 같지 않았지만 아무리 그래도 앓고 난 뒤끝이라 괜히 더 크게 탈이 날까 걱정이 되었다. 혹시 씻으러 나간 것인가 해월공주 그리 추측하며 흐트러진 매무새 다듬고 이부자리 걷는데 갑자기 방문이 더럭 열리며 적한이 들어섰다.

방 안에 들어서던 적한이 들어오다 말고 문지방에서 멈칫 서서 그녀를 바라보았다. 자고 있을 줄 알았는데 벌써 일어나 있으니 낭패였다. 해월공주, 적한이 위아래로 옷 갖춰 입은 걸 보고 의아한 얼굴이 되었다.

"아침부터 어딜 다녀오는 거예요?"

적한은 해월공주가 있는 아랫목으로 걸음하며 별일 아닌 듯 답했다.

"다녀오긴 무슨, 그냥 근처 산보 좀 하였어."

막내공주 벌써 길 떠났다 말하면 해월공주 당장 자리 박차고 궁으로 돌아갈 것 같아 그가 얼렁뚱땅 그리 말하였다. 하여 해월공주 무심코 그런가 보다 하고 이부자리를 마저 개는데 적한이 그런 해월공주 말리며 이부자리를 다시 피기 시작했다.

"나는 좀 더 누워 있어야겠어."

그리고는 원래의 자리에 떡하니 누워, 옆에 다시 누워라 팔을 뻗었다. 어딘가 먼 길 다녀온 사람처럼 피곤한 기색이 엿보이는 적한을 보며, 해월공주 의심쩍은 얼굴로 물었다.

"당신 혹시…… 궁에 다녀왔어요?"

눈 깜짝할 새에 이곳저곳을 다녀올 수 있는 용왕이니, 자신이 잠든 사이에 적한이 혹여나 바리를 만난 것은 아닌가 의구심이 드는 해월공주였다. 적한은 의심쩍은 눈으로 자신을 노려보는 해월공주를 보고는 얼른 이야기를 풀어냈다. 물론 눙칠 것은 눙치고 밝힐 것은 밝혔다.

"음, 당신 때문에 아무래도 목간은 못 주겠다 말하려고 갔는데, 벌써 떠났더라고."

적한의 말에 해월공주의 두 눈이 휘둥그레졌다.

"떠나요?"

"음. 가보니까 없던데. 처소 앞에서 아무리 불러도 대답이 없더라고."

직접 보고 작별 인사까지 나누었다 그러면 왜 붙잡지 않았냐 따져 물을 것 같아 적한 그렇게 말하였다. 허나 해월공주는 바리가 이렇게 빨리 길 떠날 줄 생각도 못했기에 그 말 쉬이 믿을 수가 없었다.

"설마 아닐 거예요. 일찍 눈이 떠져서 씻으러 갔거나 산보한다고 어디 걸고 있었던 거겠죠."

"글쎄, 그럴 수도 있긴 한데 궁 곳곳을 다 둘러보았는데 보이지 않더라고."

그가 대강 그렇게 둘러대자 해월공주 뭔가 조짐을 느끼긴 하였는지 설마하면서도 서서히 속상한 얼굴이 되어갔다.

"애가 미쳤어. 삼신산이 어디에 있다고 거길 간다는 거야."

적한은 등 떠밀고 애 꼬여냈다 그런 말 들을까 봐 해월공주의 그 말에 반박은 못하고 은근슬쩍 해월공주 끌어안으며 맞장구를 쳐주었다.

"그러게 말이야. 나도 그냥 해본 말인데 애가 그렇게 철석같이 믿을 줄 알았나."

해월공주는 그 말에 더 약이 오르는지 슬쩍 끌어당겨 안는 적한을 있는 대로 노려보았다.

"그걸 지금 말이라고 해요?"

뾰족한 말에 적한이 수그러지면서도 살살 달래는 말을 하였다.

"가다가 힘들면 돌아오겠지. 그리고 혹시 알아? 진짜 약려수 구해오게 될지."

해월공주 기가 찬다는 듯 콧방귀 뀌더니, 허리에 팔 두르고 끌어당기는 적한 매몰차게 뿌리치고 어서 가봐야겠다며 일어섰다.

"가긴 어딜 가? 이미 떠났다니까."

벗겨진 겉옷 서둘러 챙겨 입는 해월공주를 적한이 펄쩍 뛰며 말렸다. 허나 그의 말 귀에 들려오지 않는 듯 해월공주 옷고름 여미는 손길 멈추지 않았다.

"떠났는지 안 떠났는지 내 눈으로 직접 봐야겠어요. 당신이 잘못 본 걸 수도 있는 거니까."

그가 벌떡 일어나더니 옷고름 묶는 해월공주의 손을 덥석 잡아챘다.

"나는 어쩌고?"

"뭘 어째요? 어느 정도 나아졌으니 마저 추스르면 되죠."

"그게 아니고, 날 두고 어디 가냐고? 내 옆에 있어야지."

"내가 왜요?"

천연덕스럽게, 아니, 멀뚱한 얼굴로 자신이 왜 옆에 있어야 하냐고 되묻는 해월공주를 보며 적한 기가 찬다. 이부자리에 어젯밤 나눈 운우지락의 흔적이 아직도 끈끈하게 남아 있는데 말이다. 그가 따지듯이 어젯밤 일을 들춰냈다.

"어젯밤에 그 소린 다 뭐였어? 내 품에 안겨서 온갖 신음 다 뱉고, 칡넝쿨처럼 내 몸에 착 달라붙어 얽어놓고는 이제 와서 왜라니?"

해월공주, 새벽녘에 있었던 교접이 떠오르는지 얼굴이 점점 새빨개졌다. 그렇잖아도 새벽녘 있었던 방사로 온몸이 쑤시고 결리는 걸 티 안 내려고 애쓰고 있던 공주였다. 하지만 해월공주라고 할 말 없는 건 아니다. 자신이 먼저 하자고 한 것도 아니고, 자고 있는 자신을 깨워 급작스럽게 취하지 않았던가. 그것도 새벽까지 잠도 못 자게 괴롭히니 해월공주 생각할수록 어처구니가 없었다. 하여 있는 대로 도끼눈을 하고 적한을 노려보았다.

"어제 일은 뜻하지 않게 일어난 것이니 잊어버려요."

그리고는 새침한 얼굴로 휙 등을 돌려 안방을 나가는데, 뒤에 남아 있는 적한이 꿍꿍이가 있는 얼굴로 그 모습 지켜보고 있었다. 어젯밤 일을 하룻밤 실수로 치부해 버리는 해월공주의 말이 못마땅했지만 어쨌든 해월공주 다시 데려올 길을 만들어놨으니 이제 시간만 기다리면 될 일이었다.

'내게서 이렇게 도망치는 것도 이것이 마지막이니, 어디 원없이 훨훨 도망가 보려무나.'

그가 어젯밤 해월공주 취할 때 받았던 느낌 떠올리며 제발 그의 추측대로 회임하였기를 빌고 또 빌었다.

설마설마 하며 궁으로 돌아온 해월공주, 침상 위에 놓인 목간을 펼쳐 보고서야 막내공주 바리가 길을 떠났다는 걸 받아들일 수 있었다. 하는 데까지 해보겠다, 그러니 크게 걱정하지 말아라, 동생은 언니의 걱정까지 덜어주려는 듯 가벼이 말을 건네고 있었다. 또 자신이 돌아올 때까지 왕후마마와 대왕마마를 부탁한다는 어른스러운 당부를 해와 해월공주 동생의 목간을 읽어 내려가며 부끄러움마저 느꼈다. 자신은 적한과의 일과 뱃속의 아이 잃은 일로 온통 정신 빼앗겨 위독하신 대왕마마와 앉은뱅이 되어버린 왕후마마를 보고도 나이 들면 원래 그런 것이려니 그저 안타까워하고만 있었는데 낳자마자 버려져 이제야 호강이란 걸 좀 하기 시작한 동생은 부모님 살리겠다고 이리 아득하고 기약없는 길을 주저없이 떠나는구나. 하여 해월공주 이리도 깊은 속 감추고 있는 줄 미처 헤아리지 못했던 것이 미안하고 미안하여 목간을 쥐고 눈물을 떨어뜨렸다. 천방지축 말썽을 부렸으나 이 낯설고 어려운 궁에 들어와 제 나름대로 적응해 보려고 고군분투한 것이었는데, 그런 줄 모르고 그저 철없다 어리다 여기고 신경 쓰지도 않았구나.

해월공주, 글썽글썽 눈물 맺힌 얼굴로 목간 쥐고 곤전으로 향하였다. 왕후마마 길대부인 그렇잖아도 바리가 보이지 않아 의아해하고 있다가 그 목간 읽어보고는 말을 잇지 못하시고 눈물만 흘리시는구나. 이리도 부모의 죽음을 애달파하고 있을 줄 누가 알았던가.

왕후마마와 여섯 공주, 막내공주 바리가 두고 간 목간 읽으며 마음 무거워하지만 한편으론 힘들면 돌아오겠다 하였으니 일단은 지켜보자 하였다. 삼신산이 정확히 어디 있는 산인지 아무도 모르는데, 그 어린 것이 어찌 그 산을 찾아가리오 그렇게 생각하였다.

허나 약려수 찾으러 막내공주가 길 떠났다는 소식, 어비대왕에게는 살아서 기다려야겠다는 의지를 심어주었는지 위독했던 대왕마마의 병환 다소 나아져 다시 사람들 얼굴 알아보고 이리저리 말씀도 하시게 되었다. 하여 제 나라 일 뒤로 미뤄놓고 대왕마마 보러 왔던 다섯 공주들 더 이상 머무를 수 없어 하나씩 남편과 자식들이 있는 곳으로 돌아갔다. 허나 막내공주에게서 소식 오면 바로 알려라, 그리고 막내공주에게 필요한 것 있으면 바로 보내달라 청하라, 모두 해월공주에게 당부를 하고 떠났다.

그렇게 다섯 공주가 모두 떠나고 공주라고는 다시 해월공주 한 사람 남게 되었을 때, 바리는 두류산 아랫마을 어귀에 다다르고 있었다. 헌데 참으로 이상한 것이 궁을 떠난 다음날부터 보슬비가 내리기 시작하더니 두류산 아랫마을에 도착할 때까지도 그 비가 멈추지를 않고 계속 내렸다. 차라리 폭우면 피했다 가겠는데, 그 비는 땅을 질척질척하게 만들고 옷 안으로 스며들어 딱 외출하기 싫게 만드는 비였다. 게다가 꼭 바리 뒤를 따라오는 것처럼 추적추적 바리의 뒤를 끈질기게 따라붙었다.

"아유, 그놈의 비 징그럽게도 오래 내리네."

바리가 구름으로 가득 찬 하늘을 흘겨보며 한마디 뱉어내더니 하룻밤 묵을 곳을 찾았다. 비도 내리고 해도 이미 서산마루에 걸려 있어 하룻밤 묵고 내일 아침 일찍 두류산에 올라야겠다. 하여 육손이할아범이 사는 곳에서 하룻밤 묵기를 청한 바리, 새끼 꼬는 걸 도우니 육손이할아범 내일도 비가 오면 걸치고 올라가라 도롱이 하나를 바리 몸에 맞게 뚝딱 만들어주었다. 허고는 아버지 살리기 위해 약려수 구하러 간다는 바리의 말에 저승에 가거들랑 자신의 죄상도 좀 알아봐 달라며 부탁을 하였다. 그것이 뭐 어려운 일이겠냐며 바리는 가게 되면 알아봐 주겠다 대답을 하니 육손이할아범 고맙다며 쏜살이와 검덕이의 먹이까지 살뜰하게 챙겨주었다. 그뿐이랴, 열무에 보리밥 비빈 것 배부르다며 바리에게 덜어주니 오랜만에 바리의 배가 불룩하였다. 사실 멍구럭에 챙겨 넣은 먹을거리 며칠 사이에 동이 나서 은근 걱정을 하였던 참이다.

이렇게 바리가 마음 씀씀이 넉넉한 육손이할아범 만나 오랜만에 지친 몸을 쉬고 있을 때, 청목은 두류산에 살고 있는 호신(虎神)을 찾아가 내일 어린 사내아이가 이곳에 들어서면 잔뜩 겁을 주어 내쫓아달라 청을 하였다. 두류산의 신령인 백호는 대신 두류산에 산불이 나거나 인간들이 떼로 몰려와 사냥을 하며 호랑이 종족을 잡아가려 할 때는 앞뒤 잴 것 없이 달려와 도와주어야 한다 조건을 내걸었다. 청목이 받아들이자, 호신이 어린 사내아이 하나쯤 겁주는 것은 식은 죽 먹기다 호언장담하였다.

다음날, 하늘 위에서 불편한 심기로 두류산을 내려다보는 청목 때문에 잠깐잠깐 여우비가 내리는 가운데, 바리는 육손이노인이 짜준 도롱이를 걸치고 쏜살이와 검덕이와 함께 두류산에 올랐다.

바리가 두류산 계곡을 서너 번 가로질러 중턱에 오르고 있을 때였다. 쏜살이를 탄 바리보다 앞서서 올라가고 있던 검덕이 무언가를 발견하였는지 컹컹 어딘가를 향해 짖어댔다. 바리가 유심히 살펴보니 세 명의 사내가 산신제를 드리는지 돌탑 제당에 제삿밥을 올리고 그 앞에 차례차례 큰절을 하고 있었다. 그중 가장 나이가 많아 보이는 사내가 축문을 외고 있었다.

"신령님께 아뢰옵니다. 두류산 아랫마을에 사는 11)게뚜더기와 12)딸보, 그리고 13)뒤듬바리 이렇게 세 마니가 오늘 두류산 신령님께 인사드리옵니다. 저희가 오늘 이렇게 입산하여 이 자리에 온 것은 산삼을 받자올까 해서 찾아왔사오니, 부디 재물을 내주시길 바라옵니다. 원하옵건대 있는 사람은 떵떵거리고 살아도 저희 같은 사람들은 궁하게 살아가고 있사오니, 산신령님 부디 치성을 받아주시옵고, 오늘 밤에라도

---

11)눈두덩이 위에 살이 헐거나 다친 자국이 있어 꿰맨 것같이 보이는 눈, 또는 그런 눈을 가진 사람
12)속이 좁은 사람, 또는 키가 작고 몸집도 작은 사람
13)어리석고 둔하며 거친 사람

그저 몽을 내려주시옵소서."

들어보니 산삼을 캐는 심마니들인 듯싶었다. 산에서 밤을 지낼 모양
인지 그들은 돌탑 제당 옆에 모둠까지 지어놓고 있었다. 바리는 그들
이 제를 다 끝내고 소지를 올리는 것까지 지켜보고 있다가, 태운 제문
이 모두 하늘로 사라지자 쏜살이를 움직여 그들 쪽으로 다가갔다.

심마니들이라면 누구보다 두류산 곳곳을 다녔을 터 두류산에 살고
있다는 그분을 보았을지도 모를 일이었다. 하여 길을 물어보고자 다가
가는데, 바스락바스락 기척 소리를 듣고 심마니들이 놀란 듯 눈을 휘
둥그레 떴다. 이 깊은 산중에 어린 도령이 흰말을 타고 오니, 지금 깨
어 있는 채 몽을 받는 것인가 착각을 했던 것이다. 심마니들 중 가장
나이가 지긋한 어인마니가 눈을 껌벅이며 바리를 유심히 뜯어보았다.

"사람이오? 귀신이오?"

바리가 어리둥절한 얼굴로 세 심마니를 바라보았다.

"사람인데요."

어인마니가 안도인지 실망인지 알 수 없는 숨을 토해내곤, 이 산중에
어린 도령이 무슨 일이냐 물어왔다. 바리가 두류산에 삼신산 가는 길을
아는 분이 있다 하는데, 혹시 어디쯤 사시는지 아시느냐 물으니 세 심마
니 모두 그런 사람은 알지 못한다 고개를 저었다. 하여 바리 어쩔 수 없
다는 듯 말 머리를 돌리다가, 문득 두류산을 제집처럼 아는 심마니들을
따라다니는 게 그분을 찾는데 더 빠르지 않을까 생각이 되었다.

바리가 쏜살이의 등에서 내려 사정을 이야기하고 오늘 하루 따라다
니면 안 되겠느냐 청을 하니, 심마니들이 떨떠름한 얼굴로 잠깐 망설
이다가 소장마니인 딸보와 염적이마니인 뒤듬바리가 어인마니께서 결
정하라며 뒤로 물러났다. 어인마니는 아비를 살리려고 삼신산 가는 길
을 찾고 있다는 바리의 말을 듣고 고개를 끄덕이며 생각에 잠기더니,
바리를 보며 하나씩 따져 물었다.

"최근에 살생을 한 적이 있소이까?"

바리가 고개를 젓자, 어인마니가 이번엔 개고기나 비린 생선을 먹고 산에 올랐느냐 물었다. 궁에서 출발할 때야 든든하게 먹으려고 고기를 먹기는 하였지만 그 이후로 고기 구경 해본 적 없으니 버리가 또 고개를 저었다. 어인마니는 어느 정도 되었다 싶은 얼굴로 혹시나 하는 마음으로 한두 가지를 더 확인하였다.

"아직 어린 도령이니 혼례는 치르지 않아 몸은 깨끗할 것이고, 혹시 오는 길에 상갓집에 들렀는가?"

바리가 그런 적 없다 고개를 저었다. 어인마니가 그제야 동행을 허락하며, 대신 험한 길로 다니니 조심하여 따라오라 당부하였다. 하여 바리가 쏜살이는 모둠 옆 풀숲에서 풀을 뜯게 하고, 검덕이만 데리고 뒤를 따랐다. 길 없는 산길을 다닐 터이니 쏜살이는 따라갈 수 없는 길이었다.

길 없는 숲길을 좌우로 샅샅이 훑으며 올라가는 심마니들의 뒤를 따라 걷기 시작했다. 허나 골을 끼고 그렇게 일 식경을 오르내리니 점점 힘이 들어 뒤처지기 시작했다. 할매 할배와 살 때 고갯길 산을 제집 뒷마당인 양 오르내리던 바리였으나, 길이 나지 않은 가파른 숲길을 마구 오르내리니 힘이 들지 않을 수가 없었던 것이다. 하여 심마니들이 북향이면서 그늘이 지고 가랑잎이 안 쌓인 수풀 속을 위주로 주의 깊게 살피고 다니는데, 바리는 조금만 쉬었다 따라가야겠다 싶어 한쪽 응달에 주저앉아 쉬었다. 그러다 목이 마르고 허기가 져 옆에 더덕이나 도라지라도 있으면 캐먹어야겠다 싶어 수풀 사이를 살피는데, 옆에 있는 검덕이가 어느 풀 앞에서 흙을 파내며 짖어댔다. 바리 검덕이 앞에 있는 것이 무엇인가 들여다보니 당귀 같았다.

바리가 당귀를 캐낼까 말까 잠시 망설였다. 당귀는 사람의 소진된 기운을 다시 돌아오게 하지만, 단맛이 없고 쓰기만 하니 먹기에 좋지는 않았던 것이다. 허나 일단은 배가 고파 눈앞이 팽팽 도니, 바리가 당귀 주변의 흙을 살살 파내어 캐내기 시작하였다. 그리곤 다 캐낸 당귀를 탁탁 털어 옷자락에 쓱쓱 닦아내고는 그놈 참 작기도 하다고 꿍얼거리며 한 입 베어 먹으려는데, 이만 모둠으로 돌아가자 말하려고 되돌아서던 소장마니가 바리가 들고 있던 당귀를 보고는 대경한 얼굴로 멈칫했다.

바리는 자신이 혹여나 당귀인 줄 알고 독초를 뽑았나 다시금 손에 들고 있는 것을 쳐다보는데, 소장마니가 다른 두 사람에게 이렇게 외치는 게 아닌가.

"여기 심 봤어요!"

그 소리에 심마니 중 가장 경험이 많은 어인마니와 가장 어린 염적이마니가 한달음에 바리 주위로 달려오더니 바리가 들고 있는 것을 보고는 그 자리에 납작 엎드리는 게 아닌가. 소리를 외친 소장마니도 이미 엎드려 있었다.

바리가 어안이 벙벙한 얼굴로 심마니아재들과 자신이 들고 있는 당귀를 번갈아 쳐다보고는 아재들에게 물었다.

"왜들 그러세요?"

원래 누군가 산삼을 먼저 찾아내면, 다른 심마니들은 찾은 이가 어찌할지 결정을 할 때까지 납작 엎드려 있어야 했다. 하여 어인마니가 고개도 들지 않고 이야기를 해주었다.

"아이구, 지금 손에 들고 있는 것이 삼이 분명하니 어찌할지 결정을 내리시오."

결정을 하란 말에 바리가 멍하니 중얼거렸다.

"배가 고파서 먹으려고 했던 참인데요."

그 말에 세 심마니들이 기겁한 얼굴로 고개를 들더니 입을 쩍 벌리고 바리를 쳐다보았다. 어인마니가 삼을 찾은 이에게 뭐라 할 수는 없지만 귀한 걸 홀랑 먹어버리겠다는 말에 안타까운 듯 우거지상을 하였다.

"약통을 보아하니 족히 오백 년은 넘은 것 같은데, 그래도 드시려오?"

바리가 희뜩 놀라 손에 쥔 당귀를 바라보았다. 이제 찬찬히 다시 살펴보니 당귀와 비슷하긴 한데 어딘가 다르긴 달라 보였다. 잔뿌리가 수없이 많이 난 것도 그렇고, 잎 모양도 달랐던 것이다. 바리가 잠시 망설이는 얼굴로 산삼을 바라보았다. 궁으로 가져가 아버지 어머니를 먹일까 하고 말이다. 하지만 의원이 말하지 않았던가. 이승의 모든 약이 부질없다고, 오직 삼신산의 약려수만이 대왕마마 살려낼 수 있다고 말이다.

게다가 이 산삼을 발견한 것도 심마니 뒤를 따라오다 우연히 발견한 것이고, 심마니들이 아니었다면 당귀인 줄 알고 그냥 먹어버릴 뻔하였으니 혼자만 독차지하기에는 양심에 찔렸다. 하여 바리가 손에 든 산삼을 내밀며 다 같이 나눠 가지자 말하였다.

심마니들은 그 말 떨어지자마자 가까이 다가와 산삼을 살펴보았다. 아직 경험이 미천한 소장마니가 삼을 보고는 약간 실망한 듯 이리 말했다.

"육구 쌍대인 줄 알았는데, 가까이 보니 14)각구밖에 안 되는데요."

어인마니가 혀를 차며 소장마니를 가르쳤다.

"뿌리가 좋아야지. 몇구 몇구가 중요한 게 아니라네. 이건 각구지만 다시 보아하니 천 년은 족히 된 삼일세."

가장 어린 염적이마니가 이해가 안 된다는 듯 어인마니에게 물었다.

"천 년이나 되었는데 어찌 각구밖에 안 되는 겁니까?"

어인마니는 감히 바리 손에 들려 있는 산삼을 만지지는 못하고, 고

---

14)산삼이 다섯 장의 잎을 단 줄기와 함께 약통이 생기면 '오행'이라 부르는데, 그 줄기가 두 개면 각구라고 한다. 세 줄기면 '세닢', 네 줄기면 '사구', 다섯 줄기면 '오구', 여섯 줄기면 '육구'라 부른다. 육구까지 되는 데 보통 백여 년이 걸린다고 한다

개만 쑥 내밀고 산삼에서 눈을 떼지 못하고 있었다.

"이분이 그동안 잠이 든 것이지. 지나가던 동물이 밟았거나 돌멩이가 굴러 잎이 다치면 이분들이 잠을 자거든. 그러면 우리가 아무리 눈을 씻고 찾아도 보이지가 않는 법이여."

그러면서 어찌 자신의 눈에 띄지 않고 바리에게 모습을 드러냈는지 섭섭하다는 양 침울한 얼굴로 산삼을 바라보았다. 바리가 어인마니의 그 표정을 보고는 손에 들려 있는 산삼을 내밀었다.

"다 같이 나눠 가져요. 심마니아재. 아재들 아니었으면 산삼인 줄도 몰랐을 텐데요 뭘."

어인마니는 잠시 욕심이 난다는 듯 산삼을 쳐다보다가 아무리 생각해도 그건 또 경우가 아니기에 고개를 설레설레 저었다.

"아니요. 아무리 욕심이 나도 혼자 찾아낸 삼을 15)원앙메 하자고 달려드는 건 경우가 아닌 것 같수. 다 심성이 곱고 공덕을 쌓은 덕으로 삼을 캐는 것이니 말이오."

어인마니가 이렇게 말을 하니, 감히 소장마니와 염적이마니가 군말하지 못하였다. 허나 아쉬움을 달랠 수 없었는지 어인마니에게 슬쩍 찔러보았다.

"어인마니님, 이건 이분 것이니 그렇다 치고, 이 삼 주변 돋우는 건 우리 몫으로 하면 안 될까요?"

바리가 무슨 소리인가 싶어 심마니들을 바라보자, 어인마니가 이야기해 주었다.

"실은 삼을 캔 자리 주변을 뒤지면 삼이 또 있는 경우가 많다오. 허나 그것도 삼을 캔 자가 허락해야 하는 것이니, 우리 마음대로 뒤질 수는 없다오."

---

15)심마니들이 산삼을 똑같이 분배하는 것을 '원앙메' 라고 함. 산삼을 캔 사람이 각자 갖는 것은 '각메' 라고 하며 누가 캐든 혼자 독차지하는 것을 '독메' 라고도 한다

이미 천 년 묵은 산삼을 손에 들고 있는 바리이니, 그 정도는 충분히 양보할 수 있었다. 하여 흔쾌히 허락을 하니, 심마니들이 그 주위를 샅샅이 뒤지기 시작하였다. 잠시 후 어인마니가 심 봤다를 외치더니, 소장마니와 염적이마니도 심 봤다를 차례로 외쳤다.

한참 동안 찾아낸 삼을 16)돋우느라 정성스럽게 흙을 파내던 심마니들이 오십 년 된 사구 두 뿌리에, 백 년 된 오구 한 뿌리를 들고 왔다. 세 사람 모두 삼을 찾아내자 보고 있던 바리도 기분이 좋았다. 괜히 뒤따라온 자신이 그들이 캐야 할 삼을 찾은 것 같아 미안했는데 말이다.

심마니들은 바리 덕에 횡재하였다는 기분이 들었는지 싱글벙글한 얼굴로 굴피나무 껍질을 떼어오더니 그 위에 바위 옷을 깔고 조심스레 삼을 감쌌다. 바리가 신기한 듯 그 모습을 지켜보다가 궁금하여 물었다.

"왜 이렇게까지 칭칭 감싸요?"

어인마니가 다른 굴피나무 껍질에 바위에 낀 이끼를 떼어내 올리더니, 바리가 들고 있던 삼도 그곳에 내려놓으라 손짓을 하였다. 똑같이 감싸서 주겠다는 뜻이었다.

"이렇게 하면 오 년까지는 그대로 유지가 된다오. 허니 이대로만 갖고 다니다가 필요할 때 드시면 되오."

바리가 삼을 이끼 위에 내려놓고 고개를 끄덕였다. 그러자 어인마니가 삼을 둘둘 감싸고는, 바리의 멍구럭에 넣어주었다. 그러며 이렇게 말하였다.

"잠들어 있던 이분을 찾아낸 것을 보니, 분명 삼신산의 약려수를 구할 수 있으리라 보오."

"정말요?"

어인마니인 계뚜더기노인은 깊은 눈빛으로 고개를 끄덕였다. 눈두덩에 있는 흉터 때문에 사람들이 그를 무서워하고 싫어하여 지난 오십

---

16)심마니들은 삼을 캔다고 하지 않고 '돋운다' 고 표현함

년간 삼만 캐러 산속만 다녔었다. 허나 마음이 맑고 고와야 삼을 캔다고 하여 사람들에게 원망도 미움도 갖지 않으려 노력하다 보니 이제는 산삼을 이 백 뿌리를 넘게 캐낸 어인마니가 되었다. 허니 사람을 보면 어느 정도 풍기는 기운을 느끼고 심성이 어떠한지 기백이 어떠한지 알 수 있었다.

그가 보건대 이 아이가 잠든 삼을 찾아냈다기보다는, 이 아이의 심성을 느끼고 삼이 스스로 깨어나 모습을 드러낸 것 같았다. 하기야 부모를 살리기 위해 삼신산 약려수 구하러 간다 하였으니, 그 마음 어찌 곱지 않으리오. 어인마니는 분명 도령은 삼신산의 약려수 구할 수 있을 것이다 말하며, 만약 저승에서 시왕을 만나거든 내 죄상 좀 알아봐 달라 부탁을 하였다.

바리가 그렇게 하겠다 대답을 하고는 걸음을 옮기려다 높이 솟은 바위 위에서 호목(虎目)을 발견하고는 소스라치게 놀라 얼어붙었다. 세 심마니 또한 바위 위에 우뚝 서서 내려다보고 있는 백호를 보고는 하얗게 질렸다.

한편 바리에게 겁을 주려고 나타났던 호신은 곁에 있는 세 심마니를 보고는 어찌해야 하나 난감해하였다. 때마다 철마다 자신에게 제를 지내며 먹을 것을 바치는 저 심마니들에게까지 해를 끼치고 싶지는 않았던 것이다. 게다가 심성 착한 사람에게 해를 가하면 자신도 악업을 쌓는 일이라 섣불리 나서지 못하고 있었다.

허나 백호의 이런 속내 모르는 심마니들이니, 그저 깊은 산속에서 신령스러운 백호를 만났다 여기고 무조건 엎드려 빌었다. 혹시라도 산삼을 네 뿌리나 캐가는 것에 노하였나 싶어 어인마니가 주루막에 넣어 놓은 산삼을 꺼내어 내놓았다.

"잘못했나이다, 신령님. 그저 눈에 보이기에 가져가도 되는 줄 알았나이다."

이렇게 어인마니가 백호에게 엎드려 백배사죄를 하였다. 바리도 얼떨결에 같이 엎드려 어인마니를 따라 멍구럭에 있는 산삼을 꺼내어놓았다. 그런데 백호가 천둥 치듯 심마니에게 명을 내리는데, 그 명 받아든 심마니들과 바리가 벌벌 떨었다.

"거기 어린 사람만 두고 모두 내려가라."

바리가 억울한 듯 입을 쩍 벌리고 바위 위의 백호를 바라보았다. 도대체 왜 자신만 두고 가라는 건지 이해가 되지 않았다. 아이이니, 살이 더 연할 것 같아 그런 것인가? 꼼짝없이 백호에게 잡혀 먹힌다는 생각에 바리의 가슴이 벌렁벌렁 뛰는데, 그래도 의리가 있었는지 어인마니가 그 명을 거두어달라 간청을 하였다.

"신령님, 사람의 탈을 쓰고 어찌 저희만 살겠다고 이 어린 도령만 두고 갈 수 있겠나이까. 제발 노여움을 거두시고, 살려주시옵소서."

백호는 백호대로, 사정 모르고 살려달라 간청하는 심마니를 보고 답답해졌다. 하여 훌쩍 바위에서 뛰어내려 엎드려 있는 심마니 사이에서 바리만 물고 다시 바위 위로 뛰어올랐다.

절대 다치게 하면 안 된다 청룡의 후계가 신신당부를 했기에 바리의 옷자락만 물었는데 바리는 너무 놀라 그대로 까무러쳐 정신을 잃었다. 아무도 어찌하지 못하고 덜덜 떨고 있는 와중에 백호가 바리를 물고 숲 속으로 뛰어가니, 이를 지켜보던 검덕이 곧장 그 뒤를 따라 뛰기 시작했다. 숲 속에 개 짖는 소리가 울려 퍼졌다.

심마니들은 서로 눈치를 보며 어찌할까 서로 묻는 얼굴을 하였다가, 어인마니인 게뚜더기노인이 쫓아가자 말하니 거역치 못하고 그 뒤를 쫓았다.

"삼을 양보한 저 도령을 모른 체하였다간 우리 모두 죗값을 치를 터. 끝까지 따라가 살려내야 한다."

어인마니 그렇게 망설이는 두 심마니를 다그치며 깊은 숲 속으로 향하였다. 백호는 의식을 잃은 바리를 물고, 깊은 숲 속으로 들어가다가 끝까지 따라붙는 검덕이와 심마니의 발소리를 듣고는 한숨을 내쉬며 흙바닥에 바리를 내려놓았다.

젠장, 급할 때 도움 청할 수 있게 용왕의 후계와 인연 좀 맺어보려 하는데 웬 잡것들이 이리 방해를 하는지, 그렇다고 평생을 두류산에 치성드리며 공덕 쌓은 저 심마니들을 모두 해칠 수도 없는 일. 어쩔 수 없지 싶다. 백호는 물고 있던 바리를 내려놓고는, 얼핏 의식이 돌아오기 시작하는 바리에게 이리 못을 박았다.

"당장 이 두류산에서 썩 나가거라."

바리가 코앞에서 이글이글 타는 호랑이의 두 눈을 보고는 다시 정신 줄을 놓아버렸다.

도대체 이런 겁쟁이 녀석을 뭣 때문에 겁까지 줘가며 이곳에 못 오게 해야 하는 건지 백호는 후계의 속셈을 가늠할 수가 없었다. 어쨌든 다시 때를 기다려 볼 요량으로 바리만 놓아두고 숲 속에 숨어버린 백호, 심마니들이 정신을 잃은 바리를 업고 산을 내려가는 것을 가만히 지켜보았다.

검덕은 숲 속에서 백호가 모습을 숨기고 있다는 걸 아는지 백호가 있는 쪽을 보며 겁없이 으르렁거렸다. 그러나 백호가 끝까지 모습을 드러내지 않자, 검덕이 제 주인을 따라 산 아래로 내려갔다.

바리가 다시 모습을 드러낸 건 다음날 낮이었다. 심마니들을 따라 산 아래로 내려간 바리가 하룻밤을 어인마니의 집에서 지내고 다시 두류산에 올라왔던 것이다. 어제 그렇게 놀랐으니 다시는 오지 않으리라 생각하였던 백호는 다음날 다시 산에 오르는 바리를 보고는 살짝 놀라기까지 하였다. 나이도 어린 도령이 그리 놀라고도 어찌 올라올 생각을 하였는지 감탄스럽기까지 하였다.

백호는 이번엔 다른 인간들의 방해를 받지 말아야겠다는 생각에 산

중턱에 다다르면 그때 혼을 내주어야지 마음을 먹었다. 하여 멀찍이에서 바리를 따라붙는데, 바리가 계곡 앞에서 말을 멈춰 세웠다. 이때다 앙 하고 겁을 팍 주려고 수풀 밖으로 나가려던 백호, 갑자기 움찔 놀라 멈춰 섰다. 맙소사, 두류산에서 그가 유일하게 무서워하는 할멈이 계곡에서 빨래를 하고 있는 게 아닌가.

백호의 두 눈이 낭패 어린 듯 일그러졌다. 그 할멈은 벌써 백 년 넘게 두류산 꼭대기에 살고 있었는데, 어찌나 성질이 더럽고 무서운지 백호도 꼼짝 못하는 이였다. 게다가 무슨 놈의 부적을 붙이고 다니는지 그 할멈 곁에만 가면 네 다리가 움직이지 않고 식은땀이 줄줄 흐르는 게 딱 죽을 것만 같았다. 백호가 못마땅한 얼굴로 언젠가 저 할멈 잡아먹어 버리겠다 이를 갈며 숲 속으로 사라졌다.

바리는 바리대로 산에 올라가지 말라고 만류하는 어인마니를 뿌리치고 산에 올랐지만, 사실 그 호랑이가 다시 나타날까 봐 잔뜩 오그라진 채 산을 오르고 있던 참이었다. 그러다 깊은 산속 계곡에서 멀쩡히 빨래를 하고 있는 할멈을 만나니 어찌 반갑지 않겠는가. 마치 생명줄을 만난 양 바리가 쏜살이 등에서 내리더니 계곡에 있는 할멈에게 뛰어갔다.

"할매, 할매, 길 좀 물을게요."

할멈은 하고 있던 빨래에서 때가 잘 벗겨지지 않는지 잔뜩 인상을 쓰고 바리를 쳐다보았다. 게다가 얼굴에 곰보딱지가 덕지덕지 있어 인상 쓴 그 얼굴이 더 무서워 보였다.

"뭐요?"

그래도 호랑이 나타나는 산속에서 사람을 만났으니 바리는 할멈의 사나운 얼굴에도 개의치 않아 했다.

"제가 삼신산 가는 방법을 아는 이가 이곳에 살고 있다 하여 찾는 중인데, 혹시 할매 아는 것 좀 있어요?"

곰보할멈이 바리를 위아래로 쑥 훑어보더니 퉁명스럽게 대답하였다.

"꼬부랑 늙은이가 그런 걸 어찌 알겠소?"

그리곤 귀찮게 하지 말라는 듯 방망이로 빨래를 다시 쳐대기 시작하였다. 바리가 호랑이를 만날까 무서워 발길을 쉽게 돌리지 못하고, 곰보할멈 맞은편 바위에 앉아 속상한 얼굴로 꿍얼댔다.

"후우, 동백꽃아재가 분명 두류산에 오면 만날 수 있다고 하였는데."

그러자 방망이질을 하던 곰보할멈의 손이 딱 멈추었다.

"지금 누구라고?"

"동백꽃…… 아니, 적한아재요."

바리가 동백꽃아재의 이름을 얼른 떠올리고는 혹시나 하여 답을 하는데 곰보할멈은 무언가 떠올리는 듯한 얼굴을 하였다. 분명 적한아재를 알고 있는 눈치였다. 바리가 반가운 얼굴로 눈을 휘둥그레 뜨고 다시 말을 건넸다.

"적한아재 알아요? 우리 언니랑 오랜 지기인데."

곰보할멈이 바리를 다시 위아래로 훑어보더니 믿을 수 없다는 듯 이리 물었다.

"네 누이가 해월공주냐?"

바리가 얼른 고개를 끄덕이는데 곰보할멈은 이상하다는 듯 고개를 갸우뚱거렸다.

"이상하네. 해월공주에게 남동생도 있었나."

바리가 혹시 몰라 애기씨인 걸 밝히지 않고 이리 답하였다.

"저는 목지국의 일곱째 대군이에요. 아버지 대왕마마 병환이 위중하여 이렇게 길을 나선 것이에요."

바리가 얼른 할멈이 있는 쪽으로 건너가 멍구럭에 넣어둔 목간을 꺼내어 건네주었다.

"이거 아재가 그분 찾으면 보여주라 써준 것이에요."

곰보할멈이 물기에 젖은 손을 치맛자락에 쓱쓱 닦아내고는 건네준 목간을 펴 들었다.

「곰보할멈 잘 있었는가. 나 적한이오. 이 목간을 들고 간 아이는 내 처의 동생이오. 이 아이가 제 아비의 목숨을 살리려고 삼신산의 약려수를 구하러 가는 길이니, 이 아이에게만은 가는 길을 알려주었으면 하오. 알려주지 않으면 내 구름 떼 잔뜩 몰고 가 두류산에 있는 그대의 초가삼간을 싹 쓸어버릴 테니 알아서 하시오. 알려주면 내 그대의 삼밭에 때마다 단비를 내려주지.」

"이런 염병 맞을 놈의 새끼, 어따 대고 협박질이야."

목간을 읽어 내려가던 곰보할멈이 어느 순간 욕설을 뱉어냈는데 해괴하게도 욕설 뱉어낸 후 피식 웃음기를 띠고 있었다.

바리는 곰보할멈이 지금 기분 나빠하는 건지 기분 좋아하는 건지 알 수가 없어 낯빛을 살피는데, 곰보할멈은 들고 있던 방망이 빨래 위에 휙 던져 놓고는 퉁명스럽게 한마디 하였다.

"이 빨래 다 하면은 알려주마."

바리는 그제야 곰보할멈이 적한아재가 말한 그분이라는 걸 깨닫고 기쁜 얼굴로 고개를 끄덕였다. 헌데 곧이어 들려오는 곰보할멈의 조건 참으로 해괴하였다.

"검은 빨래는 희게, 흰 빨래는 검게 해놓거라."

바리가 어리벙벙한 얼굴로 쌓여 있는 빨래들을 내려다보았다. 새까 맣게 검은 빨래 한 뭉치와 새하얗게 흰 빨래 한 뭉치가 있었는데, 그들의 색깔이 정반대가 될 때까지 빨래를 하라니 이게 무슨 소리인가?

바리가 그게 무슨 소리냐 물으려 하는데 곰보할멈은 제 할 말 다 하였다는 듯 어디론가로 바삐 걸음을 옮겨 사라져 버렸다.

일단은 시키는 대로 해보자는 생각에 한참 동안 계곡물에 검은 빨래를 휘젓고 방망이로 두드리던 바리가 어느새 울상이 되어 검은 빨래를 내려다보았다. 때가 잔뜩 끼어 두드려 빨면 검은 물이 빠지겠거니 생각하였는데, 아무리 두드리고 계곡물에 흔들어보아도 검은 빨래는 원래부터 검은 양 색깔 하나 변치 않았던 것이다. 가르쳐 주지 않으려고 일부러 되도 않는 요구를 한 것이 아닐까 바리가 살짝 의심쩍은 얼굴로 곰보할멈이 사라진 숲길 쪽을 노려보았다. 허나 안 가르쳐 주려고 작정하고 골탕 먹이는 짓이라 해도, 어찌 됐든 검은 빨래는 희게 흰 빨래는 검게만 만든다면 안 가르쳐 줄 수 없을 테니 끝까지 해보겠다 바리가 단단히 작정을 하고 입술을 꽉 물었다. 곁에서 이를 지켜보던 검덕이와 쏜살이만 오랜만에 해바라기하며 낮잠을 자고 있었다.

폭포 쏟아지는 계곡 위에서 청목이 그런 바리를 내려다보며 있는 대로 한숨을 내쉬었다. 호신에게 부탁을 하였더니 바리 저것이 산삼을 떡하니 찾아 심마니들에게서 도움을 받지 않나, 급기야 그분을 찾아내더니 검은 빨래를 희게 만들어보겠다며 죽자고 방망이질을 하고 있지 않나, 지켜볼수록 한숨이 절로 나왔다.

"하아……."

청목이 답답해 미치겠다는 듯 주먹으로 가슴을 쳐대었다. 이러다간 삼신산의 약려수 내가 먹어야 하는 건 아닌가 싶다.

『목지국 막내공주傳』 I권 끝